译文经典

玉米人
Hombres de maíz
Miguel Ángel Asturias

〔危〕阿斯图里亚斯 著

刘习良 笋季英 译

上海译文出版社

目 录

译者序　刘习良 ·················· 001
加斯巴尔·伊龙 ················· 003
马丘洪 ························ 029
七戒梅花鹿 ····················· 061
查洛·戈多伊上校 ················ 088
玛丽娅·特贡 ···················· 126
邮差-野狼 ······················ 199
尾声 ·························· 397
译后记 ························ 399

授奖词　安德斯·奥斯特林 ·········· 406
受奖演说　阿斯图里亚斯 ··········· 409
拉丁美洲的小说——时代的见证
　阿斯图里亚斯 ················ 412
作者小传 ······················ 431

译者序
魔幻和现实的融合

"魔幻"和"现实"本来是两个互相排斥的概念。但在充满"神奇的现实"①的拉丁美洲土地上,这两个对立的概念居然融为一体,成了一个颇为强大的文学流派的名称:魔幻现实主义。

什么是魔幻现实主义? 1983年5月间,中国西班牙、葡萄牙、拉丁美洲文学研究会专门以"加西亚·马尔克斯和拉美魔幻现实主义"为题在古城西安举行过一次全国性的学术讨论会。我国研究拉丁美洲文学的学者们提出了几种不同的表述意见②。综合大家的看法,我想把魔幻现实主义的特征概括为"根据印第安人的思想意识,在叙事和描写中插入神奇而怪诞的人物和情节以及各种超自然的现象,借以反映拉丁美洲的现实,达到暴露、抨击、谴责社会黑暗的目的"。这个表述是否合适,请专家和同行们不吝指正。

米盖尔·安赫尔·阿斯图里亚斯是拉丁美洲魔幻现实主义文学流派的主要开创人;《玉米人》是阿斯图里亚斯纯熟地运用魔幻现实主义创作方法写出的艺术精品。

在《玉米人》里,"现实"和"魔幻"这两个方面水乳交融,好比是"食盐"和"水"这类化合物,很难截然分开。下面把两者分开来谈,只是为了叙述的方便。

一

《玉米人》这部长篇小说主要描写危地马拉土著印第安人的生活和斗争,并以此为主线,真实地反映了危地马拉社会的广阔的生活领域。

危地马拉是古代玛雅-基切人的故乡。早在公元前两千多年,以采集、狩猎和捕鱼为生的游牧部落就在危地马拉土地上定居下来。公元前一千年,印第安人经营的农业,尤其是玉米种植业达到了相当高的水平。玉米富有营养,产量又高,是玛雅人的主要粮食。此外,畜牧业、手工业和商业也比较发达。在生产力发展的基础上,公元四世纪到十世纪玛雅文化达到全盛时期。玛雅人在建筑业、天文学和数学上取得了丰硕成果[3]。就文学而论,流传至今的有《波波尔·乌》、《契伦·巴伦之书》和《拉维纳尔武士》三部经典作品。这些作品反映了玛雅人独特的思维方式、宗教信仰和世俗情感。

---

[1] 古巴当代作家阿莱霍·卡彭铁尔(1904—1980)语。
[2] 参见《中国大百科全书·外国文学卷》I,第723页;林一安:《拉丁美洲的魔幻现实主义及其代表作〈百年孤独〉》(《世界文学》1982年6月);陈光孚:《论拉丁美洲中等阶层作家的创作实践》(《外国文学研究集刊》第三辑)。
[3] 这段叙述参阅了李春辉:《拉丁美洲国家史稿》及苏联科学院米克鲁霍—马克来民族科学研究所:《美洲印第安人》。

十六世纪上半叶，西班牙殖民者征服了危地马拉，土著印第安人遭到残酷的剥削和奴役。1821年9月，危地马拉宣布独立。独立后，危地马拉人民长期生活在军事独裁政权的残暴统治之下。人民生活贫困，印第安农民实际上沦为农奴[①]。据五十年代初（《玉米人》发表于1949年）危地马拉官方公布的材料，当时农村人口占全国人口的75%，其中80%是土著印第安人。在农村，70%的居民是文盲，他们居住在简陋的茅屋里，吃的是玉米、豆类和辣椒，衣不蔽体，常年打赤脚，受尽疾病的折磨[②]。

阿斯图里亚斯十分熟悉印第安人的历史、文化、习俗和生活状况。他在危地马拉内地萨拉马度过童年时代，亲眼目睹了印第安农民的贫困生活。1922年，他获得法律系硕士学位，而他提交的论文题目就是《印第安人的社会问题》。他是最早注意到印第安人问题的拉美知识分子。1923年，阿斯图里亚斯开始流亡欧洲。在法国期间，他曾向印第安语言文化权威乔治·雷纳德学习中美洲的宗教和神话，并根据雷纳德的法文译本翻译了《波波尔·乌》。另外，还与人合作整理了《拉维纳尔武士》。由此可见，阿斯图里亚斯还是一位在印第安文化方面造诣颇深的学者。对印第安人生活的直接观察，对印第安文化的深湛研究，为阿斯图里亚斯创作《玉米人》奠定了深厚的基础。

---

① 这段叙述参阅了李春辉：《拉丁美洲国家史稿》。
② 《Panorama Económico Latinoamericano》（《拉丁美洲经济概况》）合订本1，第208页。

在《玉米人》里，作者描写了大量印第安人的生活细节。读者可以看到加斯巴尔·伊龙举行野宴的热闹场面、巫医和草药郎中治病的神秘氛围、盛产金子的村庄里印第安居民的悲惨生活。单凭想象、虚构或道听途说，是很难把这些场景写得如此细腻入微、如此栩栩如生的。

更为可贵的是阿斯图里亚斯不是以猎奇者的身份向读者展览印第安人的奇特生活方式；他从进步的民主主义立场出发，深切同情印第安人的不幸遭遇，热烈赞扬他们的高尚品德，坚决支持他们以各种方式进行的抗争。

在以加斯巴尔·伊龙酋长为首的印第安部落和以查洛·戈多伊上校为首的骑警队之间的壁垒分明的斗争中，阿斯图里亚斯旗帜鲜明地站在印第安人一边。在作者笔下，加斯巴尔·伊龙是力大无穷的猛士。他单枪匹马狙击种玉米的拉迪诺人，直到把他们全部赶出山去。伊龙酋长遇害后，特贡兄弟为他复仇，刀劈了萨卡通——此人出售毒药，帮助戈多伊上校暗害伊龙酋长——后代一家八口人。这种个人行动和复仇行为在现实生活中都是可能的，但毕竟不足以战胜阴险狡诈、兵力强大的查洛·戈多伊上校。作者只好通过"魔幻"的形式表达出爱憎分明的感情。即使从印第安人逆来顺受、毫无反抗意识的行动中，阿斯图里亚斯也看出了反抗的意义。请看作者对印第安人淘金的评述：

"知道金粒的价值而又鄙视金粒，这确实是矛盾的。几条小河在河口处汇成水网。头发丝一般纤细的水流从赤身露体的印第安人身边流过。他们好似一股盲目的力量，把千百个燃烧着的火炭投到世界财富的火堆上，其真正的价值就是导致人类的彻底毁灭。印第安人为了对杀害他们的刽子手施加报复，就把使人堕落的黄金交到他们手中。"

阿斯图里亚斯没有把他的笔触局限于描写印第安人的生活和斗争，而是从山区写到平原，从乡村写到集镇、城市，把读者引入危地马拉的各种生活领域。作者用舒缓的笔调讲述了伊拉里奥在首都危地马拉城的行踪，在读者眼前摊开了一长卷城市社会风俗画。他细致地描绘了圣·克鲁斯迎神赛会、丘妮塔的婚礼、圣烛节朝圣……使读者看到危地马拉的各个生活侧面。作者尤其长于刻画生活在社会底层的普通人物。在《玉米人》中，我们结识了几十个不同职业的人物，有低级军官和士兵，有农夫、工匠、邮差、脚夫，有神父、巫师、草药郎中，还有乞丐、小贩、酒店老板……可以这样说，通过《玉米人》这部小说，我们生动具体地了解到二十世纪四十年代以前的危地马拉城乡社会风貌和各阶层人物的真实面目。

在回顾自己的文学创作的时候，阿斯图里亚斯曾经说过："我将自己的著作视为切身经验的写照……迄今为止我不过试图找到一种方式表达我所感觉到的一切。"[1]我以为，在《玉

---

[1] 转引自许铎：《阿斯图里亚斯的早期文学道路与〈总统先生〉》（油印稿）。

米人》里,作者实践了这一现实主义的创作准则。

二

在《玉米人》一开头,阿斯图里亚斯就描写了一个似梦非梦、亦梦亦觉的场面,一下子把读者带进一片迷离惝恍的气氛中。接下来,作者采用虚实交错的笔法,把现实、梦境、神话、幻觉……熔为一炉,讲述了一个又一个或实实在在、或离奇古怪的故事。在小说结尾处,作者一方面感情真挚地叙述戈约·伊克历尽艰辛终于与家人团聚的悲欢离合的故事,另一方面又插入尼丘忽而是人、忽而是狼的荒唐情节。这样,首尾呼应,通体和谐,全书笼罩着一片或隐或现的"魔幻"迷雾。

这种写法看起来相当怪诞。有的地方神神鬼鬼,显系虚构;有的地方扑朔迷离,晦涩难懂。一些外国文学评论家据此认为阿斯图里亚斯是个脱离现实的作家。究竟应该怎样看待这个问题呢?这是一个复杂的问题,不宜三言两语地加以肯定或否定。

下面我试图从两个方面分析一下作者为什么采用"魔幻"创作手法。

首先,作者的这种写法真实地反映了危地马拉土著印第安人的思维方式和观察世界的方法。换句话说,作者在写作《玉米人》的时候,有意用印第安人的头脑来思考,用印第安人的眼睛来观察周围的事物。

前面说过，阿斯图里亚斯十分熟悉印第安人的生活和文化传统。这里再补充一个细节。阿斯图里亚斯全家从内地搬回危地马拉城以后，开了一座店铺。常有一些运粮的脚夫把粮食送到铺子里寄售。脚夫们卸完粮食就借宿在阿斯图里亚斯家那所殖民时期的大宅院的后院里。每天晚上，阿斯图里亚斯从他们口中听到许多在印第安居民当中流传的故事、传说和神话。这种印第安口头文学让他着了迷，也使他透彻地了解了印第安人的思维方式。

在印第安人的心目中，"客观物质世界与印第安传说中神的世界是相通的，梦幻和现实之间没有不可逾越的鸿沟。他们用迷信的眼光看待世界，给一切都涂上神秘的色彩。他们的周围变成一个半梦幻半现实的世界。阿斯图里亚斯把印第安人的这种认识世界的方法称为'二元观'。"①这种人神相通的观念当然是一种迷信，梦幻和现实相混自然是荒诞不经的。物质生产不发达、科学技术落后、对部落首领盲从的习惯、对外来势力无力反抗，是产生印第安人"二元观"的历史背景和社会背景。不过，作为危地马拉土著人的思想意识，"二元观"是个客观存在。我以为，阿斯图里亚斯并不相信印第安人的迷信观念，但无疑他喜爱这种原始的、质朴的"二元观"。阿斯图里亚斯在他的文学创作中一直试图把印第安人观察问题的方式如实地介绍给读者。在《玉米人》里，他巧妙地、圆熟地把印第安人的这种观念表达得淋漓尽致、天衣无缝。

---

① 许铎：《阿斯图里亚斯的早期文学道路与〈总统先生〉》（油印稿）。

"纳华尔主义"① 可以说是印第安人"二元观"的典型表现。书中写道：

"据说，每个人都有自己的'纳华尔'②，就是说，每个人都有一种保护他的动物。这一点不难理解。印第安人认为每个人都有自己的'纳华尔'，基督徒也说他们有守护天使。令人不解的是，印第安人自身可以变化成保护自己的动物，变化成'纳华尔'。"

根据这个观念，邮差尼丘·阿吉诺是野狼，巫医库兰德罗是七戒梅花鹿……在第一章里，作者列举出十几种保护武士的"纳华尔"。笔者曾经就这个题目和一些拉美朋友交谈过。据他们说，这种"人兽合一"的观念至今还存留在边远地区的纯种印第安人当中。与此相关的是人死了可以复生，消逝了可以再现。

关于"玉米"和"人"的关系，小说里写道：

"种地吃饭是人类的天职，人本来就是玉米做的。可是，种地做买卖，只能让玉米做成的人遭受饥荒。"

"那时候，山里来了一帮种玉米的人。他们种玉米

---

① 即 Nahualismo, 亦译为"纳瓦主义"。
② 即 nahual, 亦译为"纳瓦"。

不是为了自己吃，也不是为了养活家里人，而是要把玉米卖给别人，一心想发横财。这好比是男人让女人怀孕，然后出卖儿子的肉体，出卖家族的血液。"

在危地马拉印第安人当中，这是一个十分古老的、根深蒂固的观念。今年五月，笔者在墨西哥首都参观"全国历史和人类学博物馆"的时候，看到一幅根据玛雅-基切的"圣经"——《波波尔·乌》创作出的壁画。画中突出的部分是一个死人横卧在地下，从他身体上长出一棵高大粗壮的玉米。在印第安人心目中，人靠吃玉米维持生命，玉米即是人；人死后可以使土地肥沃，帮助玉米生长，人即是玉米。正是基于这个观念，加斯巴尔·伊龙酋长才和种玉米为了做买卖的拉迪诺人开战的。

其次，作者运用魔幻手法表达了他的真诚愿望和憧憬。

在危地马拉以至整个拉丁美洲，印第安人的问题是个很特殊的问题。他们曾经是这块辽阔土地的主人，有自己的语言、文化传统、风俗习惯。西班牙、葡萄牙殖民者用血和火征服了土著居民，把他们变成受压迫、受剥削的奴隶。他们反抗过，但遭到了野蛮的镇压。一部分人和欧洲人、黑人结了婚，产生了一代十分复杂的混血种人。另一部分人被挤入深山老林，过着原始的生活，成为"被摈斥的人"。许多拉丁美洲的进步知识分子对印第安人的处境寄予满腔同情，积极探索解决印第安人问题的办法。与此相应，在文学界出现了"以现实主义的手法真实地描绘印第安人受奴役的非人生活,暴露统治阶级压迫他们的罪恶"①的土著主义印第安文学。十九世纪中叶到二十世纪四十年代,是土著主义印第安文学最繁荣的时期。只是有的作家仅仅看到现实生活中印第安人的消极、麻木、逆来顺受,从而在作品中流露出浓厚的悲观、绝望的情绪。

作为具有民主主义思想的伟大作家,阿斯图里亚斯急切地希望社会正义得以伸张,使土著居民尽快摆脱悲惨的处境。和许多著名的土著主义印第安文学的作家一样,他也一直关心如何解决印第安人的紧迫问题。出路何在?这确实不是每一个作家都能拿出正确答案的。阿斯图里亚斯的答案是:反抗精神不死,坚持不懈地反抗下去终究会战胜压迫者。这个答案未免显得空泛、抽象;但比起某些土著主义印第安文学作品来,还是积极的、乐观的。只是在现实生活中、在实践中,印第安人还没有聚集起足以赢得自身解放的力量,作者只好把美好的愿望寄托于"神力"。

在《玉米人》里,加斯巴尔·伊龙酋长是反抗精神的化身。毒药毒不死他,河水淹不死他,经过痛苦的修炼,他终于成为"无敌勇士"。萤火法师是反抗精神的神化支柱。他们被敌人砍杀得七零八碎,但残肢断体仍聚而成形,向恶人发出可怕的诅咒。这些诅咒最后一一应验。背叛印第安人的马丘洪的独生子被萤火虫的冷火烧死;马丘洪思子心切,在

---

① 陈光孚:《论拉丁美洲中等阶层作家的创作实践》(《外国文学研究集刊》第三辑)。

玉米地里放火自焚；在混战中骑警队杀死"狐狸精"瓦卡·玛努埃拉；元凶查洛·戈多伊上校被神秘地处死在腾夫拉德罗谷；上校的帮凶个个落得断子绝孙。读到这些情节，我国读者一定会想起李慧娘、敫桂英这样一些生遭冤屈、死而复仇的鬼魂形象。

在谈到作者运用魔幻手法时，不能不提到他青年时代受到欧洲超现实主义文学流派的深刻影响。超现实主义提倡描写潜意识、描写梦幻，提倡写事物的巧合，这些对阿斯图里亚斯颇有启发。作者在超现实主义的文学主张和土著印第安人的思维方式之间找到了相通之处。他曾说过："我的作品中的超现实主义在某种程度上同土著人那种介乎现实与梦幻、现实与想象、现实与虚构之间的思想方式相一致……"①这是一个比较复杂的问题，限于篇幅只好另文论述了。

应该承认，阿斯图里亚斯运用魔幻手法，大大提高了小说的艺术感染力。特别是描写迷茫、恐怖、肃杀、神秘这类场面，显得更加得心应手。第八章描写查洛·戈多伊上校和塞昆迪诺·穆苏斯少尉夜走山路，作者把现实与幻觉、景物与神话、生物与无生物交叉在一起，渲染出一片恐怖的气氛。此外，作者还使用了很多新奇别致的比喻，把松林比作木囚笼，把月光下的林间小路比作闪闪发光的蟒蛇的鳞皮，把照在行人手上的亮光和暗影比作爬动的蜘蛛，从而把人物的恐怖感完全具体化了。

---

① 转引自许铎：《阿斯图里亚斯的早期文学道路与〈总统先生〉》（油印稿）。

三

在国外文学评论界中,阿斯图里亚斯是个有争议的人物。对作者的艺术才华,大体上都给予肯定。对他晚年的政治活动,有人提出批评。对其在文学创作中是否反映现实,有人持否定态度。但纵观阿斯图里亚斯一生的活动及其主要作品(如《总统先生》、《玉米人》),应该说阿斯图里亚斯是一位杰出的进步作家,不愧为拉丁美洲新小说的开路人。

阿斯图里亚斯在文学上的成就和社会活动得到了广泛的社会承认和高度评价。1965 年,他荣获列宁和平奖金;1967 年又获得诺贝尔文学奖。正如瑞典学院常务秘书安德斯·奥斯特林在向阿斯图里亚斯授奖时所说的:

"今天拉丁美洲可以为自己拥有一批活跃的杰出作家而自豪。在这些作家所组成的多声部合唱中,个人的贡献是不易分辨的。然而,阿斯图里亚斯的作品如此出类拔萃,不同凡响,以至超越了它所属的文学环境和地理疆界,引起人们极大的兴趣。"

刘习良
1985 年 8 月 17 日

妻子靠在身旁，
　我进入梦乡。

加斯巴尔·伊龙

一

"加斯巴尔·伊龙,他们搅得伊龙大地没法睡觉,你怎么不管啊?"

"加斯巴尔·伊龙,他们用斧子砍掉伊龙大地的眼皮,你怎么不管啊?……"

"加斯巴尔·伊龙,他们用火烧毁伊龙大地密匝匝的睫毛,闹得日月无光,你怎么不管啊?……"

伊龙大地的指责声在加斯巴尔·伊龙的耳边回荡。加斯巴尔·伊龙摇了摇头,表示拒不接受伊龙大地的责难。他生在伊龙,长在伊龙,先人的尸骨埋在伊龙。加斯巴尔躺在地上,拥着被褥,睡得昏昏沉沉。旁边躺着他的妻子彼欧霍莎·格朗德,还有他自己的身影。他仿佛觉得有一条巨蟒——一条由泥土、月亮、森林、暴雨、山峦、飞鸟组成的、盘绕六十万遭的轰轰作响的巨蟒——死死地缠住他,怎么挣扎也摆脱不掉。

"沉睡的大地从星斗间降落下来。降到伊龙,大地苏醒了。过去,这里是莽莽苍苍的群山,如今变成荒山秃岭。守林人呜呜咽咽地唱起悲歌,雀鹰俯首翱翔,蚂蚁踽踽爬行,鸽子如泣如诉地哀鸣。加斯巴尔·伊龙拥着被褥,昏睡不醒,旁边躺着他的妻子和他自己的身影。谁砍伐树木,加斯巴尔就该撕碎他的眼睑;谁放火烧山,加斯巴尔就该烧毁他的睫毛;谁截断流水,加斯巴尔就该把他变成一具冷冰冰的僵尸。河水流淌时,紧紧闭住眼睛,好似昏昏沉睡;河水被人截断,潴成水洼时,就睁开眼睛,用深沉的目光凝视着周围的一切……"

加斯巴尔伸了个懒腰,又蜷缩成一团。他再一次摇了摇头,表示拒不接受伊龙大地的责难。那条巨蟒,那条由泥土、月亮、森林、暴雨、山峦、湖泊、飞鸟组成的、盘绕六十万遭的轰轰作响的巨蟒,缠得他昏迷不醒、奄奄一息,要把他挤压得粉身碎骨,化为一团黑糊糊的齑粉。沉沉黑夜悄悄地降临了。

在加斯巴尔的耳鼓深处,响起一声呼喊:

"天上的黄毛兔子、山中的黄毛兔子、河里的黄毛兔子,跟着加斯巴尔去战斗!为了族人、为了本族奇特的语言、为了大好河山,加斯巴尔·伊龙就要投入战斗了……"

大地的呼唤化作太阳般的烈焰,险些烤焦黄毛兔子——天上的黄毛兔子、山中的黄毛兔子、河里的黄毛兔子——玉米叶般的薄薄的长耳朵。加斯巴尔·伊龙随着大地降落到人间,渐渐和大地融为一体。如今,在这块土地上再也找不到一片树阴可以美美地睡上一觉了。大地的呼唤好似太阳的烈焰，黄毛兔子机敏地躲过烈焰的烤炙。有的钻进山里的木瓜地，变成木瓜；有的飞上天空，变成点点繁星；有的潜入河底，像一道道拖着长耳朵的闪光，消逝得无影无踪。

加斯巴尔随着大地降落到人间，和大地融为一体。现在，这里是一片赤裸裸的土地、苏醒的土地、种满玉米的土地。玉米种植者砍倒原始森林中的古树。苏醒的土地上种满玉米。臭气熏天的暗绿的河水在土地上四处流淌。玉米种植者燃起熊熊烈火，挥舞着锋利的斧头，闯进浓荫蔽天的原始森林，一下子毁掉二十万株生长了千年的茁壮的木棉树。

草原上伫立着一匹健骡，骡背上端坐着一个人，人身上附着一个死鬼。生人的眼睛就是死鬼的眼睛；生人的双手就是死鬼的双手；生人的声音就是死鬼的声音；生人的双腿就是死鬼的双腿；生人的两脚就是死鬼的两脚。一旦摆脱掉那条缠身的巨蟒——那条由泥土、月亮、森林、暴雨、山峦、湖泊、飞鸟组成的、盘绕六十万遭的轰轰作响的巨蟒，他立刻就能投入战斗。可是，怎么脱身呢？抛下田畴农舍、妻儿老小？丢下田野里欢悦的父老兄弟？开花的菜豆拉住他的胳臂，微微发热的刺瓜缠住他的脖子，田里的活计像条锁链系住他的两脚，他怎么能投入战斗呢？

伊龙的大气里弥漫着被斧头砍过的树木的芳香和烧荒后灰烬的恶臭。

一阵由泥土、森林、暴雨、山峦、湖泊、飞鸟组成的轰轰作响的旋风围着伊龙酋长上下左右不住翻滚盘旋。狂风抽打着他的身体和脸庞。狂风卷起飞沙走石，扑打在他身上，

玉米人

仿佛一弯没有牙齿的半月一下子把他吞没,把他像条小鱼似的吸进腹内。

伊龙的大地上弥漫着被斧头砍过的树木的芳香和烧荒后灰烬的恶臭。

天上的黄毛兔子,河里的黄毛兔子,山中的黄毛兔子……

伊龙酋长的两眼瞪得圆彪彪的,眼球突兀在睫毛中间。心房怦怦地跳动。他一动也不敢动,不敢咽唾沫,不敢抚摸赤条条的身体,害怕碰着冰凉的皮肤——被蟒蛇的黏液弄得伤痕累累的冰凉的皮肤。

月光穿过苇墙,缓缓地透进茅屋草舍。加斯巴尔的妻子显得模模糊糊。她趴在褥子上,呼呼地喘着粗气,仿佛要吹旺熄灭的灶火。

遍体鳞伤的加斯巴尔欠起身来,匍匐着去拿酒葫芦。浑身骨节儿又酸又疼,稍微一动就嘎巴嘎巴地响。此外,听不到一点声音。昏夜的萤光透过茅屋的苇墙,照进屋里,映出一条条亮光,宛如斗篷上的条纹。昏暗中,只见加斯巴尔那张口渴的神像般的脸凑到葫芦嘴上,咕嘟咕嘟地大口喝酒,好似多日没有吃奶的婴儿贪婪地吸吮着母亲的乳头。

一葫芦酒喝下去,脸上火辣辣地发烫。加斯巴尔心中好像被烈日烤炙似的火烧火燎。脑袋昏昏沉沉的,直觉得头发不是头发,而是一堆灰烬;舌头不是舌头,而是一捆龙舌兰绳;牙齿不是牙齿,而是一柄柄锐利的砍刀。他嘴里热乎乎的,好像噙着一团火炭,弄得他在睡梦中连梦话也说不出来。

黏乎乎的土地冰凉冰凉的。加斯巴尔两手插进土地里。坚硬的指甲好似猎枪的子弹。手指深深陷进土里,直到碰着什么硬邦邦的东西,没有一点声息。

加斯巴尔觉得自己的身体和头颅已经分开了,灌满烧酒的脑袋和酒葫芦一样,悬挂在茅屋的木柱上。他像只以吃死尸为生的野兽,两手不住地抓挠周围的土地,寻找自己的躯体。

加斯巴尔在想:弄得他脸上发烫的不是烧酒;把他头发烧成灰烬的不是烧酒;把他埋入土中的不是烧酒;使他身首异处的也不是烧酒。那是战神赐予的圣水!喝下圣水,他顿时感到自己被焚毁了,被埋葬了,头颅被砍掉了。丢掉了脑袋,丢掉了身躯,丢掉了这副皮囊,打起仗来才能无所畏惧。

加斯巴尔是这样想的,他对自己的头颅也是这样说的。他的头颅离开身体,掉在地上,好似一只栽种三色堇的花盆。头颅热乎乎的,噘着尖尖的嘴巴,长满毛烘烘的苍白的须发。加斯巴尔说着话,突然变得衰老了。老加斯巴尔嘴里念叨的是青翠的山林,心里思念的也是青翠的山林。是留在记忆中的青翠的山林,而不是新近被剃得光秃秃的山峦。他竖起耳朵,谛听着头顶上急驰而过的兽群。啊,几百只兽蹄,几千只兽蹄,一大群云一般的走兽。那是黄毛兔子在空中奔驰。

加斯巴尔趴在彼欧霍莎·格朗德的身上。他的身体热烘烘,潮乎乎,好似刚刚掰下来的青玉米。彼欧霍莎伸开两手,东抓西抓。两个人的脉搏渐渐合在一起。他不再是他了,她也不再是她了。两个人化在一起,融为一体,合成一股感情的激流。猛然间,加斯巴尔紧紧抱住彼欧霍莎。她觉得身上压着一堆石头,不禁失声大叫,两手到处乱抓。她从梦中惊醒,浑身热汗涔涔,连被褥都湿了。加斯巴尔那副牙齿像压发梳似的把她的长发咬得湿漉漉的。彼欧霍莎睁开布满血丝的眼睛,啥也瞅不见。她像只瞎眼的母鸡缩成一团,心里乱糟糟的。一股男人的气味,一股人的喘息气味钻进她的鼻孔。

第二天,加斯巴尔说:

"喂,彼欧霍莎,眼看着就要打仗了。得把那些家伙统统从伊龙大地上赶走。他们用斧子砍树,放火烧山,截流断水。你瞧,河水流动的时候,睡得多好啊;可一停下来,积成水洼子,就睁开眼睛,散发臭气……那些种玉米的……把阴凉地儿全糟蹋光了。土地从星星上落下来,本来是要在伊龙找个能睡觉的地方。不赶走他们,我宁肯永远睡在地上,不再起来。你去找点儿破布,把零碎的东西捆好。别忘了给我带上玉米饼、干腌肉、盐巴、辣椒和打仗用的物件。"

加斯巴尔用右手的手指搔了搔乱蓬蓬的络腮胡须,摘下猎枪,下到河边去。他伏身在一片灌木丛中。第一个种玉米的人走过这里,他开了一枪。这个人叫什么伊希尼奥。第二天,加斯巴尔换了个地方,又撂倒了第二个种玉米的,他叫什么多明哥。过了一天,他又打倒了另一个叫伊希尼奥的人，接下去又撂倒了另外一个叫多明哥的，还有什么克雷托、巴乌蒂斯塔、查利奥，直到把种玉米的人统统赶出山去。

蚌虫十分可恶，种玉米的人更加可恶。蚌虫能在几年间毁掉一棵大树。种玉米的人放把火，几小时之内就能毁掉一片林子。多好的树木啊！那是珍贵的上好木材，是大量的药材。种玉米的人把树木烧得精光，就像在打仗中兵士杀人如麻。剩下的只是浓烟、炭火、灰烬。要是为了吃，也就罢了。可他们是拿玉米做买卖。要是自己卖，也就罢了。可老板只能分到一半的利润，有时连一半也分不到。玉米把土地耗贫了，也没让任何人富起来。老板没有发财，分成农也没有攒下钱。种地吃饭是人类的天职，人本来就是玉米做的①。可是，种地做买卖，只会让玉米做成的人遭受饥荒。"粮站"的红招牌是不会在玉米地上扎根的。那些男女老少即使种下密密麻麻的玉米，也不会在一处地方定居下来。土地耗得没劲了，他们就会背起玉米，远走他乡，直到他们自己也像枯黄的玉米一样倒卧在肥沃的田野里。肥田沃土本来很适宜种植别的作物，他们也能发大财。譬如，在炎热的低地可以种甘蔗。那儿的香蕉林里和风习习。可可树亭亭玉立，树顶上缀满香喷喷的果实，好似没有爆开的烟火。当然，还有把肥美的土地染成一片血红的咖啡林和熠熠闪光的

---

① 中美洲印第安人以玉米为主食。由此产生"人是玉米做的"传说。据《波波尔·乌》（印第安民族的古典文学名著）中的叙述，造物神用泥土、木头造人都失败了。最后用玉米造出人。

麦田。可他们对这些毫无兴趣。宁肯走到哪里,就把那里的土地耗得贫瘠不堪,而自己仍然是个穷光蛋。

入冬第一场大雨把灰暗的天空和黄绿色的浅浅的河水连成一片。千条线,万条线,霎时间滋润了暗褐色的土地。可惜这场大雨白白落在光秃秃的土地上。田野里没有一行庄稼,没有一条沟洫,也没有一个种玉米的人。眼瞧着琉璃球似的雨珠从天而降,落在被遗弃的土地上,真叫人心疼啊!印第安人站在高山上,透过雨帘窥视着拉迪诺人①的房屋。全村有四十户人家。晨曦中,偶尔有三两个村民冒险走到墁着石板的大街上,战战兢兢地担心被冷枪打死。加斯巴尔和他手下的武士隐隐约约地望见几条人影,顺风时还能听到广场的木棉树上好斗的鹌鹑的争吵声。

村里的老人们说,加斯巴尔是"无敌勇士"。那些耳朵长得像玉米叶一样的黄毛兔子是他的保护神②。什么也瞒不过那些黄毛兔子,什么危险它们也不怕,多远的路程也不在话下。加斯巴尔的皮肤跟大山榄的硬壳一样结实,他的血液像黄金一样金贵。"他力大无穷","跳起舞来威武雄壮"。他笑起来,牙齿好似泡沫岩;咬牙、啃东西的时候,牙齿好似燧石。他有几颗心。牙齿是嘴里的心,脚跟是脚上的心。他在水果上留下的牙痕,在路上留下的足迹,只有黄毛兔子才能辨认出来。这些都是村里的老人们讲的原话。听说,加

---

① 西班牙人和当地土著人的混血种人。
② 根据印第安人的传说,每个人一生下来都要找一个保护神。保护神是一种动物,被称为"纳华尔"。

斯巴尔一走动,黄毛兔子也跟着走动。还听说,加斯巴尔一说话,黄毛兔子也跟着说话。走动也好,说话也好,加斯巴尔全是为过去、现在、将来活着的人们。村里的老人们对种玉米的人就是这么说的。辽阔的草原上乌云密布,暴雨擂鼓似的敲击着蓝色的鸽房似的屋子。

一天天过去了。有一天,村里的老人咕咕哝哝地说:"骑警队又快来了。"开满黄花的原野向黄毛兔子保护下的加斯巴尔发出危险的信号。

"骑警队啥时候进村的?"在印第安人威胁下朝不保夕的拉迪诺人好像在做梦。他们一声不吭,一动不动,躲在厚墙般的阴影里,谁也看不见谁。马匹从他们跟前过去,好似黑毛毛虫,骑手的面孔仿佛熏黑的面团。雨住了,空气里弥漫着潮湿的泥土气味和臭鼬的邪味。

加斯巴尔换了个藏身的地方。深夜,在伊龙暗蓝的天空上,闪闪发光的兔子从一颗星星跳到另一颗星星,发出危险的讯号。山峦间,黄蒿草的香气直扑人面。加斯巴尔·伊龙又换了个藏身的地方。他手持猎枪,枪里装着黑色的粉末,致命的黑色粉末——那是火药。腰间斜插着明晃晃的砍刀,别着酒葫芦,还有烟草、辣椒、盐巴和玉米饼。太阳穴上用唾沫粘着两片桂树叶子,怀里揣着一瓶杏仁油、一小盒狮油药膏。他"力大无穷","跳起舞来威武雄壮"。他的力量是鲜花。他的舞蹈是行云。

村公所的走廊盖在一个山坡上,下面是积满雨水的圆形

玉米人

广场。战马没有卸鞍,只是松了松肚带,缰绳系在一溜木桩上。马匹摇晃着脑袋,呼哧呼哧地喘息,喷出的水汽把周围的空气弄得潮乎乎的。自打马队进村以后,空气里尽是一股马汗的臊臭味。

骑警队队长在走廊上踱来踱去。嘴里叼着一支燃着的劣质雪茄烟,军服上衣左右敞开,脖子上围着一条白绸巾,裤腿上打着裹腿,足蹬一双乡间的鞋子。

村子里空荡荡的。从伊龙山上下来的印第安人,在勇武机智的酋长率领下,把没有逃走的人杀得七零八落。硬着头皮留在村里的人猫在家里不敢出门。每逢穿越大街,都像四脚蛇似的一蹿而过。

外面在宣读告示。人们纷纷走出家门,躲在墙角,注意听宣读告示的声音:

"讨伐队队长冈萨洛·戈多伊上校晓谕全体村民知照:本上校奉上峰命令,聚集精兵,率军于昨晚进驻皮希古伊利托村。所部骑兵一百五十名,精于射击,弹不虚发;步兵一百名,善使砍刀,武艺高强。此番进山,剿除印第安人,必将犁庭扫穴,悉数歼灭……"

乌云蔽空。太阳远遁。山峦呈现一片茶青色。苍穹、空气、屋宇全都笼罩在仙人掌般的暗绿色中。宣读告示的人、躲在犄角旮旯听告示的三五成群的乡民以及擂鼓吹号、左右护卫的兵丁仿佛失去了血色,披上一层青西红柿色的绿装,像煞一棵棵树木……

读完告示，村里的头面人物一起登门求见戈多伊上校。村公所走廊的木柱上悬挂着一张吊床，堂①·查洛端坐在吊床上，嘴巴好像贴了封条。他那双淡蓝色的圆眼睛东张张西望望，偏偏不朝来客瞅一眼。一位来客犹豫了好大一会儿，才朝前迈了一步，嘴里嗫嚅着，似乎想说些什么。

上校瞟了他一眼。来客们表示要敬献一首用木琴和吉他演奏的小夜曲，欢迎上校莅临皮希古伊利托村。

"上校，请恕我们冒昧，"那个人说，"今天的节目第一部分的第一支曲子是《芥末多了》，第一部分的第二支曲子是《黑啤酒》，第三支曲子是《宝贝儿死啦》……"

"第二部分呐？"戈多伊上校硬生生地打断他。

"第二部分还没有呢，"献曲的人群中年岁最大的老头凑上前来，插嘴说，"在皮希古伊利托村，这阵子光弹我编的这几支曲子。我编的最后那支曲子就是《宝贝儿死啦》。那天，正赶上老天爷发善心，把尼娜·克莉桑塔的小女孩召上天去。"

"好啦，朋友，你好好琢磨琢磨，再编个曲子。我看，干脆就叫《我又活了》吧。哼，要不是昨儿晚上我们赶到这儿，今天一大早，山上的印第安人就会下到村里来。甭等天亮，就把你们一勺烩了。你们这些傻瓜蛋一个也剩不下，全得完蛋。"

---

① 男人的尊称，只用于名字之前。

编曲的老人那张脸皱皱巴巴的,活像老树皮,头发覆在前额上,又短又尖,像煞干瘪的芒果尖。眼睛眯得只剩下一条缝,几乎看不见眼珠。他两眼直盯着戈多伊上校。戈多伊上校意味深长地沉默着。在死寂的气氛中,在场的人仿佛看到成群结队的印第安人在村子里跑来跑去。在加斯巴尔·伊龙率领下,见着什么抢什么,缺什么拿什么:马匹、烧酒、狗和药铺里出售的能遮汗臭的广藿香。

每个印第安武士身上都带有保护他的野兽的气味。广藿香、香水、神奇的油膏或者水果的浆汁能够盖住这些气味,遮掩他们的神秘行踪,使那些心怀恶意寻找他们的人嗅觉失灵。

有些武士散发出一股美洲野猪的气味,用香堇菜根可以遮住。天芥菜水能盖过麋鹿的气味,谁的毛孔里有麋鹿汗臭,谁就可以使用它。晚香玉香气浓郁,有些武士在战争中受到爱出冷汗的夜禽保护,应该用晚香玉来遮这股味。得到蟒蛇保护的武士身上几乎没有特别的气味,在战斗中也不爱出汗,他们可以使用素馨花香精。玫瑰花香能够遮住武士身上的乌鸦味。夜来香的芬芳可以把散发蜂鸟气味的武士隐藏起来。带猕猴味的武士可以躲进茉莉花的香气里。有些武士汗里带有美洲豹的气味,他们应该使用野百合。有长尾鹦鹉味的武士要用芸香。汗里有鹦鹉气味的武士要用烟草。无花果的叶子适用于貘武士。鸟武士该用迷迭香。螃蟹武士要用橙花酿造的酒。

戈多伊上校和皮希古伊利托村编曲老人相对无言,沉默中仿佛看到加斯巴尔和印第安人走过他们的眼前。加斯巴尔变作一朵黄花，成群的印第安人坚定不移地跟随着他。

"哼，就是这么回事，"戈多伊上校抬高嗓门儿说，"他们要把你们斩尽杀绝，杀得鸡犬不留，一个也剩不下。瞧你们这个村子，连个钉马掌的也没有，真他娘的！"

戈多伊上校的部下蹲在战马中间，蹲着蹲着一个个都睡着了。猛然间，大家从梦中惊醒，腾地一下子站立起来。原来是一只癞皮狗像滚地雷似的在广场上跑过来跑过去，舌头耷拉着，眼珠努出眼眶，嘴里喘着粗气，一个劲吐白沫。

士兵们一看是这么回事，又都低头耷脑了。他们蹲下去，打算一动不动地再睡上几个钟头。俗话说，找水喝的狗没毛病。可这条可怜的狗在水洼里打了几个滚，跳出来的时候，浑身滴滴答答地直往下淌黑泥汤。它把身体贴在冲着广场的房屋的墙根上，来回蹭啊蹭的。接着，又在木棉树的树干上、朽木桩子上蹭来蹭去。

"这只狗……"上校躺在吊床上问。吊床是用龙舌兰绳编成的。无论走到哪个村子，上校总要找张吊床，睡上个午觉。

"犯病了吧，"副官回答说。他两脚交叉着，把身子靠在村公所走廊的一根柱子上，离上校的吊床不远。他不错眼地盯着那条狗，站了好大一会儿，又说："我看，它是吃了癞蛤蟆了，才这么折腾。"

"你去查一查，说不定是条疯狗……"

"到哪儿去查啊？"

玉米人 | 015

"药铺啊,混蛋,这儿还有什么地方可查的。"

副官穿上凉鞋,一溜小跑到药铺去了。从村公所这边说,药铺坐落在广场对面。

长鬃战马脑袋一点一点地打瞌睡,蹲在地上的士兵睡得迷迷瞪瞪。狗还在闹腾。猖猖的狂吠声打破了周围的岑寂。狗突然停下来,用前爪不住地刨地,仿佛地里埋着什么东西,非刨出来不可。然后,它猛地摇晃了一下脑袋,又摇了一下,又摇了一下,好像要把卡在嗓子眼儿的东西甩出来。只见它从嗓子里咯出一团白不呲咧的东西,里面夹杂着唾液和白沫子。它把东西吐到地上,没去咬,也没去舔,只用舌头舔干净嘴巴,又汪汪地叫起来。随后,它开始跑动,边跑边用鼻子嗅着什么药草。它东倒西歪地奔跑着,似乎觉得天旋地转,阴影、青石、树木搅成一团。又是打嗝,又是恶心,直往地上吐白沫。蓦地,那条狗朝前一蹿,仿佛狂风吹弯一股流水似的,砰的一声倒在地上。看样子,它撑不住自己的身体了。它勉勉强强地站起来。两眼血红血红的,舌头耷拉着,尾巴尖紧紧地夹在冰凉的不住打颤的后腿中间。刚要迈步,又像被绳索绊了一下,往前一趔趄。它拼命挣扎,陀螺似的急速转了半圈,四脚朝天摔在地上。只见它使尽浑身力气在垂死挣扎,苟延残喘。

"行了,不折腾啦,唉……"蹲在战马中间的一个士兵说。说话的人长了一张黑里透红的脸膛,眉毛上竖着一条刀痕。士兵们都松了一口气。

那条狗把牙咬得咯吱咯吱直响,伸着嘴,使劲咬自己的两肋、疥疮肚皮、生殖器和肛门。"真邪门！身上哪儿脏咬哪儿！死嘛，说难受也不难受，跟天黑下来一样，周围的东西慢慢地瞧不见了。"另一个蹲在战马中间的士兵这样想。最后，他憋不住了，开口说道：

"还动弹呢。咽这口气还真不容易！想当初，善心的上帝压根儿没打算让咱们长生不死……为什么要让我们永远活着！只是想想这事，就恶心得慌。"

"所以我才说，枪毙算不上了不得的处罚，"眉毛上带刀痕的人接过去说。

"根本算不上，那是救人一命。一辈子活受罪，那才是处罚呐，要……"

"那是正经八百的处罚。"

副官回到村公所的走廊。长着浓密的小胡髭的戈多伊上校还趴在吊床里，睁大两只眼睛，活像兜在网里的鱼。

"药铺掌柜说，刚才给那条狗吃了口东西，上校。狗身上净是癞。"

"你没问一问，那个混蛋给狗吃什么啦？"

"他说，吃了口东西……"

"吃了口东西？啥东西？"

"碎玉米饼和毒药。"

"哟，下的什么药？"

"您别生气，我马上去问。"

"最好你亲自走一趟，查洛，你这个坏小子！"戈多伊上校自言自语地说。他跳下吊床，那双淡蓝色的眼睛像玻璃球似的转来转去,心里盘算着怎么给伊龙的酋长也来上一副毒药。

"你立刻去,"戈多伊吩咐副官说,"把刚才到这儿献曲的人找来,告诉他们今儿晚上把乐队带来,就说是我说的。"

下午,天色昏黄。寂静的山峰刺破厚厚的云层。暴风雨即将来临,天际间一片灰蒙蒙。仙人掌的芒刺呜呜咽咽。鹦鹉的哀鸣声在峡谷中回荡。啊!但愿黄毛兔子跌进陷阱!啊!但愿像璀璨的晨星一样的大戟花的香气不会遮住加斯巴尔的气味,不会抹掉只有黄毛兔子才能辨认出来的加斯巴尔留在水果上的牙痕和留在路上的足迹!

那条狗一下一下地蹬腿,还在垂死挣扎。脑袋实在抬不起来了,只能一点儿一点儿地抽动。肚皮胀得绷绷的,脊背僵直,生殖器翘着,像是在发情。肥皂泡似的白沫子顺着鼻孔往外冒。远处的沉雷声愈来愈近了。狗合上眼睛,整个身子贴在地上。

村公所门口,摆着一个三条腿的支架,上面放了一口缸。有人在缸里点燃起松木,宣布音乐会开始。讨伐队队长戈多伊上校一脚踢翻了三脚架。火星溅到点火人的身上。副官端着盏煤油灯正朝廊道走过来,背上也挨了一下子。这件事惊动了村里的头面人物,他们一迭声地叫喊着:"快把火扑灭了","往上扔土"。为了讨好上校,他们像风摇树枝似的连连挥动胳臂,表示敬意。大家一一做了介绍。离上校最近的是托马斯·马丘洪先生。他左边是军方的权威——戈多伊上校,右边是他家里的最高权威——瓦卡·玛努埃拉·马丘洪。

马丘洪和上校悄声低语着朝远处走去。托马斯先生原先是加斯巴尔·伊龙的印第安部落的一员。他是印第安人,可他老婆瓦卡·玛努埃拉·马丘洪把他拉入拉迪诺人一伙。这个狡猾的女人是个狐狸精,专门迷惑男人。谁沾上这种女人,就会被她粘住。这种女人贱里贱气,满嘴甜言蜜语,哄得你要什么给什么。瓦卡·玛努埃拉就是用这套花招把托马斯先生拉到种玉米的人一边去的。

下雨了。入夜,骤雨中的崇山峻岭散发出熄灭的炭火的臭气。暴雨捶击着村公所的屋顶,好似那些死在印第安人手中的种玉米的人在齐声嚎叫。在黑黢黢的深夜里,死去的印第安人从半空中倾倒下成吨的玉米粒。然而,狂风暴雨还是没有压过木琴的声音。

上校抬高嗓门,对编曲的老头说:

"喂,老师傅,你这首《黑啤酒》还是换个名吧。叫《灵丹妙药》,怎么样?来吧,弹起来,大伙儿跟堂娜[①]·玛努埃拉跳跳舞。"

"好,好,照您的吩咐,改就改吧。跳啊,跳啊。来来来,演奏一段《灵丹妙药》。"

在木琴声伴奏下,瓦卡·玛努埃拉和戈多伊上校在黑暗

[①] 女人的尊称,只用于名字之前。

中摇摇摆摆地跳舞,周围的人好似在淫雨霏霏的暗夜从河里冒出来的幽灵。讨伐队队长把一个小玻璃瓶交到舞伴手中,对她说:"这就是灵丹妙药,专治印第安人的癣疥。"

二

夏天,骄阳炙人。在伊龙酋长的领地上,居民把蜂蜜涂抹在果树的枝杈上,为的是让果树结出甜美的果实。妇女用蜡菊编成五彩缤纷的花环,戴在头上,为的是能够生儿育女。人们把浣熊尸体挂在茅屋门口,为的是让男人身强力壮。

萤火法师的祖先是敲击燧石的能手。萤火法师的亮光就是燧石的火星。他们居住的帐篷是用母鹿——未曾交配过的母鹿——的皮搭起来的。在昏暗的夜色中,萤火法师东撒一把火星,西撒一把火星,待到冬天来临,行人就不难找到指路的明星。

人们燃起一堆堆篝火,对着火堆东拉西扯地闲聊天。有的说,天气炎热,照这么热下去,田野里的植物都得枯死。有的说,虱子把牲口折磨得愈来愈瘦。有的说,蝗虫搅得天气越发干旱。还有的说,干涸的沟壑里,泥土年复一年地长出皱纹,活像老汉的面孔。

篝火周围,黑夜看上去仿佛是一群黑胸脯、蓝翅膀的小鸟儿在上下飞舞。武士们常把这种鸟儿作为贡品奉献给"丰盛园"①。他们胸前十字交叉挂着子弹袋。屁股坐在脚跟上,不声不响地暗暗思忖:夏天打仗,山里人比起骑警队来要艰难得多;可是,一到冬天,情况就正好相反。武士们把带刺的灌木投进火堆。武士的火就是战火。在战火里,连灌木刺也大放悲声。

还有一些人坐在篝火旁边,用砍刀修脚趾甲。他们成天脚踩污泥,东奔西跑,趾甲硬得像石头,不用砍刀尖削不下来。妇女们嘻嘻哈哈的,一块数脸上有多少黑痣,天上有多少星星。

她们当中数马丁·伊龙的妈妈脸上的黑痣最多。马丁·伊龙是酋长加斯巴尔·伊龙的儿子,才出世不久。他妈妈就是彼欧霍莎·格朗德。她脸上的黑痣最多,身上的虱子也最多。

婴儿身上裹着旧细布襁褓,躺在彼欧霍莎·格朗德的温暖的怀抱里,睡得十分香甜,好像刚刚捏好的泥娃娃。头上、脸上蒙着辟邪用的稀疏的线网。孩子轻轻的喘气声,听上去好似滴落在松软的土地上的水滴声。

篝火闪射着光芒,散发出热气。篝火周围有男有女,有老有少。妇女们远远地离开火光,坐在昏暗的地方。男人们远远地离开暗处,坐在明亮的地方。人们两眼直瞪瞪地盯住烈焰腾腾的火堆。这是武士的火,也就是战火。在战火中,连灌木刺也大放悲声。

---

① 传说中的中美洲的乐园,又叫"杜兰园"。

胡蜂在上年岁的印第安人头顶上盘旋飞舞。老人们在讲今比古。他们慢腾腾地摇晃着脑袋,显出老态龙钟的样子,用年迈人特有的慢条斯理的口吻说:在用龙舌兰打出第一条绳子之前,妇女们已经懂得梳辫子了。还说,过去讲究男女暗中幽会,可如今他们都是当众成亲。还说,阿维兰塔罗①硬是从老爷们的耳朵上扯下金耳环,疼得他们哇哇直叫唤,只好把宝石献给从他们耳朵上扯下金耳环的阿维兰塔罗。还说,人是残酷的。一个男人只娶一个妻子,一个女人只嫁一个丈夫,这多么残酷啊!野兽、毒蛇都比人强百倍。男人除了自己的妻子外,舍不得把精子分给其他女人,拒不接受其他女人的温存。人连最凶残的野兽也不如。

孩子们在老人、妇女、男人、萤火法师、武士、厨娘和篝火中间穿来穿去,游戏玩耍。一个个面色焦黄,活像没涂颜色的干葫芦。厨娘们把木勺儿伸进锅里,往外盛菜。有炒辣椒、木薯炖猪肉、鸡汤、腌肉熬扁桃。有的客人要腌肉扁桃,有的要鸡汤,有的要木薯猪肉。厨娘们按照客人的要求,把各种菜盛到上釉的小盆里,再把一盆盆菜肴端到客人跟前。有几名妇女专管往菜里加辣椒,把鲜红的辣椒汁洒到汤碗里。肉汤油黄油黄的,上面漂着几片带皮的刺瓜、肥肉、合欢果、土豆片,还有切成贝壳状的小南瓜、一条条豆角、切成碎丁的佛手瓜,再配上香菜、盐、大蒜和西红柿。她们还把鲜红的辣椒汁浇到盛米饭和鸡汤——用七只或九只

---

① 即危地马拉的征服者佩德罗·德·阿尔瓦拉多。1541年死于墨西哥。

白鸡熬的汤——的碗里。有几个桑博[1]妇女在烧火煮粽子。粽子外面包着香蕉叶，中腰儿用灯心草扎住。桑博妇女从汤水滚沸的瓦盆里捞出粽子，眨眼之间把皮剥下来。另有几名妇女把剥了皮的粽子端给客人。煮熟的玉米粉、红通通的酱料和肉冒出一股热气，扑打到她们脸上，热得她们像挨了毒日头烤晒一样满头大汗。她们一边走，一边在客人身上撞来撞去。开始吃粽子了。吃粽子都是用手抓。每逢吃粽子，席间总是洋溢着亲密无间的气氛。客人们又是嘬手指头，又是和邻座的人打哈哈。有的人毫不客气地抓过邻座的粽子尝上一口。有的人一迭声地催着再来一个。加斯巴尔的亲信武士一边和端粽子的妇女说话，一边伸出手去，抚摸她们裸露的胳臂。妇女们躲闪着，顺手给他们一巴掌。"再给我来一个，宝贝儿！……"大个的粽子有红的、黑的两种。红粽子是咸的；黑粽子是甜的，馅子是火鸡肉和扁桃。小个的粽子外面包着白嫩的玉米叶，裹成三角形，馅子是野苋、丘雷盖花[2]、夹竹桃的花籽、葫芦花。还有的小粽子里面包的是鲜嫩的玉米棒磨成的粉和茴芹。"再来一个，宝贝儿！……"妇女吃的小粽子是用玉米面加牛奶做成的。粽子染上胭脂，配上香料，活像红艳艳的苹果。"再来一个，宝贝儿！……"厨娘用手背擦擦前额，把头发撩上去。顺手抹了抹鼻子，煮粽子的烟气呛得她们直流鼻涕。专管烤肉的妇女嗅到一股干咸肉的

---

[1] 黑人和印第安人的混血种人。
[2] 一种攀援植物。

香味。啊,真香啊!这种牛肉久经日晒,盐腌,洒上酸橘汁,往火上一放,肉块一抽一抽的,仿佛牛又活转过来。另外,还有其他菜肴,像烤加拉巴果、奶酪木薯、浇辣油的炸肉。还有辣酱油烧牛尾,骨头甜滋滋的,跟蜜一样。几位客人端起辣味儿汤,一口气喝下去,辣得满脸通红,像是戴上了假面具。连碗里最后几滴带咸味儿的汤汁也舍不得丢下。另外几位客人端起碗,品尝略带酸味儿的发红的牛奶玉米粥。用奶酪和玉米熬成的粥飘散出嫩玉米的清香。稍加点水,又有一股甘蔗浆的香味。滚烫的牛油在铁铛上嗞嗞地冒着小泡泡,油里煎的是整根整根的香蕉。煎好以后,浇上蜜汁,送到女客跟前。女客们吵吵嚷嚷的,非要尝一尝加桂皮的牛奶米饭、糖泡李子和蜜饯椰枣。

瓦卡·玛努埃拉·马丘洪身穿一套臃肿不堪的衣服。自从和她丈夫托马斯·马丘洪先生下得山去,定居在皮希古伊利托村以后,她总爱穿上好几条裙子和衬裙。这次,她应邀上山,参加加斯巴尔举行的野宴。瓦卡·玛努埃拉站起身来,走到怀抱婴儿的彼欧霍莎·格朗德身边,向她表示谢意,感谢她盛情邀请马丘洪夫妇上山赴宴。

瓦卡·玛努埃拉·马丘洪微微屈着膝盖,低下头说:

"哎哟,你的心真好,像小斑鸠一样纯真。我要把你放在腋下,把你顶在额头,把你留在我心灵的深处。我的小斑鸠,我永远不会伤害你。即使你落在我黑亮如漆的头发上,我也不会用洁白如玉的双手伤害你分毫。和你在一起,我觉得好像靠近一片树阴、一泓清泉、一颗明星、一株开满红花的生命之树。我尝到了甜蜜的滋味,我听到了悦耳的声音。"

葫芦瓢里盛着汤汁,滚烫滚烫的,散发出炒玉米粉的香味。旁边放着一碗碗玫瑰色的饮料、一小杯一小杯的咖啡、插着搅拌棒的奇恰酒①和一杯杯烧酒。客人们边喝边谈,无拘无束,吃得津津有味。

瓦卡·玛努埃拉·马丘洪没有再重复感激的话。彼欧霍莎·格朗德抱着孩子,悄悄地消逝在暗影中。

"彼欧霍莎·格朗德抱着孩子跑了……"瓦卡·玛努埃拉·马丘洪跑到加斯巴尔跟前说。这时候,加斯巴尔正在吃饭,周围坐着那几位住在鹿皮帐篷里、爱吃刺豚鼠的萤火法师。

加斯巴尔的眼睛一到夜间就变成火眼金睛,看起暗处的东西来,比山猫还锐利。一听瓦卡·玛努埃拉的话,他当即站起身来,顾不上听萤火法师讲什么银匠的小锤子和……

"请原谅……"加斯巴尔对托马斯·马丘洪先生和瓦卡·玛努埃拉·马丘洪说。瓦卡·玛努埃拉此次进山,给他带来了皮希古伊利托村的消息。

彼欧霍莎·格朗德听见加斯巴尔在乱树丛中扑腾扑腾地蹿腾跳跃,觉得自己的心房也在衣衫下面扑腾扑腾地狂跳着。只听"通"的一声,加斯巴尔纵身一跃,赶上了彼欧霍莎·格朗德,跳到她前面那条黑洞洞的山路上。他张开十只

---

① 用玉米发酵制成的酒。

尖如利箭的手指，打算掐死彼欧霍莎·格朗德。加斯巴尔眯缝着眼睛，盯住她，从他那双半开半闭的眼缝间飞出几只蝴蝶——那是眼泪。人死了，泪珠就会化作蝴蝶；加斯巴尔没有死，可泪珠已经化作蝴蝶。加斯巴尔默默地看着彼欧霍莎，似乎想对她讲些什么。他咬紧牙关，对她又是恨又是爱。他们毕竟是唇齿相依的恩爱夫妻嘛。

彼欧霍莎·格朗德做了个手势，要加斯巴尔把手里端着的那碗酒喝下去。她刚把手举到唇边，伊龙酋长已经把酒喝完。彼欧霍莎·格朗德看见加斯巴尔嘴边湿润润的，留下那碗要命的烧酒的酒渍。这碗酒重似铅块，两条雪白的草根在酒里来回晃动。这当儿，萤火法师和武士们纷纷赶到。彼欧霍莎·格朗德拔起两腿，又飞快地奔跑起来，好似断崖上直泻而下的瀑布。

加斯巴尔觉得眼前升起一片迷雾，想说话说不出来。一张张男人和女人的面孔像被砍倒的大树的树叶一样在他眼前簌簌抖动。加斯巴尔端起猎枪，用肩膀抵住枪托，瞄准前方……他没有扣动扳机。彼欧霍莎·格朗德背上趴着一个鼓鼓囊囊的东西。那是他的儿子，像条虫子似的蜷伏在他妻子的背上。

瓦卡·玛努埃拉·马丘洪迎上来，打算安慰安慰彼欧霍莎·格朗德。这时，彼欧霍莎·格朗德猛然惊醒过来，觉得自己仿佛做了一场噩梦。她不禁放声大哭，直哭得神志昏迷。那两条在酒中晃动的白草根似乎把她从碧绿的大地带进漆黑的阴间，从阳光明媚的人间带进黑黢黢的深渊。在地下，在那暗幽幽的冥世间，她似乎看到一个人在参加野宴，宾客的脸庞一律看不见。耳边只听得铿锵的马刺声、劈啪的马鞭声和噗噗的吐唾沫声。那个参加地府野宴的人端着一碗酒，两条白草根把酒映成琥珀色。他没有留意碗里的白草根，把酒喝了下去。顿时觉得五脏六腑好像撕裂了一样。他面色苍白，龇牙咧嘴，砰的一声跌倒在地上，两只脚乱蹬乱踹。只见他口吐白沫，舌头泛紫，两眼发直，手指变得和月亮一样惨黄，指甲几乎变成青色。

彼欧霍莎·格朗德再也跑不动了。在茫茫黑夜笼罩下，大路、小路、岔道在眼前伸展，可她再也跑不动了。无边的夜色渐渐吞没了远处晚宴篝火的光辉，吞没了宾客们的喧闹声。

黎明时分，加斯巴尔·伊龙又出现了。他饱饮一顿河水，消解了毒药在腹内引起的干渴。把五脏、血液痛快地冲洗了一遍，从死神的魔掌中挣脱出来。他抓住死神的脑袋和胳臂，像龌龊的衬衫一样扔进河里，让河水把它冲走。加斯巴尔忽而一头扎入水底，在河底的乱石间潜游一阵，忽而把脑袋探出水面，大口大口地呕吐、吐唾沫，还呜呜地哭个不停。死，真叫人恶心啊！一股讨厌的凉气周身乱窜，肠胃阵阵发木，足踝、手腕、耳朵后面、鼻子两侧痒得不行，汗水、泪珠顺着鼻翼两侧的悬崖流进深谷。

黎明时分，加斯巴尔·伊龙又出现了。他还活着，凛然不可侵犯地挺立着。脸色黄里透青，好似柠檬，头发漆黑发亮，牙齿像椰子芯一样洁白，衬衫、裤子紧紧地贴在身上。

泥水、水藻、浮萍顺着身体滴滴答答地落到地上。加斯巴尔·伊龙战胜了死神,战胜了毒药。可是,他的部下却遭到骑警队的突然袭击,被消灭得一干二净。

天边露出一线曙光。月色朦胧,黄毛兔子出现在行将消逝的月亮上,所有黄毛兔子的父亲出现在死寂的月亮上。晨曦把山峦染成一片红艳艳,好似用松节油把群山冲洗了一遍。曙光照进山谷。启明星——尼克斯塔马莱洛①——高挂中天。

种玉米的人再次进入伊龙群山。铁斧砍在树干上发出吭吭的响声。有人准备放火烧荒。这些小人物只有一个朦胧的愿望,就是要通过年复一年的努力把被人们囚禁在石头中和玉米粒中的白蜂鸟解救出来。囚禁蜂鸟的樊笼本来是相当脆弱的。经过烧荒和战争,白蜂鸟得以从地下破土而出。然而,一旦大火蔓延开来,大家只会吓得四处逃命。有谁胆大包天,敢和大火一决雌雄呢?

加斯巴尔眼瞧着自己一败涂地,又一头扎进大河里去。河水为他洗涤了毒药,拯救了他的性命。而面对到处鸣枪的骑警队,河水又要吞噬掉他。剩下的只有虫豸的溘溘声。

---

① 印第安人在食用玉米之前,先用石灰水在锅里把玉米泡软、煮开。他们管这种半生不熟的玉米叫做"尼克斯塔马尔"。一般来说,在天色微明时,把锅从火上拿下来。此时,启明星正好出现在天空,因此,他们管启明星叫做"尼克斯塔马莱洛。"

马丘洪

三

马丘洪辞别父亲和继母,准备出趟远门儿。他父亲上了年纪,早已不干活了。继母和父亲住在一起。她脸上已经堆满皱纹,大家都叫她瓦卡·玛努埃拉。

"再见吧,诸事多加小心,快去快回,"托马斯先生冲着马丘洪干巴巴地大声说。他背靠着大门,坐在一张皮面小凳子上,说话的时候,也没有站起来。马刺的叮当声愈来愈远了,托马斯先生身不由主地蜷缩起来,仿佛浑身的热气一下子跑得精光。他用长着长指甲的手指抹了抹眼中的泪水。

瓦卡·玛努埃拉拥抱了一下马丘洪,那股亲热劲儿就像拥抱自己亲生儿子一样。马丘洪是托马斯先生前妻所生,是她的继子。瓦卡·玛努埃拉在马丘洪的脸上划了个十字,为他祝福,还叮嘱他说:结了婚一定要做个好丈夫。所谓"好丈夫",简言之就是不软不硬,既不能像软棉花捏的,也不能像生铁打的。

走到栅栏门,她又说:

"经你手驯过的马先后也不下三百匹了。应该怎么对待你媳妇,想必你心里有数。嚼子要松着点,马刺要侧着放,马被一定要软和,千万别伤着马。肚带别勒得太紧,别动不动就拉缰绳,太厉害,牲口就毁了;宠过了头,牲口光会尥蹶子。"

"知道啦,娘!"马丘洪一边回答,一边戴上宽檐帽。帽檐儿很大,和皮希古伊利托村的广场不相上下。

几位脸上皱纹多得像千层饼的亲友和牧工正等着和马丘洪话别。真不明白,为什么东家肯让自己的独生子到外面去娶妻生子。像托马斯·马丘洪先生这样的人,亲眼看着孩子长大成人,似乎不应该放他出去到处乱闯。牧工们站在大门口,不住地说:"看见马丘①出远门,心里真不是个滋味儿。"马丘洪的朋友们笑嘻嘻的,用帽子连连拍打着他。

马丘洪此番外出求亲,女家是切瓦·雷伊诺萨的姑娘。雷伊诺萨家坐落在大道边儿上,过了萨瓦内塔就到了。凡是在圣烛节②朝圣的人都要打那儿经过。马丘洪在马背上放了两个驮筐,里面装着美酒和甜玉米饼。还有一包茶叶,赶上在野外露宿,喝口茶能提提精神。还有一顶香喷喷的帽子,要是把帽子落在未婚妻家里,那股香味儿八天也消散不完。马丘洪的几位朋友骑上马,一直把他送到胡安·罗森多庄园。

---

① 即马丘洪。
② 天主教节日,每年二月二日。

"唉，走远了……"一个牧工高声说。马匹在犬吠声中奔驰而去，扬起一阵烟尘。在朋友们的簇拥下，马丘洪家族最英俊的青年消逝在大房子后面。

为了驱散离愁，托马斯先生一整个下午不停气地吸烟。加斯巴尔·伊龙去世以后，萤火法师攀登上静静的山峰。他们把铁刺穿过舌头，一连痛哭了五天五夜。第六天，也就是作法的前夕，萤火法师静默了一整天，嘴里的鲜血凝住了。到了第七天，开始掐诀念咒。

马丘洪外出的那天，萤火法师的咒语一个接一个在托马斯先生的耳边震响。托马斯先生不禁激灵灵打了个冷战。

"儿孙的灵光！部族的灵光！子孙万代的灵光！听着，让嘤嘤哀鸣的小鸟紧紧跟定那些使用白草根毒药的人，走到哪里跟到哪里，永远不离他们的左侧！让他们的妻子、女儿的肚腹变成寸草不生的死地！让他们的后代浑身生满芒刺！听着，部族的灵光、子孙万代的灵光、儿孙的灵光，把灾祸一代又一代降给使用白草根的人，降给他们的子子孙孙，降给他们所有的后代。我们是黄色的头颅、燧石山的峰顶，我们居住在鹿皮帐篷中，我们能呼风唤雨、擂击鼙鼓，从玉米中挖出火蜂鸟的眼球！听着，烈火在伊龙群山中到处肆虐逞凶，是他扑灭了烈火，锁住了烈火，把烈火拘在家中，保住漫山遍野的林木，也帮助了分成农，帮助了拿玉米做买卖的人。可他却惨遭毒手！"

蓦地，托马斯先生觉出手指肚让玉米叶卷烟的火头烫了一下。他一阵咳嗽，烟灰像条虫子似的抖落下去。从茅屋里传出牧牛人的歌声，沙哑而悠扬。过了一会儿，他们换了首歌谣，听上去好像在数一二三四。大概是瓦卡·玛努埃拉请牧工喝酒，祝愿马丘洪身体健康吧。

托马斯先生长长地叹了口气。瓦卡·玛努埃拉身材颀长，身子骨结实，没什么毛病，心眼儿好，又爱干净。可惜啊，她跟骡子一样不能生儿育女。瓦卡·玛努埃拉走到哪里，那只嘤嘤哀鸣的小鸟儿跟到哪里，时刻不离她的左侧。唉，咒语在她身上应验了。萤火法师的神光还没能降灾给他儿子。牧牛人还在唱歌，时而打着拍子，时而弹着吉他。要不要跟他们讲一讲？还是讲讲为好吧。要不要告诉他们，发自静静的群山的魔法正在威胁着马丘洪？恐怕还是告诉他们为好吧。要不要派他们去把儿子叫回来？

托马斯先生朝大门走去。他上了年纪，走起路来，屁股一颠一颠的。绕到屋子后面，趁着没人看见，连忙给一匹正在脱毛的马备上鞍鞯。然后，策马而去。

远处隐约传来牧工单调的歌声。唱歌人对歌词感受至深。这是谁在唱歌？

野百合，野百合，
风吹日晒啊，受折磨；
清泉水，清泉水，
滋润百合呀，吐新蕊……

你是百合花，

香气绕我如轻纱;
我是清泉水,
随你飘荡永不悔……

灰杜鹃,灰杜鹃,
昼夜哀鸣啊,泪涟涟;
小天使,小天使,
劝声杜鹃呀,莫心酸……

你是小天使,
与我相爱共生死;
我是灰杜鹃,
蒙你相劝笑开颜。

"都这么晚了,您这是上哪儿啊,托马斯先生?"胡安·罗森多庄园的主人走过来,大声问道。

托马斯先生勒住坐骑,打算和来人谈谈心里话。昏暗中,来人影影绰绰的,看不大分明。

"去找马丘洪,您没瞅见他打这儿过去吗?要不,就找个娘儿们,再生个儿子……"

胡安·罗森多庄园的主人走到托马斯先生的身旁。

"找个娘儿们,何必往远处去呢。下马吧,这儿有的是……"

说罢,两个人哈哈大笑。随后,那主人告诉老头儿说:

"堂·马丘老早就过去了。连句'再见'也没说。过后我才知道,他是去切瓦·雷伊诺萨家,向姑娘求婚。我说,托马斯先生,您都快抱孙子了,干吗再要个儿子呀……"

托马斯先生皱了皱眉头,鼻子里酸溜溜的。他心里明白,自己的儿子是不会再有孩子了。在静静的群山中,那伙人用利刃把萤火法师砍得血肉横飞。从尸体的碎块里、从血迹斑斑的撕裂的衣服里、从萤火法师兀鹰般的面孔里、从他们又尖又细的舌头里发出一连串的咒语,咒语一个接着一个。这些咒语是任何锋利的砍刀也劈不碎的。

"别犯心思啦,托马斯先生。下来,下来,咱们一块胡乱吃口东西。明天,一切全会好起来的。"

走进胡安·罗森多庄园的屋子里,一股生蜂蜜的芳香扑鼻而来。妇女们身穿粗呢坎肩,唧唧喳喳地闲聊天。她们佩戴着金链儿、银表、穿着合脚的鞋子。用白盘子给客人端上丰盛的晚餐。盘子里有萝卜、莴笋,搭配得挺好看。长颈瓶里装着清冽的凉水。几只小叭儿狗和小孩子在桌子底下爬来爬去,蹭在人们腿上,暖烘烘的。一时间,托马斯先生把静静的群山、时刻不离他左侧的嘤嘤哀鸣的小鸟儿、他儿子,全都丢到脑后。马丘洪是大人了,而他呢,愈老愈悖晦,一天到晚战战兢兢,总爱揪着个心。

顺着左近的山路下来参加圣烛节朝圣的人流过去了。沿路丢下装饰着褪色的纸花的十字架、用木炭在青石上写下的人名、拴牲口的木桩子以及一堆堆干玉米叶和鲜玉米叶,在无花果树的树阴下还有几堆死灰……朝圣的人年复一年地举着白蜡烛和盛开的丝兰，成群结队地走过大道。朝圣的人流过去了。

这年二月，圣烛节前夕，马丘洪家族最英俊的小伙子也从山上下来，加入潮水般的朝圣人群。从各条山径下来的乡下人走上官道，宛如一条条小溪汇入来自四面八方的善男信女组成的汹涌澎湃的大河。烛火辉煌，鞭炮齐鸣，朝圣者高唱赞歌，口念颂词。人群中有卖柠檬的小贩、保姆、小狗和尖声尖气的小孩子。男的、女的身穿粗呢斗篷，帽子上装饰着黄色的小圆球。他们拄着手杖，背着吃食、被褥和装在背篓里备用的蜡烛。

和马丘洪一道来的还有他的未婚妻坎黛拉莉娅·雷伊诺萨。她打着赤脚，他穿着靴子。她身材苗条，皮肤白皙，他肤色黝黑。她的面颊上有两颗笑靥，他蓄着一簇漂亮的掩口胡须。她身上散发着泉水的清香，他身上有一股玉米饼味和山羊的膻气。她嘴里含着一小片迷迭香叶子，他叼着一根长长的香烟。和未婚妻结伴同行，马丘洪感到十分惬意，两眼迷迷离离，嗅觉迟钝了，触觉也不灵了。

人头攒动。一眼望去，尽是各式各样的斗篷和繁花似的烛光。年轻人把光溜溜的念珠十字交叉挂在胸前，看上去好似子弹袋。圆盒子里装着五颜六色的小糖人，还有滚了芝麻的细长的面包。

薄暮冥冥，一人一骑的侧影奔驰在平坦的原野上。这是外出求亲的马丘洪和他乘坐的骏马。马丘洪回想起和坎黛拉莉娅·雷伊诺萨在一起的时候，他三番五次解开钱袋，买下各种小巧玲珑的玩意儿,送给未婚妻,讨她的欢心。这当儿,靠近马匹的两侧出现了两颗星星。随着骏马的飞奔,星星微微地抖动。愈聚愈多的星星在马丘洪眼前晃来晃去,照得他不住眨动眼睛——他"心灵的窗户"。不,那不是星星,是萤火虫。流萤闪射着绿荧荧的亮光,亮晶晶的好似丘雷盖花。

马丘洪自言自语地说:"嚯!这一群带火的蝗虫!"说着,他把头一低,打算躲过密雨般的熠熠发光的昆虫。萤火虫扑下来,纷纷落在马丘洪那顶压着耳梢的草帽上,好像下了一场带翅膀的金煌煌的雹子。骏马像铁匠铺的风箱似的呼哧呼哧喘粗气,在愈来愈多的光屑中朝前奔跑。马丘洪猛然想起那只在他左侧嘤嘤哀鸣的小鸟,连忙用持缰的左手划了个十字。

"呜……"小鸟在嘤嘤哀鸣。"呜……"远处传来野鸽子的凄凉的应声。在鬼火似的流萤的绿光中,小鸟乱飞乱撞,这些流萤好像一群遮天蔽日的蝗虫。野狼阵阵嗥叫;猫头鹰发出刺耳的声音;野兔四处奔突;梅花鹿躲进幽暗的地方。

马丘洪抬起头,望了一眼上下翻飞的光点。光点还在继续增加。他弯下腰,低下头,还是护不住自己的面庞,直觉得脖子上一阵阵疼痛。马匹、鞍鞯、马身上铺的羊皮、盛着带给坎黛拉莉娅·雷伊诺萨礼物的驮筐全都烧着了。只是没有火焰,没有黑烟,没有烧焦的糊味。流萤的璀璨的亮光从马丘洪的草帽上一直流下来,像冰冷的汗水顺着耳后流进绣花衬衣的领子,流过肩头,穿过外套的袖子,直流到他毛茸茸的手背，又顺着手指一直流下去。这股与天地共生的耀眼的光芒把一切都变得模模糊糊了。

清凉如水的萤光笼罩住马丘洪整个身体。他上下牙好像松动的马蹄铁，一个劲打颤，两只手不停抖动。马丘洪直起腰，挪开蒙住脸的双手，打算看一看究竟是什么东西照得他眼花缭乱。糟了！一道雪亮的白光刺瞎了他的眼睛。马丘洪使尽全身力气用马刺猛踢了一下胯下的坐骑。那匹马风驰电掣般狂奔起来。马丘洪紧紧地伏在马鞍上，眼前一片漆黑……

只要萤火虫不把他拉下马来，在茫茫的黑夜中，他将永远像一尊从天而降的光明之神四处奔驰。

四

瓦卡·玛努埃拉和从胡安·罗森多庄园赶来的朋友、坎黛拉莉娅·雷伊诺萨的几个兄弟以及皮希古伊利托村的村长聚在一起，互相壮着胆子。

听到马丘洪失踪的消息，托马斯先生顿时像泄了气的皮球，闭上了眼睛。他一声不吭，直觉得心里在滴血。

瓦卡·玛努埃拉不住用手帕擦鼻子，两眼哭得又红又肿，皮希古伊利托村的村长用鞋尖来回拨拉地上的砖头。有人掏出一把玉米叶卷烟，大家抽起烟来。

"唉，大地把他吞下去了，"村长小心翼翼，尽量不戳痛托马斯先生的疮疤。他从鼻孔里喷出两道带无花果香味的白烟以后,又接着说:"要说找吧,哪儿哪儿都找过了。能找的地方都找了,连石头底下也翻遍了,山沟里就更甭说了。您不是瞅见了吗,连白石头茅草地边上的瀑布后面也搜寻过了。"

"好在他这次出门本来就是要四处闯荡闯荡,"坎黛拉莉娅·雷伊诺萨的一个兄弟插进来说,"我认得一个闯江湖的人。光着半截儿身子,头发挺长,像个老娘儿们。满脸胡子拉碴的。吃起盐来像头牲口。成天成天不睡觉。也难说,躺在外乡的地上,谁也睡不踏实,哪像在自个儿家里睡得那么香甜。在家里睡,心里踏实。再怎么逃避,这把骨头早晚还不是埋在这儿。"

"净说点子废话,"托马斯先生打断他们说,"我儿子准是让他们杀死了。快瞧瞧去,看哪儿有老鹰吃死人,也好把尸首找回来。"

"查洛·戈多伊上校也是这个意思,"村长说。他右手摆弄着带黑色流苏的权杖,俨然一副父母官的架势。提到骑警队队长的大名,口吻显得颇为庄重。"我专门派了个邮差,从皮希古伊利托村赶到上校的驻地,把马丘洪出事儿的消息报告给他。他捎来口信说,还得多加小心,和印第安人这场仗还没过去呐。"

"还得打,一直打下去,"托马斯先生斩钉截铁地说。这时,瓦卡·玛努埃拉用手绢捂住脸,抽抽搭搭地泣不成声。

"唉!我的……唉!我的天啊!……"

"还得打,一直打下去。唉,打也不会再跟我们打了。马丘洪家算是完蛋啦。你们看。马丘是我们家的独苗,最后一根独苗……"托马斯先生一把鼻涕一把眼泪地哭着说。喉咙壅塞了,显得鼻音很重。他接着说:"完啦,断了根啦,绝了种啦,男孩子本来就少,独木不成林。这下子,马丘洪家算是连根断了。"

走廊上,一个豁嘴小伙子手里拿着把镩子在剥玉米粒。玉米粒掉在铺在地上的牛皮上发出劈里啪啦的声音。小伙子攥着镩子在玉米棒上捅了一下又一下,就像他养父托马斯先生用剃刀给他剃头一样。玉米粒掉在牛皮上啪啦啪啦直响,猪在哼哼地叫,豁嘴龇着牙呼么喝六,吓得母鸡咯咯地直叫唤。

"倒肥(霉)的猪……老母鸡……"

瓦卡·玛努埃拉走出来,吩咐豁嘴儿别再瞎嚷嚷了。房间里顿时一片死寂,像是一幢无人居住的房子。从胡安·罗森多庄园来的朋友、坎黛拉莉娅·雷伊诺萨的兄弟和村长陆陆续续地走了,都没有和托马斯先生告辞一声。托马斯先生坐在皮面小凳上,背靠着门,独自饮泣。

每逢宰牲口,坎黛拉莉娅·雷伊诺萨的兄弟就用竹竿在家里搭起肉案子,临时开个肉铺。

他们在面朝大道的走廊上竖起两根木棍,中间横拴一条龙舌兰绳子。鲜肉挂在绳子上,滴滴答答地往下淌血。盘子里有煎肉,铁皮罐里盛着熬好的白油。

坎黛拉莉娅·雷伊诺萨站在小走廊上,右手拿刀,左手抓住一根腊肠,正要往下割。买腊肠的小伙子两眼直勾勾地盯着她。这时候,大道上有个女人跟她说话,她光顾听话,把卖肉的茬儿忘了。那个女人面色黧黑,披头散发,身穿一件油渍麻花的衣衫,只有牙齿洁白得跟奶油一样。

"喂,姑娘,听我说,出去烧荒的人看见堂·马丘啦,说他骑着马在大火里来回去地跑。还说,他像一棵穿着金光闪闪的衣服的木棉树。草帽、外套、马鞍子,连马掌都是黄澄澄的。好看极了!他们说,冲着骑马的那副架势,一看就是他。你还记得不,他骑在马上那副劲头,多帅啊!那才叫男子汉呢!圣母马利亚!……前两天,我把这事儿告诉了瓦卡·玛努埃拉太太,你猜怎么着,她硬把我撵出来了。还说,只有你才相信马丘洪会出现在烧荒种玉米的地方。她就是这么说的。我看哪,准是黄汤灌得太多了,她才这么亵渎上帝。姑娘,甭管怎么说,我也到山上去了一趟,亲眼看见了去世的马丘洪。周围尽是烧荒的大火、黑烟,他摇晃着草帽,跟我们说了声'再见',随后用马刺踢了马一下。哎哟,浑身上下金晃晃。一下子,人不见了。大火跟在他屁股后边,活像只毛烘烘的猎狗,拖着条冒烟的尾巴,跟他可亲啦。"

"在这近处吗?"坎黛拉莉娅·雷伊诺萨问道。姑娘面色苍白,嘴唇白得像丝兰花。她光顾说话了,一直没给买东西的小伙子割腊肠。

"嗯,告诉你吧,离这儿远着呐。不过,后来我在近处又见着他一次。咳,姑娘,人一死,就没什么远了近了的。

我特地来告诉你这件事，你也为他祷告祷告。要说死鬼跟你，嗯，不能说毫不相干吧。"

坎黛拉莉娅·雷伊诺萨用刀砍断绑着一串腊肠的油腻腻的龙舌兰绳子。用香蕉叶包好腊肠，递给买东西的小伙子。小伙子手里捏着一枚铜币，一直站在那儿等着。

大道上的白土细得好似灰烬。微风吹过，尘土飞扬，路上弥漫着一团迷人眼睛的烟雾。自从马丘洪失踪以后，坎黛拉莉娅·雷伊诺萨姑娘的面庞一直和大道上的灰尘一样白惨惨的。

姑娘本来是通过马丘洪的眼睛观察周围世界的。如今，这双眼睛不在了，她还看什么呢？每逢星期日，她孤身一人坐在大道边儿上，合上眼睛，度过一天。听到远处传来得得的马蹄声，她就倏地睁开眼睛。马蹄声渐渐近了。她怀着渺茫的希望，盼着在这么多南来北往的马匹当中能看见马丘洪那匹坐骑。照人们的说法，马丘洪此番外出是要四处闯荡闯荡。莫不是他现在正骑着骏马到处转悠吧。

"上帝保佑您！让您费心了，特地来告诉我这件事，"坎黛拉莉娅·雷伊诺萨从小伙子手里接过钱，对那个女人说。买肉的小伙子离开临时开设的肉铺子。渐渐走远了，脚下蹬起一道尘土，一条狗紧紧尾随在后面。姑娘转身回到屋里。过了一会儿，听见有人说："圣母马利亚，有人卖肉吗？……"

那个蓬头垢面、身穿黑衣服、牙齿白得像奶油一样的女人在大道上消逝了。买东西的女人是个熟人，要买半磅脂油。坎黛拉莉娅·雷伊诺萨用长柄铁铲舀出一块脂油——脂油和那个女幽灵的牙齿一样洁白——和一点儿油渣。她把秤砣打到半磅，秤钩上挂着用香蕉叶包好的脂油。坎黛拉莉娅·雷伊诺萨一边拣油渣，一边对买东西的女人说，最近，马丘洪在放火烧荒的地方出现了，骑着高头大马，从草帽到马掌全是金灿灿的。大家都说，看上去他挺潇洒，活像圣徒圣地亚哥。

买油的女人一边听她说，一边把油渣塞进嘴里。她心里想，对热恋中的人，千万不能说反话，否则会出危险。她连油渣都没顾得嚼，闭上嘴唇，连忙点点头，表示的确有那么回事。

天色渐渐黑下来了。珍贵的树木在山顶上燃烧着。在暗蓝的天空衬托下，山顶的大火宛如火红的太阳。坎黛拉莉娅·雷伊诺萨闭上眼睛，伫立在卖肉的走廊上。大道和往常一样变得模糊不清，然而还是依稀可辨。入夜，白土大道上的喧嚣停止了。大道像白骨一样依旧横在那里，横在眼前。白天，大道上十分热闹，朝圣的人群、过往的客商、羊群和各种牲口群、马帮、车辆、骑马的过客熙来攘往，络绎不绝。一到夜间，在大道上来来往往的只是孤鬼游魂、凶神恶煞、魔鬼、圣徒，以及兵丁、骑警、闯荡江湖的人、捆绑双手的囚徒……

坎黛拉莉娅·雷伊诺萨合上眼睛。睡梦中，似乎看到马丘洪骑着骏马，从烈焰腾腾的山顶上奔驰而下，马背上驮着装甜水和甜玉米饼的驮筐，还有那顶香气四溢的草帽。姑娘若是把草帽放在膝盖上,身上的芳香能保持八天不会消散。

五

小伙子们抡起砍刀,一下一下砍断盘根错节的树木,在草木丛生的土地上留出一条三臂宽的空地,好把烧荒的大火限制在空地以内。当地人管这种砍去树木的空地叫做"火道"。火道像一条条宽阔的带子,从一座山伸到另一座山,从一块地连到另一块地,把树木草丛分成两半儿。一半即将遭受火刑,另一半作为见证人惊恐地望着熊熊烈火。

托马斯·马丘洪先生心里惦记着烧荒的事儿,在家里坐也坐不稳。他早就听说自己的儿子不时出现在大火中,骑着那匹骏马,满身金煌煌、光彩夺目。外衣、草帽、衬衣、鞋子宛如银灿灿的月亮,马镫、马刺好似灿烂的群星,眼睛好像明晃晃的太阳。自打那时以后,他痛痛快快地把自家土地租给了分成农,让他们烧荒种玉米。

托马斯先生脸上堆满皱纹,没留胡子,穿得邋里邋遢。他把玉米叶卷烟时而夹在手里,时而叼在嘴边。像负鼠似地拖着软绵绵的两腿走来走去,查看哪些人在什么时候、什么地方点火。他打算和管火的人一起站在火道中间。管火的人手拿树枝子,一发现风把火星吹到火道上,立刻就得扑灭。否则,星星之火会烧毁整个山林。

托马斯仿佛一只落进陷阱中的野兽,两眼瞪得圆圆的,在火光照射下不住眨动眼睛。大火借助风势,宛若一条上下翻滚的金色河水,发狂似的在干树枝、松树和其他树木间蔓延开来,好像河水泛滥,任何人都阻挡不住。泡沫是河水的白烟,白烟是大火的泡沫。

浓烟滚滚,不时将托马斯先生吞没。上年纪的父亲苦苦地在火焰的光芒中寻找自己的孩子,而他本人的身影却被浓烟遮住,仿佛被烧毁了似的。他时而站在这里,时而站在那里,时而站在近处,时而站在远处,凝眸盯着眼前的火海。脸被灼热的大火烤得通红,睫毛、头发全都烤焦了。从黄昏到黎明,他浑身淌着大汗,烟熏火燎得不成样子。

天刚放亮,托马斯先生回到家里,一头扎进饮牲口的水槽,饱饱地喝了一顿。清亮的水镜面似的,照见他瘦骨嶙峋的面庞,两只眼看火看得又红又肿,颧骨、鼻尖、下巴、耳朵、衣服上全是黑烟子。

每次见到他,瓦卡·玛努埃拉总要问一句:

"看见了吗,老头子?"

托马斯先生用手指蹭了蹭牙齿,吐掉漱口水,然后摇摇头。

"旁人看见了吗,老头子?"

"每天早上我都问:'看见了吗?'他们都说看见了。就是我一个人瞧不见。唉,报应啊!都是自我的……还不如我把那碗毒酒喝下去呢。你啊,心也太狠了……加斯巴尔本来是我的朋友……他不准许那些缺了八辈德的种玉米的烧他的地,这有什么不好?他杀了个把人,也没什么不好嘛!……为这个犯不上把萤火法师杀得血肉横飞。现在好了,咒语应验了。昨儿晚上,连豁嘴儿都看见了。他说:'哎哟,戏(是)他,真戏(是)当(堂)·马纽翁(丘洪)!'……他跳来跳去,手指着大火,大声喊:'辛(金)的!辛(金)的!头(都)是辛(金)的!'我睁大眼睛,脸都烤焦了,也不知道吞下多少口烟。可我只看见大火、成百上千棵倒下去的大树、白色的烟、雪亮的光……"

老头子跌坐在扶手椅上。过了一会儿,先把脑袋垂到胸前,又把脑袋靠在椅子背上,慢慢地睡着了。他好像刚刚逃脱一场火劫,身上沾满烟灰,散发着烧焦的木头味,衣服上到处是黑洞洞,那是溅到他身上的火星子烧坏的。当时,幸亏周围的小伙子们赶上来,用树枝、土坷垃和葫芦里的水帮他把火扑灭。

烧荒期过去后,人们都大大地松了口气。托马斯先生开始料理起庄园里的杂事。像给小牛打烙印啦,换房柱子啦,给受洗礼的孩子当教父啦。每天清晨,他冲着启明星高叫几声,要它别犯懒。

下头几场雨时,大家还在地里播种。烧荒面积太大,人手明显不够用了。土地是新的,全是处女地。眼瞅着在这片土地上银锄挥舞,真开心啊!大家边撒种边交谈。"过不了几天,玉米苗就拱出地面,等青纱帐一起,才好看呐。""这次要是还脱不了贫,那这辈子也甭想脱贫啦。"还有,起初硬要跟那个老糊涂唱反调的人真傻。他们说,压根儿没看见马丘出现在火光里。他们的的确确没有看见。可是,托马斯先生非逼着他们说看见了。谁说看见了,就给谁地,让谁把成片成片的林子烧得精光。他们出自好心,只得点点头,说看见马丘了。这下子可走运了。老头子跟在他们后面,看他们放火烧山。老头子说,进不去人的地方,甭管三七二十一,烧了算啦。托马斯先生不管他们,不加任何限制,也不订什么租约。他说:"先种吧,完事再算账。"

据这些种玉米的人说,在烧荒的浓烟烈火里,马丘洪来回跑动,好像在五彩缤纷的烟火中跳起托利托舞。还说,他们看见马丘洪身穿金线织成的衣服,衣服上闪烁着乱纷纷的光点。说他面孔好似圣像,两眼晶莹透明,帽檐儿朝上翘着。他们还说,听见马丘洪的喘息声,他的悲叹声从马刺尖上流出来,简直像在说话。

有个种玉米的人,名叫蒂布修·梅纳,被人赶出了宿营地。起因是他一直吓唬大伙儿,说他要向托马斯先生告密,告诉他种玉米的在捉弄人。还告诉他,种玉米的看见的东西跟他看见的东西一样,只是大批珍贵树木变成的金色火炬、没烧透的乌黑的木柴和一团团黑烟。

巴勃罗·皮里尔举着明晃晃的砍刀,站在蒂布修·梅纳跟前,摆出一副打架的架势:

"喂,混蛋,你趁早滚开。要是不走,我马上送你回老家……"

蒂布修·梅纳吓得面如死灰,直冒虚汗。当天晚上,他收拾好东西,偷偷溜走了。逃跑总比送命强。巴勃罗·皮里尔背着三条人命,躲躲他也不算是胆小如鼠。

最烦人的莫过于坐等下雨。云朵在群山间飘来飘去,上端呈墨绿色，饱含水分。这片墨绿色的东西仿佛从天而降，一直冲向地面，就是落不到地上。有什么办法呢？眼瞅着要来场大雨，可就是下不来。人们望眼欲穿地盯住山头。看累了，便低下头看土地，好像狗在找骨头。他们两眼瞧着土地，焦虑不安地猜测：种子是不是干死了？有人甚至说：这是上帝的报应，谁让他们哄弄老马丘洪呢。他们想，只要老天肯下雨，他们宁可下山去，跑到托马斯先生的家里，跪下来求他原谅。索性告诉他，他们压根儿没看见马丘洪出现在火海里。过去那么说，是怕跟他顶牛，得不到好地种。"这么一说，老东西准得讹走一半收成。""唉，宁肯丢一半，也别全扔了。咱们得罪了他，老天就不下雨，再过几天，一切都完了。"人们这样谈论着。

正当人们裹在斗篷里，像木乃伊似的昏昏入睡时，突然下起雨来。一开头，他们还以为是做梦。盼下雨，盼下雨，直盼得做梦也在下雨。其实，他们都醒了。昏暗中，人人睁大眼睛，谛听着半空中万马奔腾的轰轰声和沉雷滚过天际的隆隆声。他们再也睡不下去了，不能等天亮了，得马上起来看看湿润的土地。狗跑进茅屋。雨水也流进茅屋，好似狗回到家里。女人依偎在男人怀里，就是做梦她们也害怕暴雨和闪电。

感激之情也该有什么气味吧？如果有气味的话，那一定是湿润土地的芳香。人们胸中充满感恩戴德的心情，默默地说："多亏上帝保佑，多亏上帝保佑。"下种以后，久旱不雨，男人个个变得脾气暴躁。一耍性子，老娘儿们准得遭

玉米人

殃。妇女们在半睡半醒中听着大雨滂沱的声音，真感到悦耳好听啊！女人的乳头和着了雨的田野颜色相同。田野和乳头一样也是暗褐色，和充满乳汁的乳头一样湿润润的。沉甸甸的乳房正好给孩子喂奶。潮湿的土地也是如此。是啊，大地是个巨大的乳头，是个硕大无朋的乳房。所有急于收获庄稼、急于吸吮乳汁——和真正的母亲的乳汁一样甘美、和鲜嫩的玉米一样清香的大地的乳汁——的雇工们都趴在潮湿的土地上。看吧，只要下雨，人人变得通情达理。不下雨呢，就免不了要吵嘴打架。这是赐予本次播种的祝福。头几场雨一下，情况就明朗了，收成肯定会空前得好。每个人能收上六十法内加①。估摸着总能收到六十法内加。兴许还能多，反正不会低于这个数。豆角的收成也差不了。这块地方连野豆角都长得挺旺，何况是引进的品种呢。引进的品种远近驰名。南瓜呢？保管喷喷香。吃不了，还得扔掉不少。大概还能种第二茬。谁要是放过眼下这个大好时机，谁就是个大笨蛋。事实证明，哄弄哄弄那个老家伙，上帝也不怪罪。对穷人来说，戏弄有钱人本来就是天经地义的事儿。今年冬天大有指望，这就是证据。"我说，伙计，等烤上青玉米，就用不着求老天了。"说话的人以为时间还早着呐。其实，有人已经用文火在烤青玉米了。急火烤出来的，吃着没味道。那个把蒂布修·梅纳吓跑的巴勃罗·皮里尔龇着满口像烤黄的嫩玉米粒一样的黄板牙说："我嘛，伙计，就是想吓唬吓唬

---

① 1法内加＝55.5升。

那个小子。"

太阳好像害了眼病,净长眵目糊。湿衣服能晾得半干就算很不错了。这算得了什么。没关系!相反,顶要紧的还是不住地下雨。每年,只有看见玉米吐芽,人们才会露出笑脸。雨水多了,人们才会笑逐颜开。

"你们那儿怎么样,卡托丘?"

"还说得过去……没什么事儿。托马斯先生还是那么颠三倒四的。有几个种玉米的在皮希古伊利托村前面不远的地方让特朗希托斯村的人杀死了。骑警队开来了,要跟伊龙的印第安人干一仗。听说,印第安人当中领头的是特贡家那哥儿几个。谁知道呢?"

"玉米卖什么价,打听了吗?"

"不怎么强,眼下好一点。"

"在哪儿听说的?"

"我转了几个地方,打听了一下有没有玉米,什么价码。"

"打听打听好。问问就清楚啦。我大不了是个雇工,可你是个大人物。只要今年玉米能卖上价,那就什么都有了。我还想等一等,涨上去再脱手。我劝你也这么办。今年的收成算得上百年不遇,甭打算再碰上啦。咱们可不能跟托马斯·马丘洪先生对半分。有钱人的心都是硬的。"

"胡安·罗森多庄园里刚办了档子喜事。"

"什么喜事,说说看。那边的人走起路来都像跳舞。那个地方,办喜事是出了名的。"

"我也说不清。就看见他们大口喝酒,女人跟着留声机像蛇似的跳舞,东扭一下,西扭一下。"

"你呢,也去呀!"

"哼,我根本都没从骑着的牲口上下来。"

"哎呀,你真是!应该去,要杯酒喝。这么说,你没打听是办什么喜事。"

"八成是给什么人洗礼吧。我在那儿看见坎黛拉莉娅·雷伊诺萨了。就是堂·马丘的未婚妻。看样子,姑娘不大合群。人长得怪漂亮的。我真想把她弄到手。"

"只要玉米能卖上价,我敢担保,她会跟你。在有钱人面前,谁也不会说个'不'字。你兜里揣着钱,肚子里装着酒,立刻能把她弄到手。"

"真的?"

"我敢拿脑袋打赌。"

"人家都说她立誓不再嫁人,要为死鬼守一辈子寡。"

"甭管怎么说,她到底是个妇道人家嘛。眼下,她天天推磨,每天要磨好多玉米,给她兄弟烙饼吃。磨来磨去,早晚有一天连她起的誓也得磨碎了。什么为死鬼守一辈子寡!早晚跟玉米粒一块磨碎了。"

玉米很快结棒了。人们在青纱帐里竖起几个穿着破衣烂衫的稻草人。本来在玉米地里欢蹦乱跳的小鸟和鸽子吓得不敢下来了。玉米已经成熟。在静悄悄的闷热的玉米地里。弹弓射出的石子划破空气,发出尖利的哨音,惊飞一群觅食的椋鸟、黄鹂、鹌鹑和喜鹊。

豁嘴儿领着托马斯先生到地里看稻草人。小伙子拉着托马斯·马丘洪先生的手，在玉米地里来回转悠。老头子冲着身穿破衣的稻草人一个劲傻笑。种玉米的满腹狐疑，站在远处跟他打招呼。

老头子无事不登三宝殿，平白无故地绝不会到玉米地来专门看稻草人。兴许他要用眼估估产，看能收多少法内加的玉米。要不，就是用脚步量地。走多少步，就能知道有多少地。知道有多少地，就能知道打多少粮。一半儿收成得归他。可是，种玉米的早就商量好了，无论如何不能分给他一半。

老头子兴致勃勃地跟豁嘴儿闲聊天，问他这些站在玉米地里的犹大是干什么用的，怎么没有脸、没有脚，光顶着草帽、穿着外套。

"套（稻）草人！"豁嘴儿大声说。从他裂开的上唇露出牙齿，仿佛随着他天真的一笑，那嘴唇刚刚一下子豁开。

"你闻闻它屁股后面……"

"喊，真恶心！"

"你说说看，这个戴草帽的叫什么？"老头子故意问他。

豁嘴儿从地上拣起一块石头，朝稻草人扔了过去。稻草人戴着一顶大草帽，活像墨西哥人。

"弗（我）说他叫……"小伙子犹豫了一下，兔唇猛地一抽，好像活鱼咬了钩。看见老头子傻乎乎的样子，他不禁脱口而出道："弗（我）说他叫马纽翁（丘洪）……"

玉米人 | 051

说完，他嘿嘿一阵冷笑，上唇豁口处露出两颗大门牙，看上去好像两筒大鼻涕。

托马斯先生脸往下一沉，两眼盯住豁嘴。老头子可怜巴巴的，一吸气两颊便瘪了下去，因为哭得太多，两颊被泪水腌得厉害。牙掉光了，只剩下牙床子包着牙根儿。逢上生气或者难过的时候，嘴巴里的肉就贴在牙床上。只有疯子和小孩子才讲实话。在这些天真的人眼里，纯金塑成的马丘洪居然变成了稻草人：两根交叉的木棍、一顶破草帽、一件没有扣子的外套，再加上一条破裤子，一条腿儿是整的，另一条腿儿齐膝盖撕去一半。

豁嘴儿把托马斯先生从青石上搀扶起来。断黑的时候，他们回到马丘洪家里。一路上，他们躲闪着带刺的灌木。这些灌木像昼伏夜出的老虎，白天把刺儿藏起来，一到天黑，就伸出来专扎过往行人。

"这儿的玉米耷拉头了，"老头子说。

暮霭中，可以看到玉米秆的突然变化。玉米秆本来是直溜溜的，现在突然从中腰折弯，上半截儿耷拉下来。只有这样，玉米才能干得透。

"明天还得往下耷拉……"托马斯先生说。所谓"耷拉"，就是种玉米的人常说的"玉米弯腰"。一说到"耷拉"，托马斯先生立刻想起"当啷"[①]。那是村里为死人敲丧

[①] 原文为双关语。Doblar 的含义一是"折弯"，一是"敲丧钟"（doblar a muerto）。故译为谐音词。

钟的声音。当啷、当啷、当啷、当啷……钟声震得人们目瞪口呆。

托马斯先生站住脚步，转过身，朝来路看了几眼。他叹了口气，恶狠狠地说：

"明天还得往下耷拉……"

猛力折断玉米秆，促使玉米尽快成熟的手，就如同敲击丧钟，催促死人赶快归天的手。

老头子没有睡着。瓦卡·玛努埃拉蹑手蹑脚地走到马丘洪的房门口。几天前，托马斯先生把床铺挪到儿子的房间。屋里没有点灯。瓦卡·玛努埃拉把耳朵贴在门上，听一听，屋里只有均匀的呼吸声。老头子假装睡着了。她用手划了个十字，冲着丈夫睡觉的黑洞洞的房间祷告说："耶稣！圣母马利亚！保佑我男人没灾没病，并请永远眷顾于他。"瓦卡·玛努埃拉唔唔哝哝地边说边走回自己的房间。躺下的时候，顺手拿起一条毛巾蒙上脸，防备老鼠从头上跑过去。自从马丘洪失踪以后，房子没人收拾，完全败落了。老鼠、蟑螂、臭虫、蜘蛛在这里安了家。瓦卡·玛努埃拉吹熄油灯，向上帝和圣父、圣子、圣灵祷告。入睡前，耳边只听得豁嘴儿鼾声如雷，老鼠胡乱跑动，仿佛有人在地上拖动家具。

从马丘洪的房间里走出一条黑影，足登马靴马刺，头顶大草帽，身穿一件短外套。个头儿比马丘矮一些，但很像马丘，看见的人都会把他当成马丘。黑影走到马厩，备上鞍子……翻身上了坐骑。马匹顺着石头墁地的院落边上的泥土地走出来,没有一点声响。老头子像条影子似的,马不停蹄地经过胡安·罗森多庄园,经过皮希古伊利托村的街道。眼下坎黛拉莉娅·雷伊诺萨就住在村子里。这边人声嘈杂,那边人影憧憧。"唉,看见就看见吧,听见就听见吧。"想罢,托马斯先生策马钻进干燥的玉米地,点了一把火。这种蠢事连疯子也不会干。可托马斯先生用火镰往火石上猛敲了一下,火绒立刻冒出火星。啊……火……星!他不是要点燃叼在嘴边的熄灭的玉米叶卷烟,而是点着玉米秆。托马斯先生不是有什么坏心眼,他要让大家把他认作是马丘洪。火星子溅到他脸上、帽子上和衣服上,老头子连忙用手胡噜了一把。像鹧鸪的小眼睛一样的火星飞到金黄色的玉米上。玉米秆外皮十分干燥,像干燥的太阳、月亮、盐巴、星星。玉米已然成熟。玉米皮、落满灰尘的玉米叶、棕色的玉米秆、土黄色的干枯的玉米根、被虫子蛀得花花点点的玉米穗,一沾火星登时就着了,喷吐出条条火舌。夜露惊醒了,水珠结成的密网拼命捕捉从火苗里溅落出来的像发光的苍蝇一样的火星。昏暗中,苏醒的夜露施展出浑身解数,把松节油般的银白色密网罩到火星上去。火星渐渐汇集成一小片一小片火苗,以灵活机动的战术和露水进行分散的拼斗。火苗渐渐变成炽烈的火焰。在火焰的光芒映照下,落叶变成绯红色,周围热气腾腾,烟雾弥漫。夜露滴在落叶上,发出细雨般的淅淅沥沥声。露珠滴进身披多孔的玉米皮的干枯的玉米秆上,劈劈啪啪的,像是燃起干燥的火药发出的声响。大火中,平原、山峦和行将收割的大片玉米地变成一只巨大的萤火虫。

托马斯先生勒住坐骑，低下头看了看自己金黄色的双手、金黄色的衣服。啊，据说马丘洪就是这个样子。火焰映红整个天空。火舌乱蹿，什么栅栏、大门全都阻挡不住。在闷人的热气中，森林拼命阻止大火的蔓延。一些树木扭曲了，冒着火苗猝然倒在茂密的树丛中。还有一些树木好似带羽毛的火炬一样燃烧着，完全失去了植物的模样。森林中栖息着许多飞禽。烈火中，小鸟上下翻飞，羽毛光华四射，有蓝的，有白的，有红的，有绿的，还有黄的。成群结队的蚂蚁从烤干的地面下一涌而出，奋力抗拒着火焰明晃晃的亮光。从地下涌出的蚁群的暗影毕竟遮盖不住火焰的光辉。燃烧起来的东西是不会自行熄灭的。玉米秆在燃烧，排列成行的玉米粒像牙齿似的你咬着我，我咬着你。草蛇宛如一条条绳索，跳跃起来，摔成几段。刺瓜肿胀得像圆球。南瓜花被烤干了。开黄花的灌木干枯了。豆角地活像一座大厨房，灶膛里火舌乱蹿，锅里的油嗞嗞地响，豆角就要下锅了。同样是火，在灶膛里是脾气随和的朋友，一旦跑出来就成了在滚滚黑烟中东奔西突的狂怒的公牛。托马斯先生胯下的那匹玉石眼马很不听话，托马斯先生只好听凭它四处乱跑。他的火石不见了。这个不起眼的小物件打出的火星赶不上一颗玉米粒大，可是蔓延开来，却从平坦的旷野烧到长满葛藤的山沟，烧到布满攀援植物的高耸入云的山峰。烧红的金块化成金粉，又化成蒸汽，从炽热的大火中直冲到清朗的苍穹，在玉米地里丢下蜥蜴皮似的红通通的东西。看起来，烧焦了黄毛兔子的薄薄的耳朵的不是别人，正是托马斯先生。黄毛兔子的耳朵好似玉米叶，玉米叶是神圣的，因为它包住玉米棒，保护住嫩玉米的浆汁——那是长着乌黑的长喙、暗蓝色羽毛的蓝鹊的精液。看起来，偷偷摸摸地把白草根下到酒里的坏蛋不是别人，正是托马斯先生。毒酒冰凉冰凉的，倒在酒杯里一动也不动，宛如一面明镜，映出他背弃朋友的最阴险的嘴脸。谁喝下融化在晶莹透明的烧酒里的毒药，立刻全身发青，五脏六腑都变成黑色。自从马丘洪失踪以来——天晓得他是出走他乡，还是死于非命——托马斯先生的身上仿佛生了一层青苔，他显得那样猥琐，那样心灰意懒，萎靡不振。然而，今天晚上，他却变得异常挺拔，似乎一下子恢复了青春活力。大草帽下，他把脖子挺得直直的。上身好似穿了一件毛扎扎的棕衣。两腿悬空，一晃一晃的，最后踩住马镫，用马刺断断续续地刺在骏马身上，像是跟牲口说话。当血液中的火焰在血管里熄灭的时候，只有呼吸才能勉强维持生命。那个惨遭杀害的人、被毒酒夺去性命的人，他的血管好似黑咕隆咚的蚁穴，夜色从蚁穴中升起，把他一口吞噬了。只有老托马斯似乎不喘息也可以一直活下去。他和他的坐骑一起化作纯金的塑像，和马丘洪一模一样。他浑身热汗淋漓，浓烟堵住他的鼻孔和嘴巴，臭烘烘的气味呛得他喘不过气来。随着一阵令人窒息的狂风吹过，托马斯先生只觉得眼前一亮，什么也看不见了。眼前只有烈焰飞腾，好似黄毛兔子的耳朵在耸动，一对一对的耳朵，几百只耳朵，一大筐一大筐耳朵。黄毛兔子缩成一团，看不见脖子，光露着脸。兔子把脸贴在地上，滚啊滚的，躲避大火的袭击。在浓重的黑暗中，兔子的脸显得金灿灿的。黄毛兔子潜入深深的沙底水塘，躲避大火的袭击。大火没有熄灭。大火瞪起骇人的眼睛，见到什么就狂暴地吞掉什么，把几百年消耗不完的东西一扫而光。金煌煌、红通通的火苗四处蹿动，好似浑身是眼的美洲豹。大火呼隆隆的声音恰如美洲豹在狂啸。萤火法师在静静的群山中喊出的咒语应验了，烈火中一切都将化为灰烬。种玉米的人和他们的妻子儿女一起，拼死拼活地东开出一条火道，西开出一条火道，打算阻止住吞噬一切的大火向四下里蔓延。然而，他们不得不承认，这是白费力气。他们累得筋疲力尽，热汗淋淋，最后颓然倒在地上，滚来滚去。面对这场无可挽回的厄运，他们发狂了，肌肉里充满热力，连竖起的头发也发烫了。他们忽而昏沉沉地扑倒在地上，忽而苏醒过来，又继续和大火拼斗。他们始终没弄清眼前究竟发生了什么事。妇女们咬住自己的辫子，眼泪顺着老太婆似的焦黄的、皱皱巴巴的面颊直往下淌。赤身露体的孩子蜷缩在茅屋草舍的门洞里，使劲抓挠蓬乱的头发。几只家犬在他们身边猖猖狂吠。大火伸展到森林，整座山渐渐烧着了。所有的东西都漂浮在浓烟之中。眼瞅着山沟另一侧的玉米田也要陷入火海。在殷红的天幕映衬下，只见山顶上黑影幢幢，人们正在奋力抢救玉米。他们砍倒一部分烧焦的玉米，拉了出去，留下一片空地。可是，来不及了。大火爬上山坡，又迅猛地直冲下去。许多人被强烈的火光照得睁不开眼睛，火焰烧伤了他们的双脚。他们无可逃遁地被烈火吞食了。听不到一声叫喊，听不到一声呼救，浓烟像使人窒息的手帕堵住了他们的嘴巴。庄稼地里再也没人抢救玉米了。从胡安·罗森多庄园赶来一些老乡,可是没有一个人敢去冒险抢救。他们说:"风向不顺。"他们手持铁铲、长矛、镐头,木呆呆地望着浓烟烈火中的庄稼、玉米田、森林、山峦、树木。骑警队从皮希古伊利托村开到火场。来的都是些胆大包天的人,可到了地方连马都没下。为首的说:"哎哟!这是谁在玩火啊?"瓦卡·玛努埃拉披着一块小小的羊毛披肩,站在一旁回答说:"还能有谁!不就是你们的头儿吗!戈多伊上校让我们夫妻俩毒死加斯巴尔·伊龙,这还不是玩火?加斯巴尔·伊龙天不怕,地不怕,曾经成功地把漫山遍野的大火收拢起来,带回家去,锁在屋里,不让大火到处为非作歹。"另一个人说:"算啦算啦,我马上把你说的话报告给上校。你当着他的面儿再说一遍。"瓦卡·玛努埃拉接过话头儿说:"他要是真够朋友,现在就该到火场来,帮我们渡过难关。我们为他干事,他反而给我们带来大祸。他以为躲得远远的,萤火法师的咒语伤不着他。哼,打错了算盘!我敢说,到第七次烧荒以前,甭等烧完,他准跟这棵树一样被烧成焦炭,和整个伊龙的土地一样化为灰烬。甭管是放火烧山,还是天降神火,反正伊龙这块地方只会剩下光秃秃的石头。树林子早晚全得变成烟雾,变成死灰,什么也剩不下。"为首的那个家伙催动坐骑,往瓦卡·玛努埃拉身上猛撞过来,把她撞倒在地上。胡安·罗森多庄园的老乡们立时一拥而上,搭救瓦卡·玛努埃拉。火光中,砍刀、毛瑟枪、马匹、人群搅成一团。几个老乡被枪弹打伤,他们用牙齿撕下衬衣左边的袖子，扯开来包扎好血流如注的伤口。老乡们也挥起利刃，把两名骑警砍下马去。这次来的骑警约莫有十四名。在大火的烤炙下，没烧着的玉米咔嚓咔嚓地一个劲响。一沾上火，就像毛瑟枪一样啪啪作响。冷森森的砍刀在空中飞舞，被鲜血染得通红。受伤的骑兵淌着血，染红了马匹。地上出现了一汪汪血泊。人们好像用衣服包住的粽子，不住地流出殷红的血。火借风势，风助火威，大火继续向四下里伸展。人们被烤得口干舌燥，还在继续酣战。马蹄践踏着受伤的人。死人像玉米田里的稻草人訇然倒下，旋即被大火吞食。老乡们还在和骑警搏斗，根本没有留意火焰渐渐把他们包围在一个高阜上。庄园的房子、马厩、粮仓、鸽房陷入一片火海。牲口惊恐万状地拼命奔驰，落荒而去。火流越过房屋外面的栅栏。铁丝网烧红了，粘结在一起，有的紧紧贴在烧焦的木桩子上，有的从钉子上脱落下来。还剩下多少人？多少马？骑兵和老乡之间的械斗突然发生了变化。既没有了骑兵，也没有了老乡。毛瑟枪里的子弹打光了，砍刀磨钝了。大家拼命争夺马匹，打算突出火围，死里逃生。他们抢起枪托，挥动卷刃的砍刀，用手抓，用牙咬，抱住对手的身体、脖子，像蟒蛇似的死死缠在对手身上。他们用膝盖顶住对手，把膝盖弯得像带尖的木棒，不住地敲打对方，想把他们打死了事。火海中，这些凶狠的人们一个个倒下去了。有的一命呜呼，有的被烧伤、打伤，疼得满地打滚。还有的人累得再也动弹不了，眼睛里闪烁着冷酷的愤怒的光芒，眼巴巴地望着马匹突突烟冒火向外冲去，自寻生路。马匹甩掉骑手，浑身冒烟，马鬃金光闪闪。这些牲口也没能逃到安全的彼岸。瓦卡·玛努埃拉·马丘洪倒下去的地方，只剩下烧成一堆死灰的细瘦的双腿、几片弯曲的指甲和一个没有耳朵、只有一缕头发的脑袋。

七戒梅花鹿

六

"看样子,鹿还没过去。"

"八成还没有,我也说不好。咱娘怎么样啦?"

"不大好,你不是瞧见了吗?兴许更糟了。不住气地打嗝,浑身冰凉冰凉的。"

两条黑影交谈着,一个接一个消逝在幽暗的河汊附近。夏天,河水在缓缓地流淌。

"库兰德罗①怎么说?……"

"什么怎么说,得等到明儿个。"

"为啥?"

"他说,咱们哥儿几个当中得出一个人,把那碗符水喝下去,从符水里能查出来是谁给咱娘作祟,能查清楚究竟是怎么档子事。他说,打嗝不是病,是有人拿蛐蛐使坏,害咱娘。"

"你把符水喝了吧。"

"再说吧。顶好让卡利斯特罗喝。他是大哥嘛。库兰德罗大概也是这个意思。"

"那就这么办吧。要是查清了是谁用蛐蛐咒害咱娘……"

"少说两句吧!"

"我知道你心里想什么。准跟我想的一样。我琢磨着,准是那些种玉米的干的。"

河沟边,几乎听不见他们的悄悄低语声。哥儿俩边谈边窥伺着那只闯过七次火劫的七戒梅花鹿。微风吹拂大树,响起一阵沙沙声。河水流进水塘汩汩汩的,好像雏鸡在啼叫。蛤蟆的呱呱声从东响到西。天气燥热,周围一片暗蓝色。天际间乌云滚滚。拦路鸟茫然地飞上飞下。这种鸟半是鸟,半是兔,专门阻拦行人。飞起来,它有一对翅膀。落下来,簌簌地在地上爬行。翅膀不见了,变成兔子的耳朵,和黄毛兔子耳朵一样,薄得像玉米叶。

"但愿今儿个库兰德罗能回来。他一来,就能弄清是谁使的坏,把蛐蛐弄进咱娘的肚子里去。"

"那敢情好!"

"干脆我去找找库兰德罗,你把他们哥儿几个叫来,你看怎么样?等库兰德罗一到,大伙儿全都在这儿。"

"咱们一离开,梅花鹿该跑过去啦。"

"让它见鬼去吧!"

从黑黢黢的河边走出来,两条黑影各奔东西。一条黑影

---

① 即"巫医"。

顺着河沿走了，沙滩上留下一行光脚的足迹。另一条黑影翻山越岭朝远处走去，比野兔还迅捷。河水缓缓地流淌，散发出一股甜菠萝的清香。

"找点鲜树枝来，拢上一堆火。黑夜要有条鲜亮的火尾巴，有条黄毛兔子的尾巴。弄完以后，叫卡利斯特罗喝下这碗符水，查一查是谁使坏，把蛐蛐弄进娅卡老太太肚子里去的。"

库兰德罗一边说，一边用长着长指甲的、像石笛一样的手指在土黄的嘴唇上抹来抹去。

五个兄弟连忙跑出去，寻找新鲜柴火。树林里传来吭吭的伐木声。树木的枝杈拼命抵抗。然而，黑夜毕竟是黑夜，人手毕竟是人手，五个兄弟从树林里回来，怀里抱着擗下来、撅下来的树枝子。

按照库兰德罗的吩咐，他们用新柴拢起一堆篝火。从库兰德罗土黄色的嘴里，一字一字地进出下面的咒语：

"夜沉沉。火隆隆。胡蜂公鸡血淋淋。珊瑚蛇，流鲜血。大火生出玉米田，大火生出一场梦。心情好，心情坏，全仗大火生出来……"

库兰德罗一遍又一遍重复这些咒语和其他话，唔唔哝哝的嘴里好像在咬虮子。说着，他走进茅屋，拿出一只瓢，又从小葫芦里倒出绿汤，准备把瓢递给卡利斯特罗。

"在屋里靠着病人再拢上一堆火，"库兰德罗端着瓢走出来，命令他们说。半个葫芦做成的瓢，外面光滑明亮，里

玉米人

面疙里疙瘩。

兄弟几个按照库兰德罗的吩咐,从露天熊熊燃烧的新鲜柴火里,每人抽出一根燃着的树枝。

只有卡利斯特罗没动地方。屋里半明半暗,他痴呆呆地挨在病人身旁,似乎在看一只趴着不动的蜥蜴。只见他窄窄的前额上横着两条皱纹,掩口胡须稀稀拉拉,牙齿洁白,又尖又长,脸上净是疙瘩。病魔缠身的老太婆躺在沾满油渍汗污的褥子上,随着牵动五脏的打嗝声,一下一下地抽搐。在她苍老凹陷的两眼中,闪动着无声的求助的目光。办法都用过了,可她的病一直不见好转。先是烧破布用烟熏她,后来又像医治消化不良的羊羔那样喂她盐吃,最后叫她用舌头舔用醋泡过的砖头。结果,全都无济于事。她那几个儿子——乌佩托、高登修、菲利佩——咬她的纤细的手指,咬得她疼痛难忍,可还是不见效。

库兰德罗把符水全部倒在瓢里,递给卡利斯特罗。几个弟兄一个挨着一个,把身子贴在茅屋的苇墙上,一声不吭地盯着卡利斯特罗。

卡利斯特罗端起符水,一饮而尽。绿汤像泻药似的顺着嗓子一直流下去。他用巴掌胡噜胡噜嘴巴,身体轻轻地靠在苇墙上,张大恐惧的眼睛,瞧着几个弟弟。突然,他莫明其妙地放声痛哭。露天的篝火忽明忽暗,渐渐熄灭了。库兰德罗跑到门口,两臂伸向茫茫夜空,手指直僵僵的,好似一根根石笛。然后,转过身来,张开两手在病人的眼睛上来回晃动,他要用星斗的光辉恢复病人的视力。精通法术的巫医一语不发，脸上露出高深莫测的神情，仿佛在半空中掀起阵阵飞沙走石。听上去，哭声震耳。泪水是咸的，沾上什么，什么就变得咸津津的。人从一落生起就会哭泣，也被泪水泡得咸津津的。

卡利斯特罗一阵狂笑，库兰德罗立刻停住脚步。卡利斯特罗觉得心里燃着一团烈火，使劲一吐，似乎顺着牙缝喷出点点火花。蓦地，他停住笑声，嘴里一迭声的"哎哟"着，跑到漆黑的旮旯里呕吐起来。两眼瞪得圆彪彪的，朝外努着，十分吓人。弟弟们尾随着卡利斯特罗跑到墙角。只听他鼻子里哼了一声，砰然倒在地上，瞪着两只死鱼般的眼睛。

"卡利斯特罗，是谁给咱娘使的坏……"

"喂，卡利斯特罗，快说啊，是谁把蛐蛐弄进咱娘肚子里去的……"

"说啊，快告诉我们……"

"卡利斯特罗，卡利斯特罗……"

这当儿，身染重病的老太婆躺在褥子上，一屈一伸，一屈一伸，不住地抽搐。老太婆瘦骨伶仃，胸部剧烈地起伏，好像开了锅，被折磨得直翻白眼。

库兰德罗比比划划，卡利斯特罗迷迷瞪瞪的，终于开口说话了。

"是萨卡通家对咱娘下的毒手。要想治好娘的病，除非砍下他们全家人的脑袋。"

说完，卡利斯特罗合上了眼睛。

兄弟几个转过脸来看了看库兰德罗。没等他发话，弟兄

玉米人 | 065

五个抄起砍刀,大步流星地跑出茅屋。库兰德罗冲到门口,只听见一片蟋蟀的鸣叫声。成千只蟋蟀的"漰漰"声和病人的打嗝声里外呼应。库兰德罗数着空中的流星。这是居住在鹿皮帐篷里的萤火法师的黄毛兔子。它们可以置人于死地,也可以让人起死回生。

五个兄弟穿过河沟,走过横在长满绿草的原野上的羊肠小路,钻进一片稀疏的树林。几只看家狗似乎看到死神降临,汪汪汪地一阵狂吠。接着,喊声大作。眨眼间,五把利刃砍下八颗人头。在黑魆魆的房间里,遇害者梦见死神硬要把他们从床上拖下来。他们伸出两手,拼命挣脱死神的魔爪,摆脱梦魇的纠缠。可是他们的头颅被砍下来了。一个人没了下巴,另一个人丢了耳朵。那边还有一个人,一只眼珠耷拉出来。刚才受到袭击的时候,他们还在甜蜜的梦乡。现在,摆脱了一切烦恼,可以长眠地下了。锋利的刀刃砍在萨卡通一家人的头上,真好像砍瓜切菜。那几条狗步步后退,躲到黑暗中去,嗷嗷地愈叫声音愈小。最后,四下散开了。

五个兄弟回到河沟边上。

"你们仨砍了几个?"

"我带来两个……"

说话的人举起沾满血污的左手,手里抓着两个粘在一起的人头。头颅被砍得乱七八糟,完全失去了人形。

"我落后了,只带回一个。"

此人手里抓着两条辫子,下面坠着一个年轻女人的脑袋。他把人头往地上摔了几下,拖着走了几步,又在石头上磕了一阵。

"我带来一个老家伙的脑袋。我估摸着准是个老头子,没什么分量。"

另一只鲜血淋淋的手拎着一个小孩的头颅。头很小,像个番荔枝,戴着一顶硬壳小帽,上面有红线绣的花朵。

过了不大一会儿,几个人回到茅屋,浑身浴血,沾满露水。脸上杀气腾腾,身子不住战栗。库兰德罗张大两眼,仰首朝天,正在等他们回来。老太太一个嗝儿接着一个嗝儿。卡利斯特罗睡得死死的。几只狗卧在地上,东张西望,没有睡觉。

屋里的火堆还在燃烧。围着火堆放着八块青石,上面摆着萨卡通一家人的脑袋。火焰里散发出一股血腥气。火舌朝外伸了伸,又胆怯地缩了回去。最后,像几只金毛老虎,朝人头猛扑过去。

金晃晃的火舌一下子舔着两颗人头,一颗是老头的,一颗是小孩的。络腮胡须、口髭、睫毛、眼眉忽地烧焦了。血迹斑斑的小帽子也烧焦了。从火堆的另一边,又伸出一条火舌,烧焦了萨卡通家那个女人的辫子。曙光照进茅屋,火快要熄灭了。火焰的颜色由深变浅,泛着绿光,好似花蕾初绽,吐出一朵朵小花。萨卡通全家人只剩下八颗人头,摆在青石上像煞八个冒烟的坛子。人头在咬牙切齿,洁白的牙齿和他们食用的玉米粒大小相仿。

库兰德罗作完法,牵走一条牝牛。病人看见几个儿子手提八颗砍得面目全非的人头走进屋里,立刻不再打嗝了。真灵验啊!看起来,果然是萨卡通一家人把蟋蟀塞进老太婆的肚子里,弄得她不停地打嗝。

七

"看样子,鹿还没过去。"

"八成还没有,我也说不好。卡利斯特罗怎么样啦?"

"咱娘又带他到库兰德罗家去了一趟。"

"卡利斯特罗救了咱娘一命,可他自个儿变得疯疯癫癫的。"

"要么就哭,要么就说自己长了九个脑袋。"

"你知道库兰德罗是怎么说的?"

"他说,没救了。除非能逮住那只七戒梅花鹿。"

"哼,说得容易。"

一个多月来,卡利斯特罗一直围着库兰德罗家来回转悠。几个弟弟在河汊附近窥伺着七戒梅花鹿。卡利斯特罗赤身露体,一丝不挂。头发乱蓬蓬的,两手不住抽搐。不吃饭,不睡觉,瘦得像根竹竿,骨头节都能数得过来。苍蝇到处追逐他,他拼命抵抗,还是被咬得身上冒血。两只脚肿得像大个粽子。

"哥啊,你过来,甭等七戒鹿了。"

"小点声,没瞧见我坐在鹿身上吗?"

"快过来,哥!卡利斯特罗把库兰德罗杀死了!"

"你乱吓唬我……"

"真的……"

"怎么杀的？……"

"他顺山沟上来，抓住一个光屁股死尸的脚丫子，在后面拖着……"

坐在死鹿身上的是高登修·特贡。此人枪法百发百中，远近驰名，深为自己那支猎枪自豪。听到库兰德罗遇害的消息，他从鹿身上一下子出溜下来，四脚朝天倒在地上，面如死灰，一声不吭，好像昏厥过去。送消息的是他弟弟乌佩托。乌佩托使劲摇晃他，大声喊道："高登修！！！"打算帮他赶快缓过这口气来。幸亏乌佩托这样声嘶力竭地喊叫，不然高登修势必抛下一家老小，丢下棘手的事情，一命呜呼了。

听到弟弟的喊叫声，高登修睁开眼睛。死鹿躺在他身边，他伸出手，用手指上下抚摸着死鹿的淡黄色的睫毛、笔直的鼻子、嘴唇、细碎的牙齿、乌木似的犄角、脑门上的七块灰斑、滑腻的毛皮、两肋和肥大的睾丸。

"你要是疯了，那就更糟了！大不了是头死鹿，犯得上这么摸来摸去的？别犯傻了，快起来，咱们得赶快回去。我把咱娘一个人丢在家里了，还有那个半死不活的疯子卡利斯特罗。"

高登修眨巴眨巴眼睛，刚才那股迷瞪劲过去了，他唔唔哝哝地说：

"杀死库兰德罗的不是卡利斯特罗。"

"你怎么知道的？"

"是我杀的……"

"可我亲眼看见卡利斯特罗拖着死尸在外面转悠。你不是在这儿守着梅花鹿吗？难道说……"

"是我杀死库兰德罗的，你瞧见的全是假的。"

"你甭撒谎，你杀死的是七戒梅花鹿。真也罢，假也罢，反正杀死库兰德罗的是卡利斯特罗。亏得大家都看见了，都能作证。卡利斯特罗是疯子，不会有人怪罪他。"

高登修站在乌佩托面前，他比弟弟稍矮一点儿。只见他掸了掸沾在裤子上的尘土和树叶子，弯过左臂，用手捂住胸口，仿佛从心里往外掏话似的一字一句地说：

"告诉你说吧，库兰德罗和七戒梅花鹿是一个东西。我朝鹿开了一枪，也就打死了库兰德罗。库兰德罗是七戒鹿，七戒鹿就是库兰德罗。"

"不明白。你再细说说，要不，我听不明白。库兰德罗和七戒鹿……"乌佩托伸出两手，把左手的食指和右手的食指并拢在一起。"你看，两个指头叠在一块，这不成了一个大个儿手指头了吗？"

"根本不是这么回子事。他们就是一个指头。不是两个，是一个。库兰德罗和七戒鹿好比是你和你的影子，你和你的灵魂，你和你的呼吸。咱娘闹蛐蛐病那会儿，库兰德罗说打不到那头闯过七重火劫的梅花鹿，娘的病就好不了。这会儿，卡利斯特罗病了，他又这么说。话说的一模一样。"

"库兰德罗和七戒鹿是一个东西，高登修，你说他们是一个东西？"

"好比是一碗水里的两滴水珠。库兰德罗一眨眼，就能从一个地方跑到另一个地方……"

"像鹿一样……"

"所以加斯巴尔·伊龙酋长刚刚死，他就知道了。"

"照么说，他是人，又是鹿，才能知道得这么快。"

"是这么回事……比方说有人病了，用不着等，招呼一声，他就到了，还能从远处带来草药。来了以后，瞧瞧病人，又能马上跑到海边去取药。"

"可是，卡利斯特罗拖着死尸，又是怎么回事呢？"

"一样啊。这些天，卡利斯特罗老是围着库兰德罗周遭儿转悠。今儿个下午，八成是跟在他屁股后面进了山沟。没等赶上，库兰德罗变成了梅花鹿。跑到这儿，挨了我一枪。"

"兴许是这么回事。可是，死鬼的尸体没在这儿，跑到那边去了，这是怎么回事啊？"

"这有什么奇怪的。这种东西又是人又是兽。一旦被杀死，在哪儿死的，就在哪儿现出兽形，在别的地方现出人形。库兰德罗变成梅花鹿。我在这儿打了他一枪，他在卡利斯特罗跟前变化了，现出人形。这儿是他死的地方，就现出鹿形。"

"好像是这么档子事。"

"过来，你去验验伤……"

"好吧。你先把枪藏好，在路边等我一会儿。"

"这个仗还得打下去啊。"

玉米人 | 071

高登修一直在注意观察河汉子。月色清朗,河里荡漾着绿色的水。妈妈住的茅屋离这儿不远。高登修迅速收回目光,朝茅屋的方向侧耳听了听,从那边传来一些响动。

哗啦……哗啦……哗啦……

高登修竖起耳朵,谛听着茅屋方向的动静。旋风搅动院子里那株番木瓜树,哗哗直响。蟋蟀在数地上有多少根草茎;青草在数天上有多少颗星星;星星在数疯子卡利斯特罗头上有多少根头发。远处传来疯子的喊叫声。

剩下高登修一个人的时候,他自言自语地说:"我真笨!平白无故又杀了一个。早知道我就不开枪了……七戒鹿啊,你也可以跑掉了!唉……"他心里想:"无论如何,半夜以前我得赶回来,把鹿治活。命运真会捉弄人。它要是活不过来,就把它埋了……"

高登修擤了擤鼻涕。两条黏液像虫子似的挂在他的手指上,闻上去,带有一股湿木头味。他把手指头擦干净,吐出一口苦涩的浓痰。然后,伸出胳臂,探了探山洞的深浅。正要藏好猎枪,弟弟乌佩托回来了。乌佩托验过死鹿的伤痕,不由得大吃一惊,在死鹿身旁呆了好大一会儿。

"高登修,你刚才说的真是不假,"乌佩托高声说,"库兰德罗左耳朵后边有个枪眼,跟七戒鹿的伤一模一样。不偏不倚,刚好在左耳朵后面。不知底细的人也许看不出来,因为他身上净是擦伤。那是卡利斯特罗拽着腿在地上拖的。"

"他们哥儿几个都在家吗?"高登修声音沙哑地问道。

"我出来的时候,菲利佩刚到,"乌佩托回答说。刚才他从茅屋里出来,一路小跑赶到高登修藏枪的地方,脸上的热汗还在往下淌。

"卡利斯特罗呢?"

"我们把他绑在院里的番木瓜树上了,免得他再去伤人。卡利斯特罗一劲儿说,不是他杀死库兰德罗的,是旁人。他是疯子,大家伙儿又亲眼看见他拖着死尸到处跑,谁也不答理他。"

高登修和乌佩托说着话,朝茅屋方向走去。

"喂,高登修,"乌佩托走了几步高声说。高登修走在前面,没有扭过头来,可他在听乌佩托说话。"七戒鹿和库兰德罗的事儿,你别说出去,只是你知我知。"

"卡利斯特罗……"

"唉,卡利斯特罗疯疯癫癫的……"

全家人当中只有高登修和乌佩托心里明白究竟是谁杀死了库兰德罗。其他几个兄弟压根儿没起疑。妈妈更没往这上面想。家里的其他女人就更甭说了。厨房里,女人们在烙饼。嘴里不住地叽叽喳喳议论着,你拍我一下,我拍你一下,好像在招呼大街上卖饼的女人。汗水从她们焦黄的面孔上一道道地往下淌。厨房里烟雾腾腾,熏得她们眼圈都红了。有几个妇女背着孩子,还有几个腆着大肚子,快要生娃娃了。她们把辫子弯弯曲曲地盘在头上。每个人的胳臂上都沾满玉米糊,像层鱼鳞似的。

"都在这儿呐。嗯……也不请请我……"

烙饼的女人两手不停地拍饼子,扭头一看,原来是高登修站在厨房门口。

"我带来点喝的,谁想来一口?"

妇女们连声道谢。

"你们谁有杯子的,贡献一只出来。"

"你可真是个大好人!"年纪最轻的那个女人喊道。她把杯子递给高登修,又一口气说下去:"想吃什么,照直说吧!甭来这套鬼画符,用得着拿话哄人吗?"

"你这个人,真够呛。好心当成驴肝肺。废话少说,拿杯子来,给大伙儿都喝点儿!"

"看得出来,好像我是那么的一钱不值,惟独你是男子汉,别人全是老娘儿们,所以我全得仗着你施舍!"

"丫头片子!"

"说这话的是公马!"

"那答碴的就是小母马!"

"不要脸!"

"你怎么不说我是小偷呢?"

"嚼舌子!"

"我可是识文断字的。你呢,山里的野丫头!"

"要给就快给吧,"磨面的女人插嘴说,"我肚子有点疼,顶好是茴香酒……"

"有……"

磨面的女人在围裙上擦了擦手。刚要接过杯子,一个身材高大的女孩子说:"我也来一口。瞅见卡利斯特罗拖着库兰德罗爬上山坡,吓了我一大跳。巫医就跟玉米地里的稻草人一个模样。"

"内米佳,当时你是在洗衣服吧?"在刚开始的你一言我一语后,高登修朝这个鼻子扁平、嘴唇丰满的年轻女人说。她笑了一笑,露出一口白茉莉般的牙齿,两颊现出一对酒窝儿。

"是啊,你这个坏家伙,"女人回答说。说完,她收起笑容,长长地叹了口气:"疯子拖着死尸出现那会儿,我正拧衣服。一看见他,我的脸都吓青了,跟死人一样。再给我来一口。"

高登修把瓶子里的茴香酒倒在玻璃杯里,大约倒了二指高。边斟酒边说道:"噢,这种事我最清楚。动物的血先变成植物的血,最后变成泥土。所以,人快要死的时候,脸就变得青虚虚的。"

院子里飘荡着欧芹的馨香。不时响起疯子的嘭嘭的脚步声。他在大树下用力跺脚,听上去似乎是背着大树行走在黑洞洞的院落里。

"娘,"乌佩托低声说,"娘,别老守着死人啦。"刚才他们把库兰德罗的尸体停放在屋子里。地上铺着一领草席,尸体平躺在席子上,一件粗呢上衣直盖到肩头,脸上扣着一顶草帽。

"守着疯子也不好过呀,孩子。"

"熟人去世,大家伙总不相信他没了。老觉着他在眼前,又不在眼前。好像死人还活着,在睡觉,过一会儿就会醒过来。我寻思着,还是早早把死鬼安葬了吧。入土为安嘛。"

"唉,还不如让我打嗝打死呢。我死了算得了什么。还是让卡利斯特罗活得结结实实、明明白白的好。一看见他疯疯癫癫的样子,我这个心啊,就跟刀子扎了似的。孩子,他这么糊里糊涂的,活着不也成了废物了吗。"

"运气不好啊,娘,全怪运气不好。"

"本来你们是哥儿十二个,前后死了七个,就剩下你们五个人。照卡利斯特罗原先那样,活得挺好。我呢,可以到阴间跟死去的孩子做伴。孩子有死有活,做娘的住在哪边儿都一样。"

"要是有药,也不至于这样。"

"上帝保佑你们平平安安的,"老太婆轻声地咕哝了一句。沉吟了好大一会儿,眼泪簌簌地往下掉,每滴眼泪都是思念亲人的悲歌中一个沉重的音符。然后,她急匆匆地说了一句:"现在唯一的指望就是找到那只七戒梅花鹿。要是在这几天找到它,卡利斯特罗还能有救。"

乌佩托避开妈妈的目光,两眼盯住映照着死人的火堆。他没想什么梅花鹿。在他脑海里只有妈妈的可怜的形象:一把裹在乌黑衣服里的干柴,白发苍苍,牙齿几乎全部掉光。

这当儿,一个女人出现在屋门口,悄悄地走进屋里。老太婆和乌佩托看见她取下顶在脑袋上的篮子,猫下腰把篮子放在地上。

"您好啊,大妈?您好啊,乌佩托先生?"

"您看呢?心里难过啊。家里人都好吗,大婶?"

"唉,不怎么样。孩子多,光是病就够对付一气的。不是这个病,就是那个病。我带来点小土豆,给您做汤喝。"

"让您费心了,大婶。上帝会报答您的。他大叔怎么样?"

"一连好几天下不了地,大妈。脚肿了,总也治不好。"

"前些年,高登修也闹过一回,一步也挪不动。除了上帝,只有松节油和热灰还能管点儿事。"

"别人也是这么说。昨儿晚上,我想给他上点儿药,他高低不肯。有些人就是不信药。"

"用慢火煨点大盐粒,化在油脂里,涂上也见效。"

"噢,我还不知道有这么个偏方呢,大妈。"

"您先试试,管用不管用,回头告诉我。他大叔真够可怜的。要说平时身子骨还挺硬朗的嘛。"

"我还给您带来朵丝兰花。"

"上帝保佑您。开朵大红花,才好看呢。您坐坐儿吧。"

三个人坐在小木墩子上,眼睛望着库兰德罗的尸体。松木炭火不住跳动,时明时暗。库兰德罗的尸体时而隐没在黑暗中,时而又在一闪一闪的亮光中显现出来。

三个人沉默良久,似乎只有这样才能更好地跟死鬼做伴。过了一会儿,老太婆说:"他们把卡利斯特罗绑在树上了。"

"从院里过来的时候,我就看到了,大妈。这孩子一疯，怪可怜的。前两天，听我男人说，鹿眼能祛疯病。我男人见过。他说，准能治好卡利斯特罗先生的病。"

"您来的时候，我正跟乌佩托念叨这事呐。鹿眼是块石头，能通三关走七窍，把病治好。"

"这种石头能从人的太阳穴进进出出，一点儿也不费事。放在床头下面，也一样有效。"

"鹿身上哪块地方有这种石头？"卢佩托·特贡——人们都叫他乌佩托——问。刚才，他一直没开口，好像不在场似的。其实，他一直在想，顶好去看看那头梅花鹿，看它是不是吐出来那块大家说的神石，可又担心她们看破他的心思。

"鹿一受伤，就往外吐石头。是不是，大婶？"老太婆说着，从围裙兜儿里掏出一把玉米叶卷烟，请客人抽。

"大伙儿全这么说。鹿快要死了，就往外吐石头。小石头像个干棕榈果儿，说是鹿魂变的。"

"是吗，大婶？您不说，我还真不知道，也琢磨不出来。"

"就这么个小玩意儿能通三关走七窍，让疯子明白过来？"乌佩托说。凭想象，他似乎看见被高登修一枪击毙的梅花鹿躺在远处的漆黑的山里。而眼前看到的却是躺在地上的库兰德罗的尸体。鹿和库兰德罗是一个东西，想一想，真令人费解。乌佩托不时抓抓脑袋，生怕自己也失去理智。眼前的尸体本来是头鹿，鹿呢，从前又是人。它是鹿，和母鹿相亲相爱。它用鼻子在母鹿的带斑点的淡青色身体上嗅来嗅去，引得母鹿性欲勃勃，战战兢兢的，十分紧张。交配之后，母鹿赶快跑开。后来，生下几个小鹿崽儿，就是它的儿子。他是人，年轻的时候曾经恋爱过，追求过女性，也有了几个可爱的小宝宝。孩子们总是笑眯眯的，受了委屈，才拿出唯一一件自卫武器：放声大哭。他究竟喜欢母鹿呢？还是喜欢姑娘呢？

这工夫，又来了几位客人。一位百岁老人走过来问候娅卡，管她叫"特贡家小哥几个的妈妈"。说是"小哥几个"，其实他们都已经长大成人，娶妻生子了，而且挺受人尊敬。院子里，疯子的跺脚声还是响个不停，仿佛在背着大树踱来踱去。他在大树下拼命跺脚，几乎把脚埋进土里。

特贡家的另外两个弟兄罗索和安德烈斯躲在茅屋外面的一个小角落里，头戴草帽，蹲在地上聊天。安德烈斯手里拿着把明晃晃的砍刀。

"哥，抽口烟吧！"

安德烈斯把砍刀翻过来，掉过去，一下一下地砍削身边的青草。听见弟弟说话，他撂下刀，掏出一把玉米叶卷烟。卷烟很粗，好像顶门杠。

"抽得了这个吗？"

"那还用说。给我个火。"

安德烈斯把烟卷放在嘴边，掏出火绒，用火镰往火石上打了几下，打着了那条像剥下来的橘子皮似的火绒，然后点上烟卷。

他又抄起砍刀，一下一下地削青草的梢头。暗影中，火红的烟头好似丛林中野兽的眼睛。

"我说,罗索,告诉你句话,你可别说出去,"安德烈斯一边摆弄砍刀一边说,"杀死库兰德罗的不是卡利斯特罗。库兰德罗耳朵后面有个枪眼儿,可卡利斯特罗手里没有枪。"

"我看见了,血是从耳朵里流出来的。上帝啊,哥,你刚才说的这件事,我还真没好好想过。"

"兄弟,仗还在打。这个仗还在打,还得打下去。咱们两手空空,拿什么防身啊?你记住我的话,咱们一个个都得让他们给收拾了。加斯巴尔·伊龙酋长一死,他们事事都抢在咱们前边。戈多伊上校干掉了酋长,咱们也倒了霉。"

"那个坏蛋,不值得一提!让他发善心,除非把他宰了。上帝不会拦着咱们的!"

"咱们算是叫他害苦了……"

"不光是咱们,哥,有的人更倒霉……"

"仗还在打。听说,皮希古伊利托村里好多人压根儿不相信加斯巴尔·伊龙跳进河里会淹死。他在水里像条鱼。一准是在下游爬上岸,骑警队没追上他。眼下,说不定藏在什么地方呢。"

"人人都巴不得万事随心,想什么就有什么。这也算人之常情吧。可惜,事实不是这样。加斯巴尔的确淹死了。倒不是因为他不会水。你刚才说了,到水里他跟鱼一样。是因为别的原因。那天,他回到宿营地,一瞧,遍地都是尸首,让人剁成肉酱。他是头儿啊,看见这副光景,他比谁都伤心。他想无论如何得跟牺牲的人一块走。为了不让巡逻队捡到便宜,他一头扎进河里。这时候,加斯巴尔·伊龙已经不是人了,而是块大石头。加斯巴尔泱起水来,开头像朵云彩,过一会儿像只飞鸟,最后只剩下一条影子在水里晃动。"

罗索和安德烈斯停下来不说话了。寂静中,只听见砍刀一来一往的刷刷声和他们俩的喘气声。安德烈斯还在用刀削草梢儿。

"要不是上校屠杀了加斯巴尔手下的人,酋长准能制住他,"罗索下结论似的说。他随口吐出一根粘在舌头上的烟梗子。

"当然,当然,是这么回事,"安德烈斯点了点头。说着话,他还在心神不定地摆弄砍刀。"论起打仗来,就该一刀一枪地干,打死白打。像他们那样给加斯巴尔下毒药,像毒野狗一样,那算什么!像现在对付咱们这样,也不光彩!拿库兰德罗来说,砰地一冷枪给打死了,连埋都没人管。谁手里没家伙,谁倒霉。晚上躺下人还活得好好的,不知道早上起来会怎么样。起来以后,又不知道晚上会出什么事。这种日子没法过。直到今天,他们还在冰凉的土地上种玉米。还不是因为穷吗!穷得直不起腰来!照我说,玉米棒早成了害人的毒药了。"

疯子站在番木瓜树下,不再跺脚了。全家人多多少少算是松了口气。唉,真叫人心疼!微风吹过枝叶扶疏的大树,沙沙作响。卡利斯特罗站在大树下面,用鼻子嗅树干,从他僵硬的嘴巴里吐出一些含糊不清的话语,嘴里好像含了个热栗子。面颊上东一条子,西一道子,那是他发疯的时候用手抓伤的。两只眼瞪得圆滚滚的。

"鲜红的月亮!……鲜红的月亮!……我是小田鼠!……小田鼠是我!……火啊,火,火……黑咕隆咚的,好像蝎子血……黑咕隆咚的,好像蜂蜜……黑啊……真黑啊……真黑啊!……"

"……啪、咔、啪",高登修用手拍打着七戒鹿的身体。"啪、咔、啪",声音时远时近……

他轻轻地拍打七戒鹿,胳肢它,掐它。

鹿没有醒过来,高登修有点儿绝望了。"大懒虫!"他走到河边,用帽子兜回一些水,洒在鹿的嘴里、眼睛里、蹄子上。

这么着,也许它能活过来!

树木的枝杈撞在一起,惊起栖息在树上的小鸟。小鸟腾空而起,高登修以为是月亮出来了。

过了一会儿,金盘似的月亮冉冉升起!

用水浇了一阵,鹿还是没醒过来。高登修绝望了。他又用手拍打鹿的脑门儿、肚子和脖颈。

夜鸟、乌鸦和拦路鸟朝斜刺里腾空飞起,嗖嗖的声音好似利刃劈过空气。

"嗖嗖"的声音十分令人起疑。虽然周围空无一人,可是人们在入睡的时候听到这种声音,还是放不下心。

水洒完了，鹿拍打过了。高登修用暗褐色的苇叶把两脚、胳臂、脑袋包得严严实实。穿着苇叶衣服，围着死鹿跳起舞来。嘴里大喊大叫，打算把鹿惊醒过来。

"快跑啊！"高登修一边跳一边对七戒鹿说，"快跑啊，小鹿，快跑啊！骗过死神！巴结死神！"

"跑啊，小鹿，快跑啊！闯过七次火劫！我记得，很久以前……虽然那时还没有我，我的爹娘还没有出生，我的爷爷奶奶也没有出生，但是每当我用雨水洗脸，我就想起了萤火法师的遭遇。快逃啊，脑门上顶着三只萤火虫的小鹿！加油啊！……因为某些原因我叫自己血色黑暗，因为某些原因人们叫你蜜色黑暗，你的犄角甜丝丝，苦命的小鹿！"

高登修·特贡骑在一根苇竿上，苇竿梢儿像条尾巴似的在地上拖着。他身披暗褐色的苇叶，跳啊跳的，直跳得精疲力竭，跌倒在死鹿身旁。

"快跑啊，小鹿，快跑啊！深更半夜，漆黑一片，大火又要烧起来啦，最后一次烧荒就要开始啦。别装傻，别装死。这儿有你的家，这儿有你的洞，这儿还有山。快跑啊，苦命的小鹿！"

祷告完，高登修掏出一支淡黄色的蜡烛。他用火绒上的火星子先点着一片干叶子，费了好大劲才把蜡烛点着。然后，手举蜡烛，跪在地上，口中念念有词：

"永别了，小鹿！是我杀了你，这就叫谋害人命。你也把我推到黑暗的深渊！我把耳朵贴近你的胸前，只听见一阵风声。我低下头闻你的鼻息，你的鼻头冰凉得像条虫子！你不是柑橘，为什么有一股橙花的香气？你的眼睛里，闪动着冬日萤火虫眼睛放射的寒光。你的鹿皮帐篷丢在什么地方？"

从暗幽幽的河边踽踽地走出一条黑影。他是高登修。他把七戒鹿深深地埋在地下。七戒鹿永远留在地底深处。远处传来狗吠声和疯子的尖叫声。高登修顺着长满芦苇的山沟爬上来，走到平地。那边又传来女人为亡灵做祈祷的声音：

"上帝啊，让他摆脱痛苦，让他安息吧……上帝啊，让他摆脱痛苦，让他安息吧……"

七戒鹿深深埋在地下，它的血把月亮染得通红。

周围一片漆黑，黑魆魆的夜色像蜜一样浓。高登修把整条胳臂伸进收藏猎枪的洞里。猎枪安然无恙，他稳稳当当地取出猎枪。用手画了个十字，端起枪吻了三吻，眼望着鲜红的月亮，高声说道：

"我，高登修·特贡，愿为库兰德罗灵魂的保护人。我以在世的母亲大人和去世的父亲大人的名义起誓，一定要在安葬库兰德罗的地方为他还魂。假如还魂以后，库兰德罗死而复生，我愿做他的奴仆，侍奉他一辈子。我，高登修·特贡……"

说完，高登修穿过田野，朝茅屋走去。一边走，一边心里想："……谁把上帝的意旨牢记在心上，谁就能看见血红的月亮。"

"哎呀，高登修，七戒鹿不见了……"

高登修听出是他弟弟乌佩托的声音。

"你到停放死鹿的地方去了……"

"是啊,去过啦……"

"没有找见……"

"没有啊……"

"它迅速逃离的时候你看见了吗……"

"你看见了吗,高登修?"

"是梦见了,还是看见了,我也说不清。"

"这么说,它又活啦。这么说,库兰德罗也会活过来了。咱娘要是看见库兰德罗坐起来,非得吓一大跳不可。死鬼看见大家伙儿为他祈祷,也得吓一大跳。"

"世上的事要是不让人大吃一惊,也就不值钱了。半夜里,我看见一件事,可吓了我一大跳。我看见一道稀奇的光,像星雨一样照得天空通明。敢情是七戒鹿睁开眼睛了。当时,我正要去确认自己是不是把鹿给埋了,到底它不是普通的鹿,还是人嘛。我刚才说了,七戒鹿睁开眼睛。只见一阵金煌煌的烟雾起在半空中,照得河水亮晶晶,简直像做梦一样。"

"你说的是沙子吧?"

"对啦,沙子五颜六色的,看上去跟做梦一样。"

"怪不得在你杀鹿的地方我找不着它呢。我刚才去了一趟,心想碰巧也许七戒鹿把石头吐出来了。咱娘说,这种石头能治疯病。"

"找见了吗?"

"一开头,啥也没找着。找啊找啊,我一看石头还在那儿，我就拿回来了。你看，这就是鹿眼石。我正急着给咱娘送去，叫她拿石头蹭蹭卡利斯特罗的五官、脑瓜顶。兴许能治好他的疯病。"

"你真有福气，乌佩托。只有这种又是鹿又是人的东西才有鹿眼石。"

"这头梅花鹿是七戒梅花鹿，又是鹿，又是人，所以才有鹿眼石。鹿眼石还能治别的病。咱娘病危那会儿，库兰德罗私下跟我说，只有打到七戒鹿，才能治好蛐蛐病。我当时想，他这话有道理。为了打到鹿，我白天晚上守在河汊子边上，端着枪等它。到底还是你走运，高登修，一枪就把它撂倒了，可你把库兰德罗也撂倒了。这不能怪你，你不知道嘛。要是早知道七戒鹿和库兰德罗是一个东西，你就不会开枪了。"

大树底下，疯子不再跺脚了，特贡一家人大大松了口气。卡利斯特罗犯病，闹得全家人多伤心啊！在特朗希托斯村，住着十六户姓特贡的人家。疯子闹病，家家不安。在枝叶扶疏的大树下，卡利斯特罗不时嗅嗅树干，嘴里念叨一些谁也听不懂的疯话："鲜红的月亮！鲜红的月亮！我是小田鼠！小田鼠是我！火啊，火，火！黑咕隆咚的，像鲜血！黑咕隆咚的，像蜂蜜！"

老太婆拿鹿眼石在卡利斯特罗的太阳穴、脑瓜顶上蹭来蹭去。卡利斯特罗的脑袋本来不大不小，可因为他是疯子，脑袋显得出奇的大，又大又沉，头顶上还有两个旋。他低垂着头，靠在妈妈沾满烤肉味儿的黑裙子上，像孩子求妈妈给拿虱子。老太婆用鹿眼石在他身上蹭过来蹭过去，直到他清醒过来。鹿眼石把疯子的破碎的灵魂黏合到一起。对卡利斯特罗来说，眼前的事情好比映现在一面破碎的镜子里。过去在一面完好的镜子里看到的东西，如今只能从镜子的碎片里看到。然而，他毕竟还能说清很多事。惟独库兰德罗是怎么死的，他无论如何也说不清道不明。简直是混混沌沌的一场梦。据他说，他看见杀害库兰德罗的凶手就站在他身边，可是看不清凶手的容貌。凶手是人，又是影子，好像梦境中的人物。卡利斯特罗一直觉得凶手和他靠得很近，和他挤在一起，好似他在母胎中的孪生兄弟。杀害库兰德罗的凶手不是他，而是他身体的一部分。

全家人直勾勾地望着卡利斯特罗，看样子，他还没好利索。只有高登修和卢佩托·特贡心里明白：他完全好了。真灵验啊！鹿眼石果然能起死回生。

查洛·戈多伊上校

八

塞昆迪诺·穆苏斯少尉头发蓬乱，脸色发青，好像绿色的西红柿。身上热气腾腾，散发着一股汗臭。他头戴一顶炭火盆似的草帽。上身穿着衬衣，外面披了一件用面口袋做的外套，口袋上的商标缝在腋下，已经磨得模糊不清了。下面是皮护腿，马刺松松垮垮地挂在马靴上。脚后跟上长满鱼鳞皴。他紧催胯下的小马，沿着崎岖的山路，不前不后地尾随着骑警队长查洛·戈多伊上校，不时地斜睨一眼，窥测上校的脸色。查洛·戈多伊上校火气挺大。上帝保佑，千万别惹着他。

是啊，巡逻队落在后面，谁知道哪年哪月到哪一站才能赶上来。为了这事，队长十分恼火，憋了一肚子气。

少尉是个爱说爱笑的人，可一连几个小时一声也不敢吭。两个人沿着一条怪石嶙峋、僻静荒凉的山路朝山顶攀登。马匹累得呼呼喘气，愈走愈没劲。漆黑的夜色中，骑手啥也瞧不见，心情十分烦躁。有几回，少尉策马赶上队长，斜瞟他一眼。一看队长的脸拉得长长的,赶快勒住马,退了下来。

走着走着,少尉的马一溜小跑,和队长走了个并排。得,等着挨呲儿吧。戈多伊上校发觉有人追上来,扭过头去,两只螃蟹眼直冒火星,当即破口大骂。少尉使劲勒住坐骑,屁股一扭,用脚尖紧紧踩住马镫。

"曬……勒着点儿!听见响动,我寻思着是巡逻队赶上来了。敢情是你!你也不让马喘口气儿?这帮家伙,也不知道干什么去了,怎么还没上来?八成一路上光顾着吃吃喝喝、游山逛水了。走不了几步就下马,什么肚带松啦,听见怪声啦,把耳朵贴在地上找我们啦。压根儿没打算放开马紧跑几步。我算计着,他们当中有人会说:'快点吧!头儿在前面呐!'那还得赶上他们没到村里偷鸡摸狗去。等一进村,老娘儿们啊、老母鸡啊,全得倒霉。这帮小子啥也不顾,光想取乐。什么好吃、哪个娘儿们标致,碰上他们全得遭殃。等玩够了,又该说啦:'快滚吧,冒失鬼、懒虫、混蛋。'准是这么回事。这回他们可上当了。我故意安排下人,看看他们抢了啥东西,谁是领头的。哼,这帮畜生!我这儿跑得上气不接下气,他们可像乌龟一样地爬。哟,这是什么?红得跟血一样,真漂亮。是什么?我的妈呀。什么玩意儿?"

少尉没有答腔。心里想,上校像山羊撞头似的呜哩哇啦喊叫一顿,大概以为他全听明白了。他把尖尖的喉结上下动了动,一不是喘气,二不是累得咽唾沫,而是心里有点害怕。他骑的那匹马呼呼地喘气,挺着脖子,马鬃好似一把钢锯。

夜色昏暗,山峦仿佛不停地上升。骑手的眼睛好像蒙上一层阴翳,怪不舒服的。潮湿的夜幕从喧闹的天空上垂挂下来。夜空下,山峰耸立,宛如一把木梳。马蹄叩打在山沟的青石上发出嗒嗒的钢音,好似敲打白镴器皿的铿锵声。在干枯的枝杈和蛛网间,在坚硬的骷髅和被蚂蚁蛀空的枯树间,在被云雾般的飞虫包围的木棉树间,似橡胶一样柔软的萤火虫灵巧地上下飞舞。灰羽毛的小鸟张开小嘴,露出篦齿般的碎牙,咕咕地叫个不停……天蓝色羽毛的小鸟儿蜷曲在翅膀下面酣睡着。还有些小鸟啁啾鸣啭,给沉寂的山谷增添几分生气。

"嚯,这个斜坡真够瞧的!"

"快到山顶了,上校,就剩这一段最难走的路了。我估摸着,那一弯圣栎树就是咱们要去的地方。"

"可是,时间……"

"从山顶下去,就到了人们叫腾夫拉德罗的地方。"

"到那儿以后,咱们等等巡逻队。兴许他们能赶上来。咱们会齐了,一块赶到特朗希托斯村。我最腻烦慢性子人,可偏偏老是碰上这些慢性子,真他娘的活见鬼。"

"特朗希托斯村那地方可不是闹着玩的。那一溜土匪特别多。听说,前些日子有人把萨卡通一家子的脑袋全砍下来了。那一家子人全是蠢货,上校。明知有危险,硬是不知道躲一躲。他们在冰凉的土地上种出玉米,要么穷死,要么让人杀死。我看这是土地借印第安人的手处罚他们。那儿收成不好，干嘛非在那儿种地呢？到大海边去种玉米，该有多好啊，人一到，桌子上早摆好吃食了，用得着下那么大的力气？"

"腾夫拉德罗不远了……"

"是啊，我看是不远了……"

"月亮快出来了……"

"是啊，我看快出来了……"

"哼，婊子养的，你就会顺风扯旗。"

"我是您的传令兵，上校……"

"瞧我怎么拿鞭子抽你，贱骨头。你一天到晚跟在我屁股后头，愣会不知道我的脾气，真是怪事！你说这些蠢话，这不叫尊敬长官。说瞎话，耍嘴皮子，那是对付老娘儿们的玩意儿。学校出身的军人光知道军事条令，学得一身女人气。要是神父光会照《要理问答》说话，弄音乐的光会照乐谱拉琴，军人光会按军事条令行动，这种人一钱不值，我根本看不上眼。要想步步高升，你就得记住这一条。宗教、音乐、军事不是一码事，可也有相近的地方。三种东西全部靠天生的本事。懂的人就算懂了，不懂的人一辈子也学不会。"

说着，上校猛地勒住他那匹马，大吼一声：

"熊马！"

然后，又接着说：

"蠢货！……好，我刚才说，有的人白出一身臭汗，也

玉米人

弄不懂自己干的那行当，可又硬要唱弥撒、上台表演、指挥队伍。《要理问答》、乐谱、军事条令就是专为他们发明的。他们不是自己悟出来的，是旁人教出来的。拿军事来说，这是艺术中的艺术，讲的是先发制人，克敌制胜。打仗就是打仗。军事是我的专行。我压根儿没学过，可我能把别人拨拉得团团转。"

两个人攀上山顶。鲜红的月亮放射出炭火般的光辉。看上去，马匹宛如凌空飞翔的风筝。山谷深处，时断时续的溪流和黑黝黝的山包隐约可见，丛杂的树木好似翠绿的鹦鹉时隐时现。

"向右看，穆苏斯少尉！"上校大声喊道。迎着溶溶的月光，两个人一先一后登上一个陡坡。"月亮向我们行军礼呐！"

塞昆迪诺朝着从地平线上冉冉升起的血红的大圆盘瞟了一眼，回答说：

"月亮知道到了生火的时候啦，上校，所以才变得红通通的。要不，就是因为天热……"

"少说废话，叫你向右看，赶快举手还礼。"

一句话把少尉噎了个倒呛脖。队长说过，服从是军人的天职。少尉只好把手举到帽檐上，冲着月亮行个礼。接着，兴冲冲地说：

"哎呀，这把火把天都染红了，上校。月亮上八成在打仗吧，好多人受了伤……像是在打仗……"少尉心不在焉地重复了一句，两眼直愣愣地盯着眼前的大森林。树林宛若一条巨蟒，窸窸窣窣地蜿蜒在群山间。这就是人称腾夫拉德罗的地方。

堂·查洛·戈多伊饱经风霜的脸上掠过一丝笑意。提起打仗么，那可是他的老本行。

"我打心眼里喜欢这个时辰，"上校口气和缓地对副官说，"我想起好多事。在这个钟点，看见野火就像观看一场打仗。干柴烧得叭叭乱响，好像阵阵枪声。山顶上烟雾弥漫，火光闪闪，像是在开炮。烈火急速蔓延开来，好似军队在推进。一刮起顶头风，又像军队在撤退。这就是我要告诉你的。游击战好比是烧荒的野火。东边堵住了，从西边冒出来。西边堵住了，又从南边冒出来。和游击队打仗好比是玩火。我能打败加斯巴尔·伊龙，是因为我从小就学会了跳火堆。每逢圣母受孕节前夕和圣胡安日，我总要去跳火。这个加斯巴尔·伊龙，真是个鬼精灵……"

"是这么回事，上校……"

"他一会儿一个主意，谁也捉摸不透，就跟烧荒的野火似的，忽东忽西，忽南忽北。他到处点火，咱们只好跟着他到处灭火。他是个大活人，打起仗来主意多得很，谁能扑灭得了呀？"

"是这么回事，上校……"

"说真格的，有一回，我亲眼看见他硬是把一棵李子树连根拔了出来。站在边儿上看看，就能觉出他力大如神，很有主意。他抓起李子树，像拿把笤帚扫院子一样把我手下人扫得东逃西散。什么当兵的啊、马匹啊、弹药啊，像垃圾堆一样一扫而光……"

"是这么回事,上校……"

"对这块地方,我一直心里没底,"堂·查洛说着话,两眼盯住那条通往腾夫拉德罗的下坡路,路上布满乱石和枯黑的干树叶。"有个古老的传说,说是在这一带山里,就是咱们现在经过的地方,有一天,地动神拿着瓢,舀水喂山鱼。乌拉坎①乘他没有防备,把大山拔起来,带到地狱里去拍卖。听说就是这片像蜂巢一样的山群。从这儿可以看见,山一直伸到海边。"

"看见了,上校……"

"群山盼着钻回卡夫拉坎②的背袋里去。这些山其实全是胡蜂。胡蜂打算回老家。可海风呼呼地吹,不放他们过来。这些山沟都是大山被刮走后留在蜂巢上的窟窿。一只胡蜂是一座大山,一座山刮走后,留下一条山沟。"

狂风吹过松林,在崇山峻岭、深沟险壑间响起一阵潮水般的轰鸣。两个人乘坐的马匹随着从腾夫拉德罗传来的松涛声不停地摇晃着耳朵。迎面刮来一阵浑厚、单调、深沉的声音,战马立时支楞起耳朵,朝前竖着。松涛声绕着"8"字形打旋,战马的耳朵突然转向后面。树林中啄木鸟的笃笃声、螽斯的喧闹声、杜鹃鼓翼的扑棱声以及暗影中两名骑手的喊叫声汇成一片,宛如在奔腾咆哮的大河两岸此呼彼应。这

---

① 据基切人的神话,乌拉坎是司风之神,兼司闪电,是基切神话中主神之一。
② 据基切人的神话,卡夫拉坎是司地震之神。传说,他是个巨人,专爱摆弄高山峻岭,造成地震。

时，声音嘈杂，方向不定，惹得战马把一只耳朵朝前竖着，一只耳朵朝后扭着。

"每次经过这这这这这里……我老有点害害害害害害怕！"

"我可不懂什么叫害害害害害害怕！你说说什么叫叫叫叫叫叫害怕！告诉诉诉诉诉我！"

少尉假装没听见，心想装聋作哑混过去算了。可是，走在前面的堂·查洛勒住坐骑，大发脾气。他憋足气力，鼻子里一个劲地哼哼，扯开嗓子喊道：

"告诉诉诉诉诉诉我……我，我，我，告诉诉诉诉诉……嗯，嗯，嗯，告诉诉诉诉诉我！"

"走在别别别别别别人后面，心里不不不不不不踏实！"

"我还以为走在前前前前前前面的人心里不踏实呢！"

"那得看看看看看看！"

"看什什什什什什么？"

"看打算朝哪边儿逃逃逃逃逃逃跑！走在后边害怕的，那是要朝前前前前前前跑！"

"走在前边后边都害怕呢，就得拉拉拉拉拉拉……屎啦！"

说罢，上校哈哈哈一阵狂笑。笑声仿佛凝固在空气中，一点儿也听不见，只能看见他满面笑容。猛地，上校一踢马刺，战马随即欢跳起来，好似领悟了主人的心思，也在哈哈大笑，差一点把上校从马背上掀下去。随着马匹的纵跳，上校的身体悬空而起。他连忙一挺身，踩住马镫，才算稳住身体，继续前进。

穆苏斯少尉傻呆呆地落在后面。他的脸色发青，好像绿西红柿，身着白布衣服。只见他张开两只惊恐的眼睛，瞪着稀疏的灌木丛，有时又把目光朝四下里溜来溜去。狂风呜呜怒吼。鲜红的月亮像煞一团凝聚的血块。漫天乌云翻滚，星斗黯然无光。幽暗的山林中飘荡着一股马身上的臭气。

"一个人算不了什么，没什么了不起，"穆苏斯边走边自言自语地说。他说话的声音很大，似乎在跟旁人交谈。"在马背上过一辈子可不是闹着玩的。又冷又饿，成天揪着个心，不知道啥时候命就没了。这还不算，到头来两手空空，啥也落不下。整年东跑西颠，连老婆都讨不到。我指的是自个儿的老婆，是囫囵个儿买下来的。要说娘儿们，哪儿没有啊？走到这儿能找一个，走到那儿也能找一个，那是拆开零卖的。有了老婆才谈得上生儿育女，安家立业，然后，再弄上把吉他，一弹哗唥哗唥的，好像用瓢舀肉汤。再来一条绛紫色的大块丝围巾，往新做的外套领子上一围，用铜环儿或是带孔的孪生豆种子把围巾往喉结下一系，嘿……开小差？谁知道呢？我倒不是不想走。我不走，谁也不会撵我走。也许生命像四脚蛇的尾巴，砍下一截儿还能长出来，长出来还可能被砍掉。谁知道呢？命丢了也就丢了。不能再抽芽。那是另一码事。"

狂风从山顶吹向腾夫拉德罗谷，呼呼价山响，连少尉也没听见自己在说些什么。

两名骑士走在低矮的灌木林中，半拉身子露在树顶上面，仿佛两个孤鬼游魂。山林沐浴在红艳艳的月光里，谁晓得月亮里通红的火焰是不是炼狱里的恶火。风声减弱了，可以听到昆虫飞来飞去的嗡嗡声，好似一锅滚沸的开水。青蛙在山沟的水洼里东跳西跳，发出扑通扑通的溅水声。知了尖声鸣叫。昏暗中，知了的天敌咬开它们的肚皮，将它们生吞活剥。这时，知了叫得越来越急促、凄厉。月亮悬挂在崇山峻岭和深邃的暗蓝色的天空之间，泛着紫色的光辉，照得周围暗幽幽的。

堂·查洛的上半身时而隐没在灌木林中，时而又显露出来。穆苏斯目不转睛地盯住上校时隐时现的身体，看见他的影子走到哪里就跟到哪里。既不能丢掉他，又不能跟得太紧。上校要是发觉他走近了，准会大发雷霆，赏他几鞭子。巡逻队没跟上来，上校窝了一肚子火，说不定会拿他出气。

堂·查洛绷着脸，面部肌肉一动不动，两眼凝视前方。昏夜中，在血红的月光照耀下，他那双淡蓝色的眼睛涂上一层暗绿色，仿佛生了锈似的。上校紧紧地闭住嘴巴，好似两扇紧闭着的大门。掩口胡须横在嘴唇上，像是一道门闩。他一边走一边回忆起往事。事情过去了，有什么好回想的？然而，他还是颠来倒去地思忖着。常言说得好，好汉做事好汉当。可是，哪一个好汉承担得了上校干下的那些事啊？酋长加斯巴尔·伊龙中毒以后，印第安人群龙无首，而且在野宴上个个喝得酩酊大醉，无法抵抗，再加上当时夜色浓重，军队又是突然袭击，他那套想法——吓唬吓唬印第安人，而不

玉米人 | 097

是把他们斩尽杀绝——本来很容易付诸实现。可是骑警队像冰雹砸在玉米田里一样袭击了印第安人，把他们杀得一干二净。"好汉做事好汉当。"把印第安人杀得精光，也许未必不是一件好事。后来，酋长跳进大河，用河水浇灭燃烧在五脏六腑里的致命的凶焰，洗净肚子里的毒药。好家伙，他差点把河水全部喝光！第二天，加斯巴尔·伊龙战胜了毒药。倘若他手下的印第安人还活着，他一定会率领他们和军队拼个你死我活。

在荆棘丛生的密林深处，水珠从树木上滴滴答答地落下来。在山楂色的月亮照耀下，周围一片橙黄。狂风中树叶哗哗作响。风吹过荒芜的茅草地，泽兰、牛至、黑莓宛如层层波浪，扑打在骑士身上，毛茛好似浪花上的泡沫。浓云低垂，紧紧压在加拉巴木和其他枝叶繁茂的参天大树上。

林中有些响动，战马惊得撒开四蹄，奔跑中顺口叼起一把落叶。野兽纷纷从树上跳下来，咚咚地落地有声。有的摆出一副进攻的架势，有的像流水一样悄悄地潜入草丛。鸟兽跳到地上，霎时间四下散开，有的甩动尾巴匍匐爬行，有的猛一转身跳跃奔跑，有的眨动绿荧荧的眼睛凌空飞翔，有的又攀上树木，在枝丫间边跳边发出吱吱的叫声。鸟兽没有睡觉，它们或者在顽皮地嬉闹，或者吓得瑟瑟发抖。

穆苏斯胯下的枣红马跑得疲乏不堪，在黑森森的树林里一个劲打瞌睡，跑着跑着突然停下了，四蹄钉在地上一动也不动。无论穆苏斯怎样吆喝，或是用马刺踢它，全都无济于事。穆苏斯一仰手，撅下一根树枝，猛抽几下，催动坐骑快向前跑。

临近腾夫拉德罗谷的时候,狂风愈刮愈猛了。少尉两只耳朵嗡嗡直响,好似服用了大量奎宁。他脑海里浮现出种种可怕的事情,大风吹得枝丫来回乱晃,树木相碰发出啪……啪……哗啦哗啦的声音。听到树木的碰撞声,穆苏斯不禁想起拨弄枪支的声音。有一回碰见一个盗马贼。他们在贼人背后端起枪,啪的一声,那个家伙像条口袋似的倒在地上……啪……啪……哗啦哗啦……这帮捣蛋鬼,这些盗马贼,杀起人来,鸡犬不留。也叫他们知道知道官府的厉害。

少尉掏了掏耳朵,打算把风吹树叶的哗啦哗啦……啪……啪……声从耳鼓里掏得干干净净,把树木碰撞时发出的干巴巴的刺耳的啪……啪……哗啦哗啦声掏得干干净净。

树枝扎了他一下,他连忙甩掉手里的树枝。还是找根藤条吧。少尉小心翼翼地试着抓住一根缠在树上的藤子,生怕又让树枝扎着。穆苏斯使劲一拽青藤,树枝随着晃动起来,沾在树叶上的露珠刷刷地溅落在他的后背和帽子上。后背一着夜露,直觉得遍体生凉,心里想的话不由得脱口而出。他抓着藤条,大呼小叫地吓唬那匹枣红马:

"嘿……!熊马!再不走,我可要拿藤条抽你了!"

飓风摇撼着参天古树,大地咔咔作响,仿佛水缸破裂时发出的呜咽声。断裂的枝丫哭哭啼啼地跌落在黑黢黢的大片荆棘丛中。枣红马吓得毛发倒竖,扎得塞昆迪诺两腿发痒。腾夫拉德罗大地不住颤动。每逢狂风吹过,大地摇晃,塞昆迪诺立即用两腿紧紧夹住坐骑。幸亏他久惯骑马,两腿好似

玉米人 | 099

木叉一般。枣红马跑起来，好像木船般地晃晃悠悠，只有收紧两腿才能稳住身体。战马穿过树林，阴影像土块一样朝少尉脑壳砸过来，好似高楼坍塌，山岳崩裂。但是，就在这千钧一发的时刻，风暴渐渐缓和下来，风力愈来愈小。狂风终于平息了。枝丫慢慢失去烈火般的活力，扭结在一起的富有弹性的树木分开了。月亮高挂中天，宛如一个燃烧着的大火球。在炭火般的月光照耀下，漆黑的夜色泛着幽暗的亮光。昏暗中，万物渐渐平静下来，静悄悄的，显得那样纤弱。地面上尽是被风刮断的湿漉漉的树冠，地底下还在隆隆作响。清冽的山泉潺潺流动。落叶堆积如山。风起处，落叶被卷起，蝗虫似的漫天飞舞。

穆苏斯坐在暗褐色的马鞍上，觉得很不舒服。挪了挪屁股，两腿还是用力夹住坐骑，两眼紧盯住队长的身影。走着走着，队长往后一仰身，躺在马背上，尽情欣赏着松树间的空隙。透过高高的树冠上的天窗，璀璨的月光像喷泉，不，像牤牛一样射进密林。此时，月亮已然蜕去通红的外壳，失去玫瑰色的光泽，洗净鲜红的血污。

队长仰卧在马背上，瞅着天上的云朵和在忽隐忽现的亮光照射下临空摇曳的松影。副官两眼盯住队长的身影，不时仰起头，遥望明净的苍穹。如果说主人在大口大口地畅饮这杯醇酒，他只能一小口一小口地啜饮。原先他们两个人全神贯注地观察道路的变化，现在对那片绊手绊脚的灌木林连想也不愿想了。眼前的路好似一条用干松的针叶铺成的地毯，月光下又像一条乳白色的溪流。两侧是光秃秃的山坡，周围环绕着松树，颇像一个木囚笼。松林中，愤怒的风又发起狂来，树枝的阴影不停地跳跃，好似被藤条抽打得惊恐万状的野兽。

黑夜看起来好像白昼。天地间空旷寂寥。匍伏在乱石嶙峋的山路上的花草散发出阵阵雾气。松鼠摇动着灰褐色的蓬松松的尾巴。鼹鼠像流动的火山熔岩一样东钻西钻，寻觅藏身之所。巨大的岩石有的像陶瓷的花朵，有的像雪白的棉花。松树的球果好似用来祭神的纤巧的小鸟儿，蹲在颤抖的树枝上一动不动。风扫落叶，不住发出沙沙声。冷月凄清，高挂中天，闪射着淡黄色的光芒。在铺满干松的针叶的密密松林中，道路消逝不见了。再往前是个陡坡，山路又展现在眼前。地面上东一个鼠洞，西一个鼠洞。月光穿过树木的枝丫，闪闪烁烁地洒落在两名骑士的身上。月色如水，仿佛可以听到噗嗤噗嗤的击水声。过了铺满松叶的那段平地，沿陡坡而下，前面林木茂盛，莽莽苍苍，绵延不断，形成一条漫长的隧道。密林中，道路影影绰绰，看上去宛如蟒蛇的鳞皮。

银白色的月光花花搭搭地洒落在上校那匹战马身上，马晃了晃脑袋。圆圆的光点，大大小小的冷峭的光斑穿透了密匝匝的盘绕交错的枝杈搭成的黑魆魆的凉棚。战马看见惨白的月光，甩动起短毛尾巴，扫了扫臀部，然后扬起尾巴连放了几个屁，又拉了一泡屎。上校听见响动，眨眨眼睛。光亮和暗影相互嬉戏，照在少尉手上，仿佛几只蜘蛛在他手上爬动。上校揉了揉鼻子。少尉把牙齿咬得嘎吱嘎吱响。眼瞅着手上的亮光和暗影,直觉得手指间的疥疮奇痒难捱。

"卡斯蒂蒂蒂蒂蒂利亚的毒蛇!"少尉高声喊道。"谁长疮,千万别去惹它。"

"它一直在给咱们照照照照照照亮!"

"好像像像像像是!"

"用你的喊叫声让它变得更亮吧!"

"发光光光光光光的怪物!邪恶的怪怪怪怪怪物!"

"更亮一些吧!"

"兴许是吧,"上校自言自语地说,"兴许是吧,塞昆迪诺·穆苏斯。卡斯蒂利亚毒蛇能把牲口变成独眼龙,把孩子变成两眼瞎,把女人变成斜眼,让聋子更听不见。谁身上长疮又不赶快躲远点,谁就会长一身疙瘩。这都是千真万确的事!"

"卡斯蒂利亚毒蛇"把细碎的光斑倾泻在树枝搭成的黑洞洞的隧道里。景色凄迷,朦朦胧胧。只有风在骑者头顶上吹过,斑驳的月光下树影婆娑,才给人某种现实感。山路弯弯曲曲地向下伸展开去,在白色岩石间越来越逼仄,最后仅容一马通过。松树的树干在白石上投上条条黑色的斜影,显得那样挺拔,富有弹性,高高的树冠不住地抖动。

两名骑者觉得眼前猛地一黑,不由自主地连忙闭上眼睛。接着又睁大两眼,几乎把眼珠努出眶外。他们拔出刀子,抽出手枪,打算胡乱抵挡一阵,赶快逃跑——勇士有时也会逃跑的。定睛一看,原来是月光下松树树干的阴影一条条地扑打在他们脸上,遮住了视线。两个人侧了侧身子,躲过树影闪电般的袭击。松林中，月亮的清辉从树干间照射过来，照得戈多伊上校那匹战马的深褐色鬃毛闪闪发亮。松树的暗影印在穆苏斯少尉那件面口袋做的衣服上，变成一条条的黑道道。骑者一路走来，直觉得空气和土地全都折成许多明暗相间的皱褶。在忽明忽暗的变化中，岩石、小树像蚱蜢似的不停地跳动。

骑手和马匹从明处走进暗处，又从暗处走进明处，人影、马形忽明忽灭，忽动忽静。暗影袭来，眼前一团漆黑，四下里的东西变得恍恍惚惚，似有若无。随即突然一亮，亮过之后又是一片黑暗。

一路上，上校心情颇为不佳，愈走火气愈大。天晓得巡逻队能在什么地方赶上他们，上校心里十分恼火。

进入腾夫拉德罗谷，眼前还是一片密密层层的树林。月光照进松林，松树的条条黑影编织成一个樊笼。马匹在松林中走，仿佛是带银色条纹的斑马。少尉的白色粗布衣服上印着黑道道，看上去他像是马戏团的小丑，或是囚犯。黑夜好似一层轻柔透明的薄雾，骑者对黑夜并不在乎。地上的枯枝堆积在松树之间，在葱茏的树木间形成一道密密的阴影，仿佛是月亮和深沉的黑暗间的一道屏障。

狂风低沉地呼啸着。月光下，枝柯刚劲的科纳卡斯特树、树干粗壮香气馥郁的雪松、结满棉球般的圆形蒴果的古老的木棉、野黑樱、乌檀以及愈疮木挤来挤去，愈靠愈近，垒起一堵堵青枝绿叶的高墙。有些树根裸露在地面，动物抛下的旧巢穴和寄生的植物随处可见。狂风怒吼，尘土飞扬。

山路每隔几步就被无尽无休的黑暗笼罩住。月光全然消逝时,树身的晃动看不清了,只剩下一层层乳白色的轻雾。森林深处轰隆轰隆地响,好似大海在咆哮。

密林中伸手不见五指。两名骑者还在策马赶路。暗影中像有什么虚幻的东西在林木间流动。脚下的隆隆声响个不停,头顶上的树叶小鸟似的纷纷扬扬地坠落下来,有时,稍低的枝丫或折断的树杈又像螃蟹爪一样冷不丁地擦过骑手的面庞。

"吁……畜生!吁……畜生!"

上校的喊叫声压过穆苏斯少尉的轻轻的呼哨声。哟,不是什么呼哨声,而是随着他的喘息发出的轻若游丝的咝咝声。一根树枝险些挂掉穆苏斯少尉的帽子。他停下口哨声。伸手抓住帽子,气咻咻地说:

"嘿……讨厌鬼!干什么?还想抓走我的帽子!没门儿……!"

坟墓中死者的骨殖放出绿荧荧的鬼火。在黑黑的夜色中,两名骑者望见迎面晃晃悠悠地过来一道亮光,宛若开天辟地以来被人遗忘的一盏长明灯。神秘莫测的亮光是从哪儿来的?不知道,说不清楚。走到跟前,才看明白,原来是数百万个亮灼灼的小光点聚集在一株和橡树一样高大的树木上。

穆苏斯紧催坐骑,赶上队长,本想告诉他:"上校,您瞧,萤火虫在调情呐……!"但他没说出来,只把尖尖的鸡蛋般的喉结在蜡黄色的脖子上骨碌了一下,挣扎地说了一句:"队长,您瞧!"

雌萤火虫攀附在高高的枝头上,爬来爬去,好似在无边的黑暗中晃动着几百万个小光点,几百万盏小灯笼。她们在召唤自己的独眼情郎。雄萤火虫恰似热恋中的小伙子,使尽浑身气力,呼呼地把身上那盏钻石般的小灯笼燃得更亮。他们顺着树干、枝杈、树叶、花朵一直朝上爬,看上去好像一道璀璨的蓝晶晶的血流。欲火难捱的雄萤火虫喘吁吁地把身上的灯笼吹得更亮,越爬越近了。此时,正值妙龄的雌萤火虫越发显得光彩夺目,摆出千百种妩媚的姿态,逗引着雄萤火虫。双方结合后,亮光渐渐暗淡下去,长明灯变成一个昏暗的斑点,好似银河流过,只余下一棵曾在梦境中化作启明星的大树。

月亮又出来了。两名骑者来到一个火山口边上。火山口好似一个广场、一个空荡荡的大广场,周围是巉峻的悬崖。"天镜"般的明月在略呈橘红色的岩石上洒下如水的光流。黑黢黢的神秘的暗影在怪石间左右晃动。他们终于沿着山路——冬季干涸的溪道——来到腾夫拉德罗腹地。这里更加神秘莫测。腾夫拉德罗谷好像一个浴满清辉的硕大的饭碗。劲风吹动森林的树叶发出的哗啦哗啦声在谷底里神奇地消逝了,耳边听到的只有马蹄叩打着青石的铿锵声。干枯的树叶结成烟雾般的蛛网,马匹踏着枯叶直奔谷底。三五株角豆树一掠而过,树叶沙沙发响,好像游泳者在陆地上用手划动空气的声音。山路旁,美洲豹的尖利爪迹清晰可见。两名骑者沿着山路疾奔腾夫拉德罗谷底。

玉米人

神秘的黑影中,青石得得作响。四下里一片静谧,用不着扯着嗓子讲话了。骑者勒住坐骑,打算在这里等候巡逻队的骑手,然后一块去特朗希托斯村。吃的东西全在巡逻队手里,等他们到来之后,可以喝点咖啡、奇拉特汤①、甘蔗酒。一路上两匹战马跑得十分疲劳,浑身直冒热气,也该凉快凉快,用夜露洗洗汗水。马匹刚缓过气来,就猛地打个倒退,差一点把骑者从脑瓜儿顶上甩出去,闹个嘴啃泥。

横穿腾夫拉德罗的得得作响的石板路上,摆着一口棺材,离开上校他们只有一箭地远。

"别开……枪!"上校一声断喝。从腾夫拉德罗谷底朝山顶攀登时,少尉双手端起毛瑟枪,准备朝棺材射击。缰绳一松,枣红马一甩尾巴,扫了上校那匹马一下。上校那匹马打了个盘旋,一弓背,猛地纵跳起来,喘吁吁地闪到一旁。上校的手枪挎在腰间。他连忙勒住呼哧呼哧喘粗气的战马。幸亏上校喊得及时,不然的话,少尉早就开枪了。狂风吹过,落叶纷纷打在他们脸上,立即把他们埋起来。真是莫大的安慰啊!骑者走在荒凉的腾夫拉德罗,似乎死神随时都会把他们抓去。在这个节骨眼上,哗哗作响、震耳欲聋的碧绿的树叶给他们披上衣服,使他们与外界隔绝,把他们保护起来,真是莫大的安慰啊!树叶在树枝上簌簌发抖,人面长尾猴吱吱哀叫,野兽东跳西蹿。彗星拖着明晃晃的血红的尾巴坠落在遥远的天际。夜空上流星一掠而过,好似鸡雏消失在

---

① 一种用辣椒和玉米炒面等制作的饮料。

无边无际的太空中。美洲相思树经受不住狂风的袭击，像绝望的殉道者似的颓然倒下。上校和塞昆迪诺离开腾夫拉德罗，走近在方圆几公里地内撼天动地的狂风的旋涡当中。然而，他们心里反而踏实了。一个人离开险境，和各种兽类混在一起，和成千上万川流不息的生物一道朝前走，心里总是踏实的。

"傻瓜，没瞅见那儿在给死人守灵吗？"少尉听见上校这句话，才没开枪。

两名骑者纵马飞奔。狂风吹得他们紧闭双眼，张开嘴巴和鼻孔，冻得两只耳朵发木。为了减少阻力，他们把脸紧贴在马脖子上。战马十分镇定，生气勃勃，身上散发出一股盐口袋的气味。把脸贴在马身上，就像在险境中找到了做伴儿的，心里有一种渺茫的安全感。

一口气跑上山顶，两个人才停下脚步。站在山顶上回想了一下方才那股劳累劲儿，真是一辈子也忘不了。戈多伊上校解下系在脖子上的湿漉漉的围巾，揩干净脸上的汗水。

一只猫头鹰栖息在穆苏斯眼前不远的地方。他连忙耷拉下眼皮，不愿看它。猫头鹰沐浴在月光中，翅膀上仿佛镶上一道银白色的细边。少尉心里说："真丧气，又是夜猫子，又是棺材！不是好兆头！"

"上校……"穆苏斯咕哝了一句，下巴似乎僵住了，嘴唇张不开，话都卡在嗓子眼儿里。

戈多伊上校也闭着嘴巴，学着他的腔调唔唔哝哝地说：

"哼，上校……是啊，说真格的……哼，上校……"

"盗马贼给死人守灵……"

"是啊，说真格的……是盗马贼给死人守灵……"

"这回不装死了，放了口棺材。"

"他们也学乖了。你听我说，上回有个傻小子躺在芦席上装死，周围还点上四根蜡烛。这回，他们又想出新点子，干脆把棺材往当道一放。我估摸着，他们大概想，过往的行人看见棺材，谁也不肯朝前走。趁这个工夫儿，他们把偷来的牲口赶走，一路畅行无阻。"

"上校老爷，您不是亲手处决过一个叫阿波利纳里奥·奇霍洛伊的人吗？他是个残废，偷不了牲口，常装死人。"

"你知道这件事？"

"是他们告诉我的，说得有鼻子有眼的。那一回，伊龙酋长中了您的圈套。我们都准备好厮杀一场。为了让大家伙儿知道知道您什么时候打定了主意，就从来不手软，便讲了这件事。我记得，先是把那个黄毛兔子化身的酋长引进山里，趁他在河里洗肠子，把他的手下人杀得一干二净。我亲眼看见骑警队拥上去，印第安人被杀得血肉横飞。这是六年前的事儿啦，直到今天人们还谈论呐。"

"今年是第七个年头了，"上校当即接下去说，"我记得很清楚，那些臭印第安人说什么，被剁成肉酱的萤火法师判处我死在第七次烧荒里。照他们的话，今年该轮到我被烧死。想在今年要我的命，见他妈的鬼去吧！"

"阿波利纳里奥·奇霍洛伊是您亲手枪毙的最后一个人。"

"是啊。我给了那小子一枪，干得可漂亮了。我是从路边开的枪，离他很近。那天，我躲在一片杂木林子里，林子边上是悬崖。我就是从那儿滚下去的。等到他的同伙赶来报仇的时候，我早就溜之大吉了。那个倒霉鬼躺在一张毛烘烘的山羊皮上装死，周围点着四支蜡烛。有一支已经灭了，我怕另外三支也灭了，连忙开了一枪。那小子中弹以后，只把身子蜷了蜷，就玩完了。"

"巡逻队怎么还不露面？"

"只好等一等。没有大队人马，千万不能回去，太危险了，千万别莽撞。这些盗马贼比谁都厉害。他们可机灵了，太机灵了。整天干的是掉脑袋的活儿，一个个练得耳朵尖，眼睛也尖。哪儿扎手，哪儿不扎手，他们差不多一猜就中。"

"这帮盗马贼本事可大呐。狮子老虎大蟒蛇有什么本事，他们就有什么本事。来无踪，去无影，跟林子里的疾风一样。"

两个人光顾着说话，没听见马蹄声。一群人影冲到跟前，差一点撞在他们身上。上校和少尉当即停止谈话，朝刚才拴马的地方跑过去。两匹马拴在近处，正在伸着嘴舔树上的露水，啃啃青草聊以充饥。上校用力一拉缰绳，把拴马的小树连根拔了出来。少尉连忙砍断了缰绳。

来的是巡逻队，一共十七个人。一个个风尘仆仆，浑身浴满月光。唉，真没有一个像样儿的骑士。谁敢说不是？临阵杀敌也好，谈情说爱也好，骑士总该有骑士的派头，可惜，他们当中没有一个像样的。

当骑警队长冈萨洛·戈多伊上校站在士兵面前，准备率部行动时，这个想法倏地掠过脑海。他命令士兵分散开来，从四面包抄上去。

戈多伊上校一行快马加鞭，准备同盗马贼较量一番。为了驱赶寒气，排遣郁闷，他们一起鸣枪示警。腾夫拉德罗谷的波涛汹涌声听起来真瘆人啊。骑警队员肩并肩一起下到停放棺材的地方。月光下，那口粗糙的、没有上漆的白松木棺材仿佛生出许多光刺儿。棺材反射月光，四周围现出一道明亮的光环。

穆苏斯少尉率领几名骑警队员把守住腾夫拉德罗谷的入口，防备有人突然袭击。他们一个个瞪大眼睛，竖起耳朵。穆苏斯直觉得口干舌燥。作为一个战斗队的指挥员，少尉本想发号令，结果只是干干地"吭哧"了一声。腾夫拉德罗谷好似一座斗牛场。少尉和士兵们居高临下地观看谷底里发生的事情。只见上校翻身下马，朝棺材走过去，士兵们端着枪，跟在后面，随时准备开枪射击。上校用手枪的枪管急匆匆地连敲了几下棺材。啥也没有，一口空棺材。他刚才就和士兵们说过了："准是口空棺材。"这是盗马贼的新花招。放口空棺材，既可以偷运牲口，又用不着从团伙里找个什么人装死装活的。上次有人装死，还不真的被打死了？

堂·查洛又用枪管恶狠狠地敲了敲棺材盖，这回更有把握了。啥也没有。一口空棺材。他又敲了一下，还是啥也没有，根本没人答腔。

上校一声令下——顺带说一句,上校下令有时只是把目光一扫,或是甩一下下巴颏——两名士兵走向前去,掀开棺材盖。棺材盖一打开,大家连忙倒退几步,差点撒腿就跑,只有队长纹丝未动。原来棺材里躺着个人,身穿白衣白裤,脸上盖着一顶草帽。一股冷汗顺着上校的后脊梁直往下淌。这是什么人?

战马和骑者的身影映在橘红色的岩石上,黑黑的影子仿佛不是停留在岩石表面,而是深深地嵌入岩石里面。

上校用枪管挑下盖在那个人脸上的草帽。月光一照,躺在棺材里的人睁开眼睛,吃惊地挺身起来,跳到棺材外边。上校倒退了一步,旋即又站到原来的位置上。难道真是闹鬼,死人又复活了?这个家伙究竟是谁?是人还是鬼?说不清!上校赶忙命令手下人摆成扇面形,直逼上来。这时,他问道:

"你是人还是鬼……"

"我是赶脚的,老爷,"一个有气无力的声音回答说。乍醒过来,他肚子里咕噜咕噜直叫唤。

上校定睛一看,不是他杀过的人,这才觉得脚下站稳了,心里有底了。于是又问:

"搬什么东西?"

"搬棺材。把棺材送到村里去。"

"说实话。不然,我叫你脑袋开花……"

"我说啦,我是赶脚的……我说过啦。到村里去卖棺材。昨儿个,库兰德罗死了,正等着入殓呐。就在岭上边,在特朗希托斯村。"

骑警队渐渐围拢上来。印第安人拿着草帽，上身穿一件短袖白衬衣，下身穿一条白布裤子，裤腿长抵膝盖。整个人像煞一块青铜色的岩石。

"等卖了棺材，就轻省了。走到这儿，有点犯困。我想躺下睡一觉。这地方净是野猪、毒蜘蛛、吃人的野兽。钻到棺材里睡觉保险点儿。"

"哼，你也罢，棺材也罢，全是哄弄人的玩意儿，准是有人在这儿偷牲口。"

"兴许有。可跟我没关系，跟棺材也没关系。偷马的看不上印第安人，说我们是孬种，是小狗子。"

"就是嘛。所以他们才把你硬拉到这儿来。他们说了，死上个把印第安人，根本算不了一回事。把你知道的盗马贼的事儿一古脑全端出来，现在还不晚。我估摸着，他们正在周围转悠呢。要不，你就再钻到棺材里去。"

在冷峭的月光映照下，透过衬衣可以看见印第安人身上的根根筋骨。戈多伊上校用枪顶住他的左肋，逼得他步步倒退，几乎跌进松木棺材。

"说，你的西班牙语讲得不错嘛。"

"我不进去，棺材是给库兰德罗用的。要杀就杀吧，把我埋在这儿，千万别把我放进库兰德罗的棺材里。要不，到了阴间我更得倒霉了。你干脆给我一枪，再叫他们把棺材送到特朗希托斯村去。"

"谁接这口棺材？是死鬼吗？……"上校打趣地说。他心里很清楚，这个印第安佬不过是盗马贼玩的花招，他们借他作掩护，好在附近活动。过去上校也遇到过类似的事，谈笑间就查清了事实真相。"死鬼准会拥抱你，对你说：'你给我送来最后这件换洗的衣服，上帝会报答你的。'他大概是个穷鬼，这件衣服八成是最后一件照他身量裁剪的吧。我敢说，他们一定把尺寸告诉你了。"

"是啊，老爷。接寿材的是守灵的人。"

"寿材！新做好的棺材，外面上漆，里面加衬，才叫寿材呐。你背的不过是口破松木棺材！守灵的有谁？"

"老娘儿们……"

"老爷儿们呢？"

"老娘儿们居多。"

"库兰德罗死了，是怎么死的？叫人害死的？"

"老死的。"

"好吧，甭管怎么说，先留你一条狗命。我们得查查你说的是真是假。得先把你绑上，让我的副官穆苏斯少尉带上五个人跟你走一趟。你要是说瞎话，哄弄我，他们就把你塞到棺材里去，钉上盖儿，往树上一挂，连棺材带人一块用枪打。打完了，把你扔进坑里。"

脚夫捡了一条命，连忙举起棺材，背在背上，三步并作两步走开了。上校那双淡蓝色的眼睛像燃烧的玻璃球似的灼灼放光。巡逻队跟在上校后面，走过环绕着火山谷的乱石堆。穆苏斯少尉按照戈多伊的命令，带领五名心狠手辣的巡逻队员朝特朗希托斯村方向走去。脚夫倒剪双臂，走在前面，棺材用皮带绑在他的背上。一行人消逝在沙沙的树叶声中。

九

多少年来，特贡家的大妈两手不停地料理家务。多少年啊！用黄澄澄的玉米面烙辣玉米饼，用婴儿指甲般鲜嫩的玉米粒煮雪白的玉米粥，烧制红得吓人的辣椒汤。多少年啊！烧柴禾熏得她面色黧黑，痛苦的汗水顺着脖梗子、头发、前额直往下淌。额头上的皱纹朝外凸着，那是常用脑袋顶篮筐硬压出来的。压在她身上、头顶上的是多么沉重的担子啊！

长年累月的操劳像副沉重的担子压在老年人的头顶上，肩膀压塌了，腰压弯了，膝盖半屈半伸，勉强撑住身体，仿佛眼前摆着什么值得虔敬的东西，他们准备双膝跪倒似的。

特贡家的大妈——娅卡老太太——听见外面一阵马蹄声，一直响到大门口。她用焦炭般黢黑的手捂着胸口（自从她儿子舍死忘生地破了蛐蛐咒以后，她一直这样走路），另一只手举着松明，走到门口，打算看看是谁这么一大早就来了。屋子外面，空气潮湿，一片漆黑。老太婆强睁着那双小蛇眼。啥也没瞅见。她站在门口，嘴里嘟嘟囔囔的。儿子、孙子都没在家。她明明听见有人骑着马来了。

几名荷枪实弹的士兵倏地一下子把老太婆围在当中。他们手拉缰绳，牵着马走到茅屋跟前。一个个赤着脚，衣服各不相同，全都系着皮带。

"老太太,请原谅。"领头儿的说。他不是别人,正是穆苏斯。"劳驾请您告诉我们,库兰德罗住在哪儿。是这么回事,我们那儿有个病号,病得挺厉害。库兰德罗不去瞧瞧,就活不成了。"

背着棺材的印第安人站在暗影里,离开茅屋相当远。一个名叫贝尼托·拉莫斯的士兵看着他。

"噢,在这儿呐,进来瞧吧……"老太婆唔唔哝哝地回答说。说着话,手举松明走进茅屋。屋里的泥土地上,停放着库兰德罗的尸体,周围洒满野花和柏树枝子,飘散出一股幽香。

穆苏斯是个奴性十足的人,一有机会就要仿效戈多伊的动作。他朝库兰德罗的尸体走近几步,用枪口一杵巫医的小肚子。库兰德罗身穿的那件褴褛的旧衬衣往下一陷,显出了凹下去的肚皮。

"他是怎么死的?"穆苏斯问。他一直担心库兰德罗会从地上爬起来,像刚才那个印第安人从棺材里站起来一样。

"老死的……"老太婆说,"千病万病,老了才是病,准死没跑儿。"

"您怎么样,也够呛吧……"

"上年纪了。"老太婆又说。她把身子往里挪了挪,松明还举在库兰德罗的尸体上方,准备万一骑警队的人要验尸。卡利斯特罗在乱石堆中把库兰德罗拖回来的时候,他已经一命归阴了。卡利斯特罗就是那个疯子,眼下已经好了。多亏鹿眼石的神力,他才恢复了理智。真是交了双重好运啊!一则用鹿眼石蹭了蹭卡利斯特罗的太阳穴和脑瓜顶,他的病就好了。再则骑警队到来之前,他们哥儿几个离开了家。要是再贪饮几杯加血的可可,就坏事了。

特贡家的大妈一边想心事,一边招呼着客人。她一直举着松明,免得招惹麻烦。说不定他们认为库兰德罗不是自然死亡,而是被人谋害。这样一来,他们会不容分说地把全村人统统绑上带走。

"是啊,各位都瞧见啦……"穆苏斯少尉冲手下人迟迟疑疑地说。他用手搔了搔脑袋。在草帽底下,他的脑袋活像一颗长了毛的大椰枣。队长嘱咐过他,必要时可以把那个脚夫枪毙。把他装进棺材,盖上盖儿,立好了……开枪!眼下脚夫得救了,他心里很不自在。

印第安人连拖带拽地把棺材送进茅屋里。这当儿,巡逻队正准备离开特朗希托斯村,返回腾夫拉德罗,和戈多伊上校会合。临行前,穆苏斯又装模作样地学着上校的口吻说:这口棺材是库兰德罗的"最后一帖膏药"。说罢,翻身上马,离开了茅屋。其余的士兵也纷纷跳上马背,疾驰而去。老太婆递上几支玉米叶卷烟,士兵们没来得及抽,把烟卷叼在嘴边上,没有点着。只有贝尼托·拉莫斯例外。他跟魔鬼订过契约,只要烟卷一到嘴边,立刻会自动点燃。贝尼托·拉莫斯是个十分古怪的人。根据契约,他吞下了魔鬼的一根头发。打从那儿以后,人变得干瘦干瘦的,皮肤灰不溜秋,两眼漆黑,好像煤块。魔鬼答应他,他老婆一有二心,他立刻就能察觉。结果呢,他啥也不知道,因为他老婆和魔鬼合起伙来哄弄他。贝尼托·拉莫斯的女人长得很漂亮，一身雪白的肉，两条长辫子，那双眼漆黑闪亮，好像是牛油煎的黑豆。光是看看她的眼睛，就顶得上吃一顿早餐。

骑兵快马加鞭，一个跟着一个跑进絮絮低语的树林。山路陡然下降。真走运啊！照这样，用不了多大工夫就能赶到腾夫拉德罗的腹地，也好睡上几个钟头。黑暗中，带刺的树木净跟他们捣乱，不时钩住他们的衣服。这不是山风吹动树枝，而是树木成了精似的自己伸出枝杈。只有贝尼托·拉莫斯例外。他那双黑炭般的眼睛能够透过夜幕，看清周围的东西。他走在最后边。是吗？是他走在最后面吗？是的，他总是殿后，好似骑警队的尾巴。贝尼托·拉莫斯比犹大更要狡猾。

天空渐渐布满繁星。黑压压的森林向远处伸展开去。从特朗希托斯村到腾夫拉德罗谷，山路在悬崖峭壁间蜿蜒而下。一路走来，直觉得黑黢黢的森林就在他们脚下。马匹仿佛着了凉，呼呼地直喘粗气。在皎皎的月光下，远处传来野狼的嗥叫声。松鼠的哧哧声不像是啃东西，倒像梦见了什么喜事，高兴得发笑。在沙沙作响的丛林中，夜鸟不时撞在树木上，发出阵阵长鸣。

巡逻队行进在密林深处。月亮带着淡淡的清辉，从苍穹上坠落下去。晨露滴落，宛若老天的眼泪。骑者似有若无，似动非动。看上去，一个个仿佛生了锈，苍白的皮肤往下耷拉着。鞍马劳顿，彻夜不眠，搅得他们心烦意乱。狡狯的树木不停地颤抖。清寒的星辉透过凌乱的枝丫，洒落在条条山溪里。碎镜般的水光波影闪烁在崚嶒的乱石之间。骑兵们神色凄然，苦涩着脸，马不停蹄地赶路。下坡愈来愈陡，马匹探着脑袋，撅着屁股，一步一陷地朝前走。骑者只好仰着身体，平躺在马鞍上，帽子碰着鞍子的后环。腾夫拉德罗的林海哗哗乱响，仿佛成千上万只胡蜂在四周飞舞。空气中弥漫着一股松节油味儿。空气中不时飘来一股股呛人的硝烟。烟雾中仿佛浮动着各种各样的病魔、野兽的碎皮烂肉、蛤蟆的眼球。山坡陡峭，旅途劳顿，整夜不得合眼，士兵们全都昏昏沉沉的。这还不算，还得加上刺鼻的松节油味和鞭子似的山风。山风呼呼地刮过去，有时还挟带着刀子似的树叶。

士兵们先是闻到一股森林着火的焦糊味。气味不大，几乎察觉不出来。可是，他们鼻子很尖。返程前听了贝尼托·拉莫斯的一番话，都有某种预感。贝尼托的话不多，他不是那种多嘴多舌的人，也许是他不想让大家过于伤心吧。和撒旦订下契约就有这么个好处，事事全能未卜先知。

在特朗希托斯村的时候，贝尼托·拉莫斯对大家说：瞧啊，哥儿们，那边就是腾夫拉德罗谷。你们留神看，腾夫拉德罗谷像个漏斗，一个特别大的漏斗，周围的石头仿佛涂了一层釉子。甭管山风多么厉害，一到腾夫拉德罗就变成哑巴。八成是风刮不进去，下不到谷底。什么乌云啊、落叶啊、山风卷起来的杂七杂八的东西啊，到那儿全都没了。树林子里可不一样。那么多树枝子、树叶子，响起来赛过奔腾的大河，能把人耳朵震聋了。你们要是偶尔穿过哗哗乱响的树林子，来到漏斗口上，一看那儿没一丁点动静，准能吓一大跳。外面是狂风暴雨，那儿鸦雀无声。外面是大风大浪，那儿没一点声音。外面是急遽的旋风，那儿风平浪静。看到这儿，就像脑袋上挨了一棒子，耳朵立时就聋了。各位都到过腾夫拉德罗的谷底，都知道腾夫拉德罗是个漏斗形的大窟窿。这个洞在天底下，不在地底下。地洞里黑咕隆咚，那儿可不一样，总是蓝幽幽的。各位先别提问，听我说完。大伙儿心里都明白，该说的我一定说，绝不多说一句。你们会看见戈多伊上校带着手下人，站在漏斗谷里。上校在抽雪茄，想喝碗马齿苋汤。他问，能不能找到这种野菜。有人回答说，吃那个东西有危险，顶好还是凑合着吃点干粮吧。拿出来，热一热就行了。上校说，要吃干粮就凉着吃，无论如何不许点火。等明儿个，把野菜带到特朗希托斯村煮汤喝。想吃马齿苋嘛，也没什么不好的。可他偏要在那儿吃，那个地方压根儿就不长这种野菜。上校不让点火，他害怕手下人生火煮咖啡，热咸肉干和玉米饼子。他让大家从驮筐里拿出东西来，只能凉着吃。马齿苋这个东西是死人吃的。这种野菜是露在地面上的绿火。人死之后，埋在地底下，身上就会发出这种微微的火光。甭管是谁，只要身处险境，想吃马齿苋就不是好兆头。拿上校来说，巫师判他死在第七次烧荒当中。正在上校和当兵的说话的时候，身边的战马一个劲地摇晃耳朵，甩打尾巴，一只蹄子乱踢另一只蹄子，好像做梦似的朝远处跑。马匹迷迷糊糊的，像在做梦，梦里面撒开蹄子，打算逃离险境。马懂什么事？凭着本能要逃跑，可实际上还是留在原地，动弹不了。总而言之，上校和当兵的为干粮的事在谷底里吵得不可开交。战马稀里糊涂地打瞌睡。就在这工夫,漏斗谷四周慢慢出现了三道包围圈,像三顶死人头上的王冠,三只铁环,三个没有中轴、没有辐条的车轮子。从里往外、从下往上算,第一道包围圈是夜猫子的眼睛。成千上万只冷冰冰、圆彪彪的夜猫子的眼睛死死盯着谷底里的人。第二道包围圈是没有躯体的巫师的脑袋。成千上万个脑袋悬挂在空中,没有身体,也没有支撑的东西,就像月亮挂在天上。第三道包围圈,就是最外面的一圈,是数不清的丝兰花环。火焰中,丝兰叶子活像是鲜血淋淋的匕首。最外这一圈杀气腾腾,像一锅滚沸的开水。靠里面那一圈夜猫子的眼睛一动不动地盯在上校身上。每只眼睛像根钉子似的钉进上校的毛孔。上校像一张钉在宽大木板上的牛皮,滴滴答答地往下滴落臭不可闻的血水。在第二道包围圈上,巫师们泥塑木雕似的呆呆望着上校,龇着金牙,张开枪口般的鼻孔,瞪起牛蛋子眼睛,模样十分奇怪。没有躯体的脑袋从鹿皮帐篷里飞出来。身子变成萤火虫,到了冬天,四处飞舞,一会儿亮了,一会儿又灭了。巫师默默地数着烧荒的次数:一次、两次、三次、四次、五次、六次。第七次烧荒就在腾夫拉德罗。第七次烧荒的时候,夜猫子从眸子里喷射出火焰,喷射出金黄色的火焰。在最后这次烧荒里,先来一场霜冻,随后花草树木渐渐枯黄。最后,夜猫子喷射出金黄色的火焰。这种火其冷无比,遇见什么烧什么。那些和戈多伊上校呆在一起的当兵的先是觉得耳朵垂儿不舒服。他们用手摸,用手抓。糊里糊涂地用右手胡噜左耳朵,用左手胡噜右耳朵，这么着能够舒服一点。当兵的冷得难受，两手交叉着，一手抓住一只耳朵，搔啊，挖啊，差点儿把耳朵揪下来。搔啊，挖啊，直到把耳朵扯碎，好像弄碎一块玻璃。当兵的你看着我，我看着你，只见从耳朵里突突地冒出一股又一股的鲜血。这些全都顾不上了。眼皮也变得像玻璃似的，一碰就碎。他们把眼皮也抓挠下来了。大眼珠子露在外面，被夜猫子喷出的火焰烤得通红通红的。扔掉眼皮，又去抓嘴唇。把那块带毛的皮肉抓掉了，露出牙齿，好像横排在赤红的玉米棒上的玉米粒。惟独上校站在那儿，一动也不动。夜猫子的眼睛死死地盯住他，穿过毛孔把他钉在一块木板上。上校耳朵不动，眼睛不动，嘴唇不动，就连嘴里叼着的雪茄烟灰也不往下掉。只见两只黑黢黢的手挥动匕首，硬要他自刎。其实那是上校自己的手，是他的手映在丝兰花环上的黑影。一粒子弹飞过去，在上校的太阳穴上撞碎了，掉在地上。可是，几只黑手举起他的身体，把他放在马背上，然后连人带马一起往下压，压缩成二寸长的小糖人的模样。丝兰花环乱摇乱晃，挥动着大火映红的匕首和匕首柄。

穆苏斯少尉硬着头皮往前走。森林大火的焦臭味儿直钻鼻孔，呛得他不得不停止前进。手下人说：

"味儿真大大大大大大！好像大伙儿都在抽抽抽抽抽抽烟！"

远处近处一片啪啪声。那是有人用手、用帽子拍打衣服的声音。大概是他们身上着了火，要扑落身上的火星子。在一片海涛般的声响中，响起了呼隆呼隆的声音：不是我……

别找我……不是我们……焦臭味是从对面来的……我是叼着烟头呐,可早就灭了……今儿晚上这么潮,小小的烟头哪能引起大火……只有水才能把火压下去……快撒泡尿吧……嗯……我才不想下马撒尿呢……看看火星子,好大的味儿……

说话间,有人勒住坐骑,翻身下马,吭吭哧哧地撒尿。听见响动,另一个人说:"这股味能呛死你!"

话音刚落,焦臭味腾地一下变成熊熊烈火,这是烧荒的大火,毁林的大火。

马上的人七嘴八舌地议论开来。知道底下出了什么事吗……队长把雪茄夹在耳朵上睡觉,引起一场大火,怕就怕……腾夫拉德罗怎么下起雨来了……下雨也不管用,上帝护着大火呢,水也烧着了,什么都烧着了……不……是空气……树叶子……是空气……树叶子……树叶子……空气……

火光一亮,士兵们被照得清清楚楚。事情来得很突然。他们互相望了一眼。人都在。都在一起。一个个汗流浃背,气喘吁吁。每个人的眼睛、每匹马的眼睛都是通红通红的,好像熔化的玻璃。士兵们当即四下散开。本打算朝山上跑,可一个劲地往下滑。浓烟中,他们像堆垃圾似的拼死拼活地爬啊、爬啊。到处都是丝兰花环和鲜血淋淋的匕首。浓烟滚滚,烈焰腾腾。跑啊!穆苏斯下的最后一道命令也是:"散开!"

只有贝尼托·拉莫斯一个人伫立在丝兰花环当中。他和魔鬼早有契约，大火根本碰不着他。贝尼托·拉莫斯一抖缰绳，任凭胯下的战马朝远处飞奔而去。浓烟熏得萤火虫纷纷跌落下来。梅花鹿脱弦箭似的一个挨一个跑过去，臭气烘烘的黑胡蜂从灰白的蜂巢里逃出来。蜂巢散落在地上，是蜂巢又是蚁穴。

左近的山头上，有几条人影兴致勃勃地欣赏着从腾夫拉德罗四处升起的火焰。火舌在空中蹿动，好似沾满鲜血的手。鲜血从手上滴落下来，那是在望玉米弥撒时屠宰的母鸡的鲜血。几条黑影头顶草帽，身着玄色粗呢衣服，嘴里叼着像大荨麻一样辣丝丝的小雪茄。他们蹲在地上，像烤饼一样蜷曲的双脚支住屁股。他们是卡利斯特罗、欧塞比奥、卢佩托、托马斯和罗索·特贡。几个人边抽烟，边低声交谈。说起话来，语气平缓，不紧不慢。

"乌塞比奥[①]，"卡利斯特罗说，"跟那只七戒梅花鹿谈过话。听说，它躺在地底下，求他把它刨出来。他把它刨出来以后，它就开口说话，讲的话和我们说的一模一样。听说梅花鹿叫了乌塞比奥一声，一边把左蹄钩钩着，像把铲子似的，好像要从地下扒出什么东西来……"

"梅花鹿没这么跟我说话，"欧塞比奥·特贡打断了他的话头，"是这么回事：我把梅花鹿从坑里刨出来，它立刻坐在一块像椅子似的青石上。刚坐上去，只见在座位、靠背上开了许多带白斑的棕色鲜花，几只长犄角的虫子爬过来爬

[①] 即欧塞比奥。

过去。有绿眼虫子,有红眼虫子,还有黑眼虫子。虫子的眼睛里闪着火星,后来慢慢地不动了。在梅花鹿和石椅子之间铺了一块厚实的长毛绒。梅花鹿往那儿一坐,两腿交叉着,像个大村长,冲着我笑眯眯的。它一笑,月光就照进它嘴里去,照亮满口像古巴树脂一样没有光泽的牙齿。它冲着我笑,眼皮不住眨动,好像眼里钻进一只金头苍蝇。它说:'乌塞比奥,告诉你说,这是我的第七次火劫,我本该在这次火劫中死去然后重生的,因为我和猫一样有七条命。骑警队追上加斯巴尔·伊龙那会儿,作为萤火法师之一,我刚好在场。那工夫,我第一次死里逃生,接下来又是五次脱险。第七次我是死在你的手里。你端着枪,耐心地紧盯着河汊那里,等我从那里经过。很好。死在你手里我不后悔。这次我之所以复活,只是想要揪出第七次火劫将要降临到他头上的那个人。'"

"那么这次是……"卡利斯特罗、托马斯、乌佩托和罗索(或者像女人们那样管他叫罗森多,男人都叫他罗索)异口同声地惊呼道。

"当然了,"欧塞比奥小心地说。这当儿,火焰继续从腾夫拉德罗谷底翻滚上来。他又接着说:"梅花鹿没再说什么,摇了摇耳朵,把左蹄伸给我,随后朝岭下跑去了。过了一会儿,只见大火……"

"你抓住它左蹄,把它制住……"

"别说话,小伙子们,留神瞧着点,别让他们溜走了。刚才我把他们甩在茅屋那边儿了,让他们问咱娘,库兰德罗是不是真的死了……"罗索·特贡粗声粗气地说。

话音未落,响起一阵暴雨般的枪声。几支猎枪几乎同时开火。嘭、嘭、嘭、嘭……他们随即默不做声地注视着情况的变化。在腾夫拉德罗谷底,丝兰花环挥动着致人死命的匕首,烈焰熊熊,好似望玉米弥撒时宰鸡的血手。

在腾夫拉德罗谷底,好多士兵把特贡兄弟错认作是穆苏斯的人了。他们拼命奔上来,但求保住一条命。结果纷纷被打落马下。穆苏斯带领的人还没走到特贡兄弟隐身的地方,听到枪声,慌里慌张地又折回原路。哼,无论如何他们也难逃活命,干脆放他们逃回松林小路去吧。到那儿,再向他们讨还血债。

玛丽娅·特贡

十

戈约·伊克咧着嘴放声大哭,露出藤条般的舌头、狼奶一样洁白的牙齿。接着,又撕心裂肺地喊道:

"玛丽娅·特贡贡贡贡贡……!玛丽娅·特贡贡贡贡贡……!"

声音渐渐哽住了。

"玛丽娅·特贡贡贡贡贡……!玛丽娅·特贡贡贡贡贡……!"

群山蜷缩着,发出呜呜咽咽的回声。

"玛丽娅·特贡贡贡贡贡……!玛丽娅·特贡贡贡贡贡……!"

群山的回声也渐渐哽住了:

"玛丽娅·特贡贡贡贡贡……!玛丽娅·特贡贡贡贡贡……!"

"……见鬼去吧!"一个满脸雀斑的女人说。她长得又高又瘦,黄不棱登的头发梳成两条光溜溜的辫子。"见鬼去吧"这句话是从她胸腔中发出来的还是从她那件衬衫发出来的,谁也说不清。大概是从她胸腔发出来的吧,那件衬衫都开线了嘛。噢,不光是开线,是撕破了。女人胸前兜着个孩子,胳臂弯里还抱着一个。孩子的小手一动一动的,看样子能抓着妈妈的绣花裙裾走路了。两个孩子都是她赶牛车的时候生下来的。她抛下了那个没用的男人(不光没用,还是个残废)。他既不能砍柴、挑水、放牲口,又不会割蜜、阉猫。她带着孩子把家里所有的东西装上牛车带走了。东西不多,总还有一点儿。什么东西也不给他留下。干吗要留给他?他只配早早去见上帝。

"玛丽娅·特贡贡贡贡贡……!玛丽娅·特贡贡贡贡贡贡……!"戈约·伊克上气不接下气地高声喊道。他用两手、用鼻子、用耳朵东找西找,累得喘不过气来。老婆、孩子跑到哪儿去了呢?两行污浊的热泪顺着沾满尘土的双颊往下淌。

戈约·伊克不住声地嚎叫,孩子似的号啕大哭,一声接一声地呼喊妻子的名字。风吹乱了他的头发。两眼本来就瞧不见东西,现在弄得连触觉也快要失灵了。猛然间,他仿佛听到逃跑的娘儿仨的欢声笑语,好像朝皮希古伊利托村方向去了。可两条腿却带着他朝相反的方向追去。要这两条腿有什么用啊!再过一会儿,他们娘儿仨就要攀上高山,山下是咆哮的太平洋的海岸。从山上下去,穿过一条乱石沟,就到海边了。夏天这条沟是条山道,一到冬天就变成一条河。清澈明净的流水沿着河床从高山流到海边,犹如找活儿干的人群从高寒山区拥向海边。深山的松林间，欢笑声直上云霄，五彩缤纷的小鸟腾空而起，飞越林梢，在空中翱翔。而沿海的土地却总是那样懒洋洋的。人到了那里也变得懒散了。河水也愈流愈慢，反射着阳光的碎影。在低湿地带的丛林中，天气变幻无常，人和水渐渐地腐朽发臭了。

戈约·伊克竖起耳朵，屏住呼吸。风很大，噎得他喘不出气来。憋了一会儿，他连忙换了口气。找不到老婆孩子，他着实吃了一惊。明明听到他们的声音嘛！是树叶声？小鸟儿声？飞瀑声？还是大地发颤，撼动万物的声音？他的心碎了。

听孩子们说，有人在这儿伐树。在被砍倒的大树当中，最细的一棵三个人也搂不过来。

"玛丽娅·特贡贡贡贡贡……！玛丽娅·特贡贡贡贡贡……！"

戈约·伊克一边呼唤着妻子的名字，一边往家里走。喊啊喊的，嗓子喊哑了。他用瘦骨嶙峋的双手抚摸着干瘪的大腿，颤巍巍地挪动着脚步。几点啦？……戈约·伊克善于估摸时间。每逢他站在树林里，两只肮脏干瘦的老人脚觉得凉森森的，他就想，时间已经很晚了。如果树林里热得像蒸笼，那一定是中午。如果树林里湿漉漉的，那准是清晨。一到晚上，树林变得和死兽毛皮一样冰凉冰凉的。

"别耍赖啦，玛丽娅·特贡贡贡贡贡！别藏着啦，玛丽娅·特贡贡贡贡贡！你们这么干，有什么好啊，孩子孩子孩子孩子？孩子孩子孩子孩子孩子！我的儿儿儿儿儿儿子……！缺德鬼,上帝饶不了你们!我可喊够了,玛丽娅,玛丽娅·特贡,玛丽丽丽丽丽丽娅·特贡!说话啊,孩孩孩孩孩孩!孩孩孩孩孩孩子!我的儿儿儿儿儿……我的儿儿儿儿儿……我的儿儿儿儿……!"

喊着喊着,戈约·伊克不禁大放悲声。流了一阵鼻涕,沉默了好大一会儿,又大喊大叫起来:

"你们都是石头啊,听听听听不见我说话!不言语一声,就跑跑跑跑跑跑了!玛丽娅·特贡,你想跟野汉子跑,你一个人跑呗。把孩孩孩孩孩孩子还给我!孩子是我我我我我我的!"

他用手捆打脸,把头发扯得乱七八糟,把衣服撕成一条一条的。最后,实在没劲儿喊了,就嘟嘟囔囔地说:

"连件干净的换洗衣服也不给我留下。把粮食、把咱们一块攒下来的东西一股脑全拿走了。你这个母猪养的、缺德鬼、坏蛋!你欠我的这笔债,早晚得还清。萨卡通一家子人的无头身子就是证人。那天,你躺在床底下睡着了。没有我,你早就没命啦。你那么点儿个孩子,早就死了。亏得我,你才没像臭大粪似的让蚂蚁吃了。那天,你哭着喊着找妈妈吃奶。你那双热烘烘的小手摸到了妈妈。我听得出来,你不囔囔了嘛。过了一会儿,哭得更凶了,愈哭愈厉害。妈妈变成一座冰凉的小山头。你顺着妈妈的奶头往上爬,嘴里吱哇乱叫。我想得出来!那时候你还不懂事。平时妈妈睡着了,你一闹腾,她就醒。这回,你又闹,想把她叫醒。我想得出来!你要摸妈妈的鼻子、嘴巴、眼睛、脑门子、头发、

玉米人 | 129

耳朵。可啥也没摸着。妈妈的脑袋让特贡家哥儿几个割走了。印第安臭母猪！我把你捡回来，一口哈气一口哈气地把你救活过来，像吹着一堆死灰。可你现在这样待承我！那阵子，你已经死过去了，像不会动弹的四脚蛇。是我把你救活过来的！"

戈约·伊克唔哩唔噜地埋怨着。他的鼻子上有几粒麻子，没有鼻梁，鼻子朝下塌着，说起话来好像打呼噜。

"'废物鸡'……是啊，你管我叫'废物鸡'，对不对，玛丽娅·特贡？……是我这个'废物鸡'把你从萨卡通家里接出来。那会儿，你从没脑袋的妈妈身上吸进好多血，肚子疼得你缩成一团儿。'废物鸡'从山里找来草药，帮你把肚子里的血都吐出来。接着，'废物鸡'……你背着我管我叫'废物鸡'，对不对，玛丽娅·特贡？……你懒得用瓶子，也不高兴使杯子，'废物鸡'用猪尿泡喂你。尿泡里灌上羊奶，掺上石灰水，用针扎个小窟窿，像奶头儿似的挂在你胸前。你嘬着嘬着睡着了。"

峡谷里冷气袭人。戈约·伊克觉出走到悬崖边上了。他唉声叹气，哆哩哆嗦地一步一步往家挪。就在几个钟头以前，他边喊边从家里跑出来。

"你在'废物鸡'身边慢慢长大了。'废物鸡'种地的时候，牵着你的手。你这个印第安小丫头，光会流鼻涕。我种玉米、豆子、南瓜、青菜，还有刺瓜。'废物鸡'把猪养得又肥又壮。逢上赶集，'废物鸡'到集上要饭，买回来玻璃珠子，给你穿在衣服上。在集上买针线，给你缝补衣服。还买回小猪仔。睡着的时候,你把瘦骨伶仃的小手儿放在我手上,我多高兴啊。'废物鸡'攥着你的手,做梦的时候好像看见了你的模样。其实呢,我啥也看不见,连你也看不见。

我不是握在你的手心里吗,玛丽娅·特贡?你干吗不干脆点,把我推到山沟里去呢?走过沟边的时候,你满可以把我往下一推。用不着费多大劲。我多喜欢你啊。即使我死了,啥也瞧不见,也会步步紧跟在你身边。"

天一放明,孩子们像负鼠似的,乱哄哄地跑来跑去。他们起得比往常还要早,兴许压根儿就没躺下。刚躺下就得起来,何必躺下呢?天蒙蒙亮,他们给那对牛套上牛轭,准备动身了。廊道和院子里摆着准备装上车的东西,有磨盘、饼铛、铁锅、空木桶、生皮带编的床屉、草席、吊床、母鸡、两口猪、背篓、护腿、马具、绳网、缰绳、蓑衣、一铁桶灰浆、一口袋生石灰、瓦、铁皮、松木、挡火石,还有圣像。

牛车轧过栅栏门外的石板路,发出吱吱嘎嘎的声响。缺油的车轴仿佛知道这一去绝不会再回来了。

戈约·伊克在厨房察觉到他们母子逃跑了。他先把脚稍微抬起来,用大脚趾够挡火石,随后趴在地上用手去摸。挡火石没在原处。奇形怪状的挡火石是石头当中的傻瓜蛋。祖辈流传,一直是家庭生活的象征,是灶火、饼铛和咖啡壶的忠实伙伴。长年烟熏火燎,身上积满黑糊糊的鳞片似的煤灰。破屋顶上的洋铁皮被揭走了,露着青天。厨房没了屋顶,沉重的天空压在瞎子的肩头,他觉出厨房顶上短少了什么重要的东西。天空沉甸甸的,好似一缸清水。瞎子的肩膀

玉米人 | 131

能够觉出天空的分量。平时，他外出讨饭，在露天里一过就是一天，有时夜晚还要露宿荒郊野外。天空、大气、云团、星斗、鸟雀——这些他都是从人们的谈话和谚语里听到的——沉沉地压在他的肩上。讨饭回来，他总是躲在家里，或者躲在有屋顶的地方，或者躲在路边的大树底下。现在孩子们把厨房的屋瓦揭走了，住房的屋顶也揭去了一半。上午的亮光（瞎子感觉到的是一股热气）洒满没有屋顶的斗室，真是家徒四壁，空无一人。

地里的辣椒连根拔掉了，被人踩来踩去，糟蹋得不成样子。刺瓜抛得满地都是，叶子卷成一团儿。放箱子的角落空荡荡的。戈约·伊克要是看见这副情景，会怎么样呢？箱子里的钱是他乞讨来的。戈约·伊克一整天一整天地蹲在通往皮希古伊利托村的拐弯处，背依着一棵无花果树，伸出右手向过往行人乞讨。他常把后背靠在无花果树上，把厚厚的树皮都蹭平了。有时候，他也跑到大路边上讨饭，头上无遮无盖。在路边上固然可以和南来北往的人靠得更近一些，可是一不小心就会被商队和马帮踩在脚底下。夏天，瞎子浑身上下像盖着一层尘土。到了冬天，头几场雨就能给他好好洗个澡。他觉得一身清爽，年轻了好几岁，可到后来直觉得肌肉湿浸浸的，仿佛患了风湿病。整整一冬天，风湿病在他身上窜来窜去，窜来窜去，弄得他骨头发凉，一根一根的筋似乎打了结，身上水那么多，他几乎变得僵直直的。瞎子靠在无花果树干上讨饭，把厚厚的树皮蹭平了，把讨来的钱积攒起来，为亲人——他认为是自己的亲人、亲人、亲人——买房子、买面包、买衣服,给亲人买农具、买耕牛以及干庄稼活必不可少的东西。

夜风凉飕飕的,戈约·伊克以为在下雨。山间的夜气冷冰冰的,几乎和下雨一样。风吹树枝,沙沙作响,仿佛树木也和离家出走的人一样在仓惶逃遁。戈约·伊克颓然跌坐在夜露打湿的草堆上,把草帽往脸上一蒙,旋即进入梦乡。

暗影中,萤火虫闪动着微弱的烛光。绿荧荧的光点映照在戈约·伊克那张干瘪的、毫无表情、像牛粪一样灰不溜秋的麻脸上。这是希望之光。哪怕他能瞧见一点光也好啊!

一只护崖鸟吱吱地叫着,把森林挪到别个地方。一只乌鸫嘎嘎地叫着,又把森林搬回原处。护崖鸟得到狛鸟的帮助,快速地把森林搬到更遥远的地方。乌鸫在啄木鸟的帮助下又飞快地把森林搬了回来。护崖鸟、狛鸟、黄鹂把树林子搬走,乌鸫、啄木鸟、吐皮亚尔鸟把树林子搬回来。搬来搬去,天光大亮了。

炽热的阳光照醒了瞎子。瞎子有这样一种感觉:似乎远处的青石、带刺的灌木、干巴巴的树枝伸伸手就能摸到;而周围的东西滑过他手指肚,却又觉得那么遥远。停栖在皮希古伊利托村广场那棵木棉树上的鹁鹁吱吱鸣啭,在岭下的山沟里引起嗡嗡的回响。沟边上的树木发出异乎寻常的声音。右边的小路上,小小的四脚蛇爬过枯枝败叶,簌簌地发响。戈约·伊克走过小路。一股新叶的芳香沁人心脾,瞎子意识到已经走上官道,眼前就是小河和水塘。戈约·伊克又和那棵无花果树会面了。分别了一天以后,戈约·伊克又和那棵无花果树会面了,只是他已经妻离子散。无花果树把花朵隐藏在果实里面,只有瞎子才能看得见。

这一天,瞎子得到的第一份施舍是一条热乎乎的虫子,谁知道是从哪只鸟儿的嘴里掉下来的。伊克把手凑到鼻子底下一闻,敢情是鸟屎。他骂骂咧咧地连忙把鸟屎甩掉。八成今天是个倒霉的日子。瞎子在青草上揩干净手心,又把手伸出来,一步一步地离开无花果树,朝大路走过去。

马帮的铜铃当当地响,声声打在戈约·伊克的牙齿上。从马蹄声和赶脚的吆喝声中,他能分辨出他们是出去还是回来;是驮着东西到村里和周围的地方去做买卖,还是空着马背往家走。骡马背上要是驮着东西,蹄子踏下去铿铿地响,赶脚的挥起鞭子,大呼小叫,骂骂咧咧地赶牲口。等到回来的时候,牲口背上空了,马蹄声十分轻快,牲口跑起来像阵风似的。赶脚的松开缰绳,一边走路一边轻松地聊天,嘻嘻哈哈地互相打趣。大凡脚夫赶路时,出去的时候,都是闷声不响;回来的时候,个个谈笑风生。

一列列牛车从戈约·伊克的鼻子底下轧过去。咕隆隆,咕隆隆,咕隆隆。车轱辘的滚动声中夹杂着懒洋洋的牛蹄声和车把式的吆喝声。车把式吆喝起来,仿佛带着回音:"老牛!……老黄牛!……牛——牛!……"吆喝声响彻云霄,震得"大白牛"(有人给瞎子解释什么是云彩,告诉他云彩就像大白牛)不住战栗。

"捎!捎!捎,犟牛!捎,臭婊子!"有的车把式用棍子敲打着驯良的牛,啪啪声好似崩断了几根琴弦。有的车把式用竹竿子朝牛头上嘭嘭地抽打几下,赶着牛往后捎,推着牛车朝后退几步。

卖玉米饼的女人们用披肩裹着玉米面,背在背上,脑袋上放个垫圈,顶着篮子。没带玉米面的把披肩蒙在篮子上,披肩像帘子似的从四面耷拉下来,盖住她们的耳朵,遮挡骄阳的烤晒。她们身穿色彩艳丽的衣服,裙裾倒卷着,露出衬裙,光着雪白的脚丫。女人们脚不沾地似的跑得飞快。戈约·伊克听到细碎的脚步声,就能猜出准是卖玉米饼的女人过来了。她们走起路来,好像在地上烙玉米饼。平日烙饼的时候,她们时不时地往手上吹口气,然后在铛上忽快忽慢地翻动着玉米饼。

从皮希古伊利托村回来,卖玉米饼的女人们都不着急了,一步一步往回走。走几步就停下来闲扯一阵,消磨掉下午的时光。戈约·伊克屏住呼吸听她们聊天。生怕她们听见响动不说话了,或者像小鸟儿似的跑掉。对他来说,听人家说话比讨到一口东西更有意思。眼下孤零零的一个人呆在家里,想听说话声,只好自己说几句。自言自语和听别人说话到底不是一回事。自己说的话固然也是人的声音,可那是疯人的声音。

"干吗这么着急啊,特蕾莎……"

"卖了吗?"

"卖了不少。你呢,怎么样……"

"也卖了不少。"

"什么价?"

"十张饼一个雷亚尔①。这个价,你是不会卖的。"

"昨儿晚上没烙玉米饼。我带去的是煮刺瓜。伊尔德丰莎大妈带的也是刺瓜。你吃什么呐……"

"芒果……"

"光想着自个儿……"

"还想叫我请你?就买了这么一点点。还是少说两句吧。听说了吗,戈约大叔就剩下一个人了,成了孤老头子。"

"知道点。那个女人带着孩子跑了。"

"听说别的吗?"

"听说他们到海边去了,是朝那边走的。"

"干吗走啊?"

"跟她男人过腻了呗。这个男人啊,净让她生孩子。没错!"

"他准是个醋坛子……"

"瞎子全都一样……"

"那可不!能看见东西,就不会东猜西猜的啦,眼见为实嘛。"

"她可不是跟野汉子跑的。"

"不是!就她一个人带着孩子走的。我看她能找到男人。戈约大叔瞎目合眼的,追不上她。"

---

① 货币单位。

"幸亏他是瞎子。那个女人挺招人喜欢。我看她做事勤快,闷声不响的,是个正经人,她心里不好受。她叫玛丽娅,长得可白净啦。叫玛丽娅·特贡。皮肤白白的,头发嘛,有点发黄。"

瞎子眨了眨眼睛,又眨眨眼,又眨眨眼。站在那儿一动也不动,冷汗直往下淌。他把脑袋缩在肩膀里,竖起一双大耳朵。为了截住她们的话头,瞎子抬高嗓门儿说:

"行行好!看在上帝的分儿上,可怜可怜瞎子吧!善心的小姐们,行行好。为了圣母、使徒、忏悔的圣徒、殉教者……"姑娘们轻手轻脚地顺着大道走开了,浆过的裙子的窸窣声愈来愈远。刚才瞎子非常紧张,一听见姑娘们走远了,他张开两手连抓带挠,弄得身上东一道子,西一道子。他咬牙切齿地说:"……臭母猪,明明瞧见我在这儿,偏要说这些淡话,故意谈论玛丽娅·特贡。你们倒是说啊,说啊。谁还不知道你们说些什么……坏蛋……臭母猪……母驴……驴粪球……"

十一

第二个星期五的朝圣会来到了,大道上立刻显得拥挤不堪。过往行人好似大河涨水。香客们河水泛滥似的穿过树林,翻过耸立在开满香根菊、番石榴的原野上的小石山,涌向皮希古伊利托村。白天黑夜,行人摩肩接踵,过个不停,吵得瞎子昏头涨脑。戈约·伊克不住声地向人乞讨,喊得脑袋直发木。人啊，净是人。山区来的香客身上带着一股羊毛、山石和欧洲山杨的气味。海边来的香客身上散发着海盐和臭汗味儿。东边是丘陵地，从那儿来的人带着一股烟草、干酪、醇酒、酸木薯粉和淀粉的混合气味。北边的人有一股潮气味，还夹杂着乌鸫笼子和烧开的水的味道。有的是从山沟来的。山里的树木让种玉米的人砍去不少，一到冬天山上光秃秃的。有的是从高原来的。那里地势陡峻，人们专种小麦。还有的人来自一望无际的海边的沙石滩。那里骄阳似火，暑气蒸人，田野里光线明亮，耀人眼目。靠着山上流下来的水，庄稼种了一茬又一茬。不管人们来自何方，一到唱起《耶稣鲜血赞歌》，所有地方特色全然消失了。无论是来自寒带、温带还是热带，无论是穿草鞋还是打护腿，无论是长得五大三粗还是又矮又胖，无论是穷光蛋还是用驮筐、包裹带来节日盛餐的阔人，大家异口同声地唱道：

神圣的红宝石啊，
从你身上纷纷滚落；
好似葡萄美酒啊，
洒满静悄悄的天国。

戈约·伊克趁着第二个星期五的朝圣会又攒了几个钱。等香客走过去以后，他也离开了那棵无花果树。他把一方大手帕打成几个结儿，分别收放各种硬币。有几枚雷亚尔，更多的是五角的硬币，两角五的最多，纸币只有两三张。几天来，他一直保持一副姿势。胳臂朝前伸着，关节直僵僵的，肌肉不住地抽搐。嘴里念念叨叨，既有烦冗的祷辞，也有咒骂野狗的污言秽语。话说多了，舌头直发木。瘦削的面孔蒙着一层灰尘。离开无花果树的时候，两个膝盖跪得僵硬僵硬的。临走时，也没等着下场雨冲洗冲洗。在头场雨（雨珠圆滚滚、沉甸甸，和银币一样）搅散第二个星期五的朝圣会之前，戈约·伊克离开了那棵无花果树——他的布道讲坛。

> 神圣的红宝石啊，
> 从你身上纷纷滚落；
> 好似葡萄美酒啊，
> 洒满静悄悄的天国。

手帕的第五个结是个死扣。戈约·伊克用他的老年人的钝指甲解来解去解不开。他骂骂咧咧地用牙咬。一使劲，差点把那块龌龊得像厨房里的抹布似的褪色的手帕咬破。死扣一开，几枚硬币从他嘴里蹦出来，掉在两腿间的镍币堆上。镍币堆放在一顶草帽里，好像一座小山。戈约·伊克坐在地上，面对青石，背朝大路，把钱数过来数过去，数了好半天。两角半的硬币像个小手指肚，五角钱的硬币像中指肚，大个的雷亚尔和大指肚一般大小。戈约·伊克算了算。行了，可以找奇古伊琼·库莱夫洛先生去了，不必向他空口求情了。伊克把硬币左一份、右一份分成许多小份，又把手帕打成几个结。然后，站起身来，照人家告诉的标记，去寻找库莱夫洛先生的家。嗯，大青石，哗哗流水的小河，盘根错节的大树，人声嘈杂的茅屋，拐一个弯，再拐一个弯，下坡后来到一座破旧的石桥。

桥面坑坑洼洼，戈约·伊克趔趔趄趄地走过石桥。奇古伊琼·库莱夫洛先生的家离石桥不远。左近有一片加锡弥罗果树林，水果的芳香扑鼻而来。戈约·伊克像只狗似的不住嗅着，一则想证实一下是不是找对了地方，再则他很喜欢加锡弥罗果那股沁人心脾的芳香。过了石桥，他径直朝库莱夫洛先生的家走去。

"眼下你光能看见无花果的花。所以你巴不得治好眼，什么花都能看见。你真是忘恩负义啊！那些寻敌报仇的人、天生的瞎子的心肠跟苦涩的红糖一样黑。你要想长生不老，就得永远靠在那棵无花果树上，躲在树阴里讨饭，靠在树身上要钱。可你呢，巴不得治好眼睛，不再看无花果的花，不再看躲在果子里的花，不再看只有瞎子才能看见的花……"

"噢，那倒不是，"戈约·伊克打断了对方的话头儿。他转过脸来，循着声音寻找那位专用草药治病的大夫呆的地方。那副模样实在滑稽可笑。大夫声音沙哑，从来没人听到过这么沙哑的声音。"那倒不是。这世界上忘恩负义的人太多了。谁不干点缺德事，就甭想往前挪动一步。奇古伊琼先生，只要自己合适，才不在乎什么缺德不缺德呐。这种忘恩负义的人可多了，太多了，太多了。"

"我过去跟你说过，只要瞎眼是良性的，我就能治。你心里害怕，一直不肯治。宁愿留着这两口袋滴黏液的毛毛虫。来，来，让我瞧瞧有没有法儿治。治病也得有合适的时候，老乡。不是想多会儿治就能多会儿治。"

"您先说说，得多少钱。我算算这场朝圣会上凑起来的钱够不够。钱我带来了，这……不知道够不够……"

"戈约·伊克，除了无花果的花，你什么都瞧不见。治这种病可不像拔牙那么省事。先要看看月亮朝哪个方向走。在月亮那个圆形墓地里安放着圣徒的骨灰。还得看看养蜂人的情绪怎么样，是像猫见着鱼儿那样高兴呢，还是心里不痛快。他要高兴，事情就好办；他不痛快，事情就办不成。养蜂人耍起性子来，能把空气变得像蜂蜜一样黏稠。治你这个病，空气黏了还不行。最后，还得检查检查你属于哪种瞎。瞎子种类繁多，有生来瞎、针孔瞎、虫咬瞎。虫咬瞎就是毛毛虫钻进血管里，人不知鬼不晓地把人弄瞎了。顶好治的是白眼瞎。从眼睛上除下一层白色的东西，就像从线轴儿上把白线捯下来一样。有那么根白线，突然一下子缠到眼珠上了，或是一年一年地慢慢缠上了。治白眼瞎，得把病人的眼珠翻个个儿，再翻个个儿，一直翻到像捯光了线的线轴儿一样。这种治法，可疼得厉害，好像往伤口上撒辣椒面儿。"

"再疼，我也不怕。只要能治好病，我就能挺住。一个人除了无花果的花什么都瞅不见，那有多痛苦啊！何况再碰上点伤心事呢。您说的这些个都比不上我现在痛苦。"

奇古伊琼·库莱夫洛先生猫下腰，在走廊边儿的一块磨刀石上数瞎子给他的钱。平时，库莱夫洛先生用这块石头磨木工家什。在磨刀石上数钱是他的老习惯。他半开玩笑半认真地说：他要把钱磨得快快的，用钱拉开守财奴的钱包，划破骗子手的巴掌。

戈约·伊克身上的衣服破破烂烂，好像披着几片干香蕉叶子。头上戴着破草帽，顶上破了个大窟窿，露着头发，像一块多余的东西。他一边用惨白的眼睛寻找大夫，一边说：

"我可是硬着头皮充好汉，再疼也不喊疼。我说的是实话，请您原谅。只要能看见东西，活着有劲，生煎了我也不怕。"

"半夜瞎也能治，"奇古伊琼·库莱夫洛先生点完镍币，摸了摸瞎子的眼睛，把厚厚的眼皮扒拉过来，扒拉过去，好像要把藏在里面的病魔一把抓出来。他进一步解释说："白眼瞎、半夜瞎，又叫风吹瞎……都能治好。"

戈约·伊克老老实实地听凭他摆布。大夫下狠劲按他眼睛，他不觉得疼，反而十分快活。他听见奇古伊琼·库莱夫洛先生吧唧吧唧地嚼着东西在他周围转来转去。土大夫嚼的是一块软绵绵的口香糖。嚼啊嚼的，从嘴巴左边嚼到嘴巴右边。看样子，库莱夫洛先生似乎要用唾液把戈约·伊克那副包着眼珠的厚皮和他嘴里的口香糖黏合在一处。

"有些女人在屋里熨着熨着衣服，突然跑到外面去，"库莱夫洛先生接着说，"这种人早晚要得白眼瞎。风一吹，眼睛就蒙上一层雾。丝瓜瓤不怕着风，它没眼睛啊。谁要想出门，顶好先把眼睛蒙上。不然的话，就会得白眼瞎。你这个病啊，戈约·伊克，顶好用刀刮。还有一种草药，青叶青梗，开黄花，好像蝴蝶翅膀，结出的小果子带刺，可以喂鸽子。喝这种药草汁也行。"

"能治的话,我就住在这儿啦,"瞎子说。刚才大夫用手指尖戳他眼睛,弄得他实在够呛。大夫一边检查,一边仿佛对他说:甭害怕,有我呢。保管治好你的眼睛,让你看东西利利索索的。

"好吧,留下来吧。饿了,到厨房去要口东西吃。"

"您待我真好,愿上帝保佑您……"

戈约·伊克住了下来,和狗睡在一起。夜深人静,满屋子里仿佛尽是库莱夫洛先生嚼口香糖的吧唧吧唧声。屋外,蟋蟀渐渐地鸣叫,屋里,老鼠东跑西窜。瞎子从来没有像现在这样竖起耳朵倾听别人嚼口香糖的声音。吧唧声响得很有节奏,很像钟表的滴答声。钟表的种类很多,有日晷、铜壶滴漏,还有机械表。库莱夫洛先生是块口香糖表。瞎子每听到一个吧唧声,就觉得朝双眼复明跨进了一步。他也不时地翕动着嘴巴,不过咀嚼的不是口香糖,而是他的思想:"贱货、贱货、真是贱货,玛丽娅·特贡;玛丽娅·特贡,贱货、贱货、真是贱货……要是她和我在一起,我又何必冒着风险,让人家拿刀子刮眼睛呢?"想到这里,他害怕了。让人家拿刀子刮眼睛,这可不是闹着玩的。瞎子翻身坐起来,心里的想法仿佛在耳边震响:"贱货、贱货、真是贱货。"他躺的地方是个干草堆。捆草的人、炎热的夏日、凌乱的马蹄都在干草里留下了特别的气味。戈约·伊克听见外面有人锯木头,刨木板。说不清究竟在哪里,似乎就在他头顶上、后背上、手背、脸上、膝盖上、脚上。听上去似乎是奇古伊

玉米人 | 143

琼·库莱夫洛先生在打造棺材。八成要把他活埋了吧？想必是库莱夫洛先生看出他身上还有钱。硬邦邦的镍币用手帕包着，宝贝似的揣在心口窝儿里。对他来说，死了倒也无所谓。最担心的是让人活埋了。他一死，只好把那个忘恩负义的女人、口是心非的女人装在心里，犹如无花果里包着一朵黑色的花。绝望中，伊克在想：一旦睁开治好的眼睛，站在眼前的准是玛丽娅·特贡。他希望第一眼见到的就是她。时时想见到的就是她。什么光明，什么景色，什么人物，对他都无关紧要。他要的是玛丽娅·特贡，那个贱货，他从萨卡通一家人的尸体堆里找到的女人，他抚养长大、为他生儿育女的妻子。奇古伊琼还在吧唧吧唧地嚼口香糖。嚼完糖，又拉大锯。拉完锯，又刨木板。在矇眬的梦乡里，戈约·伊克觉得自己的身体直挺挺地躺在萨卡通身上。是的，她是玛丽娅·萨卡通，而不是那个贱货玛丽娅·特贡。"特贡"这个姓是伊克送给她的，因为把萨卡通一家人的脑袋统统砍下来的正是特贡家那哥儿几个。戈约·伊克似睡非睡地觉得自己躺在一张木头吊床上，晃晃悠悠的好像腾云驾雾，心里十分惬意。睡梦里，他露出了笑容。他只是害怕见到棺材。自从玛丽娅·特贡带着孩子出走以后，死神一直在峡谷边上、在寂无一人的道路上、在山峰上召唤他。

天亮前，大夫叫醒了伊克。他趴在瞎子耳朵根上跟他说话。他的声音压得很低，瞎子刚刚能够听见。大夫说，他在地上铺好了一层锯末、刨花，把晨星滴落的清露全都吸进去了。说着，他扶起瞎子，搀着他的胳膊朝外面走去。

"这儿满地是锯末、刨花，"大夫一边走一边压低声音说，"我的身体是你的拐杖。必须采下多香果，用脚踩裂。我听不见你的脚步声，听不见你的拐杖的脚步声。唾沫吐在地上，听不见一点儿声音，好像吐在山涧里。往哪儿去啊？……或者，或者，或者……我们已经踏在山涧中，脚底下空荡荡。往哪儿去啊？"

瞎子觉得头顶上一片嗡嗡声，好像挨了打的野兽在哼哼叫。他浑身冷汗直往下淌，大腿根儿、乳头处一阵奇痒。犹如金属耐不住强酸的侵蚀，他再也不能硬着头皮充好汉了。

"我们走，"大夫一边轻轻地推着瞎子一步步朝前走，一边用低沉的声音说，"去找把刀，给戈约·伊克刮眼睛；去找可以催生绿洲的植物，等刮完之后，用两片绿洲覆盖他的双眼；去找燕子的口水，来清爽他的眼皮；还要找蕨、解毒根、蓟罂粟，这些都是必需品。来，来，猫下腰，"大夫按住瞎子脊背，让他把头低下去，"用脑袋碰碰地。看不见锯末，看不见刨花，啥也看不见。抬起头来，我们的脑门脏兮兮、皱皱巴巴的像牛皮。而我们的手舞动得像蹦跳的小狗，"大夫一边胳肢瞎子，一边用嘶哑庄严的声音说，"像玩耍中高兴得满地打滚的小狗一样，而屋中的黑暗已经带着它那西瓜籽般黑暗的牙齿离开。"

两个人又朝前走了几步，然后停下来，半天没动弹。这工夫，大夫又嚼起口香糖。他使的劲很大，仿佛要把上牙钉进下牙床。然后，猛地松开。又钉住，又松开，越嚼越快，越嚼越快。下巴忽松忽紧，忽紧忽松。看上去像是在跳动。

玉米人 | 145

听见格登格登的声音，瞎子觉得大夫不是在咀嚼，而是在跳动，一下一下地跳动。

"我们受骗了！月亮在哪儿？黑咕隆咚的屋子里只有苍蝇嗡嗡叫，叮人的苍蝇、飞来飞去的苍蝇、会说话的苍蝇。它们说：'这两个家伙真勤快，用手指甲当铲子，在锯末刨花堆里扒呀扒呀。他们鼻孔里喷出的气息像双管猎枪喷射出的气流，吹得锯末、刨花团团转，散落得到处都是。'"

大夫伸出双臂，抱起戈约·伊克孱弱的身体。戈约·伊克哆哆嗦嗦的，体似筛糠。大夫把他举在半空，又扔在地上。然后，一面和他拼斗，一面用嘶哑的嗓音喊道：

"咱们是冤家对头。过去，人们在宝塔和堡砦间互相残杀，今天咱们俩在暗无天日的辽阔战场上拼个你死我活。小鸟盗走了光明，把你我抛在无边无际的黑夜之中。梦境里，我们等待着丢盔卸甲的军队从城里回来。摩尔人①把涂了蜂蜜的战刀送给我们。基督徒把涂了蜂蜜的宝剑送给我们。突厥人割下自己的耳朵，拿耳朵当航船，漂过不知名的大海，到君士坦丁堡去送死。"

瞎子哼哼唧唧地直抱怨。他弄不清楚这究竟是治病啊，还是打架。大夫正在和瞎子拼斗，用更加嘶哑的声音说：

"哼，哼，哼！雨生下来是个老太婆，哭起来又像个婴儿。雨是个上年岁的小姑娘。月亮生下来是瞎子。它闪着光想要看我们，可又看不见。月亮生下来只有指甲那么大，它

---

① 指十三至十五世纪统治西班牙的伊斯兰教民族。

用指甲慢慢抠掉眼睛上的黑影。我要用小刀的指甲划开戈约·伊克的眼睛。"

行完这套仪式，库莱夫洛让瞎子躺在一张木工台上，要用象征性的藤条把他绑住。绑上咖啡色的藤条，病人不会因为伤痛像虫子似的乱咕容；绑上杂色的藤条，病人即使疼痛难忍，用力挣脱束缚，藤条也不会崩断；绑上像蛛网似的植物制成的绿色的湿藤条，病人就不会咬舌自尽；还有用其母亲的脐带制成的藤条。绑上象征性的藤条——其实，根本不是什么象征性的——以后，瞎子开始受罪了。大夫一边说话的时候，一边用绳索把戈约·伊克的胸部、两臂、两腿牢牢地绑在木工台上，而且越收越紧，把瞎子的手脚都勒伤了。最后瞎子被捆得无法动弹。是啊，刮眼睛的时候，他的确一动也不能动。

大夫拿起六把锋利的柳叶刀，开始动手术。他先用刀子刺破病人的眼睛，再用刀子刮。一边刮，一边往病人眼里吹气，要他忍住灼热的疼痛。瞎子像一头无法自卫的困兽，发出低沉的吼叫，嘴里一个劲地喊"哎哟"，还不住气地骂："贱货！贱货！"在他嘴里，"贱货"已经成了玛丽娅·特贡的代号。

瞎子疼得尿了出来。大夫开始第二次动刀，尖利的刀刃刺进肉里。瞎子觉得一阵钻心的疼，浑身上下不住抖动，上下牙碰得咯吱咯吱地响，疼痛让他无法呼吸。

库莱夫洛刮得更用力了。瞎子像慢火烤活猫似的嗷嗷直叫，全身僵硬，胳膊和腿犹如拴网的棍子，网上的绳结系得

玉米人

紧紧的,并不停地颤抖。从戈约·伊克的鼻子里淌出一股鲜血。他嗅了嗅,闻到血腥味,用力往回一吸,差一点憋死过去。他想打喷嚏,打不出来。嗓子眼发痒,想咳嗽又咳嗽不出来。他吐了口唾沫,总算把嘴里的血腥味儿冲淡了一些。

大夫用刀刮完第三轮,说话的声音顿时变得柔和了:

"云翳可以挪走了,好像吹开结在牛奶上的薄皮儿。你再忍一会儿,最难受的已经过去了。现在要趁热打铁,把云翳缠到一根刺上。"

大夫以外科医生惊人的灵巧把蒙在伊克眼睛上的云翳缠到刺上。拂去瞎子眼睛上的云翳,这可是个细活。干这个活儿,他的手指头显得太大了,太粗糙了。刚清理完左眼,大夫立刻在他左眼上盖上一片绿叶子。接着,又去揭除右眼上奶白色的膜。大夫以敏捷的动作揭去蒙在瞎子左眼上的绿叶子,往两只眼睛里各滴进几滴清泉水。然后,又用两片绿叶子盖住刮过的眼睛。最后,他用加过工的长长的新鲜树皮条十分利落地给瞎子裹上脸、包上头,整个脑袋包成像乳酪那么大的一个圆球。

绳索一松开,瞎子长长地舒了口气,随即失去了知觉。奇古伊琼小心翼翼地把瞎子抱起来,挪到那间最黑的屋子里,把他撂在一张行军床上。床上没有枕头,铺盖倒是不少,有两三领斗篷,免得病人着凉。明天,看病人发烧的情况,再给他喝一剂铜绿水……

"哎哟,贱货!哎哟,贱货!"

伊克慢慢地恢复了知觉。刚才那阵剧痛弄得他头晕目眩，一个劲恶心、发烧。刮眼后的第三天，大夫给伊克吃了些海绵碎块，让他泄一泄。海绵挺管用，把他吞到肚子里的污血都催下来了。大夫在病人脑袋底下放了许多气味芬芳的鲜花，让他好生睡上一觉。睡眠是顶好的药物。同时还给他喝了几付咖啡色的惜比古冲剂，让他心脏保持活力。到第七天，给他喝了一种叫"火花"的泻药。然后，又给他喝了一点清火利眼的西番莲汁。

"贱货……贱货……贱货！"戈约·伊克费了半天劲才说出这么几个字。喃喃的"贱货……"声仿佛不是从他嘴里说出来的话，而是挂在他嘴唇和牙齿之间的思想的残渣。眼睛里新生的肌肉有些发痒，伊克用牙齿咬住嘴唇，咬得疼入骨髓。逢到毫无办法的时候，他就用指甲把铺盖撕得稀巴烂。

第九天，戈约·伊克起来了。库莱夫洛扶他站起来，拆掉缠在他头上的绷带。不过，他还不能到外面去。在这个节骨眼儿上，亮光比刀子还危险。戈约·伊克在黑咕隆咚的屋子里又呆了四天四夜。直到第十三天的后半晌，奇古伊琼把他带到走廊上。夕阳西下，光线柔和、惨淡，长长的像一条鞭子。在落日的余晖下，周围的东西亮晶晶的。瞎子第一次看见东西，觉得十分滑稽可笑。

"恢复眼球的功能是最费劲的事了，"奇古伊琼说。

瞎子瞧了瞧奇古伊琼。他想起来，有一回他和玛丽娅·特贡一块到拉·丘雷拉瀑布去，听到瀑布溅落的哗哗声。他对大夫的印象就是如此。大夫就是哗哗的声音。一提到大夫,他立刻联想到流水翻跳岩石的声音。现在,他虽然看见大夫了,可无论如何也不能从脑海里抹掉这种联想。对瞎子来说,大夫不是人,而是水声。大夫看不见,只能听得着。大夫永远是以巨声为代表的实体。

大夫把戈约·伊克一个人丢在走廊上,让他习惯使用自己的眼睛,改变不能睁开眼睛看东西的习惯,改变依靠触觉引路,不伸出胳膊就不敢迈步的习惯。顺着绝壁巉岩一泻而下、席卷一切的流水声消失了,只有余音依然缭绕在戈约·伊克的耳际。这时,他听到一个更细微的声音,像水帘在无声地颤抖,即使捂上耳朵,仍然可以感到这个声音的存在。在他的眼窝里,涌出两汪泪水。伊克感激得哭了。他伸出手,摸到一只小凳子。凭触觉肯定凳子确实存在后,他才坐了下去。过去,在他看不见东西的时候,常到大荨麻田里和围着铁丝网的地里去赶猪。大荨麻扎不着他,铁丝网的刺儿也刮不着衣服。但是他从来没有像现在这样感到东西是这么实在。现在,他看到了东西,确切地知道东西离开自己有多远,然后再用手去摸,才更有了实体感。他一声不响地坐在小凳子上。既然养病,就没事可干,也不知道干什么好。这时,一只椋鸟落在走廊边上,就在他的对面。小鸟有点神经质,像片落叶似的飞过来,停下来,跳了三跳,又飞走了。个儿真小,像粒咖啡豆。瞎子的遮眼罩去掉了,脸上打开了一扇窗户。他的眼睛溜来溜去,总想看点东西。透过这扇窗户,他看到了生机勃勃的万物:景色秀丽,生气盎然!啊!真难得啊!他心满意足地舒了口气。他目不转睛地观赏着树木。根据感觉,他认为树木的下端是坚硬的,上端是柔软的。现在看了一看,的确如此。硬的是树干。从前他用手摸过,现在总算看见了。树干颜色暗淡,黑黢黢的,或者如他所说,是深咖啡色。他第一次知道了,在树干的暗色和用手触摸时的坚硬感之间存在着某种说不清的关系。上端柔软的部分是枝丫、树叶。果然不假,是绿色的,水绿、深绿、暗绿,他总算看见了。从前,对他来说,上端柔软的部分只是一种声音,而不是可以触摸的东西,现在是看得见的,绿盈盈的东西。虽然手还是够不着,但它已不光是声音,而且具有形状和颜色。

在第一次走出大夫家的时候,戈约·伊克来到石桥上。他闭了闭眼睛,又把眼睛睁开,望着河面。小河里乱石密布,河水穿过乱石,淙淙地响。看上去石块好像缠线的桄子,河水像线一样,急速地缠在石头上,绕来绕去,激得泡沫飞溅。伊克立时想起,大夫嚼口香糖时流出的唾液也是这么多。带栏杆的石桥下面,河水哗哗流过,一去不返。桥墩像公牛似的在河水冲击下岿然不动。桥面上走过套着牛轭的公牛。看上去河水好像纹丝不动,但河水的确在流逝,就和时光一样。库莱夫洛曾经说过,时光在不知不觉中流逝了。我们每个人都不缺时间,从来没有感觉到时光正在悄悄溜走。

大夫返回家里,手里拿着一把倒挂金钟。他的手很大,好像拳击师的大手套,而娇嫩的花朵却像翠绿的耳环。真是鲜明的对比!在这些花朵当中,有的花萼通红,双层花冠呈乳白色；有的花萼是玫瑰红色，花冠呈绛紫色，或者淡蓝色。大夫以金银首饰匠的眼光在观赏手中的鲜花。看见倒挂金钟，他不由得想到，从美的创造来看，生活中的确充满了奥秘。究竟为什么要创造出这种圣母马利亚用来做耳环的神圣花朵呢？玉米供人食用，牧草可以喂马，水果可以供鸟类充饥，青草可供田野里小动物果腹。可是，倒挂金钟有什么用呢？他摇了摇头。倒挂金钟只是一种色彩娇艳的装饰品，是炉火纯青的艺术家用最单纯的色彩画出来的有生命的瓷器。大夫嘴里嚼着口香糖，拼命地思索，然而仍旧百思不得其解。大凡人做一件事，总希望得到别人夸奖。可是，大自然却让这些鲜花生长在无人光顾的地方。如果有人用高超的技艺镂刻出玲珑剔透的瓷器，却把这些色彩鲜艳的艺术品丢在工作室里，任其自生自灭，别人一定会把他看作是疯子、自私鬼。而他自己看到自己的手艺不为人称道，也会感到自己在白花力气，劳而无功。这些美丽的花朵不就是废物吗？想到这里，奇古伊琼·库莱夫洛觉得十分苦恼。

大夫把伊克一个人丢在桥上，让他尽情地用眼睛看东西。小河哗哗地流淌，蝴蝶振翼飞翔，野兔一个接一个地奔突跳跃，小鹿像流星似的一蹿而过。伊克恍恍惚惚地看着周围的东西，脑海里空空如也，好像在做梦。他步履蹒跚地顺着来路往回走。只见他猛地一惊，脸色灰白，好像碰上了什么东西（其实什么也没有）。他连忙朝路边的青石躲过去，还像瞎眼的时候那样，打算抓住什么东西。他大步流星地走过桥面，一会儿撞在石头上，一会儿撞在小树上，一会撞在加锡弥罗果树上。总之，一路磕磕绊绊朝大夫家里走。

库莱夫洛的房子面朝瞎子的来路。大夫站在高高的走廊上，等着伊克回来，盼着他至少不要走错方向。"这家伙眼睛又瞎了，要么就是犯疯病了！"大夫说。两种可能都有。养病期间，有些坏毛病非常危险。性情暴躁的人永远恢复不了健康。伊克就是个急性子人。在治完病以后，大夫好说歹说把他留下了几天。说实话，这得算是个奇迹！伊克一心只想走，走，走。上哪儿去？他压根儿没地方可去。老婆、孩子早把他当废物丢掉了。刮完眼，伊克应该加倍小心。不然的话，阳光一照，恶风一吹，他很可能再度失明。到那个份儿上，可就无药可医了。这种手术也完全可以使病人发疯，所以大夫才让伊克喝了一点儿蒜藜芦，又叫"绿药"。

没等登上走廊的台阶，戈约·伊克就摔倒了，像个木偶似的顺着山道和台阶之间的斜坡滚了下去。他像个木偶，张大一双凝滞不动、洁白发亮的眼睛。库莱夫洛三步并作两步，跑下台阶，及时赶到瞎子跟前，打算看一看他让什么蜇着了。这当儿，瞎子正疯狂地要用手指甲抠眼睛。他要抠掉刚刚生长出来的瞳仁——带着夜露的清香和晨曦的亮光的瞳仁。瞎子那双毛茸茸的手好像蝎子的大钳子。奇古伊琼一伸手抓住瞎子的腕子。瞎子咬紧牙关，紧紧闭住咸肉干般的嘴唇。眼睛有什么用？他认不出玛丽娅·特贡。只有瞎子才能看见无花果的花；伊克只有在瞧不见东西的时候才能看见玛丽娅·特贡。对他来说，玛丽娅·特贡就是无花果的花，就是隐藏在伊克爱情果实里的花。那些只能看见外部世界、看不见内心世界的人看不见这种花。只有他那双闭合的眼睛才能看到这种花朵和果实。他不能凭眼睛去看爱情生活,只能凭耳朵、血液、汗水、唾液去感受爱情生活。黑暗中,抚摸着妻子平坦的乳房,他感到神经在颤动,他强压住喘息。后来,孩子出世了。他听到孩子第一声哭喊,不顾眼睛火辣辣地发疼,就用色彩斑驳的襁褓包好婴儿,给装奇恰酒的瓢里换上牛奶。后来在妈妈的乳头上涂抹辣椒汁给孩子断奶。孩子慢慢能吃烙饼,喝黑豆汤了。想到这里,伊克在黑暗中放声痛哭,直哭得泪水干了,感到口干舌燥才止住悲声。

大夫宽慰伊克说,找到玛丽娅·特贡不是什么难事。凭耳朵照样能认出她来。

"她的声音你肯定更能辨别得出……"

"也许吧。"戈约·伊克满腹狐疑地说。

"她的声音更好识别,你一定会碰到她的。她可能认不出你来。你可以向她发誓,说你就是戈约·伊克,眼睛已经治好了。"

"上帝保佑您……"

戈约·伊克离开大夫的家。奇古伊琼·库莱夫洛用洁白如玉的牙齿咀嚼白生生的口香糖,嘴里发出吧唧吧唧的声音。桥下的流水声——伊克留恋这种声音,可走过也就忘了,时大时小的风声,马帮、牤牛的得得声,车轮的轧轧声,在左近荒芜的土地上种玉米的说话声,这一切仿佛都在伊克耳边重复着:"更好识别……更好识别……更好识别……"

十二

教堂的门廊下有几个女人蜷缩着身体，把披肩拉上去，盖住被山风吹得胡乱飘动的头发。男人们吐掉玉米叶卷烟的烟蒂，摘下像冰凉的薄饼似的帽子。他们纷纷赶到教堂，身上仿佛结了冰。教堂里面，烛光辉煌。善男信女们、包着头的老年人举着蜡烛，汗水和灼热的蜡油从他们手指上直往下滴答。地上燃着一二百支蜡烛，周围是一小堆一小堆柏树枝和丘雷盖花瓣。蜡烛有大有小。名贵的大蜡烛上装饰着银光闪闪的纸片，用别针别着谢恩用的供品。用精制的蜡做成的小蜡烛亮晶晶的好似乳香。在装饰着松枝、棕榈叶的神坛上也摆着蜡烛。正中央，众星拱月般地竖着一个木十字架。十字架油绿发亮，上面涂着红色斑点，象征珍贵的鲜血。十字架的横木上搭着雪白的布条，上面也是血迹斑斑。教堂里的人面色铁青，纹丝不动地跪在硬挺挺的十字架面前，满怀虔敬地叨叨念念，仿佛要把祷辞深深印入标志着受苦受难的十字架中去。

"……求求你，圣·克鲁斯①，"祷告的人举起两手，连连划着十字，"还是那件事，还是那件事，圣·克鲁斯，还是那件事。我不愿意要他当我的女婿。你还是好言好语把他们劝走吧！要不我只能动硬的了。要是他们一块找上门来，

---

① 即"十字架"。

我只好让女儿当寡妇了!"

"……弄来弄去,那个不要脸的家伙还是把我的地霸占去了。地是我的,是祖辈传下来的。求求你,圣·克鲁斯,帮我把地夺回来,叫他顺顺当当地见上帝去吧。要不,我只好自己去夺,反正我得把地夺回来。亲爱的克鲁斯,帮帮我,把地从那个骗子手那儿夺回来,我绝不会亏待你!"

"……这儿闹地震,河水断流了,庄稼颗粒无收。那边比这儿强,毒蛇不多,巫师不多,疾病也少。今年你要是让我到那边去,来年我准回来朝圣。为了上帝,我一定回来。要是我说话不算数,你可以惩罚我,我甘愿受罚。让我到那儿去吧!"

"……孩子还是死了好,圣·克鲁斯·德·马约,没法救了。他像只瞎鸡,像团黑糊糊。你看,他身上还剩下什么呀!他不能动弹,光剩下一泡水,没救了!"

十字架好比是河里的泥土、火山的岩浆、大海的砂砾、公鸡的鲜血、母鸡的羽毛、玉米的穗子。在信徒眼里,它亲如家人,它为大家四处奔波,它总是无所畏惧地和狂风暴雨、飓风、闪电、瘟疫、魔鬼、死神抗争。信徒们喊喊喳喳地祷祝,好似一锅滚沸的石灰水,甚至可以嗅到石灰水的酸味儿。大家祷告得舌头发僵,跪得两膝麻木,眼睛瞪得滚圆,顺着手直往下滴答白色的蜡泪。

信徒们把圣·克鲁斯从教堂里抬出来,列队朝教友会所在地走去。在游神队伍中,只听得靴子踏地的啪嗒啪嗒声、印第安婴儿(妈妈用白床单把他们背在背上)哇哇的哭声。

钟声长鸣，鞭炮齐放。游神队伍里有教友、妇女，孩子们乱哄哄地跟在后面。走起来，脚步凌乱，十字架一歪一扭的，仿佛抬十字架的人都是瘸子。

十字架走远了，把教堂抛在后面。当当的钟声在天空和旷野之间回荡。路上只见新近犁好的玉米田、像蜷曲的毛虫似的茅屋和正值花季的丝兰花田的藩篱。丝兰花朵好像老人的胡须，上面绕着晶莹发亮的蛛网。在暗褐色的广场上，水池周围散落着两三间白墙瓦房。广场的颜色有如木棉树下的阴影。柏树枝搭的顶棚下有几个卖东西的小摊子。还有的设在用三根木棍和一领草席搭成的凉棚里；其他的则设在用四根竹竿和五颜六色的花布架起的布棚里。风吹过来，布棚子鼓胀得好像气球。

戈约·伊克走进圣·克鲁斯教堂，第一次用那双刚刚复明的眼睛痛哭了一场。他跪不下去，踉踉跄跄地朝前走了几步，摔了个嘴啃泥，引得那几个留下看守蜡烛的信徒一阵哄笑。

"哭是什么颜色的？"伊克躺在地上大声嚷嚷着。他抚摸着跌伤的地方，又高声回答说："和白酒一个颜色！"

在村公所的人到来之前，一个教友会的头目——他身穿一件蓝色粗斜纹呢外套，上面钉着六排纽扣——和两名身穿衬衣、短裤和披风的助手拽住戈约·伊克的胳臂，把他从教堂里拖出去，一直拖到门廊上。伊克躺在地上，好像一堆垃圾，不大工夫就招来一群苍蝇。

妇女们走到教堂门前，或从教堂附近走过，嘴里不住地

玉米人 | 157

吵吵嚷嚷。听到女人说话的声音,伊克不由精神一振。他伸出一只胳臂,蜷起一条腿,嘴里嘟嘟囔囔地一个劲抱怨。他要找到玛丽娅·特贡(其实,在灵魂深处,他早就不想找她了,丢了就丢了吧)。他只能从说话的声音上听出谁是玛丽娅·特贡。为了让妇女开口说话,伊克当起了走街串巷的货郎子。他沿着大路小路,走过一座座城市和集镇……

"卖小镜子,姑娘用的小镜子!梳子、肥皂、花露水!漂亮姑娘用的花露水!历书、细线、做活儿针!珠子、耳环、小手镯,有铅笔,有纸,给相好的写信去吧!手绢、别针、丝绸带!带香味儿的玻璃球,有鸡血石、红绿宝石!生发剂!生发剂!拿去吧,捎去吧,赔本赚吆喝!小姐们都爱长辫子!我主的土地!……"

女人们说说笑笑,把杂货翻来翻去,挑挑拣拣,最后买下几件小东西。有人托伊克捎东西来。下趟来,别忘带几个漂亮的卡子、纽扣、箔片、丝绸、圆镜框。有的妇女偷偷地托他带几本《情人的秘密》……还有春药……千万别忘了,出大价钱也行。还有明信片,要带情话的。别忘了要东西的姑娘的名字……卡门……玛丽娅……鲁伊莎……玛加丽塔……

上年岁的妇女看不上伊克的杂货。伊克打听了一下她们要什么,答应下一次一定给她们带来祈祷书、念珠、盛圣水的瓦盆、鸡心盒、小块黑披巾、伤湿止痛膏、滋补药丸、擦洗旧物的去污粉、卫生球、麻醉药、治感冒的香油膏、治牙痛的药水、胸衣带……

"玛丽娅·特贡，你这个贱货，"戈约·伊克在路上边走边说。他把乱七八糟的东西装在一个大玻璃盒子里，用一根镶皮边儿的帆布带子把玻璃盒子挂在脖子上。卖东西的时候，把盒子吊在胸前；走路的时候，就背在背上。

碰上集市，戈约·伊克便停下脚步，就这样走了一村又一村，赶了一集又一集。晚上，回到客栈，借着月光看见自己的身影长长的像根豆芽菜，前面齐胸吊着个大盒子，看上去像煞一只母负鼠。月光下，一个男人竟然变成了母负鼠，胸前长了专门带小崽儿的口袋。

一天夜里，月光照得大地如同白昼。月光是巫师用刀砍伤月亮的表皮，从伤口流出的乳汁。伊克沐浴着月亮的乳汁，仿佛进入梦境，往事从记忆中消散了。月光——神秘的月光、黑影——跳动的黑影，这是一对亲兄弟。戈约·伊克是人又是负鼠。他在雪亮的月光下跳啊跳啊，他的黑影子也不住地跳动。

"负鼠啊，货郎们把你当作神灵。只有你能带我去找玛丽娅·特贡和我的孩子，走大道也行，走羊肠小路也行。做妈妈的怀胎十个月，生下孩子，是做爸爸的把他抚养成人。在妈妈的肚子里孩子长得什么样儿、说什么话、笑起来什么模样，做爸爸的一点也不知道。这你最清楚。母负鼠生下小崽儿，把它们扔在一边，是公负鼠把小崽揣在袋子里，把它们抚养成满身黑毛吱吱乱叫的小负鼠。负鼠啊，你帮货郎子戈约·伊克一把，让他找到他的老婆特贡！我能听出她那银铃般的言谈笑语。"

毒日头晒得戈约·伊克头晕目眩,浑身冒汗。他忘不掉生活中的种种烦恼,眼泪直往下淌。他觉得口干舌燥,骨头、肌肉阵阵疼痛,只好换个姿势。教堂关门了。女人们的声音听不见了。可他还是躺在门廊上,东一句西一句,说些不连贯的话,还不住拍巴掌。戈约·伊克在集市上总是用四根竹竿支起个布篷子,摆上摊子。女人们走到他跟前,都站住脚步,被那些五光十色的小玩意儿吸引住了。特别是伊克带的那只小负鼠,更引起了女人、孩子(主要是女人)的好奇心。小负鼠把尖尖的脑袋藏了起来。"这是什么玩意儿?"她们问。几乎所有在场的女人都大惊小怪地瞪起漆黑的大眼睛,争着看那只小负鼠。一边看,一边格格地笑。她们咋咋呼呼地伸出手去,想摸又不敢摸。负鼠看上去,像只大老鼠,她们又害怕,又恶心。

伊克听到她们唧唧喳喳地说话,心里十分快活。这样一来,他不必把货物拿出来一件一件介绍,就能听到好多女人的声音。东西卖多卖少,倒也没什么。他是把货物作为鱼钩,要钓住女人的舌头,而且不止一个,最后总能钓住玛丽娅·特贡。也正因为如此,生意才愈做愈兴旺。

"这叫负鼠,"伊克向大家解释说,"有人把它扔在路边儿上,我把它捡来了。它让我交了好运,我就把它留下来。无论刮风下雨,打雷打闪,我老是把它带在身边。"

"叫什么?"

"负鼠。"

这时候,有几个妇女爹着胆子,伸手摸了摸负鼠的耳朵，边摸边叫：

"负鼠！……负鼠！"

小负鼠胆子很小，又很娇气。看见有人摸它，吱吱地叫着。从人手中滑脱出来。好奇心胜的女人们吓得一哆嗦，接着又去翻拣杂货。

戈约·伊克在集市上结识了不少做小买卖的。从寒冷的地方来的小贩身披斗篷，专卖马具和索具。穿白衣白裤的印第安人好像包着玉米叶的木偶，他们卖的是搅拌器、铁锅、手推磨和风箱。长得黑不溜秋的印第安人专卖胭脂树果、大蒜、洋葱、可可仁。还有些疟疾缠身、个头儿不高的印第安人卖的是大个儿面包、柚子、椰子水、蜜饯橙子、带辣味儿的乳脂糖。另外还有好多赶集的商人。他们当中没有多少人知道戈约·伊克的名字。大家都管他叫"负鼠"。

"叫得好，我不生气。闹着玩嘛，我不生气。我是公的，你是母的……"戈约·伊克和一个女人开玩笑说。那个女人十分亲昵地抚摸了伊克一阵，最后拉着他一块走了。他们来到一个泥泞的地方。那里，树木丛杂，还有个小水塘。白云低垂，仿佛要下湖饮水。戈约·伊克紧紧抱住那个女人。他们搂抱得那么紧，连刀刃也插不进去。直到天亮，伊克还不肯把她松开。自从玛丽娅·特贡逃走以后，伊克全身的毛孔似乎全部都闭住了，把玛丽娅·特贡关在他的身体里。在身体之外，他又和另一个女人搞在一起。他身体里面有个玛丽娅·特贡，身体外面还有个女人（就是现在和他呆在一起的女人），两面夹攻，戈约·伊克被折磨得只剩下一

玉米人

张皮。真够呛！可他的嗅觉还是特别灵敏，至今还闻得见玛丽娅·特贡头发里那股刚刚熄灭的焦炭的味儿。玛丽娅·特贡的头发漆黑发亮，十分柔软。她的胸部微微隆起。两条腿又短又粗，脚面好像发肿似的。戈约·伊克心里惦记着玛丽娅·特贡，而身体下面压着的是另外一个女人。那天夜里，天空深邃邈远，满天星斗，明净如洗。伊克闭上眼睛，两手按住那个女人的胸部，尽情地抚摸她。那个女人把牙齿咬得咯吱咯吱地响。她忽而把身体伸展开，忽而又蜷缩起来，浑身骨节儿咔咔作响。她一则以喜，一则以悲。喜的是得到了短暂的幸福；悲的是认为自己在作孽。悲喜交集，不由得洒下热泪。尽兴之后，伊克站起身来，匆匆地逃走了。在集市的棚寮、马车和帐篷后面，堆放着许多东西。黑暗中，戈约·伊克深一脚浅一脚地朝前走，晃晃悠悠的像个钟摆。天空仿佛在移动。木琴声、吉他声、手风琴声里夹杂着赌场上发牌的人刺耳的喊叫声："圣·佩德罗的信徒！……美人鱼！……贪嘴不要命！……尾巴扎人！……老娘儿们！……三色旗！"这里有掷环、转彩、抓彩票。一群一群的赌徒像被磁铁吸住似的聚在赌摊周围。戈约·伊克穿过围着赌摊的人群，回到自己的棚子里。他卖东西赚下的钱都放在棚子里，藏得严严实实。伊克递给替他照看棚子的人一个镍币，然后径直走进去。他想从口袋里把负鼠找出来，亲昵一番。伸手一摸，糟糕！袋子是空的。往常手一伸进袋子，立刻就触到负鼠光滑的脊背。可这一次，只觉得一股电流从手指尖一直传到胳臂上，整条胳臂麻酥酥的。他抓起口袋，两手使劲揉搓了一阵。坏了,负鼠逃走了。伊克把空口袋扔在玻璃盒子上,愣愣怔怔地呆住了。他在想,负鼠原来是无花果的花变来的。现在它抛掉空空的果壳,逃之夭夭,就像玛丽娅·特贡一样。有眼睛的人看不见无花果的花,能看见别的女人的人看不见玛丽娅·特贡。伊克真心喜爱的女人就是无花果的花——专为瞎子开放的花。只有瞎子,只有为了爱情、信仰和生活变成瞎子的人才能看得见她。戈约·伊克猛地拽下草帽。事情有点蹊跷。他划着一根火柴,打算看看负鼠留下什么痕迹。脚步很轻,脚印很浅,但是很清晰。伊克用手抹掉足迹,手指、手掌上沾了一下子土。他用手摸了摸脸和舌头(和别的女人接过吻,舌头也变得臭烘烘),弄得满脸满嘴都是土。戈约·伊克闭上眼睛,直觉得眼前漆黑一团,好像躺在棺材里一样。在现实生活中,他找不到玛丽娅·特贡。闭上眼睛,还是看不到玛丽娅·特贡。想到这里不由得热泪涌出眼窝儿,沾满衣襟。

"负鼠啊,你不愿意跟着我了。可总该给我留下点什么吧!"

集市的喧嚣声静了下来,周围显得空空荡荡的。岑寂中,戈约·伊克忽然听到一个女人的声音。他不假思索地举起玻璃盒子,朝外面走去。在围着棚子的白布幔上斜倚着一个女人。她的黑影仿佛是稀薄的白布上的一块污斑。一见伊克气咻咻地走出来,她悄悄地溜走了。伊克把带玻璃的木头盒子连同里面装的杂货朝那个女人猛掷过去。玻璃盒子摔得粉碎,杂物散落得到处都是,有镜子、项链、戒指、手镯、念珠、压发梳、手帕、成瓶成瓶的廉价香水、散开的丝绸带,还有十字架……

逃走吧!就是这个主意。他也是负鼠嘛。伊克在荒山野岭里到处流浪。日子长了,皮肤晒得黑不溜秋。他独自一人呆在山上,脑海里天天转的就是玛丽娅·特贡。一来二去人变得疯疯癫癫的。纵然玛丽娅·特贡是个贱货,在孤寂中伊克还是愿意跟她叙叙旧情。有时候,看见一棵繁花似锦的小树,伊克伸出颤抖的手去抚摸小树。看得出来,他是疯了。伊克躲躲闪闪地继续往前走。看到一道白练似的飞瀑,他仿佛看见了朝思暮想的玛丽娅·特贡。他把面颊凑上去,让飞溅的泡沫在他脸上绽开,好像那个……贱货的微笑。多少天来,看不见人,看不见狗。唉,狗也多少带点人气嘛。他的精神越来越委顿了。没有吃的,只好见到什么吃什么,只要嚼得动、咽得下就行。管它什么带土豆味的肥大的植物根、什么肥厚的树叶、什么柔嫩的树枝,只要看见有鸟啄过、松鼠啃过,没有中毒,他就敢吃。

戈约·伊克大半生都是瞎子,所以嗅觉特别灵敏。从老远的地方,他就闻出近处有个村子。为什么他能从空气里闻到远处的东西,连他自己也说不清楚。反正,凡是眼睛看不见的,鼻子都能闻到。就这样,他来到了圣·克鲁斯·德拉斯·克鲁塞斯①镇。唉!走了多少路啊!看不见人,吃不上热和东西,他简直绝望了。他在路上看见一列牛车正轧轧地

---

① 直译为"十字架中的十字架"。

朝圣·克鲁斯走去。牛车后面跟着一群戴假面具的人。身穿五颜六色的衣服，有湖绿的、鹅黄的、藏青的。只见他们吹吹打打，蹦蹦跳跳，挥动响鞭，成群结队地到圣·克鲁斯去赶集。

戈约·伊克形容枯槁，只剩下眼睛、头发和牙齿还看得分明。可他也跟那些戴假面具的人一起蹦啊跳啊，说啊笑啊。队伍里，扮装国王的人头插五彩缤纷的羽毛，银须银发，厚厚的嘴唇也是银白色的，只有眼皮涂成金黄。有的人头戴王冠，有的人顶着草帽，好像纸做的花篮。还有个人扮成长尾猴，身穿黑衣黑裤，踏着舞步，跳来跳去，冲着看热闹的人挤眉弄眼。长尾猴拖着条长长的尾巴，头上长了一对犄角，眼睛涂成两个红圆圈，通红的圆圆的嘴巴里露出雪白的牙齿。好热闹的化装游行队伍！

"负鼠"戈约·伊克从牛车上爬下来，加入人声沸腾、蹚得尘土飞扬的游行队伍。圣·克鲁斯的居民走出来，迎接第一批前来参加一年一度的盛大节日的客人。游行队伍涌进一扇木栅栏门，后面跟着一群年岁不等的孩子。大孩子手里拿着弹弓什么的，小孩子哭哭啼啼。女孩子像集市上插标出售的小母牛一样头上扎着缎带子。头发花白的上年岁妇女脸上的皱纹好像干裂的地皮，嘴里不住气地唠唠叨叨。

下午，教友会的大院子打扫得干干净净。地上洒了水，院子里弥漫着一股湿土的气味。槟榔青树上缀满果实，有的正在变黄，大部分和树叶一样还是青色的。几棵鳄梨树像是得了瞌睡病，露出一副慵懒的样子。在槟榔青树和鳄梨树下散放着几张桌子。桌子上摆着许多碗,里面盛满果子露,散发出一股淡淡的荸荠味儿。马蹄形的杯子里斟满桂皮汤。汤色和枣红马的毛皮那样鲜艳夺目,连杯子也显得秀气了。另外还有用达老玉兰制成的清凉饮料,味道酸甜,略带辣味。在盛果子露、桂皮汤和达老玉兰汁的碗和杯子周围,摆着面包。有的面包夹着黑豆、奶酪,有的夹着酸菜、生菜,有的夹着沙丁鱼。还有夹肉的辣玉米饼。一个鼻子扁平、黑眼圈的桑博女贩子在慢慢腾腾地轰赶落在食物上的苍蝇。

在另外几张桌子周围,教友们熙熙攘攘,好像在购买宗教用品。桌子上摆着一些清凉饮料。香味随风飘荡,逗得鹌鹑欢快地飞来飞去。有个姑娘——她长得很像玛丽娅·特贡——在卖鼠尾草籽汤。黑色的草籽沉在碗底上。有人来买,姑娘把汤一搅动,黑草籽就转动起来,再慢慢落下去,仿佛在做星辰排列的天文试验。有一种银红色的饮料,颜色鲜艳,蜜一般甜。还有笋瓜汤,里面泡着马尾藻的须子和漆黑的草籽。

院子深处,高搭起光彩夺目的神坛。树枝搭成的神坛棚顶前高后低,金碧辉煌。里里外外插满松柏树枝、彩带花环,装饰着香根菊、棕榈叶、快要成熟的水果以及摆成飞鸟式的鲜花。教友会的神主是矗立在围着红布幔帐的架子上的圣·克鲁斯。前面的土地上墁着青砖。只有这个村里的教友会才有青砖墁的神坛。砖地上摆着烛台和黄蜡烛。蜡烛上饰有深紫色的纸条和用浆糊粘上去的金箔片。蜡烛大小不一,就连小不丁点儿的蜡烛也是光彩夺目。除了这一圈灿烂的烛光外，还有一堆火舌乱吐、青烟氤氲的篝火。神坛本身是一张长条桌，上面铺着一块浆过的桌布。教友们和朝圣者把鲜花、果品、野味、母鸡、鸽子、嫩玉米穗、豆角儿和其他供品摆在桌子上。神坛正中央放着一个盘子，专收信徒们布施的东西。右首的那张桌子上，也有一个盘子。盘子周围摆着几个装酒的长颈大肚瓶。清亮的烧酒里泡着黄色的贝森尼木、柠檬树皮、樱桃和其他味道鲜美的水果。烧酒晶莹透明，仿佛永远向大家露着笑脸。

木琴要到下午六点钟才开始演奏。戈约·伊克用他那双负鼠般的充满忧悒神情的眼睛观察着周围的事物。他蹲在一株高大的、盘根错节的鳄梨树下，用草帽煽旺篝火，准备燃放爆竹和花炮。随着他忽打忽打地煽火，火炭由暗变明。看见火焰，他又想起玛丽娅·特贡，感觉到火苗的热气从挡火石里扑面而来。草帽煽急了，一根根火炭变成通红的火蛇。一慢下来，燃烧的木柴就披上一层比空气还轻的灰白鳞片。再用力一煽，灰烬登时飞舞起来，把树木的鲜血淋淋的残肢断体丢在熊熊的火焰当中。

"玛丽娅·特贡，贱货……"

戈约·伊克停住手，陷入沉思。点爆竹、放花炮的人过来了，把他从遐想中唤醒。这些人没戴帽子，脚洗得干干净净，换上了新衣服。他们身穿五颜六色的衬衣，脖子上系着丝光线织成的围巾，戴着教友会的会徽。根据职务不同，有管事的、有看门的，会徽有大有小，但都是十字架，下面衬着绛紫色或乳白色的缎带。

玉米人

时候到了。栖息在近处树上的小鸟儿仿佛预感到要燃放爆竹,纷纷飞离树枝。一小队人走进院子。单等客人一到,夕祷钟一响,他们就燃放爆竹。爆竹将像狂马奔腾一样轰轰作响。

钟声冷不丁地响了起来。黄昏时分,院子里一派庄严肃穆的气氛。暮霭沉沉,远处的山峦染上一层玫瑰色。钟声在辽阔沉寂的空中回荡。

钟声一响,爆竹从村民黧黑的手里凌空飞起,一个,一个,又一个,一个,一个,又一个。爆竹带着喑哑的呼哨声划破纯净的空气,在空中爆裂了。有的爆竹飞得不高,在屋顶上炸开了。还有的根本没有飞起来,就在栅栏上或地上爆炸了。大孩子们把飞弹放进发射筒里,当当当地连放了几个。有几个训练有素的孩子,就在飞弹落进发射筒的一刹那,把炭火棍往那截儿留在外面的像耗子尾巴似的引信上一触,砰……砰……砰……先是在地上响起剧烈的爆炸声,接着在繁星闪烁的寥廓的夜空中响起闷雷般的爆裂声。

深夜,群山环抱的圣·克鲁斯镇沉浸在一池墨黑的湖水中。山色如黛,山顶上燃起一堆堆篝火。戈约·伊克像负鼠似的痴呆呆的,还在有一下没一下地用破旧的草帽煽火。其实,篝火已然熄灭,火炭也烧乏了。唉,总得找点事干吧!

从下午六点钟起,人们就吵吵嚷嚷,一直闹到半夜。夜深了,只剩下情意缱绻的木琴声。听到乐师用小木棒儿敲打木琴。人们仿佛听到用棍子敲打树身,从树上往下打果子;仿佛听到农夫用棍子敲打牤牛,叫它学好别学坏,不要偷懒；仿佛听到丈夫用棍子敲打妻子，叫她不要到处乱跑；仿佛听到官府用棍子敲打老百姓，要打掉他们身上的男子气。戈约·伊克身上已经没有什么男人的气概了。他变成一只灵魂袋子里装着孩子的负鼠。是玛丽娅·特贡把他毁了。还有那个用草药给人治病的大夫。他替戈约摘掉眼睛，给他换上了一对负鼠眼。

啊！圣·克鲁斯·德拉斯·克鲁塞斯，多么盛大的节日！节日里，你的烛光辉煌，感动得下界凡人热泪盈眶。节日里，背井离乡的农夫举着滴血的蜡烛，口中呼唤着上帝，攀上你左右平伸的双臂。节日里，村民们用垃圾、干柴、绿树枝在茅舍前、街道上燃起篝火，睡梦中他们看到从脚下升起红光闪闪的星辰。大蜡烛喷吐着金色火舌，在你面前展开一场殊死的搏斗。上帝的命运和凡人的命运犬牙交错，编织成生活的挽歌。什么是生活？生活就是不共戴天的敌人之间你死我活的拼斗，是排斥异己，是狂风暴雨，是女人撕心裂肺的哭泣。圣·克鲁斯·德拉斯·克鲁塞斯啊！快让河水流过来吧！快让苍鹰飞过去吧！它用身体和两翼在空中组成巨大的十字！圣·克鲁斯·德拉斯·克鲁塞斯啊！今天欣逢你的节日，此时此刻谁对你虔诚，你就该赐福给谁！公鹿呆在无人看见的地方，支起小小的耳朵，向你祝贺节日，为你送来第一批猎物。树木向你献出最鲜美的果实，把这世界末日的节日装点得更加绚丽，把最甜美的浆汁一点点挤出来，让果壳也饱含蜜水。圣·克鲁斯·德拉斯·克鲁塞斯啊！临终前和耶稣结为一体的圣·克鲁斯啊，你的节日对艰难谋生的人来说，只是一种灾难。他们紧紧拥抱住你，他们是向你表示亲热还是和你拼斗？谁也说不清。他们剩下什么？只剩下一副骨头架子，一件破衣服，一顶草帽，只配站在玉米田里吓唬野鸽子！

环绕圣·克鲁斯的群山上林木葱郁，夜色越发显得浓重了。松柏树枝搭成的神坛顶棚下矗立着十字架。教友们在十字架前踏着木琴的节奏欢快地跳起舞来，直跳得好似吃了一惊似的心房怦怦乱跳。为了稳定一下情绪，他们走到放酒瓶的桌子跟前，把瓶里的烧酒倒在小杯子里。这是他们用施舍物换来的酒。咕嘟嘟……咕嘟嘟……他们把烧酒灌进了喉咙。哗啦啦……哗啦啦……为了表示对圣·克鲁斯的虔敬，他们把小镍币纷纷扔到收布施的盘子里。

半夜。在教友会的院子里和院子周围，昏昏欲睡的牲口在夜露下啪嗒啪嗒地甩蹄子。卖吃食的小摊子上点起松明，有冷饮、面包、可可玉米粥。父母兄弟、亲朋好友默不作声地结伴走来走去。他们赤着脚，鬼怪似的肮脏的脸上挂着死板板的笑容。

戈约·伊克喝了杯咖啡。然后走到一个顶竹筐子的女人面前，帮她把筐子从头上卸下来。筐子里装着蔬菜、肉、鸡和火鸡。那个女人喘吁吁的，面色苍白，头发被垫圈弄得乱七八糟，白皙的脸上镶着一双漆黑的眸子。她两眼望着伊克，心里充满感激，一边呼呼地喘气一边说：“愿上帝保佑你。”她的声音很微弱，戈约·伊克根本没有听见。他帮助她把筐子抬到土坡上。伊克的手碰了那个女人的手一下。她又说了句话。戈约一听她的声音,浑身都瘫软了。那个女人重复了一句:"愿上帝保佑你。"听了这句话,伊克才清醒过来。不,她不是玛丽娅·特贡。不过,声音太像了。伊克倚在一根柱子上蹭后背。这时候,那个女人消逝在黑暗中。伊克听见她在撒尿。所有女人撒尿的声音都是一样的,凭这个怎么能判断出她是不是自己的妻子呢。火光照得伊克的头发闪着金光。他的瘦削的面庞变成古铜色,和他的年龄颇不相称。黑暗中,只见空气里香烟缭绕。那是牧牛人在吸烟。火石、火镰碰得啪啪响,玉米叶卷烟、大雪茄闪着红亮的火头儿。戈约·伊克和牧牛人一起抽烟、喝酒。他们递给伊克一瓶子酒,伊克一仰脖全灌下去了,只在瓶子底儿上留下一点点残酒。

"嚯!你这么往下灌,八成是借酒浇愁吧?"一个面如死灰的牧牛人问。

"唉,心里难受啊。我都快变成负鼠啦,"戈约·伊克回答说。烧酒在他血液里窜开了,他两眼通红,动作、表情异常活泼。

"这家伙站不起来了,"一个牧牛人说。

"谁说不是呢,"另一个人说。

戈约·伊克还是挣扎着站了起来。他磕磕绊绊地走了整整一夜,也不知道要往哪儿去。到第二天早晨,他摔倒在教堂里。后来,被人从教堂里拉出来,扔在门廊上。

伊克在教堂门口躺了一整天。有时听见妇女们大声交谈着走过教堂,有时又昏迷不省人事。他觉得口渴得难受,费尽九牛二虎之力总算站起来了，浑身上下不住颤抖。伊克走到广场的水池边上，捧起带鸟屎味儿的脏水，喝了下去。唉！要想恢复知觉真是难啊！

"我说，"一个比伊克高半头的乡下人走过来，对他说，"今儿个咱们一块走吧。我都安排好了。这些钱你一半儿，我一半儿。赚了钱咱们对半儿分。不过，咱们得赶早儿走，要不就晚了。"

戈约·伊克在身上摸了摸装钱的手帕。不好，找不着了。这……这……这……

"甭找了，我替你收着呐。给你。咱们走吧。上路前先喝杯咖啡，你看怎么样？"

那个人在前面走，戈约·伊克像个残废人似的跟在后边，像只负鼠跟在陌生人的后边。

喝完咖啡，戈约·伊克觉得肚子里有底儿了，这才注意到伙伴身上背着个坛子。中午时分，他们顺着羊肠小道来到一条山溪跟前，喝了点儿水。回到大路上的时候，那位伙伴说：

"现在该轮到你背了……"

戈约·伊克把坛子背在背上，继续赶路。背起空坛子，他才想起和伙伴商定过合伙做生意。他几次想问问对方姓甚名谁，又总觉得不好启齿。磨蹭了半天，还是打听了一下。

"多明哥·雷沃罗里奥。看样子，咱们谈妥的事，你全都忘了。当时，你抱住我，一连声地说：好吧，好吧，好吧。钱给你一半，我留下一半。咱们一块去趸酒，然后拿回圣·克鲁斯卖掉。只要咱们说话算话,这笔买卖准错不了。甭管是朋友,也甭管是亲戚,谁也不能白喝酒不给钱。想白喝,那叫没门儿。谁想喝,谁掏钱。一手交钱,一手拿酒。咱们自己也不能白喝。你想喝,得向我交钱。我想喝,把钱交给你。做买卖嘛,就得丁是丁,卯是卯。"

下午四点钟,多明哥·雷沃罗里奥按照事先商量好的本利均分、干活平摊的原则,把坛子接过来,一直背到一个村子里。村民们还是沿用传统的老法子,用陶锅蒸馏醇美的酒。

这一天他们只喝了一碗开水加辣椒面。进村以后,第一件事就是找吃的,什么玉米饼、奶酪、豆子、咖啡都行,还得来两杯酒。从一家客栈里飘出烧饭的香味。两个人循着饭香,找到客栈。穿过一个马厩,走了进去。多明哥·雷沃罗里奥和老板娘谈妥以后,他们到村子里兜了个圈,随即回到客栈里吃晚饭,睡觉。听见女人的说话声,戈约·伊克才又想起了他正在到处寻找玛丽娅·特贡。近来,他已经不大想她了。是啊,想还是想,可不像以前那么想了。倒不是因为他认可倒霉,而是因为……就是不想了。唉,负鼠的眼睛负鼠的心啊!胆子太小了。男人都是胆小怕事。现在,听见女人的谈话声,他又想起了玛丽娅·特贡。不过,不像过去那样痛心疾首,而是美滋滋地想着她和一个阔佬在一起生活,有钱有势……眼下,他能看见东西了,心灵上却变成负鼠,又何必非要找她呢?这些年来,他一直很苦恼。痛楚的心情像一条无形的绳索勒得他喘不过气来。他背着货物四处奔波，走遍了海边上的村村寨寨。找不着老婆，他借酒浇愁，整天喝得面如猪肝。几年下来，他变得越来越颓唐，简直不像个人样了。他的身体还是个人，可在精神上他什么也不是了。干事就是为了找事干。不像从前干什么事都有个目的，干着也带劲。老婆孩子全都找不着了，还有什么盼头？他变得越发萎靡不振了。伤心事人人有。戈约·伊克的伤心事分外厉害。他蜷起两条腿，缩成一团睡着了。第二天，没等鸡叫，他就醒了。

"起得好早啊，老哥……"多明哥·雷沃罗里奥说。他叫伊克把买酒的本钱交给他。他管伊克叫"老哥"，伊克管他叫"老弟"。从现在起两人称兄道弟，以后就一直这么叫下去了："老哥"、"老弟"。他们把酒坛看作是孩子，事先要讲清谁是孩子的亲爹，谁是孩子的干爹。

"明哥老弟，这几个钱你先拿着，不够再说。""负鼠"搔了搔眉毛说，"咱们得尽早动身，要不路上该晒太阳了。我兜里的钱全交给你了。"

"够啦，戈约老哥，钱你拿着。我估摸着，这酒坛能装二十瓶，一共八十六比索。能弄个大坛子就好了。"

客栈里，脚夫们纷纷收拾行装。有的来来回回地给牲口饮水，有的给马匹备鞍子。随后，把货物装上马鞍。白布小口袋里装的是面粉，进口的麻布口袋里装的是白糖。

戈约·伊克带上钱，明哥老弟跟在后面，嘴里咕咕哝哝地说：

"咱俩二一添作五。这坛子酒咱俩分着背，你背一会儿，我背一会儿，赚来的钱也是一人一半。反正，甭管什么东西全是两人平分。本钱、利钱、该出的力气，全都一人一半。愿上帝保佑。"

"当然……当然……当然……"戈约·伊克趁明哥老弟喘气的工夫一迭声地说，"你规定的那条最好了，一口酒也不白送，咱们俩也不兴白喝。合伙做买卖么，谁想喝谁得先掏钱。"

"不这么办生意做不好。我开过两次酒馆，我有经验。第一个酒馆全让我一个人喝光了，第二个酒馆又让三朋四友喝得精光。"

"这么说，啥也没剩下，明哥老弟。等咱们赶到圣·克鲁斯，那儿没剩下多少酒就好了。做买卖，一是一、二是二。谁要喝酒，谁付现钱。不白送，也不赊欠。"

"这坛子酒咱们花了八十六比索。我看能赚上他一千二百比索。"

"那是跑不了……"

"这下子你就不愁没老婆啦。戈约老哥，看得出来你一门心思要找老婆。谈情说爱，有钱比没钱强多了。爱情这玩意儿跟穷人没缘，不过有人爱说反话。谈情说爱是花钱的事儿，穷人有什么钱？没钱找老婆，那叫活受罪。有钱找老婆，那才带劲呢。"

"老弟，我要找老婆，你是从哪儿看出来的？"

"我看你老是站在那儿，专门听女人说话。人家不是跟你说话，你也站在一边听。"

"我不是说过了吗,我在找一个女人。我压根儿没见过她,光听见过她说话,只能从声音上认出她来。唉,早晚有一天能找着她。别人说泄气话,告诉我没指望了,可男人总是不死心。"

"戈约老哥,找不着,就把她忘了吧,再换个好的嘛。就算你找着了,她跟别的男人打得火热,你还不是干生气?"

"话不能这么说,老弟。她跟谁好,我都不在乎。可她自己走错了路,连孩子也带坏了。愿上帝保佑。我心里那份难受劲儿,谁也体会不到。有时候我真想知道他们怎么样了。急得心里发痒,恨不得爬上挡住他们的高山,看看他们怎么样了。有时候,我又想,人要是总呆在一个地方,啥也办不成。到处走走,活动活动,兴许能离他们越来越近。唉,耗了这么些日子,现在也不觉得怎么样了。从前,我一门心思想找到她,现在找也不想找了。"

多明哥·雷沃罗里奥长得五短身材,漆黑的头发稀稀拉拉的,两道眉毛连在一起。他脸色红润,看上去比他实际岁数要年轻一些。笑起来嗓音洪亮,好像有人吹奏铜管乐器。就是不笑的时候,也还能听到余音。他有个习惯,每逢说话总爱挽袖子。

有几次,他把外套的袖子卷上去,可是没有开腔。他们把酒一瓶一瓶地倒进坛子里。雷沃罗里奥翕动着嘴唇,似乎在数瓶子。这时候,戈约·伊克老哥付了酒钱,还买了一张酒品准卖证,免得路上遇到麻烦。加在一起,一共花了八十比索。

"明哥老弟,"戈约·伊克跑过来说,"太好了,还剩下六比索。连准卖证在内一共要了我八十比索。多出六比索。"

"好啊,小老哥,真不赖。这下子,回去的时候,兜里还能有几个钱。路上带点钱,万事不为难。"

"六比索。"

"你收着吧,老哥。到了地方再算账。咱们每人拿出四十三比索,现在剩下六比索。就算每人拿出四十比索。剩下的每人三比索。"

"要不,我先给你三比索。"

"不用了,戈约老哥,你都带着吧。咱们买的酒质地不错,是第一流的,带巧克力味,颜色像精制的白兰地。销路错不了。听说这种酒不光提神,而且能滋补身体。按说买'羊头酒'更好,那东西更有营养,甚至能让人返老还童。就是得多花几个比索,划不来。"

雷沃罗里奥把酒坛装进一个网兜里,背在背上。两个人早早地上路了。朝霞似火,仿佛在天边摆下一座座水果摊,有橘子、柠檬、西瓜、仙影拳果、石榴、酸橙、柚子、樱桃、山楂、贝森尼果、黄瓜、番荔枝和人心果。山峦转为青莲色,"水果"渐渐消逝了。朝霞变成姹紫嫣红、千姿百态的鲜花,什么石竹、天竺葵、玫瑰、大丽花、山茶花、兰花,还有绣球。朝晖中,"鲜花"的颜色渐渐退去,化为绿色,仿佛葱茏的树叶笼罩住崇山峻岭。

"够冷的,老弟,你也觉得冷吧……"戈约·伊克大声说。这时候,他们正走过一条夹在两山中间的小路。这个地方人称"斧劈山"。他们加倍小心地爬上爬下,跳过危石。

"是啊,老哥,够冷的。走走就暖和了。"

戈约·伊克朝老弟背上的酒坛瞄了一眼,像发疟子似的觉得忽冷忽热,喉咙发干。他又说了一句:

"冷啊,老弟,太冷了……"

"紧走几步就暖和了。别老抱怨,太阳快出来了。"

"我说,明哥老弟,喝口酒八成能好受点儿。平时喝酒就不错,眼下就更好。起码我是这样。"

"胃嘛,当然好受点儿,老哥。可咱们没钱买酒啊,还是走吧。丁是丁,卯是卯,不能闹着玩。咱们是君子一言。这坛酒谁想喝谁掏钱。一杯也不白送。咱们俩也一样。"

"这么说,你也想喝点儿。"

"那还用说。可不能喝啊,戈约老哥。说话要算数,这是一。另外,你想一想,要是大家白喝起来,咱们的小买卖就悬乎了。你一口,我一口,早晚把这坛酒喝得精光,到圣·克鲁斯的时候,啥也剩不下。我把钱全搭上了,你也把钱全搭上了。你白喝一口,我白喝一口,连家都甭回了。"

山路两旁,古木参天,绿阴蔽日。高大的枝杈重叠交错,宛如给山路罩上一架青枝绿叶的天棚。从路旁的山石上流下的清水在山路上汇成一个水洼。太阳一出,水洼里的涟漪和沙粒像镜子似的熠熠闪光。树叶沙沙作响,空气湿润。太阳照在身上,戈约·伊克觉得背脊微微发暖。此情此景使他想起了在河里洗完澡回到茅屋的玛丽娅·特贡。伊克合上眼睛，想摆脱开眼前的世界，回味一下瞎子的幸福，哪怕只有一会儿也好啊。这当儿，他更急切地想喝点酒。

"老弟，"伊克实在忍耐不住了，"明哥老弟，我买一碗酒！"他兜里只有六个比索，就是买完装进酒坛里的二十瓶酒和酒品准卖证后剩下来的钱。

"只要给钱，没什么不可以的。"

"我先交钱，免得你信不过我。"

"老哥，你这么说就不对了。咱们合伙做生意，有什么信得过信不过的？我是不能让你白喝。那就出格了。"

说着话，雷沃罗里奥停住脚步。只见他白皙的脸上浓眉紧锁，说起话来瓮声瓮气的，似乎背上的东西把嗓子压哑了。

雷沃罗里奥站下来，扶稳酒坛，后背朝路边的一块青石仰下去，直到酒坛子碰着石头。戈约老哥帮着他把酒坛卸下来。伊克想酒喝直想得浑身火烧火燎。雷沃罗里奥两手离开石头，抖了一阵，把六比索的酒倒在一只黑底的碗里。

"负鼠"戈约·伊克付给明哥老弟六个比索，咕嘟咕嘟地把碗里的酒喝下去。喝完，咂了咂嘴，像品尝家一样点了点头。那副样子真像只饮完水的小鸟，把嘴张开，又闭上。伊克端起酒坛，往背上一背。雷沃罗里奥老弟已经背了一程，现在该轮到他了。

"负鼠"沿着山路一步一步攀登了五六里路，累得气喘吁吁。脚下的草鞋蹚得尘土飞扬，背上的宝贝显得越发沉重

玉米人

了。雷沃罗里奥远远地跟在后面，也累得疲惫不堪。蓦地，他紧走几步，赶上戈约·伊克，好像有什么急事要跟他说。

"老哥……"雷沃罗里奥捂着胸口，脸色煞白。不过他的皮肤白净，看不大出来。"可赶上你了，我都喘不出气了……"

"想喝一碗，老弟？"

"活不成了！"

"来一碗吧！"

"给我捶捶背，再让我喝一口……"

"负鼠"戈约·伊克给雷沃罗里奥捶了捶背。

"来碗酒，老哥，"雷沃罗里奥要求说。

"你有钱吗，老弟？"

"有啊，老哥，六比索！"

"那好啊！要是不给钱，就是渴死你，我也不能给。"

雷沃罗里奥接过散发着巧克力味儿的满满一碗酒。"负鼠"伸手接过六个比索。雷沃罗里奥呷了一口酒，紧紧地闭住嘴巴，觉得嘴里甜津津、辣丝丝的。

中午。雷沃罗里奥身体不大舒服。戈约·伊克只好继续背着装酒——他说是美酒佳酿、玉液琼浆——的坛子往前赶路，热汗顺着前额直往下淌。这时候，迎面过来一队骡子，一头，两头，三头……一共二十头。骡背上驮着木盒子、板条箱、小酒桶。盒子里装的是玉米面，板条箱里装的是白镴器皿，外面裹着白色的干草，小酒桶里装的是葡萄酒。老哥老弟赶紧蹲在一块大青石下面，骡子一路小跑过去后，扬起阵阵烟尘。赶脚的徒步走在旁边照顾牲口。租赁牲口的人骑着马跟在后面。

"撂下吧，戈约老哥，"雷沃罗里奥说。他用手胡噜掉脸上的尘土，眨巴眨巴眼睛，噗噗地连吐了几口唾沫，免得把土吸进肚子里去。"该轮到我背会儿酒坛啦。你比我干得多了。"

为了照顾伙伴儿心口痛，干不了多少活儿，"负鼠"戈约·伊克已经背了快两个钟头了。离开大青石——刚才过牲口的时候，他们就躲在那块青石底下——走了几步，伊克站住了。

"要是累不着你，累不坏你，老弟……"

"负鼠"不大相信雷沃罗里奥真有病。心里想他大概是没病装病，想多喝几口。为什么来的时候不闹心口疼，偏偏往回走的时候才闹呢？真是太凑巧了。

"说一是一，说二是二，该轮到我背了。"

雷沃罗里奥像木偶似的挥动两条直僵僵的胳臂，笑嘻嘻地把酒坛子接过去。

"好吧，老弟，走几步看看累不累。别着急。你先别背起来，我还想喝一杯。"

"拿钱买？"

"给你，这是六个比索。现钱交易，老弟，不然的话，咱俩都得玩儿完。"

雷沃罗里奥接过六个比索，满满斟上一碗酒。在耀眼的阳光下，酒面上泛着金光。"负鼠"端起碗，一饮而尽。

树叶像阵骤雨似的飘落在他们身上。想必是苍鹰或是雀鹰在枝头上打架。中午，烈日炎炎，几乎没有一点阴凉，万物都昏昏欲睡。只有从高大的枝柯上传来鼓动翅膀的噗噜噗噜声，枝杈被震得不住晃动，树叶、花朵纷纷从树枝上落下来。戈约·伊克拣起几朵黄花，插在明哥老弟背着的酒坛上——照他说，里面装的是美酒佳酿、玉液琼浆。

"老哥，你把酒坛子打扮得这么漂亮，八成是想喝一碗吧。"雷沃罗里奥停住脚步说。中午时分，草帽不顶事，遮不住太阳，他的两颊被晒得红扑扑的，嘴边挂着微笑。

"不，老弟，我没钱买酒。"

"哎，你要想喝，我借给你六个比索。"

"你肯借我钱，那太好了。等把酒卖出去，一定把钱扣除，还清这笔债，你这个人真实在，老弟。咱们准能赚一大笔钱，没跑儿！"

雷沃罗里奥递给"负鼠"戈约·伊克六个比索。然后往黑底碗里满满斟上一碗酒。碗里装满酒，看上去好像一只光秃秃没有眼皮的眼睛。"负鼠"咂摸着酒的滋味，真纯正！一股巧克力味儿。喝完酒，他把六个比索还给雷沃罗里奥，权当酒钱。

"我欠你六个比索，明哥老弟。你身体不太舒服，还是把坛子给我吧。唉，也不知道什么时候能走到。"

两个人急匆匆地继续赶路。戈约·伊克背着酒坛子，雷沃罗里奥给他当帮手。

"老哥，劳您驾把酒坛子放下来，卖给我一碗。我的心怦怦乱跳，快跳到嗓子眼儿啦。"

"噢，老弟，什么劳驾不劳驾的。你觉得难受，喝口酒就舒服了。你拿现钱买酒喝，咱俩都有赚头。这不是两全其美的事嘛。怕才怕你一碗，我一碗，白喝酒不掏钱。"

老哥老弟瞪大如饥似渴的眼睛，盯着碗里溅起泡沫的酒。"负鼠"从雷沃罗里奥手里接过六个比索。把钱收好，背起酒坛，又继续赶路。

走着走着，"负鼠"说：

"咱们算计的不错，这笔生意含糊不了，准能做好，没跑！你也瞧见了，咱们喝多少付多少钱，连你生病也不白喝。比如说今天早上你不大得劲，按说我满可以白送你一碗。可是，明哥老弟，不是我小气，心眼不好，是咱们有言在先，要说话算话。生意做好了，咱们拿卖酒的钱去找一位我认识的大夫。这位先生叫奇古伊琼·库莱夫洛。就是他治好了我的眼睛。请他费费心，给老弟你治治心病。不然的话，一不留神，你没准儿把命丢了。"

"我吃过药了。人家说，我得的是心脏泡沫病。我觉得是这么回事。"

"好家伙！这是什么病？"

"像咱们这样每天喝几盅的人，血液里头留下好多酒精的泡沫。这种泡沫进到心脏，就能要人的命。心脏可承受不住酒精的泡沫。"

"总得有办法治啊……"

"再来一碗呗……"

"我该跟您说什么呢?"

"就说明哥老弟,要是这副药管用,你又付现钱,那就来吧。"

"给你六个比索……"

戈约·伊克接过钱来①,满满斟上一杯带巧克力味儿的纯正的酒。

"这个地方叫苏阿斯纳瓦,"雷沃罗里奥介绍说,"快到圣·克鲁斯了。再往前走几步,从山顶上可以望见镇子。苏阿斯纳瓦人是国王时代的人。这些婊子养的在这块地方埋了好多宝贝,一锭一锭的纯金子、珍贵的首饰。后来有人到这儿找过宝贝。好多年前,来了几个人,个头高高的,皮肤白白的。还带来几个黑不溜秋的人,也全是大高个。一到这儿,他们就抡起镐头、铁锹、锄头,还用炸药把那座山头炸平了。你顺着我的手看,就是那个小山包。可啥也没找着。"

"八成有不少……"

"后来他们一个个都死了。咱们也是一样,早晚得死,戈约老哥。他们找到一座矿井,敢情是个酒厂。一进去就没再出来。一开头,他们刚到这儿的时候,白人跟黑人分开吃饭,黑人给白人当用人。后来,大伙儿喝得醉醺醺的,白人又伺候起黑人来。你管我叫'哥儿们',我管你叫'哥儿们'。老哥,这就是酒的效用。酒能带来坏事儿,也能带来

---

① 原文如此。和上文有矛盾。

好事儿。酒一下肚就不分什么你大方，我小气；你有钱，我是穷光蛋。不把人分成三六九等。酒杯一端，大家彼此彼此，人就是人。"

"明哥老弟，你要想再来一碗酒，就再付六个比索。"

"说得对。可惜我没钱了。要是赊酒喝，我非得破产不可。你那儿概不赊欠，对不对，老哥？"

"是啊，小老弟。甭难过。你今儿个借给我钱。现在我该报答报答你了。这六个比索你拿去。等赚了钱我再扣出来。"

"好吧，等到了圣·克鲁斯，把酒卖掉，咱们就能赚到成把成把的票子。"

戈约·伊克斟满一碗酒，雷沃罗里奥把酒喝下去。喝完酒，拿出老哥借给他的六个比索，付了酒钱。

"这会儿我有钱了，也想喝一碗，老弟，"戈约·伊克看见雷沃罗里奥喝酒，酒瘾也被勾上来了。

"那还不省事，"明哥回答说。他挽起外套的袖子，又说："把酒坛子给我，我给你斟满，你再把钱交给我。"

"来吧……"

雷沃罗里奥斟上酒。"负鼠"付完钱，开始一小口一小口地抿酒。他不是大口大口地往下灌，而是一点一点地品尝。

"仁慈的上帝！味道不错！"伊克一边说，一边一小口一小口地抿酒，咂摸滋味。从陶锅里蒸馏出来的酒稍稍带些巧克力味，一点也不凶，非常柔和，非常清淡，可又很有味道。"现在，老弟，"伊克接着说，"你要是想再来一碗，就

玉米人 | 185

把酒坛子给我，我给你满上，你付给我酒钱。一边斟酒，一边付钱，谁也哄弄不了谁。"

"我绝不拿捏，老哥，也绝不诓你！"

戈约·伊克十分小心地接过酒坛。要是再有两只手，他准会伸出四只手去接坛子，把酒坛子举平。要是再有两只手，他准会用四只手给雷沃罗里奥倒酒。酒坛子快要空了。

雷沃罗里奥把脸凑到碗边上，下嘴唇朝外噘着，两只眼里露出如饥似渴的光芒。他恨不得一下子把酒灌进嗓眼里去，滴酒不漏。这事不简单，可他一滴也不会漏掉。这当儿，老哥拦住他说：

"你先等等，老弟。先交钱，后喝酒！按说咱们是老哥儿们了，可做买卖不分亲疏！"

雷沃罗里奥打了个喷嚏，咳嗽了一阵，眨眨眼，又拍拍手。

"有道理，老哥。酒都跑到肺里去了，我差点儿没呛死！你信不过我，老哥。好，给你六个比索。我喜欢和你这样的人做生意。对谁也不讲情面。"

"不是信不过你。这是规矩。大家守规矩，就不会让人拿大头。我碰上过一些滑头，他们急急巴巴地把酒灌进去，又掏不出钱来付账。喝了就喝了。酒喝进肚子里去，没法儿掏出来。这么一闹，原来是朋友的，断了交情；本来不认识的，成了仇人。他们还说：'你把我关起来吧，反正酒在肚子里，你看怎么办吧？'关起来有什么用？唉呀，你喝得真香，我真高兴，我的明哥老弟！我也想再来一碗，小老弟……"

"把坛子给我，我卖给你。"

"负鼠"从雷沃罗里奥手里拿过碗，雷沃罗里奥从"负鼠"手里接过酒坛。坛子里的酒不多了，雷沃罗里奥只好把坛子底部仰得高高的。

"倒啊，明哥小老弟！我马上付钱。"

"知道啦，戈约老哥，我可不是信不过你。你先喝，喝完我再收钱。八成我太活泛了吧。听我奶奶说，活得活泛才能活得快活。你要是不付钱，对不起，我只好从利钱里扣出来。估摸着能赚上一千二百比索吧。我少算点儿。"

"负鼠"喝完酒，面色通红，两眼灼灼放光。酒流过嗓子眼儿，头发像过电似的一个劲抖动。酒一入肚，伊克激灵灵打了个冷战，感到毛骨悚然，一股冷丝丝的感觉一直传到脚尖。他的脚上还裹着玉米叶，就像当初站在皮希古伊利托村村口的无花果树下瞎着眼讨饭的时候一样。"负鼠"喝完酒，直觉得毛发倒竖。他一个比索、一个比索地付完六个比索。然后，从雷沃罗里奥手里接过酒坛。那副架势十分潇洒。

"明哥老弟，把美酒佳酿、玉液琼浆递给我，我再给你斟上一碗！"

"当兵的喝酒，历来是一大碗……"

"不，咱们是赶脚的喝酒，一中碗。要不是死囚喝酒，点到而已。明哥老弟，反正有你的酒喝。二话别说，你得付钱！"

"错不了,戈约老哥。我付钱。拿去。"

"给雷沃罗里奥斟上六个比索的酒!"酒在碗里直冒气泡。

"好酒。你看酒面上这些泡泡。"

"到了镇上,东边卖几碗,西边卖几碗。老弟,工夫不大咱们的口袋就能装满钱。我好像已经看见了。零着卖比整瓶卖能多赚几个。一定要现钱,就像咱们现在一样,要现钱。"

"绝不赊账。戈约老哥,眼下你最有钱,你喝完最后这碗,咱们该进镇了……"

"算是倒数第三碗吧,我还没醉死呐!"

"好吧,就算倒数第三碗……"

"嗯,六个比索,先交两个……"

"那四个呢?"

"先欠着……"

"送酒喝,没法活;欠酒账,活不长!"

"给你六个比索,哼!别舍不得给酒,别把酒洒在地上,明哥老弟。这地也是酒鬼,就是醉不了。它要一醉,非闹地震不可。老弟,你叫多明哥①,这个名字真好听!跟礼拜天一样听着就叫人高兴。你准是礼拜天出生的,没错,所以你叫多明哥。"

雷沃罗里奥把酒坛子翻个底朝天。往外斟酒的时候,根

---

① Domingo,即"星期日"。

本看不见碗在哪儿。酒碗是小半个葫芦，东摇西晃，放不平稳。戈约本想把碗放在酒坛口下面，也没有放稳当。

"乱来……乱来一气！"戈约·伊克连说带笑，嘴里直冒白沫子。

他吐了口唾沫，又吐了一口。然后，使劲胡噜胡噜嘴巴，差点把嘴唇、牙齿抹下来。又使劲胡噜一下脸和耳朵，差点把脸拽下来。

"酒要是倒在地上，买卖全得泡汤，"雷沃罗里奥责备戈约说，"把碗放平。"

"顶好你把酒直接倒在我嘴里。明哥老弟，看准了，碗在这儿呐，别倒在地上。我看你是存心捣乱，想报复……因为……因、因、因为……因……因为是……因……因为是……因为不是……"

"行了，戈约老哥……"

深黄色的液体哗哗地倒在碗里，一直溢出碗边。

"嚯，流血啦，老弟！赔本了！"

"我没拿稳，倒多了。你呡呡手指头，赚多少，赔多少，回头再算。"

雷沃罗里奥费了好大的劲才把坛子翻过来。这时候，"负鼠"一边喝酒，一边嘬手指头，舔碗。接着，他把碗递过去，还想要一碗酒。

"明哥老弟，要不要再把坛子翻个过儿？"

"请……问……"

"只要您吩咐，我都照办……"

玉米人 | 189

"我先交六个比索，"雷沃罗里奥打断他说，"拿去吧，你这个人疑心特重。"

"生活就是如此，不然就得白吃亏。"

"活得活泛才能活得快活，这是我奶奶巴丝夸拉①·雷沃罗里奥说的。"

"你们家的人名字都挺好，听着就叫人高兴，老弟。一个叫多明哥，一个叫巴丝夸拉……"

"我妈妈叫多洛雷丝②！"

"当妈妈的起这么个名字太棒了！冲你提到老太太的名字，也得喝一碗。算我请客，我付账了！"

"我也想请你一碗，老哥，这六个比索你拿回去！"

酒坛从老哥手里转到老弟手里，又从老弟手里转到老哥手里，越转越空。那六个比索也是倒来倒去，每次都是现钱交易，概不赊欠。

"再来一碗，六个比索……"

"六个比索，再来一碗……"

"该轮到我了，六个比索……"

"那碗还没给我呢，我已经付了钱……"

"这么着吧，这六个比索算你的，六个算我的……"

两个人喝得糊里糊涂，你看着我，我看着你，仿佛都不认识了。伊克老哥看着明哥老弟，不相信他就是明哥老弟。

---

① Pascuala，即"复活节的"。
② Dolores，即"痛苦"。

伊克看见的明明是明哥老弟,可就是不敢相信是他。怎么回事呢?他也说不清楚。雷沃罗里奥也是一样。伊克老哥明明站在他跟前,看得见,摸得着,听得见他说话。可他觉得伊克老哥似乎没有站在他身边,而是站在很远、很远的地方,跟圣·克鲁斯·德拉斯·克鲁塞斯镇的光秃秃的沙丘混在一起。沙丘上覆盖着一片烧毁的树林。夕阳下,树木染成一片胭脂色,白石块仿佛是僵挺的鬼怪。这儿就是圣·克鲁斯的镇口。周围有几株蓝桉,从村子里传来居民的说话声。

两个卖酒的人拉开距离,生怕撞到一块。他们把帽子一直拉到耳朵上,看上去好像戴着皇冠。头发耷拉下来,柳条似的盖住了脸。雷沃罗里奥老弟趔趔趄趄地往前走。酒坛里剩下的酒不多了,没什么分量,在他背上晃晃荡荡,里面的液体哗啦哗啦地响。

"负鼠"戈约·伊克把帽子朝前拉了拉,几乎扣到鼻子上。帽子遮住眼睛,他又变成了瞎子。尽管如此,他脚下一步也没停,像跳华尔兹舞似的东摇西晃地跟着明哥老弟往前走。伊克又回到老样子,只剩下触觉和听觉。这时候,他似乎找到了玛丽娅·特贡。"你怎么样啦?"她对他说。"挺好,你……"他回答说。"干什么呢?"她问。"卖酒呐。和一个熟人,我的老弟一块做买卖。""有赚头吗?"她问。"嗯,"他回答说,"能剩下几个。"

雷沃罗里奥拽了拽伊克的外套,猛地朝后一推,把他推倒在地上。然后,背着晃晃悠悠的酒坛走过来,给伊克摘掉帽子。

玉米人

"别发疯了,老哥,你怎么跟你老婆说话呢,她又不是鬼。"

"别拦着我,老弟。我看见她了。还没来得及问问孩子们怎么样啦。"

"哟,你跟活人说话,可她又不在眼前,这可不是好兆头。弄不好,你得化成一股白烟,骨头、肉的,啥也剩不下。"

"我觉着她好像就在我身边。瞧你,但是既然你对我的梦这么不以为然,那就再卖给我一碗酒吧。现在我来区分一下,您在这儿,这个是您,而我正是那个讨酒喝的人。"

"你又没睡觉,戈约老哥,怎么说我对您的梦不以为然呢?什么做梦不做梦。你啊,就跟梦游一样。全是喝酒喝的……"

说着,雷沃罗里奥摔了个大马趴,酒坛子掉在地上。"负鼠"躺在地上,用手抓挠了半天,也没站起来。

"这尿酒,真缺德!""负鼠"抱怨说,"把咱们的买卖全毁了!……买……卖……照这样,咱们还能做什么买、买、买卖?要不然,咱们都成了大财主了,是不是,雷沃罗里奥老弟?……可这儿……什么?……肯……肯……肯定……这儿有什么……没有酒……酒没了,可有钱了,有赚头了。咱们一直是现钱交易……左一个六比索,右一个六比索,加在一块不算少。我的明哥老弟,你把钱全装进兜里了……你掏出来,数一数,算算账,该我的给我,我跟你是伙计……不,生意不坏,生意挺好。最坏的、最最坏的、坏得没法儿再坏的、最坏最坏的、顶顶坏的、坏的、坏得不能再坏的、最坏的……是咱们把一坛子酒全喝光了……是这么回事,买卖全泡汤了!……"

雷沃罗里奥呼呼地躺在地上打呼噜。

"钱在哪……哪……儿……呐,老弟!""负鼠"接着说,"咱们卖的是现钱,利钱比下的本儿大,咱们下了八……八……八十比索的本钱。比方说,赚二百!净赚……赚……赚……赚多少, 夙酒?要是在镇上零卖……还能多赚几个,三……三百,四百……五百,六百。"

正在这个节骨眼儿上,保安队赶到了。保安队看见他们两个人带着酒坛子,在野地里撒酒疯,就从巡捕房叫来两名经济警察。

保安队共有九名印第安人,身穿白衣白裤,挎着砍刀,头戴半旧的宽边草帽,裤子上系着宽腰带,有暗红的、深紫的、海蓝的。说起话来,露出利刃般的牙齿。只有两手两脚黑黝黝的,仿佛是后安上去的。他们使劲搀起两个醉汉。

巡捕房的两名警察长得又矮又胖。他们伸出鼻子一个劲闻酒坛子。似乎他们闻到的就是那股巧克力味。只见他们深深地吸了口气,舔舔嘴唇,在身上搓搓手,巴不得喝上一口。

顺带说一句,在保安队搀扶两个醉汉的时候,"负鼠"戈约·伊克说(不知道他是不是这么说的):"该罚款就罚款,亲娘老子也别客气。可搀人的时候,别来横的。"保安队根本不听这一套。他们揪住伊克的脑袋使劲往下按,满头乱发像堆羊毛似的贴在胸前。然后，又揪住伊克的脑袋往后拉，直拉得脖子绷得紧紧的。左推一下，右推一下，把伊克折磨得两耳直流鲜血，前额的血管嘣嘣直跳。

保安队抓住伊克的胳臂往前拖，伊克的两脚在地上划出两道沟。保安队要雷沃罗里奥背起酒坛子，拿起白草帽。

第二天，在保安队的看押下，戈约·伊克和多明哥·雷沃罗里奥戴着手铐，被逼着招供。监狱这个地方，光用个"坏"字来形容还不够，得说是"坏透了"。可顶坏顶坏的莫过于酒后那股难受劲。受审的时候（审问他们的是一个临时充当法官的人），两个人口干舌燥，吓得浑身直打哆嗦，连法官问什么也听不清。他们结结巴巴地回答说，把酒品准卖证弄丢了，在路上卖酒的时候，钱掏来掏去，准是把准卖证掏丢了。那张倒霉的纸片是白色的，四四方方。上面写着特许卖酒，还有税务局和酒厂的戳子、负责人的签字。这张纸片值钱就值在这儿了！在路上，他们还抽过纸烟。卷烟纸烧成灰，随风飘散，准卖证也像烟一样无影无踪了。有准卖证，他们都是正派人；丢了准卖证，就成了走私贩子。有准卖证，他们可以自由行动；丢了准卖证，只能被关进监牢。论罪名，比杀了人家的牲口更严重。杀了人家的牲口，还可以取保释放。犯了走私罪就不行。走私犯必须向税务局补缴税款，还不知道要罚上多少倍。

监狱这个地方，光用个"坏"字来形容还不够，得说是"坏透了"。顶坏顶坏的是没钱、有病、心里难过。狱卒和法官都像是神经错乱、丧失理智的人。他们整天和那些莫名其妙的条令、法律打交道，结果自己也变成疯子。至少在那些没有受到古怪的法律影响的人眼里，他们都是疯子。

两个人东一句，西一句，光把酒骂了一通，啥也没说清楚。法官也说："你们说的不清不楚。"老哥老弟一下子愣住了。一整天他们只喝了两碗辣玉米粥，肚子里咕噜咕噜直叫唤。在法庭上，人们往他们头上浇了一桶凉水。最后总算弄明白了法官说的"不清不楚"是什么意思。他们一语不发，暗自寻思道：当时天刚麻麻亮，人家卖给他们二十瓶带巧克力味儿的琥珀色的酒，卖酒的人似乎还没有醒过盹儿来，包着头，裹着斗篷，像刚刚分娩的女人。这些人是谁，怎么说得清楚呢？另外，这两个罪犯运来的酒是合法的还是某个地下酒厂酿造的，也弄不清楚。特别是他们把酒全喝光了，一滴也没剩，光留下个空坛子，这就更加重了他们的罪名。再说，他们的供词漏洞百出。据他们说，卖酒得的是现钱；可他们又拿不出现钱。一个比索一个比索地数下来，他们只有六个比索。算一算账，他们至少得有一千比索。比如说，这坛子酒有二十瓶，每瓶折合十个普通碗，一碗卖六个比索，至少应该有一千二百比索。可是钱却不翼而飞了。他们紧张地在口袋里摸来摸去，但基本是没什么希望了，除非那些纸币和硬币像变魔术般的从哪儿消失又从哪儿变出来。

官府可不相信这套鬼花招。"准是你们自己花了。"老哥老弟心里清楚，他们一个子儿也没花。"要不就是丢了。"老哥老弟迟迟疑疑地回答不上来。说丢了也行，就说连酒品准卖证一块丢了。可是，法庭一下子就否决了，硬说他们压根儿就没领准卖证。"要不,就是在村口客栈里住店的时候让人偷走了,住店的人当中有小偷。""要不就是……你们俩当中有人把钱藏起来,不告诉对方。"

在法庭上,他们一连被审问了几个小时。在这难堪的几小时当中,他们俩偷偷地你瞄我一眼,我瞄你一眼,用目光审视对方的表情。然后死死地盯住对方,巴不得能看透对方心里怀着什么鬼胎。

戈约·伊克和多明哥·雷沃罗里奥互相起了疑心,可又没有足够的坦诚把它说出来,因为他们现在已经没有足够的任何东西了。一进监狱,什么都完了。可也有一点好处,那就是人们把隐藏在内心深处的东西完完全全地坦露出来:只要生活得好一些、自由一些,也就知足了。

"钱跑到哪儿去啦,老弟?"戈约·伊克像好斗的公鸡似的哑着嗓子问。

"是啊,我也这么问呐,老哥,"雷沃罗里奥皱起两道浓密的卧蚕眉,一边挽袖子一边说,"咱们丢的太多了,要是算算账……"

"法官早算过了,老弟。"

"咱们赔大发了。真倒霉,也说不清是丢在路上啦,还是让人偷走啦,还是酒坛子掉下来的时候,钱也掉了,按说里面还有好多酒呢。还是……一句话:怎么回事呢?"

在"还是"和"一句话"之间,他本来想说:"你老哥是不是把钱装进腰包里,打算一人独吞,把我那份儿也收起来了?"

两个人谈论了一阵。"负鼠"戈约·伊克再也忍不住了。他带着抱歉的口吻说,他把雷沃罗里奥想得太坏了。雷沃罗里奥也坦白地说:"我也越来越怀疑是不是老哥你……"不可能啊。卖酒的时候,谁接的钱谁收着。甭管哪个人,要藏只能藏起一半利钱,谁也没法多拿。

准是被偷了。集市专招歹人。圣·克鲁斯·德拉斯·克鲁塞斯集市一向以扒窃和其他犯罪而出名,还有什么流血惨案、飞来横祸以及其他千奇百怪的事情。这里,一年当中,有一个月最热闹,那就是庆祝圣·克鲁斯节的那个月。旱季过去,雨季来临。天低云暗,一片灰蒙蒙,庄稼地里连下几场及时雨。这时候,官府就要和罪犯算总账了。

关于老哥和老弟的案子,法院记了一厚叠纸,而且还要使用许多纸张。每写一句,就要提到他们的名字、绰号,前面冠以"犯人"字样。别人管伊克和雷沃罗里奥叫"犯人",他们根本没想到应该答腔。"犯人,回答!""犯人,签字!""犯人,下去!"其他犯人在看守的看押下站在一边等候宣判。他们呵欠连天,肚子里咕咕直叫,要么就用乌黑的小蜡饼捏蜡盘玩。

圣·克鲁斯·德拉斯·克鲁塞斯法庭考虑到监狱不大保险,决定把在集市上犯罪的犯人送到一个西班牙人在的时候建造的古堡里去。古堡建在靠近大西洋海岸的一个孤岛上,现在权作监狱。被押送海岛的犯人当中,就有戈约·伊克和多明哥·雷沃罗里奥,罪名是走私、漏税。

老哥、老弟被捆绑住双手,背着一卷衣服、床单和斗篷，挎着一把煮咖啡用的水壶、一个装水的葫芦和一只瓢，还有一瓶杏仁油。一名上尉率领一队士兵押送他们离开了圣·克鲁斯·德拉斯·克鲁塞斯。

戈约·伊克合上眼睛。一时间，他又回到玛丽娅·特贡——藏在无花果里的花、他魂系梦牵的女人——的世界中去。多明哥·雷沃罗里奥跟在后面。他面色苍白，紧锁双眉，勉强挤出个苦笑。他竭力不做挽袖子的动作，怕的是长官误认为他要挣脱绑绳。他只好用古里古怪的"十二个玛努埃尔经"祈求布埃纳·艾斯佩兰萨的耶稣保佑他平安无事。

那是个星期六。

邮差-野狼

十三

邮差尼丘先生离开京城,迈开两腿,翻山越岭,穿过原野和村庄,把信件带回偏僻的圣·米盖尔·阿卡坦镇。只见他健步如飞,脚下生风,快似飞鸟穿林。可就在这时候,他的妻子逃跑了。

唉,可怜的尼丘·阿吉诺先生,回到家里找不到妻子,他可怎么办啊!

他准会急得乱揪头发,管妻子叫"特贡娜"。当初订婚的时候,他管她叫"恰圭塔";结婚以后,管她叫"伊莎乌拉"。只有那些弃家外逃的女人,人们才叫她们"特贡娜"。

"特贡娜","特贡娜"!没错,他准得这么叫她。尼丘先生一定会十分伤心,暗自饮泣,独自一人躲在孤零零的没有灯光的漆黑茅屋里暗暗饮泣。这时候,那些在镇上开店的德国人准是在一遍又一遍地翻阅着亲朋旧友的来信和从海外寄来洽谈生意的函件。是忠于职守的尼丘·阿吉诺先生把这些信件带到景色秀丽的圣·米盖尔·阿卡坦镇的。小镇坐落在一块金黄色的石头台地上,周围是弥漫着海蓝色云气的万丈深谷。小镇四周环绕着墨绿的松林。涓涓泉水从石缝中流出来,宛如千条彩线在原野上绣出花团锦簇的图案,有心状叶的秋海棠、欧洲蕨和火红的凌风草。

唉,可怜的尼丘·阿吉诺先生,回到家里找不到妻子,他该说什么呢!

他准会大吃一惊,目瞪口呆,肝胆俱裂。身穿那件沾满汗渍和灰尘的破布衫,呆呆地站在屋里,拼命寻找个字眼,找句话,喊一喊,发泄发泄心中的郁闷。"特贡娜!""特贡娜!……""特贡娜!"没错,他准得这么叫她。这时候,镇上许多做妈妈的准是正在读着在京城念书的儿女们的来信。读着读着,莫名其妙地流下眼泪。是啊,流下眼泪,一串串带咸味的泪水。法官和镇长在读妻子的来信。守卫部队的军官们在读某位女友的来信。也许她正在生病,可信中还是说她身体很好;也许她很伤心,可信中还是说她很快活、很幸福;也许她有了新欢,可信中还是说她孤身一人,对他忠贞不二……

这天晚上,邮差打着赤脚,回到圣·米盖尔·阿卡坦,给全镇居民带来多少谎话啊!

信封里装着各式各样的善意的谎言,可尼丘·阿吉诺先生却要面对严酷的现实!

小小的山城建造在几面山坡上,房屋鸡笼似的一层摞着一层。当镇上的居民阅读这些信件的时候,尼丘先生准是在空荡荡的茅屋里捶胸顿足地高喊"特贡娜"、"特贡娜"、

"特贡娜"。喊啊喊的，实在累得不行了，他就会像条干瘪的虫子蜷缩成一团。

每逢出差送信，尼丘先生总是披星戴月赶回小镇。镇上的居民从敞开的门窗望见他从大街上走过。等到看准了，他们就自言自语地说："送信的回来了。"接着，又奔走相告："送信的回来了……尼丘先生进镇了，有人看见了！……带回两袋子信呐，真的，两袋子信！……"不管是盼信的，还是不盼信的（谁不盼着收到信啊？），大家满怀期待地望着邮差。有的坐在门前，有的把脑袋探出窗外。一收到信，马上撕开信封，抽出信纸。有文化的、认识几个字的急匆匆先把信看过一遍。等到看第二遍、第三遍的时候，他们不慌不忙的，一边读信一边议论纷纷。那些皮肤粗糙、满眼眵目糊的农夫看见信上的字好像虫子爬，一个也不认识，只好找人念给他们听。

在小镇那条主街上响起尼丘先生的脚步声。镇上的人看见他换上了新衣新鞋。大概他还不晓得出了什么事，还想和妻子一见面立刻让她高兴高兴，邮差穿过弥漫着茉莉花香、墁着石块的广场，来到镇公所的走廊上。一名哨兵正在走廊上来回溜达。最后，他来到邮政局长的办公室。一进门，就闻见一股用唾沫熄灭烟头的臭气。写字台上点着一盏明晃晃的汽灯，桌上的信件堆积如山。

尼丘先生累得要命，上气不接下气。他急急忙忙跑进办公室，交出信袋。邮局的人说了声"行啦"，他这才拖着两条腿，一步一拐地走了出来。跟往常一样，他坐在面朝广场的走廊的台阶上等着领取报酬。广场上阒无一人,蟋蟀的溷溷声、金龟子的嗡嗡声、蝙蝠的吱吱声响个不停。他心里想,离家不远了,妻子就在眼前。每次他离家出差,总担心回到家里一切都会变样。但情况并不如此,生活还是老样子,没什么变化。只有这一次,生活才起了变化,突然变了,彻底变了。尼丘先生用手心胡噜着膝盖,伸直两腿。这样能解解乏,舒服一点。这次出差的报酬是六十比索。钱发下来了。他低着头,伸出草帽去接钱。

邮政局长来到走廊上。他那臃肿的身躯架在两条细腿上,走起路来不是一脚在前、一脚在后地往前迈步,而是两只脚挨在一起,像走平衡木似的摇摇摆摆往前蹭。他嘴里叼着雪茄烟,肥猪一样的脸蛋子把眼睛都挤没了。这个家伙脾气暴躁。虽然是个大胖子,可胖人特有的长处,像知足常乐、生性愉快,他一点也没有。尼丘先生刚伸出手去接钱,马上被他拦住了。

"印第安佬,你真不懂规矩,手伸得这么长。等着,我给你点点数!一五,一十,十五,二十,三十……"

数到五十五,他突然停了下来,告诫尼丘先生说:"别拿了钱就去喝酒!喝醉了,你得蹲十五天禁闭,整天吃干面包就凉水。"

"老爷,我没有喝酒的习惯。您多会儿看见我喝醉过?不是我不爱喝。要论喝酒,我可不含糊。我不是刚结婚吗,喝酒不合适。"

"做事嘛,要多动动脑筋,"邮政局长的口气变得温和了,"光喝酒办不成事,只会把事情办糟。脑袋一糊涂,干什么都得砸锅。"

尼丘·阿吉诺没听明白局长这番话的意思。他瞅着局长,心里想是不是出了事啦。局长两眼直直地盯着他,像是要告诉他什么事。只见局长呼哧呼哧地喘气,口水沾满了他厚厚的嘴唇。

"那是什么?"

"这个?"

"是呀,那个……"雪茄在局长的嘴唇上晃动了一下。他连忙用力吸了一口,看上去不像是抽烟,而是怕口水掉下来。"你可别替别人捎东西,不许这么干。不然的话,就要把你关进监狱。谁想寄东西,让他把邮包送到邮局来。邮局管寄,交点儿邮费就是了。"

"不,老爷,不是别人的,是我自个儿的。我老婆的教名日快到了,我给她买了件小披肩。披肩是真丝的,我在中国人开的商店里买的。"

尼丘先生一进家门,登时觉得自己走错了地方,跑到邻居家里了。"不是这儿,"他自言自语地说,"瞧我慌里慌张的,不知道走到……"每次从京城带信回来,妻子总是在茅屋里迎候他。饼铛上或篮子——那是丈母娘送给他的——里,放着热乎乎的金黄色的玉米饼,壶里煮着滚沸的咖啡,还有香喷喷的豆角、硬奶酪。他可以躺在床上美美地睡上一觉。这儿不是他的家,太黑了,太冷清了。想到这儿,尼丘先生拔腿就往外跑。跑了几步,快到门口了,他又一想,这

玉米人 | 203

儿的确是自家的茅屋呀!他家周围没有邻居。多少年来只有漫漫长夜和他们做伴。怎么会不是自己家呢?怎么会跑进邻居家呢?尼丘先生闭上双眼,突然他明白了为什么邮政局长声色俱厉地告诫他不要喝醉了,还说什么"光喝酒办不成事"。他愣愣怔怔地抚摸着屋里的东西:墙壁、木柱子、床铺、为未来的婴儿准备下的吊床,还有冰凉的挡火石。

家里喂养的那只小狗似乎要对尼丘先生说些什么,可它只会小声地哀叫,不知道是看见主人回来了心里高兴,还是心里难过。小狗舔了舔尼丘先生的手。带刺的舌头又干又热,它是多么焦躁不安啊!小狗轻轻地咬住尼丘先生的裤子,拉着他往外走。它把主人拽出来,一直拽到水槽跟前。这时候,小狗更加惴惴不安了。它东蹿西跳,跑来跑去,嗷嗷直叫。夜空繁星闪烁,树木披着夜露。万籁俱寂,只听见小狗的轻声吠叫。小狗一定知道尼丘先生的妻子在什么地方。她到底在哪儿呢?尼丘先生觉得妻子就在附近,可就是看不见。小狗拼命乱叫就是一种暗示。管它呐!尼丘先生回到屋里,打算弄清楚究竟出了什么事。可他太疲乏了,倒在地上立刻呼呼地睡着了。经过这场惊吓,他像被蝎子蜇了似的一下一下抽搐,睡得很不安稳。

尼丘先生的茅屋不像久无人居的样子。疾风吹过,没有上闩的大门忽开忽闭。凡是那些"特贡娜"(就是弃家出逃的女人)的家都充满了神秘的响动。疑心生暗鬼嘛!在黑洞洞的房间里声音嘈杂,鬼影幢幢,一切东西都变得影影绰绰,模糊不清。院子里的晾衣绳被风吹得摇摇晃晃,宛如悬在空中的绞索。风吹进屋里，木箱——里面装着洗得干干净净、烫得平平整整的衣服——上的铜环像金属耳朵似的来回晃动，敲打在木板上嘭嘭作响。缸里的脏水黄不棱登的，里面泡着淹死的老鼠。黑蚂蚁摆开阵势，把食物团团围住。成群结队的黄鼠狼穿梭似的在谷仓和厨房里进进出出。美洲獾在"特贡娜"家里安营扎寨。笨头笨脑的大鸟兴奋得嘎嘎直叫。野狗像阴魂似的东闻闻，西嗅嗅。人们看不见野狗，但是可以听到清晰的脚步声。屋子里臭气烘烘，到处是尘土、蛛网和无人收拾的破烂东西。总之，人去楼空，四壁萧然。然而，在这一派荒凉破败的景象中，总有一天木柱会萌发出茁壮的新芽，隐匿在茅草屋顶、木头门窗里的种子会发芽生长。茅屋的拱顶上生发出新的生命。大地——大地本来就是从星斗上掉下来的种子——上开遍鲜花。到那时候，所有的人，包括上年纪的人，再也不会记起"特贡娜"（她身穿黑豆色的衣服，黑豆有如葬礼上的泪珠）的悲剧。

阳光照进茅屋，把尼丘·阿吉诺惊醒了。他脱下新衣，换上白色的衬衫和短裤。之前刚回到镇上的时候，他在那件沾满汗渍和尘土的旧衣外面罩上了新衣，好让妻子看着高兴。"特贡娜"把他的衣服洗得干干净净，烫得平平整整，叠得整整齐齐。她这样做，难道说是为了加重他失去妻子的痛苦吗？还是那天她压根儿没打算离开？要么是她打算等他回来……要么是有人逼她出走……要么是……

尼丘先生换上印第安人常穿的白衣白裤。他一边走一边心里想，印第安人生性固执，拉迪诺人光会吹牛。论起打官司,印第安人比拉迪诺人强百倍。算了,别瞎猜了,争风吃醋是最要不得的事。走着走着,来到了镇公所。不管怎么样,顶好把这件事报告给官府。"就是死了,也要找到她,"他一边走一边自言自语地说,"就是死了,也要找到她;就是死了,也要找到她;就是死了……"尼丘先生长了一副溜肩膀,活像只酒瓶子。鼻子扁平,两撇扫帚胡须在嘴唇上翘着。用水梳过的头发散发出一股浓烈的芸香气味。

镇公所的秘书出面接待尼丘先生。秘书是位老军人,挂上尉军衔,生就一副凶神恶煞相。尼丘先生一边转动手中的草帽,一边把事情经过讲了一遍。那位惯于打人的老手听完他的申诉,把那张像干瘪的酸橘子一样布满皱纹的脸抽动了一阵,然后说:"甭抱怨了,犯什么傻啊!世上的女人比男人多,你再找一个嘛!"

停了停,他又说:

"八成她跟别人跑了。那个男人准是比你强。女人嘛,都想过得舒坦点儿,哪怕是送死,她也干!"

"准是有人搅得她脑袋发昏……"

"脑袋?……咱们还是少说什么脑袋吧,我喜欢直话直说!行啦,我们一定下令把她抓回来。你可要当心,别自个儿去找。别忘了瞎子那档子事。听人家说,他到处找玛丽娅·特贡,结果掉进山涧。据别人说,他听见玛丽娅·特贡的说话声,正要赶上去,忽然他不瞎了。只见玛丽娅·特贡变成一块大石头。他忘了自己站在山边上,一下子摔了下去。直到今天,大家还在找他。听明白了吧?千万别胡来!"

"上帝会报答您的,"尼丘先生很伤心,又不得不表白两句。

"上帝不会替别人还账。你还是快滚开吧。瞧你这副愁眉苦脸的样子,地地道道的傻瓜相。不错,她是不讲情义,可你这么傻里傻气的样子……"

尼丘先生走到镇公所的大门口,点上一支带无花果味的玉米叶卷烟。这是他老婆的杰作。她擅长用祖辈留传下来的老办法烤烟、筛烟、用手指头卷烟,比谁做得都强。尼丘先生沿着台阶下到广场,穿过闹市的商店,走过学校门前的时候,正赶上十一点孩子们放学,回家吃午饭。最后,他走进一家中国人开设的商店。

"要不要?"他打开小包袱,拿出那件披肩对老板说。

中国老板一头黑发梳得油光水滑,脸上没有丝毫表情,一声不吭地站在柜台后面,像煞一具僵尸。苍蝇在他周围飞来飞去。他伸手拿起一把鸡毛掸子,掸了掸玻璃柜台。然后,问道:

"偷来的?"

"你才长了一副贼相呢,该死的痨病鬼!"

尼丘先生从柜台上抄起披肩,连包也没包就走出店门。刚才他哆哩哆嗦地走进中国人开设的商店,是想处理掉这件披肩。倒不光是为了捞回几个钱。这条血红的丝披肩是爱情的信物,眼下他所爱的人根本不配披戴了。尼丘先生朝教堂旁边德国人开的商店走去。他前后挥动着两条胳臂,据说这样能走得快点儿,其实他是在给自己鼓劲儿。

"让开,让开,漂亮披肩来啦!"尼丘先生冲着几个熟识的脚夫喊道。脚夫们正在圣·米盖尔镇这家大商店门口卸货。尼丘先生径直找到堂·德菲里克,把披肩递了上去。

巴伐利亚①人瞪起那双隐藏在浓密的栗色眉毛下的深沉的蓝眼睛,把披肩一连看了几遍。从裤子口袋里抽出手来算了算阿吉诺要的价钱。他核计了一番,把披肩还给尼丘·阿吉诺,不肯收下。

尼丘先生一再央求他收下披肩,还说,带着披肩跋山涉水,弄破了实在可惜。任凭他好话说了三千六,堂·德菲里克根本听不进去。

尼丘先生出来的时候,那几个脚夫连忙背过脸去。他们知道他出了事了,心想顶好还是别看他。

等尼丘先生走远了,脚夫们才开口说话。波利卡波·曼希利亚在脚夫当中年纪最大,力气也最大。他吃力地扛着一包沉重的货物走到商店临街的大门跟前。

"小伙子们,搭把手!"他满头大汗,扔下麻包说,"你们可倒好,扛完布什么都不管了!刚才我猛一使劲,腰差点儿断了。你们不帮个忙,我要是累趴下,全赖你们!说真格的,这回他老婆好像……真的跑了……"

"你去帮一把,皮托索!"另一个脚夫说,"我刚才一直瞅着他,心里怪不好受的。这些娘儿们野得像口猪。我说,

---

① 即德国的巴伐利亚州。

波利卡波，上帝可别放他去追那个蠢娘儿们。弄不好，'特贡娜'会引得他跳到山涧里去。"

"嗨，你怎么信这个？一脑袋糨子！……你在想什么，瞒不过我去。还不是那一套？他那个'特贡娜'老婆把他引到玛丽娅·特贡峰。到了山顶上，到了最高处，她像小鸽子一样咕咕地叫他，要他过去，哭哭啼啼地求他原谅，两个人重新和好，叼草搭窝。这全是老娘儿们编出来的瞎话。这些话在大伙儿中间传来传去。其实都不是实情。男人丢了老婆，总是不甘心。不甘心就要找她。左找右找，找不着就喝酒。一醉解千愁嘛！喝醉了，连找谁都忘了。他们不吃饭，光是拼命地大口大口喝酒。喝得昏天黑地，糊里糊涂。恍恍惚惚地仿佛看见了她，听见她叫自己。光顾了赶上她，没留神脚底下踩的是什么地方，结果掉进山涧。人们这才说，女人会引得男人跳山涧……"

"嚯，伊拉里奥又开讲了。你真是块讲课的材料。扛起来，坏小子！你是脚夫，不是教授！"

"愿上帝保佑，黑鬼。当教授还不跟要饭一个样！这几个麻包真沉，你还说是'小玩意儿'！扛可以扛，'可我不吃这个'，这是那个印第安人说的。"

"怎么回事……"波利卡波·曼希利亚插进来说，"边扛边聊天，本来两件事谁也碍不着谁。就是你，说起话来，指手画脚，挤眉弄眼。伊拉里奥，照我看，你演个小丑是再好不过了。"

"我说说那个印第安人的事。那回，他病得快吹灯拔蜡了,他家离这儿挺远。神父费了九牛二虎之力给他送去临终圣餐。道儿很难走,神父把圣饼丢了。到了病人家里,什么像样的东西也找不着,没法给病人吃。神父抓住一只蟑螂,撕掉一只翅膀。这时候,病人正在捯气。神父站在木板床前,对他说:'你相信这是我主耶稣的圣体吗?……'印第安人回答说:'是的,我信……''你相信这块小东西是主的圣体吗?'印第安人又说了一遍:'是的,我信……''你相信灵魂不死吗?''是的,我信……''那好吧……张开嘴……'这工夫,印第安人推开神父的手,说:'我信是信,可我不吃这个……'"

巴伐利亚人微微一笑。他那双蓝眼睛和蓝幽幽的远山、蓝盈盈的天空,同深褐色皮肤的脚夫、深褐色的马具恰成鲜明的对照。脚夫胸前挂着皮护胸,上面装饰着金煌煌的小铜钉。有的还绣有羊毛绒的绣织品,已经发旧了。短外衣的袖子缀着流苏,宽边帽系着帽带。牲口捂眼上东一块汗渍,西一块汗渍。

邮差生性憨厚、粗鲁。瓦伦廷神父亲切地管他叫"尼琼"。邮差离开教堂以后,神父伸开刚才为"尼琼"赐福时交叉在胸前的两臂。他画了个十字,在小房间里踱来踱去。这儿是他的写字间,也是办公室。地上铺着草席,底下垫着锯末,踩上去很有弹性,十分舒服。墙壁很高,又没有什么装饰品,屋里显得空荡荡的。

宗教信仰很难抚慰一个遭人抛弃的不幸儿。他不可能心甘情愿地接受这种厄运。在这个节骨眼上,魔鬼会乘虚而入,他本人也会自暴自弃。说来也许不会令人相信,要是亲眼看见妻子故去,倒也容易自认倒霉。人死了,还可以在天堂重逢,共享宁静甜蜜的生活。可是,一个人明明知道妻子抛下自己逃之夭夭,就很难平静下来。除非他失去知觉,或者自甘堕落……唉,全靠上帝大发慈悲啦!

神父在写字台前停住脚步。上过黑漆的写字台,如今已经褪色,变得同神父的灰白头发一个颜色。他用钥匙打开抽屉,取出一个笔记本——一本对开的日记。在俗称"蜘蛛狂"的疯病受害者的名单中,记下了"伊莎乌拉·特隆·德·阿吉诺"这个名字。

神父把他从前写在笔记本上的几段话又重念了一遍。

"关于'蜘蛛狂'(老百姓称为'蜇伤'),人们所知甚少,而本教区内患者为数颇多。我们对此未加注意。此外,关于'纳华尔'的种种谣传,我们也注意不够。当地愚昧无知的百姓听信魔鬼的胡言乱语,认为存在着保护他们的动物,即'纳华尔'。他们相信'纳华尔'既是保护神,又是另一个'我'。每个人都能脱掉人形,变成保护他的动物('纳华尔')的模样。这是自古留传下来的一种邪说。关于'蜘蛛狂',正如上面所述,人们所知甚少,而患者颇多,尤以妇女为甚。染病后,她们逃离家门,下落不明,且人数与日俱增。当地人称她们为'特贡娜',此名称起源于一个名叫玛丽娅·特贡的女人的不幸遭遇。据称,她为妖法所迷,喝下一碗蜘蛛爬过的巧克力玉米粥,遂患疯病,四处乱跑。其夫双目失明,对妻子情爱甚笃。玛丽娅·特贡走后,瞎眼丈夫到处搜寻，终无所获。跑遍天涯海角，历尽千辛万苦，总算在人世间最险恶的地方听到玛丽娅·特贡的说话声。此时，瞎子大脑极度兴奋，竟然恢复了视力。然而，十分不幸，只见他四处追寻的人化作一块巨石。从此，该地被称作'玛丽娅·特贡峰'。"

"在委派我担任圣·米盖尔·阿卡坦教区神父时，"瓦伦廷·乌达涅斯神父用那双小小的鹰眼（乌达涅斯家族成员的眼睛都是这样）迅速地浏览着笔记本，"我曾亲往玛丽娅·特贡峰。由于下述原因，凡冒险来此者均要经历百般磨难。首先，那里山势高峻，令人胸闷气短。冷气森森，终日砭人肌骨。此地颇似南北两极，'寂静'二字重逾千斤。任你胆大包天，也难免胆战心惊。山势嵯峨，远离尘世，加之烟雾漠漠，飞鸟不至，终年死气沉沉。深山中，淫雨霏霏，潮气浓重。树木披着白霜，无声无息，状似鬼怪。身临其境，宛如置身坟墓之中。其次，此处云层低垂，浓雾漫漫，四下里一片模糊，令人备受折磨。进山之人仿佛双目失明，伸手不见五指，举腿不见双足，犹如肋生两翼，在云端飞翔。最后，高山四周环绕着无底深渊。到过原始森林的人，总是担心猛兽出没，睁大惊恐的眼睛不住搜寻。不等野兽出现，已有预感。而此地，土地本身即是尖牙利齿的猛兽，像失去幼儿的母兽四下徘徊。举目四望，尽是朵朵白云，悬崖峭壁隐没在云絮之中，时时威胁着行人。故此，在名闻遐迩的玛丽娅·特贡峰上，颇有度日如年之感。在圣母马利亚的启示下，我未经上级许可，携带必备物件，登山为石头祝福。我须郑重说明,祝福之后,几匹坐骑无缘无故地互相踢打,振鬃长鸣,睁大惊恐的眼睛,仿佛看到魔鬼。"

"从土人口中我了解到一些有关'蜘蛛狂'的情况,记述如下。所谓'蜘蛛狂'纯系巫师神汉制造的一种游动性癫狂症。这些背离天主教教义的歹人把巧克力玉米粥的暗红色残渣、鼠尾草的黑籽、白面或粗糖、面包屑、饼渣、褐色的红糖粉,或是红豆粉,或是其他食物或佐料粉(除了洗礼用的盐)撒在一领细席上。然后,从瓢里抓出一把特大的长脚蜘蛛,用嘴吹着蜘蛛在食物或佐料的粉末上来回乱爬。发狂的蜘蛛在食物或佐料的粉末上留下乱七八糟的足迹。把这种蜘蛛粉给女人吃下,她就只想抛下亲人,忘掉亲生儿女,弃家出逃。总之,这种难以下咽的药汤会使人神志颠倒。"

"俗话说,福无双至,祸不单行。那些俗称的'被蜇伤的女人'——应为'患了蜘蛛狂的女人'——遗弃了丈夫。身遭不幸的男人嗒然若失,仿佛树木失掉抵御风寒的树皮。失去爱情的罗盘,他们就酗酒,找姘头,徒劳无益地在罪孽中寻求解脱。他们非但不能平静下来,反而更加沮丧。于是,抱着一线希望,到处寻找'特贡娜'。当希望化为泡影,他们只好听信民间传说,来到玛丽娅·特贡峰,希图看到每个弃家出逃的妻子的形象再现于玛丽娅·特贡石上。此时,耳边响起妻子的呼唤,爱情迷住了他们的眼睛。他们一心只想和妻子尽快相逢,没看见脚下的万丈深谷。据说,即在此时此刻,他们跌进无底深渊。"

每则笔记的末尾都有他的签字:瓦伦廷·乌达涅斯神

父。还有很多尚未誊清的草稿,字迹模糊,极难辨认。比如,他记载了一件既是坏事又可能是好事的奇闻,有关一位如今还在到处活动的游侠骑士堂·吉诃德神父有个朋友,是位学者。在一封信中,他说塞万提斯通过堂·吉诃德发现了持续性运动,借此调侃乡村神父是个"天真烂漫"的人,并且建议神父读一读弥诺陶洛斯①的故事,就能弄明白患"蜘蛛狂"的"特贡娜"和被遗弃的丈夫究竟是怎么一回事。

瓦伦廷神父放下笔记本,拿起《要理问答》。其中讲到"纳华尔主义"。大家都在谈论"纳华尔主义",可谁也说不清"纳华尔主义"是怎么回事。据说,每个人都有自己的"纳华尔",就是说,每个人都有一种保护他的动物。这一点不难理解。印第安人认为每个人都有自己的"纳华尔",基督徒也说他们有守护天使。令人不解的是,印第安人自身可以变化成保护自己的动物,变化成"纳华尔"。这可真见鬼了!远的不说,就拿眼前的尼丘为例。据说他背着信袋走出镇子,一到山上就化作野狼。因此,赶上他送信,信件就像长了翅膀,一溜烟飞到目的地。神父摇了摇白发苍苍的脑袋。"野狼,野狼……我要是抓住它,一定在它屁股底下放把火,就像烧野狼一样。"

邮差走进阿蕾哈·库埃瓦丝开设的酒馆。他心灰意懒,思绪纷乱。无论走到哪里,脑海里老是翻腾着这些问题:她干吗逃走?我为她干了什么?没为她干什么?我对她说过什

---

① 希腊神话中的半人半牛怪。

么？没对她说过什么？我能为她干些什么？不能为她干些什么？她跟谁跑了？现在爱上了谁？比起跟我在一块的时候，她生活得更好吗？人家也像我那样爱她吗？不，我不光是过去爱她，现在还在爱她。不，我只是过去爱她，现在不爱她了。尽管我现在还爱她，可已经没法爱了。上帝不帮忙，只好借酒消愁。尼丘先生从大街上一头撞进酒店里，仿佛掉进一个阴森森的池塘。老板娘两肘支在锌板柜台上，正和一个男人说闲话。她长得很丰满，古铜色的皮肤光滑润泽，耳朵上坠着一副大耳环。看见尼丘先生进来，老板娘带答不理地说：

"拿的是什么，堂？……披肩吗？……"那个男人离她很近，哈出的气、吐出的烟都喷到她的胸脯上。只听她嗲声嗲气地冲着那个男人说："……瞧啊，我的小爱人儿送披肩来了。不是小爱人儿，谁肯……？随便给别人买这么漂亮的玩意儿，男人们该说他勾搭人了。"

"这不是卖的……"尼丘先生硬生生地打断她的话头。他走近柜台，要老板娘斟上一杯酒，一仰脖喝了下去。

"我寻思着，你是来卖披肩的呢。"

"这是礼物，买来送人的。不能卖，不该卖，也不需要卖……"

"那就劳您大驾，给谁捎的，赶快给谁送去吧。哼，说瞎话也不脸红！刚才我还看见您在中国人开的店里卖披肩呢。"

"你要想卖，咱们俩做笔生意。看样子，你还不至于拿披肩换酒喝吧,"那个男人插嘴说。说完,他把手从喇叭裤口袋里抽了出来。

"对不起,这条披肩不是卖的,恕我不能转让。"

"行啦,礼物不能卖,干脆送给我吧!"阿蕾哈·库埃瓦丝说,"我挺喜欢这个颜色,跟我的皮肤般配极了。我想留下。要是不行……"

"不行啊。要是能送,我巴不得送给你。你又年轻,又漂亮,不送你送给谁……"

"听啊,奉承起我来啦!"

"这么着吧,我再给你弄一条来,一模一样的,一个颜色。过几天,我还要到京城去。你喜欢这样的,我就再买一条。你要是喜欢别样的,也用不着客气……"

"那就说定了……"

"好吧。买这条披肩的时候,我还看见另外一条,跟这条一个样式。我刚才到中国人那儿去,是想问问他料子怎么样……"

"噢,我还以为您是去卖披肩呐……"

"那小子真粗野。他根本没说东西好不好,反而问我是不是偷来的。"

"您怎么不扇他个耳光?这家伙,太放肆了。"

"再给我斟一杯。甭找钱了,全买酒啦。"

"我说您是碰上什么喜庆日子了吧。怎么光自个儿喝,也不请请别人。"

"什么喜庆日子啊!我这是守灵呐,"尼丘先生苦笑着,自我解嘲说,"要是各位赏光,我请客。像我这样的穷光蛋,谁也瞧不起。(他那沾满烧酒的嘴唇激动得直哆嗦)来,一块儿过节!(他的声音在喉咙里哽住了)我过什么节,大伙也过什么节,喝!……他妈的,今朝有酒今朝醉!"

"你要醉了吧?"老板娘问那个男人。

"没有,还早着呐。白天喝酒能治牙疼。你这个酒……"他掉过脸来,冲着阿蕾哈·库埃瓦丝说。

"不喜欢我做的茴香酒?我用嘴喂你喝,你大概不会不喜欢吧。"

"说不上喜欢不喜欢。"

"没人瞧得起我,我也惯了。哼,谁对我亲热,反倒惹我生气!来吧,为邮差先生……干杯!我还不知道他叫什么呢。送信的都像野燕子,飞过去就不回来了。"

尼丘先生侧着耳朵,注意听苍蝇的嗡嗡声。这当儿,那个男人已经走了。为了不麻烦老板娘一杯一杯地斟酒,尼丘先生买了一瓶,自饮自斟。老板娘在店堂后屋里跟他闲扯。其实,也没什么可谈的,没话找话吧。有人陪着说话,倒也不显得孤单。老牛身边不是总放着干玉米叶吗?

不过,说实在的,没话找话说也够累人的。尼丘先生得摆出一副洗耳恭听的架势,时时留神对方在想什么。阿蕾哈·库埃瓦丝津津有味地跟尼丘先生搭讪,绝不是因为他面孔漂亮,而是她看上了那件绣花丝披肩。在她眼里,这件披肩不光是漂亮,简直是件宝贝。

老板娘瞪着圆圆的眼睛,不错眼地盯住邮差手里的披肩。过去谈恋爱的时候,尼丘先生就是这样把披肩的一头卷在自己的手和小臂上,另一头搭在他的恰圭塔·特隆的肩膀和后背上。两个人紧紧地挨在一起,挨在一起,真甜蜜啊!尼丘先生猛地惊醒过来,抬高嗓门对老板娘说:

"你忙你的吧,甭陪着我了。多会儿想喝,自管来喝。我也不再让了,你看好不好?"

"汤里得放点儿盐。完了,我就过来陪您。您真会体贴人,真招人喜欢。从前咱们没说过话。可我看见您打门口走过,知道您是谁。有一回赶集,咱们还打过招呼呢,不记得啦?"

"大家都认得我,我很感激大家。跟你说吧,有人还专门打听什么时候轮到我进京送信。他们宁可等到那天才发信,特别是汇款。"

"所以我才要劝您两句,堂,可不知道您爱听不爱听。别这么敞开量地喝酒。瞧见您这么拼命地喝,谁还相信您啊?弄不好,还可能把您抓起来,弄到兵营里揍一顿。像您这样的人,一喝就是一大瓶,太悬乎了。大家信不过您,结果会怎么样,您想过没有?您出差的时候,外国人托您把信寄给他们……海那边的亲属。穷人省吃俭用,才能攒下几个买邮票的钱。病人托您把信送到亲人手里,求他们帮他治病。当妈妈的把喜庆事、为难事、对子女的希望都写在信上,寄给孩子。各色各样的人都会信不过您!还有丈夫、妻子、未婚妻、情人……"

"嘿，嘿，嘿，"邮差一阵冷笑，好似响尾蛇在击水，"信上说的全是瞎话……"

"好也罢歹也罢，实话也罢瞎话也罢，反正不经过您的手，这些信出不了咱们这个荒山沟。"

尼丘先生一只脚踩着另一只脚。唉，都是这双赤脚害得他担起了邮差的重任。他手里攥着披肩，身体斜靠在柜台上，木呆呆地发怔。只见他目光呆滞，脸上挂着一丝苦笑。原来他正在和内心深处的另一个现实人物——他的妻子恰圭塔交谈着。都是因为长了这双脚，妻子才逃走了。脚啊脚，要你有什么用？这双会走路的脚，脚啊脚……

"我一定去找你，"尼丘先生心里说，"不管你跑到天涯海角，我也要找到你。找不到你，我就不叫尼丘。找不到你，我就不叫迪奥尼希奥。结婚以后，我一直把对你的爱埋在心里，我真后悔。现在，我对你的爱又涌了出来，烧得我心急火燎，浑身发疼……没有你，我又成了个笨蛋，成了光棍汉。光棍汉什么也不是，一钱不值，一点也不光彩。只有女人才会使男人变得完美。"

老板娘目不转睛地瞅着那件血红的披肩。阳光从窗户斜射进来，照亮了店堂。披肩越发显得光彩夺目。老板娘唠唠叨叨地说：

"傻瓜，酒鬼，净坐在那儿发呆！冲这个，我也得把酒店关掉。做什么买卖啊，净是些酒鬼、大老粗，说话就带脏字……"她在店堂后面嘟囔了一阵，又提高嗓门对尼丘先生说："这么喝不行，堂……"

"关你什么事……"

"我是出于好心,怕您出事……"

"谁也管不着我……"

"要是没人管您……"

"我有爸爸,有妈妈,他们都入土了。少说废话,再来一瓶……"

"别这么馋,听见没有?您真不懂事。我去叫警察把您逮走。野人,您心里怀着什么鬼胎,瞒不过上帝去。上帝知道为什么您的妻子不要您了,懒蛋……"

最后这句话,尼丘·阿吉诺根本没听见。他本来打算靠在背后的墙上,往后一仰没靠住,顺势出溜到地上去了。库埃瓦丝跑到窗前,看看街上有没有人。街上连个人影也没有,只有一只狗。远处,爆竹店的瘸子正躺在门口睡大觉呢。她连忙关上店门,上好门闩,别上插销,掩好窗户。店里顿时变得昏昏暗暗的。老板娘轻手轻脚地走过来,打算从醉汉手上解下披肩。她轻轻地掰他的手,故意装作跟他亲热的样子,顺手慢慢地往外抽披肩……尼丘先生发觉了,手攥得紧紧的,换了个姿势……她只好放下披肩,打算从另一边更巧妙地把披肩拽出来。邮差又转动了一下,甩开她的胳臂,气呼呼地说:

"别捣乱……干吗缠着我……真烦人……别……不……别瞎胡闹。你要是出于好心……我还……要是心眼不好……准得早死!"

阿蕾哈·库埃瓦丝听见尼丘先生说话,把嘴凑到他脸上,"嗞嗞嗞"地亲了他几下……又把他哄着了。这一回,她也烦了。反正刀把子攥在自己手里,怕什么?要争取时间。她走到柜台前,从坛子口上取下一只漏斗,又抄起一瓶烈酒,走到邮差躺着的地方。尼丘先生紧紧闭着嘴唇。库埃瓦丝把手指头伸进邮差嘴里,像从鸡肚子里往外掏杂碎似的使劲撬开尼丘先生的牙齿。漏斗碰在牙齿上,弄得牙床都破了,一个劲出血。老板娘把漏斗往里塞了塞,终于一点一点地塞进尼丘先生嘴里。库埃瓦丝心里想,一不做二不休,干脆下毒手!酒流得太快,喉咙里装不下,尼丘先生差点闭过气去。老板娘还是不住地往下灌。尼丘先生几次想用两只胳臂、一只手(另一只手攥着披肩)进行自卫。老板娘想趁机夺过那件宝贝。一连夺了几次,也没得手。尼丘先生宁肯呛死也不肯放掉那个心爱的物件。他拼命把酒咽下去,又吐出来。脑袋左右摇晃,想把漏斗从嘴里甩出去。漏斗底儿紧挨着他的小舌,晃了半天也没甩出去。一瓶酒灌完了,库埃瓦丝才算罢手。她得等一会儿,让酒劲上来,把尼丘先生醉得死死的。老板娘整了整衣服和头发,抖掉沾在裙子上的闪闪发光的丝线,那是从披肩上掉下来的。然后,把门打开,躲到店堂后屋里,假装什么也不知道。这时候,门外响起一阵马蹄声,骑马的人在店门口勒住坐骑。老板娘连忙走到柜台前。原来是几个脚夫。他们在堂·德菲里克那里卸完货,赶到这儿来,想喝些啤酒解解乏。老板娘觉得真倒霉,真倒霉,可又有什么办法呢?

"你看,咱们说着了吧,"伊拉里奥一边说一边走进酒店里,"这个尼丘果然跑到这儿来大喝一气。看看,看看,他醉成了什么样子,躺着不动活像口猪。真有个模样,八成是弹着吉他睡着的吧?"

"波菲里奥,你劲头大,把他搡起来!"紧跟在伊拉里奥后面进来的那个脚夫说,"真可怜,摔在地上,嘴都磕破了。"

"我当然得把他搡起来了,他是我的好朋友嘛。就算不是朋友,也是个人嘛。哥儿们,这家伙没什么分量,怪不得送信走得那么快呢。"

"他一离开镇子,就变成野狼,真格的,不骗你。所以赶上他出差,信就跟长了翅膀一样。"

说话的是伊拉里奥。这当儿,波菲里奥猫下腰,和另一个脚夫把尼丘先生扶了起来。

"哥儿们,"给波菲里奥帮忙的脚夫说,"他浑身冰凉,跟死人一样。摸摸他的脸,凉得吓人!"

脚夫们把沾满泥土的黑黝黝的手背贴在尼丘先生的脸和前额上。伊拉里奥抓了抓他的耳朵,揉了揉他的左手。尼丘先生的右手还紧紧地抓住那条光闪闪的丝披肩。

"带这么个玩意儿来干什么?"老板娘板起脸来,指着披肩说。

"可怜啊,是捎给他老婆的……"伊拉里奥回答说。他看了看老板娘,似乎在问她干吗发这么大的火。库埃瓦丝心里明白,这伙年轻人一起出差回来,伊拉里奥很难甩掉他们,他也不会对伙伴们说:"咱们别上阿蕾哈那儿去了。"不会的。不过，她知道，伊拉里奥不是想来喝啤酒，而是想看看她。

"糟糕，"波菲里奥说，"他浑身冰凉还不说，你摸摸他的脉，心脏好像要停止跳动了，都摸不着脉了。顶好去报告一声。喂，你去跑一趟。去年，他给你带来过好消息。冲这个你也该跑一趟。"

"好吧，波菲里奥，别没完没了的。我立刻到镇公所去报告。给我要一杯黑啤酒，你们知道，我还……"

"滑头！喝吧，你有的是时间，往后的日子长着哩。病人不能再等了，快成冰棍啦。"

"算了，我这就走。要行好，就痛痛快快地行好。过了时候，就算不上行好。你们一个钱儿甭掏，算我行好啦。"

"可怜的尼丘先生，眼睛都斜了……"一个名叫奥雷加里奥的脚夫插进来说。

"准是眼睛看不见东西了。看样子，像是摔坏的。骨头怎么没断呢……"

"波菲里奥，说话归说话，谁也没堵住你的嘴。可你得扶他坐好，扶住他。一松手，他又该倒了。听说，喝醉的人有神仙保佑。"

这时候，老板娘正在神经质地嚼一块口香糖，牙齿咬得咯吱咯吱响。她一边嚼口香糖，一边涮洗杯子，把啤酒瓶排放在柜台上。突然，她停住嘴，假装听不明白脚夫的话，话里带刺地说：

"神仙？神仙也好，天使也好，话要说明白，我可不知道他摔倒了。我在屋里洗家什，忙我自己的事。出来的时候没瞅见他。我还说，尼丘先生大概走了。走了好！左一杯，右一杯，闷着头喝了两大瓶白酒。这么喝，谁也得倒下。"

"行啦，哥儿们，干一杯吧！"伊拉里奥抬高声音说。他把草帽扣在后脑勺上，肩上搭着牲口的捂眼。只见他举起酒杯，和伙伴们泛着泡沫的杯子碰了一下。

波菲里奥·曼希利亚边喝酒边照料醉汉。喝下第一口酒，弄得胡子上净是啤酒沫。他说：

"看样子，他连披肩都想吃下去。你们看，披肩被抓得东一道子西一道子，还溅了一下子血。撕不破披肩，他就拼命抓挠自己。他把披肩送到堂·德菲里克的店里，德国佬硬是不肯收。"

"这位先生是个正派人。有一天，镇长的孩子带来一只长尾猴，硬把猴牵到酒馆里。我吓得赶快跑出去。正赶上他打这儿路过，进来就把猴子轰跑了。"

"看他这副样子，心里怪难受的！"波菲里奥接着说。

"样子不错嘛，"奥雷加里奥一句话把老板娘逗乐了，在场的人也哄堂大笑。

"爱打岔的人比聋子的耳朵还要背。我是说他身体不好。谁听不懂，就滚他妈的蛋……"

"喂，客气点！"伊拉里奥跳起来说。

"你们可别把我惹火了。我这儿扶着醉鬼还得对付你们。我是说，看见他这副样子，心里难受。一个人顶好别看见自己。要是看见自己那副德行样，一辈子再也不会喝酒了。酒馆里挂镜子,买卖一定好不了。镜子能照出一个人的灵魂。"

伊拉里奥打断他的话头。

"所以嘛,"说着,他走到库埃瓦丝身边,"我的小宝贝什么镜子也不挂,只有她那双眼睛……"

"哎哟,我都要晕倒了,"阿蕾哈·库埃瓦丝笑嘻嘻地说,"实话告诉你,这种话别人早说过了。"

"小阿蕾哈,我跟别人不一样,我是真心实意的。"

"眼见为实,别的都是废话。我要看看您出差的时候是不是想着我,是不是从京城给我带回一条丝披肩,跟送信的这条一样的丝披肩。"

"宝贝,您等着,我保您能拿到一条漂亮的披肩。可您也得给我点什么……"

"您要什么,我就给什么。您可别抱怨……"老板娘伸出古铜色的肌肉丰满的胳臂,给伊拉里奥倒了满满一大杯酒。伊拉里奥瞪着两眼,恨不得一口把她吞下去。

"说得好,我爱听,"波菲里奥一边说一边递过杯子。他长得五大三粗,力气过人,正像奥雷加里奥说的,他一个人顶得上两个脚夫。"我爱听。是得有人顶顶他这张臭嘴。他专会胡说八道,撒谎骗人,满嘴胡吣。别以为他有钱,这小子穷得连双鞋都买不起。"

"我看你还是跟送信的一块去蹲监狱吧!你心眼好,他是醉鬼,到监狱里你也好照看他!"

"嗯,说实话,我碰过这条披肩,"为了不让大家起

玉米人 | 225

疑，老板娘大大方方地说，"他用牙紧紧咬住披肩。老婆跑了，赖得着披肩吗！"

"她是自个儿跑的。路上又让别的男人带走了。我伊拉里奥可不相信什么打保票的事，"伊拉里奥伸出毛烘烘、黑黝黝的胳臂，搂住老板娘的后背。老板娘半推半就地往旁边闪了闪，伊拉里奥把她搂得更紧了。

"别胡呲了，听的人还信以为真呢。堂·波菲里奥可真是个细……"

"细什么？……"

"是个细致人！上次见面我就答应嫁给他了。"

"你可没兑现跟我的承诺。老娘儿们都是这样。我放了你，你跟着伊拉里奥吧。你们可以结婚，办喜事那天别忘了请客。到那天，我要像尼丘先生一样痛痛快快喝一顿。眼下伊拉里奥还是个光棍，不过，阿蕾哈姑娘，我可不敢担保你跟着他能有什么好处。结过婚的好人比赖光棍强百倍。"

"兴许有人给尼丘先生的老婆喝了蜘蛛汤，"另一个脚夫没话找话说。他一直单独一个人坐在一边，又喝酒又吐唾沫。

"我就爱听'卷毛'说话，"伊拉里奥接上去说，"什么话他都当真。过去有人说，女人喝了蜘蛛爬过的巧克力玉米粥会把家忘掉，满世界疯跑。'卷毛'硬是相信这套鬼话。他也不想想，现在是啥时候了。眼下不比过去，谁想用蜘蛛粉勾引'特贡娜'，引她们走邪路，办不到啦。现在得用芦苇线。明白吗？……"

"我是听明白了,"老板娘回答说。伊拉里奥又接着说:

"咱们的爷爷奶奶把长腿蜘蛛放在面粉上爬来爬去,然后给女人喝。这种蜘蛛不行了,得用会做针线活的蜘蛛。"

老板娘听到这儿,不高兴了。她从伊拉里奥的胳臂弯里挣脱出来。耸了耸肩膀,表示这件事和她毫不相干。接着,又给大家斟上几杯啤酒。

"波菲里奥,你看尼丘先生要摔倒了。哥儿们,我说的话你们听不懂。我来解释几句。迷人的办法已经现代化了。眼下,谁有缝纫机,谁能让女人头脑发热,变成'特贡娜'……"

"啰哩啰嗦的,真讨厌!"阿蕾哈·库埃瓦丝喊道。伊拉里奥在指桑骂槐,气得她两眼直冒金星。

"就是你知道的多,住嘴!"波菲里奥警告伊拉里奥说。

"行,行,我住嘴。谁让你比我劲儿大呢?"

"嗯,"老板娘不想放过伊拉里奥,非要整得他无话可说,"就拿堂·波菲里奥来说,难道说他有了一台'辛格牌'缝纫机,后面一定跟着个女人吗?"

"他净瞎说八道,不懂装懂……"

阿蕾哈·库埃瓦丝像拨拉吉他似的偷偷用手在胸前抹了一把。伊拉里奥看见她那副得意忘形的样子,知道波菲里奥·曼希利亚说出了她心里想说的话。

老板娘一边摸着前胸,一边说:

"顺带说一句,你们当中有人告诉我,说他认识一个卖缝纫机的人,名字叫内洛。还说,这个人把自己的名字用刀子刻在近处的一棵树上。"

"准是伊拉里奥……什么人他不认识!什么事他不知道!谁的事他不往里掺和!好像没有人不跟他讲心里话。"

"内洛?内洛?……嘻嘻嘻,你们根本没见过外国人,以为人家跟咱们一样也是印第安土包子呢!他叫尼尔……"

说到这儿,伊拉里奥把话停住了。一名班长带着四个士兵走进酒馆。他们要把邮差尼丘·阿吉诺带走。

"他没死……"一个士兵说。

"没……"伊拉里奥回答说,"他是喝醉了。"

"醉得跟死人一样……"士兵摸了摸尼丘又说。

班长走过去,把身体贴在柜台上说:

"来个'连三'。"

老板娘倒上三杯酒。当兵的都有气派,全是这样要酒喝。"连四",就是要四杯。"连五",就是要五杯。"连六"、"连七",要到七杯为止。过了这个数,就说"两个连四",就是要八杯。"两个连五",那就是要十杯。不过,他们都会喝酒,知道自己有多大酒量。喝得差不多了,能忍得住,要不就及时离开。不像尼丘这个可怜虫,喝起酒来就像印第安人过节:布置好房间,准备好炮仗,跑出去弄酒,见了酒就大喝一气,醉倒为止。

"让我来……不……把'吉他'给我!我不喜欢带泡沫的……"伊拉里奥对老板娘说。这时候,老板娘扭着丰腴的屁股走过来,正要给他倒啤酒。伊拉里奥想从她手里把酒瓶子夺过去。

"带还是不带?"老板娘两眼盯住伊拉里奥,暧昧地说。

"不带!"好斗嘴的脚夫回答说。他伸手夺酒瓶子,夺来夺去,最后把酒瓶子夺了过去。

"我给您斟了半天酒,您也不说声'谢谢'……"

"谢什么呀,小阿蕾哈。我就是这么个人,有人爱我……我连命都能搭上。"

"行啦,光会耍贫嘴。接着讲您的内洛吧……"

"尼尔!"

"好吧,尼尔……"

"你们想听点什么?好多人为了多嘴多舌进了监狱,我图个什么呀!好吧,只要波菲里奥让我讲……"

"我让你讲你才讲!你这不是拿我当老子了!"

"比我老子还厉害!"

"你呀,你大概是喝醉了!"

"好哇……"伊拉里奥吐了口唾沫,"你说我是醉鬼,你调戏这位小姐,你还说政府的坏话,得把你抓起来。"

"伊拉里奥,我老实告诉你,你越说越不像话了!……"

"你不是一直说,你爱交我这个朋友吗?我也爱交你这个朋友。可我不许你骂人,尤其不许你骂小阿蕾哈。她开酒馆犯了什么罪?"

"咱们走吧!"奥雷加里奥戴上那顶脏乎乎的草帽,大口大口吸着烟对大家说,"我可是站累了,到普莉埃塔丝那儿又该……"

"你一个人走吧！"老板娘生气地说，"快滚，要不人家该给她吃腌蜘蛛了！"

屋里一片寂静。脚夫们一个个板起面孔，样子十分吓人。就在这个节骨眼上，有人说邮差的样子就跟中了毒一样，情况很不好，得把他送进医院去。

"我压根儿不信什么缝纫机，"那个叫"卷毛儿"的脚夫又提起这个话茬，冲着伊拉里奥说，"我是个老古板，我相信'蜘蛛咒'。眼前的事大伙都看见了。明明是伊莎乌拉·阿吉诺中了邪。尼丘也没逃出别人的手心。什么叫报复？这就是报复。所以我常说，一旦发现原来的朋友是敌人，就要千方百计地提防他们，学会以眼还眼，以牙还牙。要是发现不了，那只好靠上帝保佑了。"

脚夫们一个跟着一个走出酒馆。阿蕾哈·库埃瓦丝气得直咬嘴唇，把嘴唇咬得像菠萝皮一样又青又紫。可她马上觉出自己有点失态。立刻脸上堆着笑，送走脚夫，免得惹人瞧不起。脚夫们吹着口哨，说说笑笑，大步流星地走了。他们还要到什么普莉埃塔丝、什么骚娘儿们、浪娘儿们开的酒馆里去瞎胡闹。"卷毛"说得好，脚夫们走进她们的酒馆，那才叫"如鱼得水"，不用喝酒就能醉死过去。

十四

黉夜。虽然没有下雨，空气还是湿漉漉的。镇外靠近公墓的地方，和风吹过，竹枝微微摇曳，发出比羽毛还轻细的窸窸窣窣声，打破了山间的寂静。突然响起一阵轻轻的似有若无的口哨声。哨音不停地在空气中颤动。

"我一听就知道是你，你的口哨声……"

"您来晚了……"

"瞎说，你这不才吹口哨？嘴唇还湿着呢。亲亲我，别打哈哈了。叫声'你'，多么痛快！当着别人我得管你叫'您'，真别扭！"

"您爱我吗，心肝儿？"

"爱，爱极了。别说'您爱我'，说'你爱我'。我的嘴在这儿呐……太香了……再来……谈恋爱嘛，老是'您''您'的，不如叫'你'来得亲热。叫声'你'，可以随随便便。你不一直在引逗我吗？来吧，亲爱的，我是你的……"

"……太放肆了，您这样可太放肆了……"

"别管我叫'您'了，多生分啊……"

"您得习惯习惯这个称呼……唉，我很难过。我在外面奔波劳碌，可我的心上人居然跟上别的男人了。我伤心透了……"

"有人跟你说小话啦……"

"没人跟我说什么，我有这个感觉。人不在，心在嘛，什么事情我都知道。"

竹影婆娑。这对情侣紧紧地靠在一起。过了一会儿，两人又故意慢慢地分开，似乎要切断缕缕情丝。她小心翼翼地抚摸着他的头，两只神秘莫测的眼睛深情地盯住脚夫噙着泪水的眼睛。

"别犯傻了!"她趴在他的耳边说,"你真能瞎胡猜。那个唠叨鬼是常来,大模大样地往街角的电线杆子旁边一站。有时候,他也到我的酒店来,讲些不三不四的话,像镇上出了什么事啊,他的缝纫机卖得怎么样啊。就凭这个,你大概以为我爱上了他,不爱你了。可在我心里生了根的还是你呀。你那几位脚夫哥儿们在场的时候,我不得不拿捏着点。我想,要是他们知道你是我的,你脸上也挂不住啊!唉,就是这么回事,亲爱的!我非常爱你,喜欢你。为了你,我可以豁出命来。你愿意怎么样就怎么样,我处处听你的。我是个开酒馆的,你要是瞧不起我,在别人面前觉得不好意思,那就算了。咱们也用不着再见面了。强扭的瓜不甜。不想见面强见面,那就更没意思!"

"像我这样的硬汉子,轻易不会掉眼泪,"多嘴多舌的脚夫喃喃地说,满嘴酒气熏人。番石榴树上的夜露像眼泪一样一滴一滴落在晒蔫的叶子上。"像我这样的硬汉子,轻易不会掉眼泪。我现在哭,就像这些番石榴树一样。第一,看见树枝被晒得弯弯曲曲地扭结在一起,看见树木被晒得发红,心里难过。第二……"

"喝醉了,也会哭!"

"嗯,这话也对!另外,觉出别人对自己有二心,也会哭。碰上这种事,眼前只剩下两条路,要么下狠心杀死对手,要么睁一眼闭一眼,忍气吞声,装糊涂……放开我,我讨厌你这一套,你对别人不也是这么亲热吗!"

"喂，伊拉里奥，你少犯混。喝了一肚子啤酒，连脑袋都……我的小伙子，你真厉害。我的心肝，宝贝！……"

"我说过了……松开胳膊……把脸挪开……"

"心肝，你爱我，我多么感激你，难道你不知道吗！你真傻。我的为人不像你想的那样。要是为这个掉眼泪，你那是自寻烦恼。我和普通女人一样，可你偏偏不相信。唉，提到这些，我伤心透了！"

两个人相对无言。镇上的灯光看上去忽聚忽散。他们俩也是忽而挨在一起，忽而又分开。夜露打湿了地上的青草。他们觉得屁股底下冰凉冰凉的。伊拉里奥望着夜空，她伸出浅棕色的手一根一根地拔掉周围的小草。

"照我看，"沉默了一会儿，她接着说，"准是城里的新欢胜过了镇上的旧爱。她一定长得很美，头发漂亮，眼睛迷人……"

"我想知道这家伙到底干什么来了。他在酒店里整整呆了好几个钟头，就差在你床上过夜啦。"

"他要我答应他一件事，"伊拉里奥两眼盯住老板娘，一听这句话立刻想站起身来，可她没让他站起来，"我跟他说不行。他要我表示……"

"表示什么？"伊拉里奥大吼一声。

"表示真正的爱情呀，"她把头往后一仰，格格格地放声大笑起来，熏风轻轻地吹拂着她的头发。"别犯傻了。要我表示是不是要买他那台缝纫机。"伊拉里奥松了口气，可还是板着面孔，跟她又靠近了一些。"你真是小心眼，刁钻古怪,不相信别人。你明明知道他是来推销缝纫机的。他追着我,要我买,说可以分期付款,价钱也不贵。还说,给别人做点活,缝纫机的钱就出来了。这些你都知道。今天下午,你指鸡骂狗地说了一通。说什么现在勾引女人不用蜘蛛爬过的粉,要用缝纫机。你当我听不出来呢?"

"我估摸着他不光是为这件事来的。那也太巧了……"

"说得对。有一天,他带来两个美国女人。她们穿着裤子,长得比男人还难看。说起话来倒还客气。她们向我打听你认识的那位'密斯脱'①,问他干吗把名字刻在近处的树上。我什么也不知道。她们怎么来的又怎么走了,从哪儿进来的又从哪儿出去了。笔记本上一个字也没记。是啊,她们喝了不少奇恰酒,肚子都喝胀了,嘴里老说'真新鲜','真新鲜'。她们端起奇恰酒,一杯接着一杯,像喝水一样。后来又要我给她们换大杯。等她们出去以后,镇上闹腾起来了。我出去一看,原来是一个女人从马上摔了下来,让马拖着跑了一阵,差点没拖死。看样子,那位'密斯脱'是个神秘人物,你对他的经历不是知道得一清二楚吗?"

"我知道,可我不告诉你。我得保守秘密……"

"我?我干吗要知道这些事!我知道他叫'内洛',你管他叫'霍沃',就像我叫你'卡内洛'一样。他把名字刻在了树上。知道这些就够了。"

露珠一滴一滴落在地上,碎玻璃钟里每隔一分钟就掉出

---

① 英语 mister:"先生"。

的闪耀着星光的碎块。露珠的滴答声中夹杂着芒果掉在绿茵上时发出的噗噗声。每隔一段时间,沉甸甸的芒果就从树枝上掉下来,也像计时器一样准确。滴答,噗,滴答滴答,噗……噗……噗……噗……

在伊拉里奥·索卡雍很小的时候,有个商人来到圣·米盖尔·阿卡坦镇,经人介绍找他的父亲。老索卡雍陪着这位先生跑东跑西。办完事,他回家来说,这位先生叫尼尔,是个卖缝纫机的行商。第二天,尼尔来到索卡雍家,很高兴地逗一个小孩玩。这个小孩就是伊拉里奥。伊拉里奥左看看他,右看看他,摸摸他的裤子。尼尔先生把一枚钱币放在他的小手里,伸过烟气呛人的嘴亲他的脸蛋。于是两个人成了朋友。

伊拉里奥长大以后,父亲常劝孩子们看人不能光看外表,不要以貌取人。他常说起尼尔先生怎样心地善良,怎样通情达理。从外表上看,尼尔先生和一般卖缝纫机的没啥区别,可他眼里装着大千世界。有的人眼睛像没有鱼的池塘,而有的人瞳孔像活鱼的池塘,鱼儿在里面摇头摆尾,游来游去。尼尔先生正是后一种人。

父亲非常想念亲爱的尼尔先生。有一天,他把年轻的伊拉里奥带到一棵大树前。树干上用刀子刻着几个字和年份:"奥·尼尔——191……"最后一个数字已经模糊不清了。

伊拉里奥的父亲也是个脚夫。从前,脚夫都骑骡子,爱在嘴边叼着根雪茄烟,从来不把烟灰掸掉。伊拉里奥的父亲模仿树上刻的字迹,用刀子把这几个字刻在自己的皮护胸上。直到他死,护胸上还带着树干上的字迹和年份:"奥·尼尔——191……"

简单说来,这就是伊拉里奥·索卡雍知道的秘密。父亲去世以后,索卡雍把这件事记在心上,又添枝加叶地编造了一番。从小索卡雍嘴里讲出来的故事就不一样了。他说,奥·尼尔爱上了圣·米盖尔·阿卡坦镇上的一位姑娘,就是全镇闻名的米盖莉达。其实,镇上根本没人见过这位姑娘。在脚夫和马帮休息的门厅里,在酒馆、客栈以及农夫晚上的聚会上,伊拉里奥·索卡雍大讲特讲米盖莉达。姑娘从此出了名,人人赞不绝口。

据说,米盖莉达肤色黝黑,长得像"枷神"。所谓"枷神"是殖民时期雕塑的一尊神像,后来被人丢在阿卡坦监狱的一个壁龛里。凡是惯犯、逃跑的印第安人和不守本分的丈夫都要在监狱里受枷刑。米盖莉达的那双眼睛好似熄灭的炭火,黑漆漆的,灼热炙人。她一笑,脸颊上就露出一对酒窝。她腰肢婀娜,好似山楂树。嘴唇红润得像草莓。头发漆黑发亮,宛如一匹黑缎子。奥·尼尔先生——伊拉里奥简称他为"尼尔",镇上的人管他叫"内洛"——拼命追求米盖莉达,可是姑娘不喜欢他,拒绝了他的要求。

尼尔先生爱米盖莉达,可姑娘不爱他。尼尔先生对她一片痴情,而她却讨厌他。尼尔先生把米盖莉达奉若神明。他说,要是姑娘不爱他,他只好去酗酒,果然他喝得一塌糊涂。他说,要是姑娘不爱他,他就要投海自尽。果然,他当了一名水手。后来,他把内心的隐痛埋葬在碧蓝的大海里。

连同那只在米盖莉达面前吸烟时用的烟斗、他那双蓝眼睛、栗色头发、长着两只长胳臂的躯体一起淹没在碧蓝的大海里。

伊拉里奥·索卡雍三杯入肚,总是情不自禁地把他编造的故事讲了一遍又一遍。一开口就滔滔不绝,也不知道哪儿来的那么多话。每个词、每句话、痛苦的感叹词、尖刻的俏皮话,用得十分得当,似乎在喝醉之前已经写好了讲稿。他把编造的情节讲得头头是道,仿佛他亲眼得见一样,讲得似乎和事实经过一模一样,甚至比事实经过还要精彩。

与阿蕾哈·库埃瓦丝幽会后的第二天,伊拉里奥躲在家里,不敢到街上去。他和那几个脚夫哥儿们在普莉埃塔丝开的酒馆里又喝得酩酊大醉,又讲了许多关于尼尔和米盖莉达的爱情故事。在家里,在自己的茅舍里,他仿佛听到父亲的指责。父亲通过角落里的家具,尤其是那副皮护胸对他说:你把父亲经历过的事情胡编滥造,说成是自己的亲身经历。后来,他又想,儿子取代父亲,代父立言,应该是理所当然的,说不上什么有违父训。这样一想,他觉得轻松多了,甚至看到老索卡雍面带笑容。听到儿子把先人的经历说成自己的经历,而且讲得天衣无缝,他怎么能不高兴呢?为了进一步减轻负疚感,伊拉里奥又把过错推给烧酒。酒后失言嘛!酒喝多了,谁也不知道自己说了些什么。没话找话嘛!再说,虽然他多嘴多舌,有负先人,可只要把父亲的形象讲得高大些,也算对得起他老人家了。好吧,以后再讲奥·尼尔先生的故事,就说是父亲告诉他的。不过,细想想,这个补救办法更是糟糕。这等于把自己编造的谎言一股脑算到在九泉下安息的老脚夫头上了。

于是,他再一次发誓,不管朋友们怎么引逗,他一定绝口不谈尼尔的事情以及尼尔同阿卡坦镇的米盖莉达恋爱的故事了。关于他们的事情,伊拉里奥还知道一些。一讲开头,就很难收住。

后来,那两个搜集奥·尼尔生平材料的美国女人又来到镇上。这一次,伊拉里奥·索卡雍真是守口如瓶。当时,他很清醒。清醒的时候,他绝口不提尼尔和米盖莉达的事。他把美国女人带到刻着字的大树跟前,让她们拍了照,又给她们看了父亲留下的护胸。然后,泛泛地讲了讲自己对童年的回忆。伊拉里奥讲的都是真情实话,像在法庭上作证一样。其实呢,那两个美国女人对米盖莉达的情况早有耳闻。知道她和"枷神"一样皮肤黝黑,两手丰腴,两脚纤巧,苗条的身躯散发出一股沁人心脾的茴香的芬芳。索卡雍听了这些,心里得意洋洋,可他一句话也没说。临走前,美国人给他留下一张远近驰名的奥·尼尔先生的肖像。伊拉里奥看了看,马上把画像收藏起来。尼尔先生的画像太吓人了,又干又瘦,活像一捆干柴火。不,这不可能是那个性情愉快的醉汉。据说尼尔先生最后一次出门办事,睡觉的时候让苍蝇叮了一口,就这样糊里糊涂地丧了命。他留给米盖莉达一台缝纫机作为纪念。每天深夜,教堂的钟敲过十二下,人们就听到缝纫机的咔咔声……圣·米盖尔·阿卡坦镇的居民中有谁没听见过呢?每天夜半更深,教堂的钟敲过十二下,只要留神听，准能听到缝纫机的咔咔声。那就是米盖莉达在做针线活。

十五

三个礼拜以后，尼丘先生又背着邮件出发到京城去了。他大病初愈，差点没死。喝酒的那天夜里，一连给他打了好几针樟脑强心剂。那天晚上，找不到生理盐水，给他打的是油质樟脑。后来，他又挨了一顿棍棒，至今还浑身发疼。他身上那件衣服已经看不出白颜色了，脏乎乎的像块抹布。在一名士兵伴随下，他回家取衣服，一迈进屋门，马上又退了出来。小偷把屋里的东西偷得干干净净。忘恩负义的老婆啊，丈夫被捕了，她还不回来。"特贡娜"、"特贡娜"、"特贡娜"……

尼丘先生出发前，邮政局长（这家伙越来越发福了）把他找了去，教训他一顿，喷了他一身唾沫星子。尼丘先生战战兢兢地走到教堂门口，在胸前画了个十字，用衣袖揩干净人家送给他的那件外衣上的唾沫星子。然后，嘴里念叨着"特贡娜"，离开了圣·米盖尔·阿卡坦镇。

临行前，邮政局长说："现在没人照顾你了，你得自己照顾自己。老婆跑了，只剩下你光棍一条。我派人隔三差五地到你家里去看看。钥匙留下了吗？门上了闩吗？那两口猪卖了没有？鸡呢？……把狗带上，狗比你老婆还强呢。"

胖子唾沫四溅地说个不停，邮差根本插不上嘴。他把全部财产都带在身上了。那些天,他先是生病,后来又被捕入狱,家当全让人偷光了,连破炉灶上的两块铁片子也让人偷走了。

"给包裹过过'正'(秤)……"邮差离开邮局前说。他拎着两个大帆布口袋和一个小一些的公文袋。

"你能当个拉迪诺人,"局长说,"但是不要再说那些怪话,什么叫过过'正'?……过过秤!甭过秤了,反正都得背走。全得怪你。镇民们都是猴儿精,知道是你尼丘先生出差,把邮筒都塞满了。"

尼丘先生慢慢腾腾地走过圣·米盖尔·阿卡坦镇,磨磨蹭蹭地离开小镇,渐渐走远了。小镇落在后面。他尾随着小狗,穿过茂密的蓝桉树林。蓝桉熠熠发光,亮闪闪的好像阿坎赫尔神王——就是那位用金鞋把魔鬼的脑袋踩得粉碎的神王——的宝剑,松树流出的松脂异香扑鼻。高大的树木洒下浓浓的绿阴。

旭日东升,圣·米盖尔·阿卡坦镇泛着一片陶瓷的亮光。屋顶上的瓷瓦、墙上的白瓷砖、教堂的旧瓷砖在朝晖中闪闪发光。小镇渐渐消逝在一片璀璨的光芒中。林阴道上只剩下尼丘先生和那只瘦骨伶仃的小狗。小狗喂得不好,干瘦干瘦的。在很小的时候,它耳朵上生过疮,给它放过血,如今耳朵边上还留下几道豁口。小狗长了一对黄褐色的眼睛,浑身白毛,前爪上有几块黑斑。

"你说说……你在那儿睡觉,女主人把你丢下了……她走……你没听见……没觉出来……"小狗摇了摇尾巴。

"唉,'小茉莉',"他叫狗的名字,小狗快活得蹦来蹦去,"……老实点儿,别在前面跑,净绊我的腿,咱们得走快点儿……"

征途漫漫。道路泥泞,好似泡烂的白薯皮。尼丘先生和小狗做游戏似的跳过一个又一个水坑,东跑西跳。一般的旅客走到下午就累得不行了,随便找个二十来户人家的小村庄,落脚歇息歇息。邮差们也常在这种地方过夜。尼丘先生和他们不同,一直走到天黑才进村。这时候,茅屋里掌起了灯。小狗喘着粗气,尼丘先生耷拉着脸,活像个机器人。他噗唧噗唧地走过铺着鹅卵石的大街。唉,与其说是条街,不如说是条河。

来到客店,尼丘先生摘下草帽。只见他满头大汗,头发粘在耳朵、前额和脖梗子上。他伸出手理了理头发。然后,从食物袋里取出玉米饼、盐、咖啡粉、辣椒末,还有一块干咸肉。他把咸肉扔给小狗。小狗饿得心里发慌,一口就把咸肉吞了下去。

客店的老板娘迎出来,和尼丘先生寒暄了几句。她想托他带个邮包。

"好吧,"邮差把吃的东西放在院墙边的石头台阶上说,"别太大了,我这儿没地方放。只要是小件儿,我就给您捎上,蒙查大婶。您知道,我很乐意为您效劳。"

"上帝保佑你。尼丘,大嫂怎么样?快生了吧?祝你万事如意。"

尼丘先生真想跟她嚷嚷一通。自从和恰圭塔结婚以后,每次到蒙查大婶的小店来，老太婆总要直截了当地问他生孩子的事，更多的是绕着弯子引他谈这件事。

小狗瞪着两眼等着主人再给块咸肉。主人不但没给肉，反而拿它出气，狠狠地踢了它一脚。要是能揍那个老太婆，尼丘先生早就揍她一顿了。"小茉莉"痛得嗷嗷直叫，瘸着那条挨踢的腿跑到一个角落里，伸着鼻子瞪着眼趴在那儿不动弹了。

老太婆在院子里剪下几根树枝。院子很窄巴，有几棵果树，一棵佛手瓜和几个鸡窝。过了一会儿，她又说：

"尼丘，你记住，临产前一天告诉我一声，我就到你那儿去，一切事包在我身上。你告诉我个准时候就行。你们好好算一算，照着月亮的圆缺大体上估摸一下。算算就知道了。需要的东西都摆在手边，这可是少不了的。"

尼丘先生狼吞虎咽地吃完饼卷奶酪，又匆匆忙忙地喝了一碗滚热的辣椒汤，然后找个地方躺下了。可是，他合不上眼睛。客店的房子和老太婆的岁数差不多。苇墙裂了几道缝，透过茅屋的罅隙可以望见太空深处绿宝石般的光闪闪的星斗。有些字眼耐人寻味，人们非常爱用，比如说"深处"这个词……

尼丘先生觉得自己的身体渐渐地离开了躺着的地方，飞向屋外太空深处。他睁开两只迷离恍惚的眼睛，朝四下里张望。视野之内，只见一片冰冷的世界，张开两臂够不着，伸开手指摸不到，只有两眼能够望见从无边的太空传来的信息。自从妻子抛弃他以后，在他内心深处也出现了一个黑洞洞的、令人望而生畏的深坑。每当他悲痛欲绝的时候，眼前就出现这个恼人的黑洞；每当痛苦的重担压得他像身首异处的死囚一样耷拉着脑袋的时候，眼前就出现这个黑洞。每当这种时候，他只好眼巴巴地看着黑魆魆的深洞，那可怕的黑暗的深洞，直到进入梦乡。

那天晚上，尼丘先生躺在客店里，怎么也睡不着。他累得要命，浑身好像散了架。两条腿软绵绵的。两只脚一点力气也没有，脚趾头生疼，脚后跟硬得像绿色的鳄梨皮。还是到院子里去吧，会好一些的。他想摸摸那只小狗，小狗吓得跑掉了。它也没睡，大概还记着主人踢了它一脚。尼丘先生连叫了几声狗的名字，要它过来，和他亲热亲热。小狗凑了过来。尼丘先生刚要伸手摸它，小狗赶快往回一缩。躲了几次，小狗最后还是跑了过来，舔主人的手。小狗很乖，对主人非常感激。它卧在主人身边，紧紧地和主人挨在一起，仿佛变成主人身体的一部分。

看不清尼丘先生跟谁说话。谁听了都会以为他在和某个人交谈。

"'小茉莉'，你比人强得多，你比那些自称是人的人还通人性。告诉我，就告诉我一个人，你看没看见女主人怀孕了？我跟你说，我真为这件事操心、着急。'小茉莉'，记住！女主人一直很关心你。她肚子里怀着我的亲骨肉，我怎么能忘掉她呢？我有过好几个相好的，'小茉莉'，你也一样，你有过好几母狗。咱俩一样，都是男子汉。她们丢下了我，我也不要她们。就是……这么回事。可是，眼下这件伤心事,我想也没想过,更甭说经受过啦。好像有人要从我嘴里把心肝肺全都掏出来,只给我剩下一副空皮囊。一想到再也见不到她,永远失去了她,我就觉得浑身难受,血液都凝住了。我担心,我害怕,连手脚都不知道往哪儿搁了……"

小狗嗅了嗅留在尼丘先生手上的咸肉味。这当儿,有条人影走了出来。只听他咳嗽了几声。邮差以为是老板娘出来了,赶快猫起来,假装睡觉。"小茉莉"冲过去,对着黑影汪汪直叫。叫了几声叫累了。过了会儿,又叫了一声,引得街上的狗和各家各户的狗也跟着狂吠起来。昏夜中,到处一片汪汪声。

那条人影咳嗽了一阵,又呕吐了一阵。过了一会儿,他在黑暗中东摸摸西摸摸,一边咳嗽一边说:

"刚才还听见有人说话,怎么没声了?我听得真真的,明明是有人说话嘛,可又没见谁起来。"

尼丘先生听出说话的是个男人。他假装刚醒过来,伸了个懒腰,从被窝里向他道了声"晚安"。

"还晚上呢……"那个人纠正道,"都快天亮了……"

两个人互相道过早安。这时候,天刚发亮,四下里一片模糊,仿佛在冷冰冰的空气中飘散着炉膛里行将熄灭的火苗的蓝光。他们大声打着呵欠。紧接着公鸡喔喔地啼叫了。

尼丘·阿吉诺刚要打呵欠的时候,第一只鸡刚好扑棱着翅膀高叫了一声,吓了他一大跳。这只鸡就卧在他身边,看得很清楚。尼丘先生倏地跳起来,打算狠狠地踢那只鸡一脚。唉,踢它管什么用,别人家的鸡也一只跟着一只啼叫起来……

两个人在厨房里顺顺当当地笼上火。厨房是这家客店里最高的一间屋子,可是已经破烂不堪了。炉灶倒塌了,到处是鸡屎。墙壁上端直到屋顶净是煤烟子和蜘蛛网。还有一只蝙蝠。火光一亮,蝙蝠连忙飞跑了。

老头一说话就咳嗽,长得活像一条绿毛毛虫。满脸皱纹,眼睛好像一对长毛的肚脐眼,瞳孔好似两颗烧焦的糖粒。眼睛张得很大,白的多,黑的少。鼻子扁平,高颧骨,窄脑门,满头白发。耳朵特别大,听别人说话的时候,他老用手拢着耳朵,八成是有点儿耳背。

他两眼盯着尼丘先生说:

"往后你可别像今儿个这样跟狗说话了。不定哪天,狗一搭腔,你就变成哑巴了。凡是哑巴都有一只会说话的狗。狗能说出它脑子里想不出来的话。到那时候,你就说不出这些话了。别看你没求我,我还是要劝你两句……"说着,老头儿笑了起来。伴随着鸡叫声,他"嘿嘿嘿"地笑了一阵。"……我们这些上岁数的人就喜欢这个,喜欢劝劝人。就算瞎说吧,说出来心里就舒服了。有些事我们年轻的时候没干过,如今年纪大了也干不成了,只好劝别人干了……嘿……嘿嘿嘿嘿,我们都不是年轻人了,难道还能返老还童吗?……嘿嘿……嘿……"

老头拖着两只脚出去挤羊奶。尼丘·阿吉诺也跟了过去。有人说说话,省得闷得慌。老头的两只手黑不溜秋,兴许他干过打烟筒的活儿,要么当过油漆匠。两只乌黑的手上长着焦黄发亮的指甲。母羊的乳房在他那双黑手里越发显得白净,白得好像一朵朵海棠花。羊奶泉水似的涌流出来,比母羊的乳房还要白净。

"你干吗老盯着我这双黑不溜秋的手啊?这是风吹日晒、烟熏火燎弄黑的。你还是看看我这张干树皮一样的老脸吧。我一半是人,一半是毛毛虫,专会给人算命。昨儿晚上,我算过你睡没睡好觉。你心里难过,睡不踏实。睡魔睡魔尾巴短,刚刚够着你脖子,顶多……嘿嘿嘿嘿……嘿嘿嘿嘿……够不着你眼睛。你合不上眼,睡不着觉。你抓住睡魔那双蝙蝠肉翅,乱扯乱拽,最后连睡魔的翅膀也扯破了。你翻来覆去,打算找个能入睡的姿势。脑袋枕在外衣上,蹭过来蹭过去,折腾半天还是睡不着。你躺累了,想到外面找……嘿嘿嘿嘿……找睡魔,东找西找找不着……昨儿晚上,你出去了一趟,走得不算远。溜达了一阵子,啥也没找着。睡不着觉的人才知道原来什么都没入睡。夜里,满天星斗眨着眼睛在守夜,大大小小的生物、死物都能听到星斗的声音。到了夜间,桌子、椅子、衣柜、五斗橱都变得死气沉沉,根本不像活人使用的家具,都变成殉葬品。死去的人有了殉葬品可以继续活着,可他已经不再是他了,也不是某甲,也不是某乙。死人不再是他自己,也不是某甲,也不是某乙,是什么……谁也说不清。"

老头和尼丘先生挤完奶回到厨房,"小茉莉"跟在他们后面。一进厨房,只见老太婆正蹲在炉边吹火。她蓬头垢面,身穿破衣烂衫。头发很短,刚能扎起两条小学生式的辫子。

胳臂也很短，刚能够得着脖子上的虱子、跳蚤。

"尼丘先生该上路了吧，"老太婆背朝着他们在吹火，连头也没回，"你是不是给我点钱，让他带些松节油来……"

"可以啊，你要松节油，我让他带点百合片。刚才挤奶的时候，我这双得风湿病的手指头都僵了。我还得去阉牲口。"

"但是，蒙查大婶说想让我给她捎个包裹……"

"我本想托你带个包裹，可包裹太大了，你那儿放不下。下次你东西带得不多，路过这儿再说吧。镇上的人越来越多，你这个花条帆布袋里的信也越来越多了。我说，怎么邮袋子全是这样的呢？"

各家各户的母鸡咯咯地叫，公鸡打鸣，小狗乱吠，吵得不可开交。一群群绵羊走过街头，活像一支列队行进的白盔白甲的大军。

这个地方叫"三水镇"。据说，这儿有三口井，白土地上有口蓝水井；红土地上有口绿水井；黑土地上有口紫水井。邮差在那个两手乌黑的老头陪伴下离开了三水镇，"小茉莉"紧跟在他们后面。

老太婆趁着尼丘·阿吉诺点火抽烟的工夫，又开始重复她絮叨了好多遍的话。

"尼丘，你得早点儿告诉我，我知道你老婆已经闭经了……"

微风拂面，空气中仿佛飘浮着成千上万根细小的羽毛。在阳光照耀下，羽毛闪着亮光。周围尽是怪峰突兀的火山和黑魆魆的石丘。一丛丛黑芯黄瓣的雏菊散落在山腰间,令人感到赏心悦目。慢慢的,平原上的赶路人越来越多,大家交谈几句,然后继续卖力赶路。

"这只狗一定很好吃!"

"唉,看它那瘦样!"

"能喂肥……"

"真野蛮……"

"凡是跟人吃的东西有关,没有不野蛮的。常听人说我们已经不是野蛮人了,我不明白。哪儿有什么文明的食物?"

"比如说,玉米……"

"你说玉米呀。为了种玉米,就得牺牲土地,可土地也是人啊。我往你背上放一捆玉米,你就跟可怜的土地一样。有些人更野蛮,种了玉米,拿出去卖……"

"所以才有报应嘛……"

老头张开那双像黑玉米一样的黑黢黢的双手,没有立刻回答邮差的话,只是朝他脸上扫了一眼,思忖着他在想些什么。老头一边走,一边叹了口气说:

"报应会越来越厉害。部落里好多妇女怀了孕,生下不少孩子。可好多孩子刚一落生就死了。土地需要骨头啊!玉米就靠吃我们祖先的骨头活着。种玉米的人把地里的骨头全耗光了。小孩的柔软的骨头堆积在地面上,埋在黑色的硬壳下面,就是供土地吃的。"

"您看,土地多么忘恩负义!"

"忘恩负义，忘恩负义……送信的，你要记住，住在地面上的人忘恩负义，土地才会忘恩负义！"

"那么……照您看，种玉米是为了什么呢……"

"为了吃……"

"为了吃，"尼丘先生机械地重复了一遍。这时，从山里飘来一股茴香味，他不由得想起了恰圭塔。

"这不是我愿意不愿意，事实就是这样，应该是这样。我问你，有谁生孩子是为了卖肉？把亲骨肉送到肉铺去卖……"

"那不一样……"

"看上去不一样，其实是一样的。我们都是玉米做成的。拿做成我们身体的东西做买卖，就等于卖我们身上的肉。表面上看不一样，其实儿子也好、玉米也好，都是人肉。老年间法律有规定，做父亲的被人包围，可以吃掉自己的儿子，可绝不许杀了儿子去卖肉。玉米是让我们长肉的肉，玉米就等于我们的孩子。究竟该不该吃玉米，这件事谁也说不清。可是，再不把玉米当作神圣的、极其神圣的东西，再要种玉米卖玉米，那么太阳、空气和烧荒的大火就会毁掉一切。"

"你说的有道理。不过，不是所有的人都明白这个道理。要是明白的话，谁还会那么缺德，光顾自己的利益。玉米能把土地耗乏了。看样子，再这样弄下去，土地会变得光秃秃的，到头来只好让土地休息休息……"

"你是送信的，成天走南闯北，见多识广，一路上你不会看不到这些情形。越来越多的土地被种玉米的人耗乏了。只剩下光秃秃的山梁,河水流过的地方净是石头。田野里没有树木花草。树木花草全是死人头发变来的。死人原来也是血肉之躯啊。茬地上东一块石头,西一块石头,看着让人心疼……"

"您听我说一句,不卖玉米,家里人穿什么呢?"

"想让家里人有衣服穿,就去干活嘛。只有干活,才能有衣服穿。我说的不是一家一户,是整个民族。懒汉只能光着屁股。种下玉米,人就变得懒散了。吃的靠玉米,还要卖玉米给家里人买衣服,买必备的药物,甚至买酒喝,听小曲消遣。要是像我们祖先那样种玉米光是为了自己吃,再加肯干活,那就是另一副天地了。"

"您要陪我走到什么地方?这儿越来越荒凉了。"

"我该回去了。让你一个人走,真不好意思。你看你那副愁眉苦脸的样子。你跟狗说话,我一直觉得不是个好兆头。"

"您听见了?"

"全听见了。有什么心事,顶好跟我说说。平时我有点耳背。今儿个早上,我觉着恶心,呕吐了一阵,准是震了脑袋。脑袋里边的东西一动,耳朵反而能听见旁人说话了。走路的时候,身边有什么响动,我都能听得一清二楚。"

在一棵无花果树下——这种树的花藏在果实里面,只有瞎子才能看见,男人把这种花看成是他所爱的女人——邮差把自己的苦楚都告诉了老头。只有"小茉莉"是这些痛苦经历的见证。天上飘浮着一片片云絮，好似一群小狗，好似天上的"小茉莉"。

"你这么急着找你老婆，是不是出于下身的需要？"

尼丘·阿吉诺吞吞吐吐地不愿意回答。

"这一点得先弄清楚。你找她要是只为了下身的需要，随便找个女人就行了。要是出于上身的需要，要她弥补你心灵的空虚，那就只好找她。她是你一个人的，只有找她，没有别的办法。"

"两方面都有。有时候，我一想到她，就觉得脖梗子上冒凉气，一直凉到后脊梁。两条腿不听使唤，两只手发僵，身子像藤条、像麻绳似的绞在一起。最后，我的灵魂也像砍刀的寒光一样刷地从脚尖上飞走了。"

"你想……"

"不知道想什么。我觉得胸口难受，不敢去想。想起这些事，我就得低下脑袋，闭上眼睛，攥紧拳头，觉得口干舌燥……"

"送信的，不管怎么样，你千万别走玛丽娅·特贡峰。这样吧，我还是陪你去吧，我知道你老婆在哪儿。"

倒霉的邮差那双野狼眼里闪动着感激的目光。自从那天晚上回到家里，看到茅屋里空荡荡的，他一直渴望听到这句话。那天夜里，他睡觉的时候，像野狼一样不住嗥叫。现在终于从"人"的嘴里听到了这句话。说是从"人"嘴里听到这句话，因为他从那些死东西，像石头、山峦、树木、小桥、河流、电线杆、繁星那里已经听到过："我知道你老婆在哪儿。"可它们不会说话,什么也不能告诉他。镇长下令追捕她,这有什么用?望弥撒的时候念的那些祈祷词有什么用?愿上帝保佑瓦伦廷神父。

"走吧,跟着我,从这边走。我知道你老婆在哪儿……"

邮差陶醉在兴奋之中,简直分不清东南西北了。不知不觉地离开了大道,离开了送信必经的大道。为了尽到神圣的职责,把邮袋送到邮政总局,交到那个又高又瘦、黑得像烧火棍一样的老头手里,他必须走这条大道。

离开大道以后,他们走上一条羊肠小路。一开头,小路相当平坦,地面有些像珊瑚一样的裂纹。再往前走,过了一棵被闪电击伤的枯树,小路明显地倾斜下去。日久天长,枯树腐烂了。再经蚂蚁的啃啮,终于倒了下去,压坏了几棵小树,在杂树丛中留出一块空地。

十六

邮政局长举起手,"啪"地拍了一下写字台。堂·德菲里克不甘示弱,"啪"的一声拍得更响。局长用更大的劲儿又拍了一下桌子。堂·德菲里克比他的劲儿更大。煤油灯蛋黄色的柔和的光线从头到脚照亮了蓝眼睛的巴伐利亚人。他后面站着镇上的几位要人。他们没有用铁锤一样的拳头捶打桌子,可都探出核桃般的脸,眼睛紧盯着肥胖的邮政局长。其中有几位戴着眼镜。一个独眼龙从广场走过来,用那只不会动弹的眼珠看热闹。

堂·德菲里克不再说什么，猛地冲了出去。他刚才骂邮政局长是"蠢猪"，对方回敬了他一句"德国狗屎"。堂·德菲里克家里的灯光和邮局不同，白晃晃的，同邮局的黄灯光映出的环境迥然不同。在黄灯光照射下，邮政局长活像一只"掉进奶油蛋黄里的蠢猪"。镇民们围住他大喊大叫，要他赔偿损失，要他追回信件。

镇长吃过饭，没来得及消消食，就急忙赶到现场。他一边用火柴棍剔着残缺不全的牙齿，一边走进邮局，看看出了什么事。一进门，他就断定道理在官员一边。所谓"官员"，就是永远有理的人。镇长没当过搬运脚夫，他是行伍出身。想当年，冈萨洛·戈多伊上校指挥军队同山里的印第安人作战，他参加过。当时，穆苏斯不过是个少尉，是塞昆迪诺·穆苏斯少尉。后来，骑警队在腾夫拉德罗谷中了游击队的埋伏，上校被活活烧死。穆苏斯少尉救出了几名骑警队队员，因而晋升为少校。

"根本没那回事，"听到人们议论纷纷，镇长斩钉截铁地说，"你们这些傻瓜蛋，怎么能听信这种话。德国人全是神经病。他就会在月光底下拉小提琴，星期天在扣眼上插上一朵花，摆出一副伯爵的架势到外面散步。他老婆爱骑马，跟男人一样。谁让他当初不肯出钱雇个脚夫跟送信的一块去呐？这么着，在过玛丽娅·特贡峰的时候，'特贡娜'也不至于引得送信的跳山涧了。上帝保佑！我也托他给亲人捎去五百多比索。他要是掉进山涧里，我一样心疼啊。"

玉米人

邮局里站着一个和煤油灯一样矮小的老太婆。她裹着一条大披肩，披肩在身后面拖着，像是长了条大尾巴。她踮起脚跟，用西班牙口音说，她给在国立男子中心学校读书的儿子寄去二十个比索。爆竹店的瘸子用拐杖敲打着地面，像报丧似的让大家听他说话："我给妹妹弗洛拉寄去四十多个比索。"另一个人说，他给生病的弟弟寄了钱。还有人说给被捕的姐夫寄了钱。还有一个人说给银行汇去了保险金。他一迭声地重复着："钱汇不到，人家就要把房子收走！"一个骨瘦如柴的人说，他给一位朋友寄去买彩票的钱。他说："我买彩票是要碰碰运气，要是把钱丢在半路上，'特贡娜'可坑了我啦。"

邮政局长目不转睛地瞅着大家，气得满脸通红，耳朵活像大虾的一对钳子。他把两只短小的胳臂揣在圆滚滚的上衣的袖子里。有几次，他直觉得两眼模糊，差点没犯病。简直是活受罪，还不如死了好呢。这是他有生以来遇到的最大的难关。镇上的人靠着和他有交情，硬往信里装钱，也不按规定填写申报单。他把这个意思说了一遍，又说了一遍。一边拍桌子，一边又重复一遍。堂堂政府官员气得暴跳如雷。真没想到，镇民们竟然滥用他的信任，弄得他面子扫地。根据现行的《邮政法》规定，他成了携款潜逃犯的帮凶。局长光顾生气了，根本没听见乡亲们七嘴八舌地讲些什么。大家的意思很简单：要是申报汇款，钱早让人偷走了……

这时候，堂·德菲里克还坐在家里。屋里的灯光雪亮耀眼，他那位皮肤白皙的夫人坐在他身边，周围摆着洁白的杜鹃花，白羽毛的金丝雀在金黄色的鸟笼里欢蹦乱跳。堂·德菲里克气得快要发疯了。要是"特贡娜"引逗得邮差跳进山涧，连人带信投进那个硕大的"邮筒"，那可把他坑苦了。最近他谱写了一支小提琴、钢琴协奏曲，现在就在尼丘先生手里。

他的夫人堂娜·埃尔黛想方设法劝他安静下来。夫人对他说，不要听信神话，神话不过讲讲而已，现实生活中根本不会发生。只有诗人才能想象得出来，除了小孩子、老祖母，谁也不相信。

巴伐利亚人回答说，她这种想法纯粹是物质主义的，而物质主义本身就是荒唐的。物质的东西都是转瞬即逝的。假使德国没有自己的神话，那会变成什么样子？德语又从哪里吸取精神的菁华？原始的物质难道不是源于混沌世界吗？人们对"无限"的思考不是否定了有限的东西吗？没有霍夫曼①的神奇的故事……

堂娜·埃尔黛承认德国的神话是真实可信的。可她认为，生活在这个穷地方的满身虱子、打着赤脚的楚赫族②印第安人和拉迪诺人的神话是荒诞不经的。堂·德菲里克把手指弯成扣住手枪扳机的姿势，抵住夫人的胸膛，指责她满脑子是欧洲人的观念。欧洲人是"笨蛋"，他们认为世界上只存在欧洲。凡是不是欧洲的东西，比如说外来的植物，哪怕

---

① 霍夫曼（1776—1822），德国作家。
② 居住在危地马拉西部地区的印第安人。

很有意思,也是不存在的。

堂·德菲里克气疯了,失去了自制。他举起两只雪白的手,攥起两个雪白的拳头,挺直身体,仿佛要冲破屋顶。屋子里,杜鹃花香气四溢,夜来香气味芬芳,沁人心脾。刚刚浇过水的蕨草散发出一股湿土的气味。几棵兰花飘散出幽香。屋角的包裹、货物发出一股货船上使用的防腐药水味。打蜡的水泥地亮晶晶的,宛如一面明镜。堂·德菲里克的身影映在地面上,只见他搓手顿脚,做出各种滑稽的动作,像煞一头长颈鹿。夫人的身影好似一只硬纸板做的天鹅,周身披着皱纹纸叠成的羽毛。

瓦伦廷神父到堂·德菲里克家串门。一进门,他就舒舒服服地坐在藤摇椅上。他那件玄色长袍倒映在水泥地上,和白藤椅一比,真是皂白分明。

教区神父来了,堂·德菲里克只好收起德语,讲起西班牙语。神父解释说,夜间一般他不离开修道院,除非有人要忏悔或是患了重病。今儿晚上有个"重病号"快要死了。要是不赶快派个人陪他走过玛丽娅·特贡峰,"病人"临终前连忏悔都来不及了。

"我本人可以去,而且立即出发,"瓦伦廷神父说,"不管教徒在什么地方遇到危险,我都要赶到那里,这是我的职责。Parvus error in principio, magnus in fine①。我要同魔鬼斗争……"

---

① 拉丁语:"千里之堤,毁于蝼蚁。"

巴伐利亚人打断他的话说：

"放心吧，神父。我马上找一个可靠的人去追他。唉，要是咱们那位最棒的邮差掉进山涧里，就太惨了……"

夫人又打断了巴伐利亚人的话。

"太好了！"她边说边鼓掌，"刚才我们还在议论这些异想天开的事呐！"

伊拉里奥·索卡雍又把夫人的话打断了。从脚夫的穿着打扮来看，他是骑牲口来的。伊拉里奥很受人尊敬，他从来不讲价钱，不计较出差的时间。真正的男子汉，什么时候需要就什么时候动身，用不着挑什么良辰吉日。只要需要，什么时候都是良辰吉日。

堂·德菲里克拥抱了伊拉里奥一下，送给他一支雪茄烟在路上抽，还给了他一些盘缠。瓦伦廷神父把念珠交给伊拉里奥，嘱咐他一靠近玛丽娅·特贡峰就开始祈祷。堂娜·埃尔黛用餐巾给他包了块黑面包和怪味奶酪。伊拉里奥一纵身跳上那匹枣红色的母骡子。这头骡子脚力很好，一离开黑黢黢的大街就奔跑起来。伊拉里奥要赶在尼丘·阿吉诺到达玛丽娅·特贡峰之前追上他，然后陪他走过峰顶，再返回来交差。

堂·德菲里克端起一杯白兰地，瓦伦廷神父接过一杯"龙波波"①，堂娜·埃尔黛高高兴兴地喝了一口马拉加②的

---

① 中美洲人喝的一种饮料，成分有牛奶、酒、鸡蛋和白糖。
② 西班牙城市，出产著名的葡萄酒。

甜葡萄酒。

"夫妻不和,原因很多,"教区神父又提起这个话题。这类事情在当地屡有发生,很让他操心。"最严重的莫过于女人弃家出走。她们吃了蜘蛛爬过的粉,得了游动狂,丢下家人,一去不返,下落不明。你们看见我这双拿着酒杯的手了。这只手一时拿念珠,一时拿钢笔。拿起念珠,我为大家祈祷;拿起钢笔,我给上级写信。祈求我主,也请求上级来拯救我们,使家庭不遭到破坏,不遭到毁灭,别让男男女女四处游荡,最后像驯顺的小牛径直跳下悬崖。"

"这些人死了,可神话得以流传开,"巴伐利亚人说。这时候,他那双蓝眼睛暗淡无光,毫无表情,活像一对干巴巴的蓝色的白蜡圆盘。

"这都是无意识的,"堂娜·埃尔黛说,"他们受到一股莫名其妙的力量的驱使,谁也不知道为什么要这么干。"她瞟了坐在对面的丈夫一眼,又说:"你这个人,真讨厌!……"

"那是魔鬼!夫人,魔鬼!"

"只要民歌里的魔鬼能活下来,牺牲个把人有什么关系,对不对,德菲里克?一个人冷冰冰地说什么为了神话得以流传,可以牺牲一些生灵,哼,真叫人讨厌。"

"我说也好,不说也好,反正神话是不会放过牺牲品的。否则,我就闭上嘴巴。埃尔黛,事实并非如此。尽管让人讨厌,咱们还是要冷静地承认这一点。神仙没有了,可神话流传下来了。神话也好,神仙也好,都需要某些牺牲品。

过去用黑曜石刀子①给牺牲者开膛挖心,如今这种刀子没有了,可无形的刀子还是流传下来,还在伤害人,让人发疯。"

堂·德菲里克在用德语说话。瓦伦廷神父猛然醒悟过来。他起身告辞,叮嘱他们:等伊拉里奥·索卡雍一回来,立刻把邮差的情况告诉他。街上伸手不见五指,神父只好接过德菲里克夫妇递给他的灯笼。德菲里克夫妇进屋以后,神父加快了脚步。忽然,他觉得脚底下有个肉烘烘的东西一个劲动弹。撩起长袍一看,似乎是一只野狼的影子。神父情不自禁地大叫起来:"你是不是尼琼啊?听人说,你是只野狼,这,这怎么可能呢?"

过了半小时,教堂的钟敲了十二下。堂·德菲里克在堂娜·埃尔黛的钢琴伴奏下拉完一支小提琴曲。如果邮差能安全通过玛丽娅·特贡峰,这首曲子准能寄到德国去。妻子惊恐不安地紧紧靠着巴伐利亚人,他把琴弓放在钢琴上。深夜,万籁俱寂。"咔咔咔"地响起了缝纫机的声音,这是阿卡坦镇的米盖莉达的缝纫机的声音。

十二点啦,

米盖莉达,

阿卡坦呀,

缝啊缝啊,

---

① 古代美洲印第安人善用黑曜石制作斧子、刀子、箭镞。

米盖莉达,

缝啊缝啊……

阿卡坦呀,

十二点啦……

十二点啦,

米盖莉达,

缝啊缝啊,

阿卡坦呀,

教堂的钟

敲十二下……

当,当,当,

当,当,当,

当,当,当,

当,当,当,

阿卡坦呀,

十二点啦……

伊拉里奥·索卡雍来到三水镇。他停下脚步,吸了一支烟。从山上顺风飘来独行菜和薄荷的芳香。这当儿,从屋里走出一个人来。她瞪起一双圆圆的眼睛,打算看看是谁这么早就打这里经过。她的脑袋像个有鼻子有嘴的南瓜,长长的头发从左右两边披散下来。身穿几条裙子和衬裙。她是拉蒙娜·科桑特斯。说好听点儿,她是产婆、郎中、媒婆;说难听点,她是巫婆、跳大神的。吃了她的药,病人会发疯,变成恋爱狂，甚至还会送命。她擅长把不足月的孩子从孕妇的肚子里催下来。最招人恨的是她会做蜘蛛粉。

老太婆冲着太阳，看不清对面站着的是谁。她手搭凉棚，看了看，喊道：

"敢情是你呀，'杂种'，怪不得连狗都不理你呢！"

"我怎么成了'杂种'啦……啊？大伙儿都知道我常来常往，蒙查大婶，谁也不来盘问我。谁跟我在一起，谁准走运！"

"你这个人心眼太坏。要下马就下来吧！你先等等，我得找块阴凉地儿，闭会儿眼睛。太阳照得我两眼直冒金星。"

"您忙您的，大婶。把咖啡倒出来，壶底上剩下的全是金星。我不下来了，还得赶路呐。我在这儿停一停是想看看您，借您家的屋檐下面抽支烟。曬，墙上都长胡子了，您也不叫人来刮一刮。还是叫个理发匠吧。"

"什么你都看见了，就是没看见我这副穷相。谁也不会可怜我，说：'这点钱，您拿去刷刷房子吧。'从前，都是我自己打扫。我登梯爬高，用扫帚打扫屋顶上的尘土，清扫倒霉的蜘蛛网。有一回扫出一条长虫来。这条该死的长虫不肯离开屋顶，我就给了它一刀。结果一半身子留在屋里，一半身子跑掉了。自打这件事以后，有人编造说我是巫婆。"

"看样子，这几天客人不多……"

"没客人。除了送信的尼丘先生和几位老主顾以外，没什么生意。"

"他过去了?"

"过去啦!昨儿晚上走的。大概奔那边去了。我本想托他带个包裹。包裹太大,没地方放了。再说,不知怎么回事,我有一种预感。"

"他为人很可靠……"

"是啊。你准知道他老婆的事。我试着问了问,看他肯不肯说出来。伊拉里奥,你猜怎么着?他什么也没说。可我觉出来了。当时,我想劝劝他别走大道。下来吧,喝杯咖啡……"

"我还得赶路,蒙查大婶,下回再喝吧。我有急事,没工夫下来了。您这份心意,我领情了。您干吗要劝他别走大路呢?"

"太危险了!虽说他是送信的,也太危险了!走到山顶上,'特贡娜'会叫住他。到那时候,他就过不去了。他会停下来,一直朝山涧边上走,摔死为止。兴许你能赶上他,千万别忘了提醒他一声。"

"嗷,是这么回事啊。蒙查大婶,哪儿会有这种事?全是瞎说八道。有人专爱在背后嘀咕人,这还不够,连石头也不放过。石头跟咱们有什么相干?说老实话,这座山峰是有点神秘。谁打那儿过,都觉着别扭。头发根发麻,汗毛都能竖起来。眼前模模糊糊。像掉进冰窟窿里一样,从心里往外冒凉气。骨头好像离了肉,露在外边,浑身上下透骨凉。不过,那个地方山高雨多,有这样感觉不算稀奇。赶上阴天,雾气腾腾,山路就像涂了一层肥皂,很容易从山坡上滑下去。跟您说吧,蒙查大婶,我从玛丽娅·特贡峰走过好多趟了,白天黑夜,下午清晨,都走过。压根儿没听见什么,也没看见什么。"

"你刚才说有急事……"

"是啊,也没什么要紧。您抽根烟吧!"

伊拉里奥递给她一支棕色玉米叶卷烟。老太婆看了看,抽了一大口,然后说:

"我们这儿,用紫水井里的水浇出来的玉米,皮都是棕色的。你是个自信的人,不相信神灵。凡是自信的人大都不信神。只有俗人才信神。可也只有俗人俗物才长得好,才长生不老。事情就是这么蹊跷。"

两个人沉默不语,各想各的心思。他们的思绪仿佛是烟卷里冒出的白烟。先吸进一口,然后悠然自得地从鼻子和嘴巴里慢慢地把烟喷出来。春天的清晨,空气十分洁净。老板娘喷出的烟圈在眼前飘来飘去。她用小拇指掸了掸抽剩下的烟头,又嘲笑起不信神灵的脚夫。

这当儿,伊拉里奥正在想"他那位"阿卡坦的米盖莉达。有一回,他喝醉了,痛哭了一场(他的习惯是喝醉了就哭,好像喝的是催泪酒)。痛哭流涕之后,编造了一个米盖莉达和尼尔先生恋爱的故事,又编出半夜教堂的钟敲十二下的时候镇上能听到缝纫机响的故事。

自从伊拉里奥·索卡雍编造出这个故事以后,有谁不把它当作真人真事到处传扬呢?他自己不也祈求过上帝让阿卡坦的米盖莉达的灵魂得到宽慰和安息吗?不是有人在教区档案库的故纸堆里查找过这位神女的洗礼日吗？小孩子一淘气，大人不是时常哼着单调的声音，用夜游神般的缝纫机的咔咔声吓唬孩子吗？不是有人告诉姑娘们说那架象征着失恋的缝纫机的咔咔声配上小夜曲能够成全她们的美好姻缘吗？编造这种神话的人怎么会相信什么"特贡娜"呢？

"伊拉里奥，下次再谈吧。刚才我说的是我的想法。你知道，我的名字是拉蒙娜·科桑特斯。我是从我奶奶贝南西娅·科桑特斯·圣·拉蒙那儿听到米盖莉达的故事的。她还会唱呢。我不会，想不起歌词了。哼哼曲子兴许能想起词来。那是一首歌谣……

　　……枷神、枷神，求求你，
　　快派村警到这里，
　　抓我、铐我、带走我，
　　关进监狱心欢喜。
　　米盖莉达·阿卡坦，
　　又黑又俏没法比，
　　枷神，枷神，守监狱，
　　姑娘长得真像你……

"没那回事，蒙查大婶。这故事是我编出来的。是为纪念我死去的父亲编出来的。为了上帝，我敢起誓：骗你，我就不叫伊拉里奥·索卡雍。有一天，我喝醉了，编了这个故事。脑袋里想着，嘴里就说出来了。结果被人当成真事传开了。当时我口吐白沫，不省人事，说了好多话。好像您说过，人说出来的话是什么呀，都是唾沫变来的。"

"哟，你又不吹你的自信啦？"

"当然不喽……"

"你听我说，人啊，总爱把别人忘掉的真事说成是自己编出来的。这些事别人不再谈论了，你说了出来，就说是你编的，是你的，全是你的。其实呢，你是在回想过去的事。喝醉以后，你想起了先辈人留在你血液里的事情。你要明白，你不光是伊拉里奥·索卡雍，你还是索卡雍家族的一分子。从你妈妈那支来说，你还是阿里亚萨家族的一分子。他们都是这个地方的人。"

老太婆迅速地眨动着眼睛，仿佛在用眼皮说话。然后，她又接着说：

"在你脑海里本来就有阿卡坦镇的米盖莉达的故事，就像写在书上一样。你的眼睛读过脑海里装着的故事。借着酒劲儿把它说了出来。即便你不讲出来，别人也会讲。这样的事是不会失传的。真也罢，假也罢，反正它是生活里的一部分，是这儿的大自然的一部分。生活是不会消失的。生活里包含着各种风险，可生活永远不会消失。"

"说句实在话，这个故事真是我自己编造的。那首歌谣流传的时候，还没有尼尔先生呐。我把米盖莉达的名字和我爸爸讲的尼尔先生的事编在一起了。人喝醉了，免不了会把风马牛不相及的事混在一起。"

"你把尼尔先生和缝纫机扯到一块儿，是有点生拉硬拽。这也没什么，对他没有坏处，大伙反而忘不了他。故事跟大河一样，每流到一个地方总会加进一些东西。没有东西加进来，也能照见岸上的东西。米盖莉达的故事不是把尼尔先生和缝纫机带进来了吗？"

伊拉里奥用手指捏住小得可怜的烟头，又点上一支烟卷。他吐了口唾沫，用眼扫了一下旷野，最后把目光落在乱石嶙岣的山峦上。在他看来，一开头仿佛是石块不断跌落，突然达到平衡，暂时静止不动了，于是形成了山峦。

"我走了，还得继续赶路，蒙查大婶，回来再说话吧。让吐皮亚尔鸟陪陪您！"

"小心点，别到处乱跑。"

一只老狗睡累了，爬起来，蹬着四只爪子伸了个懒腰。骑牲口的一过来，它连忙退到墙根，气哼哼地哑着嗓子叫了几声。"母猴"拉蒙娜，或者"母猴"蒙查（把她看成巫婆的人给她起了这么个名字）回到家里看她那只吐皮亚尔鸟。小鸟羽毛精细，两只小眼睛好像两个火星，漂亮极了。

"下来，我的小宝贝！"她对欢蹦乱跳的小鸟说，"这是用蓝水井的水拌的玉米粒儿！我不用绿水井的水，你喝了会死的，会变成不会唱歌的青草！我更不用紫水井的水，你喝了就变成傻瓜，人家会用火枪把你打下来！你啊，脑子不大，长在羽毛底下。光想着快天亮吧，出去散散心，看看蒙查！来吧，小宝贝，下来吧！不想让我喂喂你吗？"

蒙查的身影出现在鸡棚里。母鸡乍着翅膀，带着小鸡，撇着两只爪子一边跑一边咯咯地叫。公鸡昂首挺胸，耀武扬威地在地上留下一溜清晰的爪印。鸭子嘎嘎地叫着，一跛一跛地跟在公鸡后面。几口猪脖子上套着木头三脚架。钻不出猪栏，急得用嘴拱地，像杀猪似的大声尖叫。鸽子飞到老太婆的跟前，在围裙上啄玉米粒吃。

"万能的上帝啊，看把这些小家伙给饿的！人饿了吃它们；虫子饿了又吃人。"

吐皮亚尔鸟嘴里叼着一条小虫子，跳来跳去。

"啊，想起来了！……"老太婆拍了拍前额，吧唧吧唧嘴，似乎小虫子从她的脑海里跌落到舌头尖上。唉，伊拉里奥走远了，想起了下半段歌词又有什么用呢？

> 脚夫、脚夫，运货忙，
> 挣来银元响叮当；
> 带着银元上大路，
> "九天女王"丢一旁。
> 米盖莉达·阿卡坦，
> 模样俊俏赛女王；
> 银元丢在枷神狱，
> 脚夫四处找姑娘。
> 姑娘两眼似火炭，
> 小嘴好像花一样；
> 枷神请进教堂里，
> 姑娘一去……

老太婆还想往下唱,可是歌词卡壳了。她像弹吉他似的用手指一个劲抓挠披散下来的长发。吐皮亚尔鸟吃完青虫,飞到一株苏吉纳伊树的枝杈上。树上醉人的花香引来了蜜蜂、蝴蝶、绿豆蝇和蚊虫。

下面还有……还有歌词,可她想不起来了。老太婆搔了搔屁股,说了句什么话,就去干活了。她拿起扫帚和抹布。在上帝的圣像后面放好避邪的树枝子。一只色彩斑驳的小花猫"嗷"地叫了一声。她觉得有些恶心,涂了点清凉油,斜躺在床上。是不是有人要请她喝可可啊?婚礼上的可可真香啊。洗礼上的可可也不赖。喜庆日子,总有可可和做成各种小鸟式样的酥饼。圣婴用面包渣做酥饼,犹太人跑过来,要用脚去踩。圣婴吹了口法气,小鸟纷纷飞走了。

母骡子蹄声凌乱,伊拉里奥·索卡雍一听就知道快到玛丽娅·特贡峰了。他心里想,连牲口都发毛了。想到这里,他把草帽往前拉了拉,盖住前额。平时,为了有个"帅"劲,他总把草帽扣在后脑勺上。现在心里没底,顶好还是把眼睛盖起来,偷偷地从帽子底下往外看。

伊拉里奥似乎看见成群的萤火虫,立刻想起了马丘洪。小伙子骑着快马外出求亲,后来变成一盏天灯。他仿佛看见大祸临头时马丘洪的身影矗立在火光耀眼的夜空。

"驾!"牲口打了个前栽,索卡雍高喊一声,拢住缰绳,把牲口拽到一旁。

冷雾黏乎乎的,好似结了冰的浓烟,从帽子底下钻进他的头发，从袖口、领口钻进他的粗呢外套、衬衣里。两只光脚板冻得冰凉，裹腿和裤子也冻得冷冰冰的。

萤火虫要把马丘洪拉下马来，可是没拉动。马丘洪像一盏天灯，年复一年地从天空朝大地降落。哪里烧荒，哪里火光冲天，他就出现在哪里。浑身披金，从大檐帽直到他那匹乌骓马的马蹄全都金光闪闪。他真像一个顶天立地的男子汉。

索卡雍用手抹了抹脸，脸上好像结了一层白霜。他又擦了擦鼻孔，吸进雾气可了不得。有什么办法呢？周围一片白茫茫，到处浮动着云雾，没有一丝声响。一团团白雾忽上忽下，互相撞击，你推我挤，最后混搅在一起。有时又突然停住不动，仿佛被什么可怕的东西吓呆了。

金煌煌的光斑散开了。白日里，浓雾中的光斑变得暗淡了。伊拉里奥看到周围的情景，想着马丘洪，不由得把身体缩成一团，把心提到嗓眼上。他定了定神，两脚紧紧踩住马镫。瞪起眼睛，盯住眼前的光斑，免得蒙头转向。行了，至少光斑没有把他拽下牲口。云雾般的萤火虫很快过去了，真像蒙在枷神头上带箔片的细纱。

山路弯弯曲曲，伸延在一片黑压压的松林中。四下里漆黑一团，伊拉里奥觉得自己仿佛浮游在云气之中，比健骡跑得还要轻快。缰绳从他手里直往下滑。他觉得牲口跑得很不对劲，觉得浑身上下不自在。他龇牙咧嘴地喘了口气。"臭骡子！驾！骡……"伊拉里奥用马刺踢了一下牲口，又用缰绳抽了它一下，催它快走。土地仿佛要从骡蹄下逃走。千万别离开土地！要是牲口落在后边，他会腾云驾雾般地悬在半空中，变成满身白霜的马丘洪，那多可怕呀！伊拉里奥冻得浑身发抖，上牙打着下牙"咯咯，咯咯"价响。马刺一个劲打颤，好似地震中一株雏菊上的两朵黄花。从这儿掉进山涧，摔死了也算有福气！摔死了，就会变成永生不死的冰人、云雾人！伊拉里奥摸了摸手枪。弹膛里还有五颗救命的子弹。谁要是在这儿中弹身亡，也算是有福之人！让骡子自由自在地跑掉吧！几百年后，死人的地方会长出一棵白色的蔬菜，长出一个光溜溜的白萝卜，死人的头发会化为根深叶茂的土豆、带须子的葱头。

玛丽娅·特贡贡贡贡贡！……玛丽娅·特贡贡贡贡贡！……

呼唤"玛丽娅·特贡"的喊叫声像闷雷似的在伊拉里奥的耳鼓深处轰轰作响。伊拉里奥连忙捂住耳朵，喊叫声还在他耳鼓深处轰响。喊叫声不是来自外面，而是来自他的内心。真正的玛丽娅·特贡已经被人遗忘了，留下的只是这个女人的名字。

玛丽娅·特贡贡贡贡贡！……玛丽娅·特贡贡贡贡贡！……

谁没有呼唤过这个名字？谁没有高声呼叫过这个失踪多年的妇女的名字？谁没有像那个瞎子一样追踪过玛丽娅·特贡？当年，瞎子睁开了眼睛，走啊，走啊，四处寻找他的妻子。可是弃家出逃的"特贡娜"不能停止脚步。脚步一停，她就会变成石头。

玛丽娅·特贡贡贡贡贡！……玛丽娅·特贡贡贡贡贡！……

只有站在玛丽娅·特贡峰的顶端，才能体会到"特贡"①这个名字的全部悲剧含义。特贡的"T"字巍然耸立，两边是刀劈斧削的悬崖峭壁。"U"字形山谷深不可测，超过人世间所有的山谷。

伊拉里奥走到峰顶，来到玛丽娅·特贡石前面。玛丽娅·特贡石矗立在笔直的悬崖上，谁也无法走近。一只看不见的神秘的大手撕扯开那里的云团，把云絮抛下山谷。

玛丽娅·特贡石啊！看见你，人们不由得思念起逝去的亲人，想起那若即若离的爱人。你是永不歇息的行路人，又像高塔一样耸峙在山顶。你像月亮一样自身暗淡无光。你像风中石笛呜呜作响。

玛丽娅·特贡贡贡贡贡！……玛丽娅·特贡贡贡贡贡！……

听人家说，瞎子走到这里，拼命呼喊，突然拂去蒙在眼睛上的云翳，看见了光明。然而，周围的一切仿佛涂了一层肥皂水，变得模糊不清，飘忽不定。似乎所有的东西都在不停地滑动，一个挨着一个地移动。所有的东西都模模糊糊，好似蜥蜴化石留在青石板上的痕迹。所有的东西都弯弯曲曲，好似被砍倒的光秃秃的枯树……啊，不，好似沉陷在冰川里的走兽的犄角。

---

① 特贡，原文为 Tecún。

蓦地,一只野狼从低矮的松林中走出来。野狼离开伊拉里奥很近,几乎就在眼前。眨眼间,野狼消逝在一片灌木丛中。细雨蒙蒙,灌木的枝条变得跟橡皮一样柔韧,很富弹性。野狼走过后,伊拉里奥听到一个小瀑布的溅水声。

伊拉里奥吹了声口哨。哨声悠扬,很像用奥卡利纳笛[①]吹出的声音。他觉得浑身的紧张劲儿随着口哨声消散了。伊拉里奥脱离了险境,来到一片生机盎然的田野。田野里开遍火红的大丽花,绿草如茵,还有娇嫩的山杨,水灵灵的鲜花。万花丛中,散布着雪白的羊群、红羽毛的小鸟、杂色的野鸭。从茅舍的烟囱里冒出缕缕炊烟。

伊拉里奥边吹口哨,边解开勒住脖子的湿乎乎的帽带。这时候,他猛然想起了瓦伦廷神父送给他的念珠和堂·德菲里克送给他的雪茄,好吧,边吸烟边祈祷吧。想到这里,他松开缰绳。可他从来没吸过雪茄烟,也不会用念珠祈祷。他吹着口哨,无可奈何地笑了笑。

究竟是不是野狼呢?他看得一清二楚,怎么会不是呢?是啊,问题就在这儿。他看得很清楚,可他看到的并不是野狼。从第一眼起,他就觉得野狼是个人,是个熟人。他用腮帮子使劲嘬了嘬一颗坏牙。"我要是对大家说我不前不后准时赶到了玛丽娅·特贡峰,看见送信的阿吉诺变成一只野狼,冲着'特贡娜'石高声嗥叫——这是我瞎编的,大家准得笑话我。"啊,玛丽娅·特贡石啊!那些弃家外逃的女人

[①] 一种用金属制成的卵形乐器。

的灵魂都附着在这块被泪水浸湿的青石上。她们脚下扬起孤寂的烟尘。她们的双肩掀起抛弃家庭的风暴。她们的双手砸碎了家里的坛坛罐罐。她们那双木呆呆的眼睛干瘪得好像切开的无汁无肉的椰子壳。她们唇边挂着一丝令人不寒而栗的冷笑。她们心中万念俱灰,想得到的东西都没有得到,没脸再见男人。

伊拉里奥摇了摇头。哪儿来的这么多胡思乱想?山风呼呼地吹着,伊拉里奥又把帽带系上。不然的话,他老得用手抓住帽子。他用马刺踢了一下牲口,茅舍很快落在后面。他扭过头来好好看了看这些茅屋草舍,心里想:这是山间仅有的一处有人烟的地方。

上司交待他要追上尼丘·阿吉诺,陪他渡过难关,然后返回圣·米盖尔镇。他追上尼丘先生了吗?看见他了吗?……在山顶上,除了那只倒霉的野狼,什么活物也没碰见。

伊拉里奥信马由缰地往前走。他还得追赶尼丘先生,不能半途而废。一定要追上他。哪怕追到邮局大楼,也要追上他。

迎面过来几辆牛车。车夫们仰面朝天躺在车上,睁着两眼,一动不动。伊拉里奥走上前去,跟大家问了声好。当然不是因为车夫长得漂亮,而是想向他们打听打听尼丘先生的下落。车夫们说,没碰见尼丘先生。他们都认识邮差,可谁也没看见他。谈话当中,他们连头也没抬起来,压根儿没想看看谁在和他们说话。

"哼！觉得自己怪不错的！懒蛋！傻瓜！连句人话也不会说！快醒醒吧！跟马一样睁着眼睡大觉！坏蛋才这么睡呐！"

伊拉里奥差点把这些话脱口喊出来。几只红羽毛小鸟落在前面的路上，等伊拉里奥走近了才振翼飞去。好像它们打过赌，看谁胆子大，不怕让牲口踩着。

伊拉里奥边走边看红羽毛小鸟，没留神，在拐弯的地方和骑马过来的一男一女撞了个满怀。女人骑的那匹母马朝路边冲过去，然后横在大道中央。伊拉里奥急忙勒住骡子，总算没踩在她身上。挂在女人胸前的那只小巧玲珑的鸟笼子差一点掉在地上。笼子里的小鸟一扑棱翅膀，一条翅膀钻出笼子，打在女人的胸脯上。她睁大两只绿眼珠，吓得面无血色，两条辫子来回直晃荡。那个男人也用力一勒马缰，马匹扬起前蹄。虽然他们素不相识，还是互相寒暄了几句。伊拉里奥趁机打听了一下邮差的下落，说不定他们也许见着他呢。这两个人是从京城来的。他们说，记不清了，没见过邮差模样的人。他们说了句"我们走岔路了"，接着就纵马急驰而去，马蹄扬起一阵烟尘，两个人消逝不见了。

伊拉里奥想，尼丘先生准是迷了路，走进深山老林里去了。要么就像人家说的那样，变成了一只野狼。据说，他能化作野狼，奔走如飞地赶到京城。"上帝保佑，但愿我在玛丽娅·特贡峰上看到的那只野狼就是尼丘先生。行啦，别再想了，我真有些害怕。要是我想的这些事都是真的，那可太吓人了。咳！假定是这么回事，那又怎么样呢？当然，顶好别像我猜想的那样,顶好我能在邮局里看见大家围着他,他把信件分发给收信的人。到那时候,我要从头到脚好好看看他,认准了他确是从阿卡坦镇出来的尼丘先生,哪怕他在路上变成过野狼呢,我也不管了。不过,顶好不是我在山顶上碰见的那只狼,那只狼好像是迷了路。弄清楚了,我马上飞快地跑回镇上,告诉大家尼丘先生到了京城,大家托寄的钱和信全都好好的。他们担心的就是信里装着的钱,没别的!'留点神,信里都是贴心话',全是废话……白纸黑字,还怕让风吹跑了?当然,时间久了,字迹倒是会消蚀掉!"

一路上,伊拉里奥睡不好觉,吃不上饭,喝不上水,两只眼睛熬得通红,好像酒泡的樱桃。骑马骑得两腿直抽筋,累得嘴角耷拉着,腰像折断了一样。最后,总算来到了京城。清晨,京城沉浸在一片静谧的气氛中。远处是黑黝黝沉睡的火山,东边是赭红色砂土地。市声渐渐开始了。

一株高大的木棉树枝叶繁茂,遮住周围十几公尺的地方。大树底下,一个女人用粗大的木柴笼上火,煮咖啡。火光熊熊,惊醒了栖息在树枝上的鹌鹑。女人站在桌子后面,把一杯杯热气腾腾的咖啡端给起早赶来的顾客。咖啡的热气和顾客的哈气混成一团烟雾。

卖咖啡的女人侧着脸躲开火,伸直胳臂,用手指尖从火炉上拿下滚开的水罐。长年的风吹日晒,烟熏火燎,弄得她面色黧黑。女人背着一个睡熟的婴儿。破旧的兜布千疮百孔,孩子半裸着,冻得浑身青紫。

玉米人

看见伊拉里奥走过来买咖啡,女人问他是不是胡斯托·卡皮奥。还说,要是胡斯托·卡皮奥,那就赶快离开这儿,人家正在到处追捕他。伊拉里奥说不是,她才知道认错了人,连忙解释几句。她说,卡皮奥跟政府捣鬼,拿炉灰冒充石灰,害得昨天停了一天工。公家正要找他算账呢。

一个水管工直挺挺地站在桌子跟前。他脖子上围着毛巾,遮住半边脸,用毛巾捂住嘴说:"您早,法乌娜。"说完话,把扳手扔在地上。女人给他端上一杯滚烫的咖啡。他呷了一口,差点烫着嗓子。水管工掏出一把用黄纸卷的纸烟,用嘴叼出一支。卷烟粗大得像条蛇。脚夫一直瞅着他。这个人和脚夫的个头差不多。他穿着一条粗布裤子,显得身材略微高一些。头戴一顶大草帽,帽檐盖住肩膀,又显得矮了一些。卖咖啡的女人和水管工谈起金牙的事。水管工吸了一大口烟,白烟从鼻孔里冒出来,活像一支刚刚开过火的双筒猎枪。水管工把毛巾拉到脖子上,喝了口咖啡。然后,张开鲜红的嘴,给女人看那颗金牙。他犹犹疑疑地说:"我觉得还可以。"女人看了看,说道:"挺漂亮的,真得祝贺你!到哪儿去干活啊?""去跑马场,"水管工说,"听说那边的管道堵住了,流过来的水成了泥浆,我去通一通。""喝这种水,遭这份罪,水钱又那么贵,"女人一边在锅里涮洗杯子一边说,"我们死不了。让最毒最毒的毒蜘蛛咬着,也死不了。事先吃过药了,吃了好几车。"水管工听了这句话,咧开嘴哈哈大笑,又露出了那颗金牙。

一位叫"索斯特内斯"①（也许是绰号吧）的老头走过来喝咖啡。卖咖啡的女人认识他，就算认识吧。老头总是在天刚麻麻亮的时候到这儿来喝咖啡。天色微明，炉火闪闪烁烁，再加上人还没睡醒，勉勉强强地睁开眼睛，根本看不清谁是谁。自从老头到这儿喝咖啡那天起，卖咖啡的女人就算认识他了。不过，她觉得"索斯特内斯"这个名字太难听，所以总管他叫"堂"。

小老头一口一口品尝着咖啡。每呷一口，两只小眼睛就透过镜片向四处张望张望，仿佛刚刚发现几百年来一直矗立在这里的木棉树、教堂和房屋。喝完最后一口，他付了钱。像认不得路似的站了一会儿，然后搓搓手，走开了。卖咖啡的女人大声对他说："别忘了，堂，明儿个我不来。您是不是到小摊上吃早饭吧！"堂·索斯特内斯转过身来，问她说什么。听明白以后，他气哼哼地摇了摇头说，像他这样有学问的人是不能到小摊上吃早饭的。那不有失身份嘛！"不！不！"他边走边说，"明日免用早膳。敝人尚需介绍圣人柏拉图……我们只爱拥有之物……"

三个熬过夜的人来到咖啡摊上，浑身热汗淋淋，发出一股葱头的恶臭。他们一迭声地叫喊着："咖啡！咖啡！"卖咖啡的女人一字摆开三只冒热气的杯子，问道："昨儿晚上演出啦？"那个又高又胖的黑眼睛的桑博人回答说："弹小夜曲啦。上午九点，还要我们赶去弹木琴。这趟差，得走一天一

---

① 直译为"站稳了"。

夜。"女人又问:"换乐器啦?""没有,"刚才说话的人回答说。他摸了摸杯耳,怕咖啡太热烫着手。另一位木琴手从裤子口袋里掏出手绢,打了个大喷嚏,又擤了擤鼻涕。"瞧您这份德行!有这么打喷嚏的吗?快把孩子吵醒啦。您要是这样弹木琴,就更现眼了。"这时候,孩子"哇"地一声哭了。趁他没闹起来,女人把孩子连兜布一块转到前面,撩起衣服,掏出胀鼓鼓的乳房。"法乌娜可以卖咖啡加牛奶了,"另一个木琴手说。女人立刻回敬说:"你家的那位也一样。她卖的可不是咖啡加牛奶,是咖啡加泪水。"

一个中等身材的意大利人吹着口哨走过来。他把衣领朝上竖着,身边跟着几条猎犬。教堂的司事从附近的钟楼上喊道:"法乌娜,我那份咖啡……"女人听见他的话,抬起头大声说:"马上就该望弥撒了!"木琴手和带狗的意大利人说着话一块走开了。

伊拉里奥付了钱。他一边解开手绢往外拿钱,一边对卖咖啡的女人说:"这么说,明天您不在这儿……"卖咖啡的女人亲切地说:"是呀,因为……"她本想把事情的原委告诉他,可又一想,干吗要把自己的私事告诉一个多管闲事的外乡人?于是,她用揶揄的口吻说:"您是不是从这儿走的,又回来了?……"

这时候,钟声齐鸣,谈话无法继续下去了。伊拉里奥没听懂这句话是什么意思,只好回答说他不是从这儿出去的。来的时候,伊拉里奥把牲口拴在一块大青石上。喝完咖啡,他朝牲口走过去,解下牲口,跟着进城的人一起继续赶路。

在进城的人当中，有男的女的，有老的小的，有的挑着担子，有的骑马，有的赶车。大家朝城里的大街小巷分散开去。骑马的纵马飞驰，背着东西或抱着东西的步履轻捷。还有的人踱着慢步。赶猪进城的人走得很慢，仿佛在泥塘里爬行。小汽车快似火箭，摩托车疾如流星，自行车好像装上了风火轮，装满碎柴的卡车被压得"嘟嘟"地直放屁。

伊拉里奥正往前走，突然从过路的卡车上跳下一只狗，冲着他汪汪叫，吓了他一大跳。这个鬼东西，离牲口那么近，几乎就在他脸上、耳朵根上叫个不停。然而，和这么多素昧平生的人走在一起，他还是十分快活。你看，他们来自四面八方，有上年纪的，有年轻的；有高的，有矮的；有南来的，有北往的。身着各式各样的衣裳，在街上溜溜达达，好像无事可干，出来逛大街。他们的义务就是在街上走来走去，让城市整天热热闹闹的。伊拉里奥走到一家大门前，停住脚步。石砌的门洞里是一家草料铺。大捆大捆的饲草靠着墙码得挺整齐。他喊了一声要买草。一个男人毛毛腾腾地接过草钱，递过一把饲草。伊拉里奥为了节省几个钱，在路上让骡子啃过青草了。刚进城的时候，他心里挺快活。越往街里走，心里越是忐忑不安。他睁大眼睛，张开嘴巴，浑身发紧，心里七上八下，像是有人在清水塘里扔进一块石头。他得时时刻刻加倍提防，怕在人前丢了面子。除了这种惴惴不安的心情之外，他还有一种自鸣得意的感觉。这种感觉到了嘴边，就化为一个词："可怜啊！"比如，一支乐队从街心走过。脚夫看见他们过来，一闪身躲在一旁。乐队从他身边走过，乐师们个个胖乎乎的，身穿制服，满身大汗，还是一个劲地朝前走。脚夫瞅着他们，深表同情地说："可怜啊！……"再往前走，他看到一个交通警，只见他站在一个……"布道坛"上，像角斗场上的裁判似的执行任务。他用那双雪白的手指挥过往的车辆。伊拉里奥仔细地打量了一番，脱口说出："可怜啊！……"一队士兵敲着鼓、吹着号走过来。更甭说了，还是那句话。这些人越发可怜了。一个小个子像疯子似的跑来跑去，叫卖报纸。印第安清洁工正在干活。几个穿着一色制服的中学生文文静静地走过来……伊拉里奥偷眼望了望熙来攘往的城里人，两手紧紧抓住马鞍子，心里想："在这群可怜的城里人当中，我不过是个过路人；可对他们来说永远不会苦尽甘来！可怜啊！可怜啊！可怜啊！"

再往前走几步，伊拉里奥来到一家客店。牲口有好大工夫没饮水了。碰巧也许有个把熟人在店里歇脚，或者打这儿路过，也好向他们打听打听尼丘先生的下落。他给骡子饮完水，急急忙忙跑了出来。从每间屋子里都冒出一股死臭虫味。好家伙，人㧱着人！可怜啊！

服装店里的衣服琳琅满目，美不胜收，和祭坛一样五彩缤纷。店门口挂着上衣、长裤、外套、衬裙、头巾和儿童服装。各种花色的布匹摆在货架上。有人来买布，伙计们不慌不忙地把布拿下来，平摊在柜台上。他们成天成天站在柜台后面。可怜啊！两条腿一定站得很累。站长了，一个个都会发胖，变得像阉过的公鸡。他们满面春风，头发梳得光溜溜的，显得整洁利落。可怜啊！他们恐怕连大风也没见过吧。药铺夹在服装店和百货店之间。一个人闹牙痛，进了药铺，出来的时候显得轻松多了。伊拉里奥觉得这里倒是一个招人喜欢的地方，上次进城就有这种感觉。药铺里出售一种毒药，装在蜂蛇眼珠一样亮晶晶的小瓶子里。想当初，有人打算用这种毒药害死伊龙酋长加斯巴尔。加斯巴尔·伊龙喝了大河里的水，才算活了下来。后来，他看见自己手下的印第安人大批遭屠戮，才投河自尽。紧挨着药铺的是一家鞋铺。里面的鞋子似乎是专门为打赤脚的人准备的，其中也包括伊拉里奥。每次进城，他都得穿上夹脚的鞋子；一回到山里马上脱下来，还是光着脚舒坦。再往前是一家铁匠铺。嚯！什么都是铁的！砍刀、匕首、锄头，应有尽有！什么铁锅、铁链子，什么猎枪的弹药、铅丸。还有什么犁啊、灯啊。广场上立着好多塑像，全跟圣像一样，不过都是石头的。伊拉里奥离开拐角，朝集市走去。他不住地问自己，干吗要给马雕个像呢？……可怜啊！马也变成了石头。半截身子砌在墙里，主持在大街上举行的各种庆典。雕像啊！你也像时间一样永远屹立在广场上。随着时间的流逝，周围一切东西都变得衰老了。只有你置身于时间之外。人们今天看你，明天看你。一来二去也就看腻了。你大不了是京城的一个标志。只有小孩子还注意你的存在。只有小孩子和新来乍到的人……

从太阳街到集市的入口横着一道高坡。伊拉里奥骑的骡子在这个高坡上爬过上千次了。不过，每次都有波菲里奥·曼希利亚陪着。这次出来没告诉他。不然的话，他肯定不让伊拉里奥一个人出来。按说应该找个人做伴。可这次出差办公事，带着旁人不大方便。再说，波菲里奥·曼希利亚也没空。他要到海边去买一对黑白花骡子。

伊拉里奥从山上下来的时候很少说话，现在也习惯了城里的喧闹声。经过一家圣像作坊门前，他勒住坐骑。看到工匠们这样亵渎圣像，他很生气。也许正因为这个，魔鬼才激起了他的好奇心。雕塑圣像哪能像做模特儿或者打家具那样呢！伊拉里奥在山村里认识一个雕神像的印第安人。每次做活，他都躲起来。等到偷偷地用錾刀做好之后，才配上鲜花、口念祷辞，把圣像请出来。你再看看那个带铁栅栏的阳台！工匠们坐在玻璃窗后面，又是抽烟，又是吐痰，还吹口哨。他们身边的圣像没穿衣服，没胳臂没脚，纯粹是些缺心少肺的空架子。想想山村里的人是怎么做圣像的，再看看这儿是怎么做的，心里真不是个滋味。伊拉里奥擦了擦嘴。对城里的圣像，也得说上一句："可怜啊！"

这时候，一个名叫明丘·洛沃斯的熟人走过来，跟伊拉里奥打招呼。明丘·洛沃斯跷起脚，伸开两臂，抱住骑在骡背上的伊拉里奥。

"干什么来了，伙计？"明丘·洛沃斯问道，"真没想到在这儿碰上你。"

"没想到的事多着呢，"伊拉里奥回答说。他很高兴有人跟他搭话。他把牲口赶到便道边上，又说："喂，明丘·洛沃斯！干什么来了？完事了吗？上次见面以后，一直没见到你。"

"这不是又见面了嘛。你这个倒霉蛋,我也一直没见到你呀!我到前面去,退掉这个圣母马利亚像。做的真不像样子,一点也不庄重。"

"不像话……"

"你看这两只眼睛,多凶啊。跟我一块去吧。下来,下来,陪我走一趟,我马上退掉。"

"我跑到这儿来是找一个送信的。他叫尼丘·阿吉诺。你见没见着他?知不知道他进城了?"

"哟,你说的是送信的,不知道,没听见什么消息。你先陪我一会儿,呆会儿我再陪陪你。退了圣像,我就没事了。"

索卡雍下了骡子。明丘·洛沃斯满脸带笑地邀请他一块去,谁还好意思拒绝呢?

一个印第安脚夫背着用布包住的圣像。三个人踩着刨花走进作坊。迎面扑来一股雪松、油彩和带香蕉味的清漆的香气,似乎对他们表示热烈欢迎。

明丘·洛沃斯这个人性情温顺,心地善良,从来不爱大吵大闹。可这一回,他却疾言厉色地把雕圣像的师傅责怪了一顿。雕圣像的师傅面色苍白,披着长发,留着淡淡的掩口胡须,脖子上系着个蝴蝶结。伊拉里奥试着往前走了两步,在这么多小巧玲珑的艺术品当中,自己越发显得笨手笨脚。屋子里没有阳光。工作台上、桌子上、货架上、墙角的柜橱里放着许多雕塑品,上面积满灰尘,好像很久没人动过。院子里阳光明媚。地上种着香气馥郁的鲜花和几株遮阳的大树。还有一堆猫身上的毛。

"不行！不行！不行！白给我也不要！"明丘·洛沃斯大声吼叫着，"甭管你怎么说，甭管圣像多么漂亮，反正我们不喜欢这双眼睛！"

"眼睛怎么啦？您说呀！"

"眼睛……不知道，说不清楚，这是感情问题。眼睛是灵魂的窗子，你敢说从这双眼睛里能看到圣母的神圣的灵魂吗？"

"说不清楚，干吗非要换呢？我又怎么给您换呀？这个活儿可费工啦，跟重新做张面孔一样。最难办的是得重新涂上肉色。您可不知道，盖住上面的斑点，磨光，用唾沫、猪尿泡做出面孔，得费多大工夫，得要多大耐性。您别以为糊弄糊弄就行了。"

"我只相信我的眼力。交了钱我就有权说，我们不喜欢这双眼睛……"

"圣像嘛……"雕塑师用痨病鬼似的低沉声音辩解说，"书上可没写着圣徒的眼睛是什么样。您看，这是圣·华金像，那是圣·安东尼奥像，这儿还有圣·弗朗西斯科像，那边是背着十字架的耶稣像……"

"好吧，书上没写着，那就是各有各的做法。劳驾您把眼睛换一换吧。要不，我就不付欠下的工钱。我们另找别人换眼睛，也不是光您一个人会做。"

"这么做可不行。当初咱们说得好好的，我才把活儿接下来。您只预付了一半工钱。和乡下人打交道总是这么难。

上帝啊，裁缝做件衣服，头疼的事比针脚都多。照这些野人的口味做圣像，怎么得了呀！"

"骂人也没用。换上眼睛，就算完事。"

"眼睛！眼睛！"

"是啊，先生，就是眼睛。您看这两只眼睛，上帝饶恕我，跟野兽的眼睛一样……"为了堵住对方的嘴，明丘·洛沃斯说出了这句话。说完，他浑身直发抖，面如死灰，嘴唇一个劲哆嗦，手里的草帽也不住抖动。

一个年轻的伙计吹着《快乐的寡妇》这首圆舞曲的调子从大街走进来。看见作坊里有生人，立刻闭上嘴，把两个用纸包着的小纸包放到桌上。趁着师傅跟顾客僵着的工夫，他说：

"鹿眼拿回来了。街面上没有别的眼睛，还得用鹿眼。另外那个包里是虎眼。您要是愿意要，还有八哥眼，就是太圆了，也太亮了。"

"我给你安上一对马眼……"做圣像的师傅大声喊着，朝小徒弟走过来。小徒弟一看师傅气得脸色发青，吓得缩在一边。师傅生起气来，脸就像树叶子一样绿。"这个卖眼珠的，净骗我！"过了一会儿，师傅说，"货单子上明明写着做圣像用的眼睛，动物和圣像有什么相干？……"

"发货的人把眼珠交给我的时候，"小徒弟怯生生地说，"对账房的那位小姐说，野兽的眼珠和圣人的眼珠都一样，不外乎都是畜牲。"

"他才是畜牲呐，笨蛋！诺沃村的人该要来还圣·安娜像了。谁喜欢安上鹿眼的圣母像?还有圣·胡安的耶稣像!……"

邮局离这儿不远。洛沃斯打发那个背圣像来的印第安人空着手走了。他说,把圣像留在作坊里,请师傅们再修理修理,弄得更漂亮一些。伊拉里奥飞身跃上坐骑,洛沃斯骑着一匹枣红马跟在后面。眨眼间,两个人穿过两三条大街,来到一条又窄又长的胡同里,在邮局大门的拐角处勒住坐骑。

"我进去一下就出来……"伊拉里奥对明丘·洛沃斯说。明丘·洛沃斯留在外面照看牲口,歇歇脚儿。

伊拉里奥拿着马刺、草帽、驮篮从大门闯进邮局。屋里有许多人,头顶船形帽,身穿浅绿色制服。有的坐在长条板凳上,敞着上衣,把两只汗津津的脚从靴子里拔出来。有的走来走去。伊拉里奥愣头愣脑地向他们打听尼丘·阿吉诺的下落。没有一个人答理他。有的邮差刚出差回来,腿都走麻了,一边按摩着两条腿,一边说说笑笑。有的邮差正准备出去送信,把从四面八方来的信件装进邮包,再用大车、牛车、卡车把鼓鼓囊囊的邮包送走。有的邮包干脆得用人扛。伊拉里奥看见没人理他,只好走到邮局里面。一个和楼梯差不多高矮的瘦子问他有什么事。听了伊拉里奥的问题,他把脑袋在瘦骨嶙峋的肩膀上摇晃了一下,简直像副骷髅。他正要回答,突然觉得鼻子发痒。他挥了挥手,痛痛快快地打了个大喷嚏。然后,拿出手绢,擤了擤鼻涕,擦干净鼻孔。索卡雍又问了一遍,这个皮肤黑得像沥青一样的人把刚才摇头的意思用语言重复了一遍。圣·米盖尔·德·阿卡坦的邮差迪奥尼希奥·阿吉诺没有来过。他本来应该昨天晚上到，最迟也该今天上午到。看样子，他是逃跑了。

"这种事常有，"老头那口假牙镶得不结实，说起话来唔唔哝哝的，"按说他不是账房先生，可大家信得过他，托他捎钱。他替大伙儿把钱捎来捎去，分文不取。大家也不用担心碰上拦路抢劫的。可送信的孤身一人，净走小道，有的连砍刀也不带。我看他是逃跑了。就看他怎么样偷越国境，和多少人一块逃往外国吧，"说着，老头把一只枯瘦的手从另一只手的掌心里抽出来，做了个逃跑的手势，"从前我见过你吗？记不得了。瞧你吓得那副样子！你的钱没丢，在我这儿呐。"

伊拉里奥两眼盯着老头，一种烦躁感顿时传遍全身。他觉得心里堵得慌，胸口憋闷，喘口气都挺费劲。是啊，他曾经猜想过，有过强烈的预感，心里很不踏实。这种感觉像悬在空中的树根，扎不到坚实的土地上；像漫出河床的流水，找不到归宿。如今预感变成了现实。老头告诉他的消息倒也没什么。他大体上也知道了。本来不愿意相信的事情，现在不得不相信了。作为一个人，作为一个血肉之躯、有灵魂的人，作为一个男子汉，他是很难相信这种事的。尼丘·阿吉诺也是个人，也是生自娘胎，吃娘奶长大的，身上也沾满娘的泪水。他怎么能随心所欲地变成动物、变成野兽呢？怎么能把人的聪明智慧灌输进一个比人低下的生灵身上呢？野兽固然比人强壮，但到底比人低下。

尼丘先生和伊拉里奥在玛丽娅·特贡峰上遇到的野狼竟

会是一个人！野狼离伊拉里奥只有几步远。他清清楚楚地记得它是个人，而且是个熟人。

伊拉里奥一句话也没说，走出邮局。他用外套的袖子擦了擦前额上的冷汗，戴好草帽，走到街上。胡同里堆放着草料和木头。浅蓝色的带刺的叶子好像洋铁皮，淡黄色的小花好似蝴蝶。

"你好像碰上什么不顺心的事啦？"明丘·洛沃斯看见伊拉里奥满脸惊慌的神色，对他说。伊拉里奥从朋友手中接过缰绳，往手上一挽，翻身上了坐骑。"再倒霉，也比不上我，"洛沃斯一边收拾马肚带一边说，"我没脸回村去了。大家准得问我圣像的事怎么办。我第一次到这儿来拿圣像，就觉得眼睛很古怪。当时我很激动，光想着把圣像拿回去，没在意。你想想，大伙会说我什么。他们会指着鼻子，说我是笨蛋。圣像的眼睛和死动物的眼睛怎么能混在一起呢？"

"喂，明丘，你先把事放一放，用不着这么大惊小怪的。咱们还是喝一杯去吧。我把我遇到的事跟你说一说。我看见野兽长了一对人眼，吓了我一大跳。"

"你说的是动物标本吧？"

"不是，是活的！连这种事都有，圣像上安了……比如说野狼的眼睛，有什么可奇怪的……"

"别胡说八道了！除非你是新教徒，要不，说不出这些话来！"

"去你的吧！"

"谢谢你盛情邀请，下次再喝吧。要是大伙看见我喝得醉醺醺的，回到村里又听见我说圣母马利亚的像上安的是鹿眼，都得气坏了，非揍我一顿不可。"

"谁让你喝醉啦？我说的是喝一杯……"

"一杯也不喝，伊拉里奥，谢谢。下次你再跟我讲那些离奇古怪的事吧，什么人变成野兽啦，野兽长人眼啦。这种事会有的，我相信会有的。有个老辈人说过，他亲眼见过一位大夫变成鹿，叫什么'七戒梅花鹿'。这是老年间的事啦……"

明丘·洛沃斯和索卡雍握了握手。两个人告别后，各奔东西。各人带着各人的心事。这时候，迎面开过来一辆汽车，差一点撞着伊拉里奥。那头母骡子吃了一惊，气得两眼冒火。一使性子，闪到一旁。幸亏骡子生性驯良，主人稍稍一拉缰绳，它就不闹腾了。

理发馆还是老样子，给顾客坐的那把椅子活像个马鞍子。伊拉里奥带着马刺往椅子上一坐，接着打了个喷嚏。理发师堂·特立尼达·埃斯特拉达·德·莱昂·莫拉莱斯很有礼貌地用手轻轻地拍了拍他的后背。

"理个发，像上次那样，再刮刮脸，"伊拉里奥走进门的时候，一边挂草帽一边说，理发师给他围上一条大围裙，连脚都盖上了，少说也盖到膝盖以下。这当儿，他又说了一遍："刮刮脸，理理发。"

"舒服吗？……"堂·特立尼斯①一边用推子从脖梗子

---

① 即特立尼达。

向耳边推,一边问。

"你用的这个家伙太吵了。又得像上次那样,震得我槽牙疼,我还得上药铺买药吃。"

"这边快完了。不这么推,理不出您喜欢的式样。堂·伊拉①,您家乡怎么样?出了什么新鲜事吗?看样子,路挺好走,回去也快当。您要在这儿呆些日子,还是马上回去?"

"马上就走……"

"这么说,您不是办货来啦!堂·波菲里奥就住在那儿,就在你们常住的那个地方。我寻思着,你们俩是一块来的。你们二位真像亲哥俩,老是一块出一块进的。我就愿意跟你们见面。听说,上次你们丢了一头骡子,要么是让人偷走的?"

"又找到了。骡子自个儿跑出去,到处转悠,八成是想看看你们这个漂亮的地方。"

"您喜欢城市……"

"喜欢,可我不能住下来。这儿可看的东西太多,看我的人也太多。你们这儿东西多,可都太次。我们那儿东西少,可都很好。我觉得住在山里更自由自在。可怜啊!你们住在这儿跟犯人一样,干什么都得要别人同意。整天价请允许我干这个,请允许我干那个,请允许……请原谅,对不起……天天这样,怎么过日子?我们那儿没这套穷讲究,用不着请谁允许。"

---

① 即伊拉里奥。

"您托我买的东西,买到了……"

"是波菲里奥托你买的,反正一样。"

"价钱是贵点。您也看见了,市面上缺货。这玩意儿可不含糊。还有子弹,也得到处跫摸……喂,您别动……"

堂·特立尼达弯着腰,几乎趴在伊拉里奥的耳朵上说话。他一边用推子理发,一边用眼盯住头发茬。头发一堆一堆地掉下来,好像黑色的椰子肉。

"理完发,再拿给您看,"堂·特立尼斯继续"喳、喳、喳、喳"地推着头发,"东西也许不完全中意。您先看看,要是喜欢,咱们再成交这笔买卖。有个熟人知道我在找这个玩意儿。我没托他买,他还是把东西拿来了。我立刻想起你们二位,您和堂·波菲里奥。我让他把东西留在这儿,给你们瞧瞧。我告诉他,过一半天你们就会来。没想到,您这么快就来了。"

伊拉里奥一语不发,在镜子里欣赏自己的面孔:黑黑的脸膛,一双黑亮的大眼睛,漂亮的嘴唇,端端正正的额头,鹰钩鼻子。长得不算丑。阿蕾哈·库埃瓦丝——他那位住在山里的情人——就这么说过。她要是看见那条披肩,非得高兴得手舞足蹈不可。她那一头洁净的长发正好配这么条披肩。理发前,伊拉里奥到中国人开的商店去了一趟,买回一条丝披肩,和可怜的尼丘·阿吉诺给他老婆买的那条一模一样。阿蕾哈·库埃瓦丝可喜欢那条披肩呐。

"您要是喜欢,我想您一定会喜欢的,那就把它带走。钱嘛,以后再说,不一定今天就交。"

波菲里奥·曼希利亚说得对，镜子可以照见人的心灵。一个人可以从镜子里看出自己是什么样，不是什么样。当一个人照镜子的时候，就像面对自己的心灵，他总是试图梳洗打扮得漂亮点，掩饰住丑陋的地方。

理发师用推子嚓嚓地推完了。吹了两三口气，把头发茬吹掉，然后把推子放回原处。

"好啦，还得用梳子、剪刀找补找补。中间的头发留长点，想往哪边梳就往哪边梳。"

又过了一会儿，理完发。伊拉里奥觉得屁股硬得像挡火石。除了骑马以外，他坐在哪儿都觉得累得慌。

"劳您驾，给我往这边梳……"

理发师用梳子"刺刺刺"地梳了几下。梳子挺硬，疼得伊拉里奥直闭眼。理发师十分麻利地把大围裙取下来，啪啪地连抖了几下，然后把围裙放在一把破椅子上。

"您看，堂·伊拉，"理发师说着话从抽屉里拿出一把手枪，放在脚夫的手里，"这可是好货。还真巧，这种口径的子弹很好买。给您子弹盒。"

"我带着枪呐。上次我说过，我这把枪旧了点。要做成这笔买卖，我还得补给您一大笔钱。"

"您找个地方把旧枪卖了，要么我替您卖。这支枪要 cash[①]，卖枪的人需要 money[②]。拿走吧，我先把钱垫上，以

[①] 英语："现金"。
[②] 英语："货币"。

后您再还我。要是觉得合适,就把您那把枪留给我,算我买下了。您随便说个数,总能卖几个钱呗!您仔细想想,别吃后悔药。这笔买卖很划算。您好好练练枪法,碰上野狼也用不着害怕了。"

听到"野狼"二字,伊拉里奥·索卡雍立刻虎起脸来。理发师光顾了查看从匣子里拿出的子弹,没注意到伊拉里奥不高兴了。伊拉里奥手里摆弄着枪,一时间仿佛看到第一枪打在那只玛丽娅·特贡峰的野狼身上。他不是凭感觉,而是凭心灵知道它不是野狼,不是普通的野狼。从前,他的理智告诉他,这不过是无稽之谈;可现在,心灵却告诉他,信不信由你,这是真的。"我朝野狼开一枪,尼丘·阿吉诺就会受伤,或者丧命。他要是倒下来,我该把野狼埋在哪儿呢?怎么埋呢?又怎么给尼丘·阿吉诺还魂呢?"想到这儿,伊拉里奥连忙丢下手中那件精良的武器,拿起了草帽。

"拿去吧,堂·伊拉!不然的话,您会后悔的!"

"不买手枪有什么可后悔的?没心肝的人才会后悔呢!下次来,要是枪还在,兴许咱们能做成这笔买卖。你瞧,我差点忘了付钱。"

理发师去拿零钱,伊拉里奥趁这工夫点上一支烟。走到门口,朝痰盂里吐了一口痰。他跟堂·特立尼达·埃斯特拉达·德·莱昂·莫拉莱斯握手告别后,走到大街上。那头骡子正在低着头等他呢。

大街上人声嘈杂。如果把空气比作一个大盘子,嘈杂声就像果子冻,仿佛可以切成碎块,拿来吃掉,或者舐掉。到处都是脏乎乎的。每次从城里出来,脚夫老觉得手上、脸上、衣服上沾了一些黏糊糊的东西。走过一家豪华的皮革店,伊拉里奥不由得把目光投过去。货架上摆着一匹高头大马,门口也摆着一匹,似乎在欢迎顾客。两匹马大小一样,体态相同,都佩戴着绣有金银线花饰的马具。马鞍子、马嚼子、马蹬子锃光瓦亮,能照得见人。看上去,宛如万点流萤。马背上没有骑手,可伊拉里奥打这儿一过,仿佛看见马丘洪端坐在马上。听人说,他像一盏明晃晃的天灯出现在放火烧荒的地方。伊拉里奥心里想,这两匹马可不能骑。这两匹马像太阳、星星一样,看起来好似在动,其实都不会动。谁敢骑这两匹马啊?骑上去,就会钉死在马背上,变成雕像。而且,恐怕马肚子也是空的,就像堂·德菲里克在镇长的大儿子过命名日那天送给他的那匹小马一样。说来说去,还是那匹石马好,又结实,又威武,马鬃白润润的。太阳一照,两眼闪闪发光。放学之后,孩子们都爱到那儿去骑一骑石马。一来二去,把石马勒得连屁股带半截身子都缩到石头墙里去了。

伊拉里奥回到卖草料的大门洞。他走进院子。下午,客店里的人热得蒙头转向,像迷了路似的在走廊上走来走去。一只吉他刺耳地响着,只听有人唱道:

> 那个女人,我曾和她相恋,
> 遭人陷害,我变成了囚犯,
> 只要一息尚存,活在世上,

我绝不会放过那个坏蛋。
什么海誓山盟，全是鬼话，
她虚情假意，将我哄骗！
谁要是爱上忘恩负义之人，
千万别忘了她的庐山真面；
要像秋风骤起，扫尽落叶，
将她卷起，再把她抛回地面。
什么海誓山盟，全是鬼话，
她虚情假意，将我哄骗！
假如我们都是垃圾，
旋风吹来，把我们卷到天边；
在高空中，旋转片刻，
又把我们吹得风流云散。
什么海誓山盟，全是鬼话，
…………！

伊拉里奥给牲口饮完水，扔给它几把草料，牲口老实下来了。安顿好牲口，他带着马具来到走廊上。谁想到偏偏遇见了贝尼托·拉莫斯和一个叫什么卡希米罗·索拉雷斯的人。他们正从牲口背上往下卸玉米棒。玉米棒装在网袋里，还没有脱粒。这两个人都是他的朋友、熟人。他对拉莫斯印象不佳，拉莫斯也不大瞧得起他。算是冤家对头吧。拉莫斯首先跟他打招呼。一张口就出言不逊，叫伊拉里奥的绰号。唉，狗嘴里吐不出象牙！

"哟,'杂种'来啦,怎么在这儿啊?"

"为了躲你呗,"伊拉里奥以牙还牙,回敬了一句,"没想到你从这儿冒出来了……"

"有什么说什么嘛,'杂种',用不着吵架,顶好还是跟我讲清楚。我和魔鬼有契约!"

"算让你说着了!"

刚卸完牲口,走过来几位妇女。她们问拉莫斯和他的伙伴,玉米卖不卖?伊拉里奥一边听吉他,一边打着点,摘下草帽。天空上,繁星闪烁。但愿有颗星星掉到草帽上,那就该走运了。

什么山盟海誓,全是鬼话,
她虚情假意,将我哄骗!

他们坐在走廊台阶上的暗影里闲聊天。贝尼托·拉莫斯说,小肠串气是他的老病根,把他折磨得够呛。不光是疼,犯起病来,不定什么时候就能把他憋死。

"你要是还没忏悔,就快去忏悔吧。不过我想,不会有人愿意听你的忏悔……"伊拉里奥以攻为守,拿贝尼托开了个玩笑。贝尼托愣愣怔怔的,一句话也没说。伊拉里奥后悔自己不该失言。于是他用缓和的语气说:"顶好还是先找个医生看看,贝尼托。用不着丧气,好多人的小肠串气都治好了。到医院开刀,还有别的治法。治病嘛,怕就怕耽误,耽误了病情会加重。"

"我也是这么想的,所以才到这儿来。我本想吃奇古伊琼·库莱夫洛先生的药,兴许能好一点。可他的药不对症。他让我空着肚子喝一种草药,一种收敛剂。我这辈子也没喝过那么难喝的药。后来又给我开了一种带石竹花味的药膏。"

"你这个病得开刀。把你的肉切开。亏你还能顶得住。"

"你呢?干什么来了?"拉莫斯唉声叹气地问。疼得他声音都变了,听起来真让人难受。

"别不是毒瘤吧……"伊拉里奥再三斟酌,才说出这个晦气字眼。他觉得就像从嘴里吐出个癞蛤蟆。

"不,不是癌症。要是癌,奇古伊琼·库莱夫洛就给我治好了。我得的是先天性小肠串气。你看,我刚才直发抖。我本来也以为得了癌症,跟奇古伊琼·库莱夫洛说了。他对我说:'是癌症就好了,我会治。'我的确看见过他治好了一位女患者。治癌症要先抓一条毒蛇,给毒蛇注射秋水仙针剂。打完针,毒蛇变成了丑八怪。据奇古伊琼说,再往后,毒蛇会变成植物,变为木头,又活转来。作为动物它死了,作为植物它又活了。把这种植物蛇的毒汁用在长毒瘤的病人身上,病人也会变成丑八怪,牙齿脱落,有时候头发也脱落,可病从此绝根了。我刚才问你,干什么来了,你还没回答我呢。"

"我是出差,正要往回走……"

"你的体格真棒,'杂种',我太羡慕你了。要是人人都

玉米人 | 297

像你这么精力充沛，牲口都该上床歇着了，恐怕躺也躺累了。你听我说，我在你这个岁数，站一会儿就累得慌，心里总是腻歪。那时候，正赶上和伊龙的印第安人打仗。我们的头是戈多伊上校和一个叫塞昆迪诺·穆苏斯的。听说塞昆迪诺当少校了，当时他是少尉。这家伙像一只没毛的公鸡，得过疟疾，心眼坏透了。"

"他现在是圣·米盖尔镇的镇长。当上少校以后就退役了。人么，比以前胖了点，可性子还是老样子，够歹毒的。"

"你可以去问问他。当时我们换了马，继续往前走。路还算好走。查洛·戈多伊上校丧命以后，我们也就东逃西散了。上校这个人，打仗是把好手，在别的事情上是个恶棍。他留在腾夫拉德罗谷，巫师们设下陷阱，把他活活烧死了。我们在路上碰见一个躺在棺材里的印第安脚夫，带着他到特朗希托斯村，这才死里逃生。那个印第安佬满不在乎地躺在棺材里，打算第二天继续赶路。那一带地方盗马贼可多啦。戈多伊上校以为又是盗马贼玩花招。我跟你们说过，上校亲手处死过好几个装死的人。这回，变了个花招，没人装死了，可把棺材横在路上。"

"你也快坐上这只'独木舟'了，老兄……"

"我得的不是那种病。还是说点正经的吧。深山里多少天都见不着一个人，哪来的棺材呢？上校断定是盗马贼玩的鬼花招。棺材盖一打开，好家伙，把我们吓了一大跳，里边躺着个白衣白裤的印第安人，脸上盖着草帽。你准以为他被吵醒了吧？……没有！还是上校用枪管把他捅醒的。他这才说出他是干什么的。死人活得好好的！不用说了，他马上从棺材里跳出来，一个劲解释说，棺材有主了，是给特朗希托斯村的一个巫医送去的。待会儿我接着讲。一说起这件事，我就忘了疼。大概编造历史就是为了这个，为了忘掉现在……"

有人说贝尼托·拉莫斯是个好心人，可也有人说他是魔鬼。他闭住嘴巴，用右手的指尖一下一下地敲击着左手指的骨头节。他脑海里思绪万千，随着有节奏的蹦蹦声不住地思索着。伊拉里奥递给他一支烟，他没接。

"我把我经历过的这段故事讲下去，哪怕暂时缓解缓解这倒霉的病痛呢。好，这根烟我收下了，好跟你多说会子话。抽口烟，兴许……这种疼是一种隐痛，像是肠子得了风湿病，有时候憋得疼，有时候绞着疼。给我个火。我不求你替我吐唾沫。我的口水特别多，疼起来，大口大口的酸水涌到嘴里。好吧，'杂种'，我们在穆苏斯少尉率领下，攀上腾夫拉德罗谷，一直走到特朗希托斯村。印第安人背着那口当床铺用的棺材，我们拿着顶上子弹的毛瑟枪。上校命令我们，只要这口棺材不是给巫医准备的，也不是给别的死人准备的，就把那个印第安人装进棺材，盖上盖子，钉上钉子，就地枪决，再培上土……"说到这儿，他吸了一口烟，把烟从鼻孔里一点一点喷出来。吐掉粘在舌头上的烟末子，又慢吞吞地说："……我们没有打死那个印第安人，也没再见到戈多伊上校。戈多伊上校打仗是把好手，干起坏事来比谁都坏。"他又吸了口烟,顿了顿说:"我不想啰嗦起来没个完。当时一切都很正常,像今儿晚上一样。穆苏斯和卫队的小伙子们没有发觉山谷里起火,也没闻到刺鼻的糊焦味。可我已经看到了腾夫拉德罗谷里发生的事。你见过海浪……"

伊拉里奥突然放声大笑起来,越笑越厉害,越笑越厉害。他想解释两句为什么他这么不合时宜地大笑。

"哈,哈,哈,哈,闹剧,哈,哈,哈,闹剧,哈,哈,你的伙伴在演闹剧,哈,哈,哈,哈……你的伙伴长了一万一千个犄角!"

他一边纵声大笑,一边吐出一些断断续续、毫无联系的词和句子。"闹剧"、"伙伴"、"一万一千个犄角"、"出场"、"伙伴"、"一万一千个犄角"、"闹剧"、"伙伴"、"一万一"……

"一出场就开打,哈,哈,哈,和金球使者开打,哈,哈!……"伊拉里奥一边说一边哈哈大笑,仿佛上满了弦似的笑个不停,笑得直不起腰来。他像个溺水的人,举起两手,东抓西抓。最后,笑得眼泪都快流出来了,只好扔掉草帽,拿出手绢。

"有什么可笑的?"

"让我笑完,你再接着讲!"

"我有什么可笑的,你都流眼泪啦!"

"讲,讲,接着讲!"说完,伊拉里奥又忍不住哈哈大笑起来。他在想,贝尼托·拉莫斯穿上魔鬼的戏装,在舞台上装模作样地踱方步,俨然一副阎王爷的亲随的气派。可每走一步，疝气就疼得要命。他先是大战奥匈帝国的摩尔人，打得摩尔人口吐白沫、屁滚尿流。随后，又大战金球使者。打了半天只打败了一个印第安醉汉，捞了点犒赏。

"你弄错了！在这出闹剧里，我压根儿没出场，我不过是个观众。听着好笑，你就笑吧！"

"接着讲，接着讲。你应该感谢我嘛，笑是最好的止痛法。事情发生前，你已经看到这出戏了。是怎么一出戏啊？"

"不只看见了，我还告诉了穆苏斯和别的小伙子们。在腾夫拉德罗的漏斗谷里，有三层致人死命的包围圈将戈多伊上校和手下的人马团围住。我看得很清楚，就像现在看见你一样。上校在和士兵们说话，根本没觉出已经身临险境。从他们呆的地方往外说，第一层包围圈是猫头鹰的眼睛，光是眼睛，没有身子。就是有的话，也像去了皮的玉米粽子。第二层包围圈是法师的脸，没有身躯，成千上万张脸，跟天上的月亮一样悬在半空中。第三层包围圈是血淋淋的丝兰。"

"你是喝醉了，看花了眼吧……"

"也许吧，可我看得千真万确。当时政府发表的公告说：'戈多伊上校及其部下侦察归来，偶遇山火，全体殉职。'可事实上……"

"只有你看见了真正的事实。你看见他是被烧死的，要么是交战当中被人打死的。天地间什么事也瞒不过……"

"他不是烧死的，也不是被人打死的。萤火法师施放了

玉米人 | 301

要命的冷火,把上校缩成个小娃娃,又把他分成好几个像穷人家用砍刀削成的木头娃娃。你看,他们给他……"

"这是你亲眼看到的……"

"是我亲眼看到的。现在我讲给你听,等于你也看到了。他们给他的惩罚比死刑还厉害。据我估计,印第安人比我们先进,他们使用的刑罚远远超过了死刑。"

大街上走过一个蓬头垢面、衣衫褴褛的男孩子,一只脚穿着鞋,另一只脚趿拉着鞋,走进客店里卖报纸。拉莫斯买了一张。他慢慢地把报纸翻来翻去,疝气疼得他不敢动作太大。这时候,伊拉里奥说:

"买了报,咱们一块看看!"

"瞧你说的,这么黑,怎么看。最好到灯底下去。"

"我寻思着你在黑灯影里也看得见呢……"

"'杂种',你别老欺负我。要不,我也不客气了!呃,瞧这儿有一条你们镇上的新闻:'邮——差——失——踪……'我念得不流利,你来接着念!……"

伊拉里奥从贝尼托手里夺过报纸。拉莫斯一看他这么不客气,有点不甘心,又把报纸劈手夺了过来,紧紧抓住报纸,继续念道:

"'圣·米盖尔·阿——卡坦电。邮——差迪——奥尼——希——奥·阿吉诺·戈——哈伊,携带两——包——信——件——失——踪。逮——捕——令——已——下。'还有……"拉莫斯睁了睁眼。他有个习惯,一看书就把眼睛眯缝起来。"就这些。你都听傻了。邮差失踪,别的一个字没提。本来还可以说一说……你认识他？……我问你，是不是派你来找他的？这回，我跟魔鬼没订契约，和报纸倒订了契约，所以我能预见到……"

"报上说……我是来找送信的？……"

"不是你自个说的嘛，'杂种'。报上说的，我都念了。送信的丢了，没回去。他们正在寻人。说不定送信的知道信里有好多钱。通过邮局寄钱太悬了。报纸嘛，纸上报的全是丧气事，报不出什么好消息。我碰上需要付钱的事，都是亲自跑一趟，免得丢失，惹一肚子不痛快，钞票不是信嘛。"

拉莫斯满嘴都是唾沫。这是疝气疼引起的。他吐了口唾沫，浑身轻轻地颤抖了一阵，仿佛不是他在发抖，而是大地在颤动。

"好吧，贝尼托·拉莫斯，我睡觉去了，累得都散架了。其实，我挺愿意跟你多聊会儿。从圣·米盖尔镇出来，我还没躺一会儿，合合眼呢。本来我应该赶在玛丽娅·特贡峰之前追上送信的。他大概是走小道，迷了路。真怪啊，经过了这些事，我觉得好像做梦一样，"说着，伊拉里奥打了个大哈欠，"好了，好了，我站着站着，都要睡着了。万一你打听到尼丘先生在哪儿，一定告诉我一声。在这件事上，你和他有契约……"

"真稀奇！你呀，还是那么调皮，一点也没变！早晚有一天我做个圈套，"他伸出胳臂，做了个朝下刺剑的动作，"大伙只好用铲子把你铲起来！"

"这一阵子你到哪儿去了？"

"东游西逛呗……"

"你要是邀我们一块来,就好了,"伊拉里奥说着话,躺在薄薄的冰凉的垫子上,盖上自己的那条毯子,毯子上还有点母骡子留下的热气。

"说真格的,你们要跟我一块来,那才开心呢。到她们那儿去一趟,这半辈子就算没白活。花几个钱,能乐和一阵子。跟女人在一起,太美了,就是花钱买乐也……哎哟,倒霉蛋,我又过电了!来的真凶!你凶我更凶,用胳膊肘顶住!哎哟,像蚂蚁爬一样……哎哟,哎哟,哎哟,一直麻到手指头。我说了不该说的话,这是上帝惩罚我!"

伊拉里奥和贝尼托躺在垫子上,把外衣塞在脑袋底下,用毯子蒙上脑袋之前又闲扯了一会儿。卡希米罗·索拉雷斯早就用毯子把脑袋蒙上了。他可真有福气,躺在细绳编的吊床上呼噜呼噜地鼾声震耳。伊拉里奥和贝尼托迷迷糊糊的,强打精神聊着天。

"报童进来的时候,我跟你讲的那些事……"

"嗯……"伊拉里奥半睡半醒地搭讪着,"后来,卡希米罗来了……"

"我讲了那么多,不外乎想告诉你,由打那儿起,人人都知道我跟魔鬼订有契约。我能预见到上校要出什么事,我能预料到正在发生什么事。你瞧,究竟我是事前看到的还是出事的时候从老远的地方看到的,我也说不清。当然了,不少人都有这个本事,能未卜先知。不过话又说回来了,人数到底还是不多,所以有这种本事就很稀罕。他们没跟魔鬼订契约，也有这个本事。这种本事跟人会思想一样，是天生的，或者说是老天给的。你说说看，人身上还有什么会比思想更让人钦佩的？谁敢说不是上帝赋予我这种奇异的才能呢？现在我已经没有这种本领了。早先，我会突然心血来潮，说不上从哪儿来的一股劲，像一只看不见的鸟，从鼻子、眼睛、耳朵、前额钻进我的身体。然后，我就聚精会神地一想，一下子就猜中了。现在不行了，没这份能耐了，年纪大了，全完了……伊拉里奥，你听见了吗？……"

"听见了，有意思……可惜……你丢了……不行……"

"你没当回事……"

"那该多好啊，"说到这儿，伊拉里奥还能连得上句子，再往下只剩下些零散的词了，"预先……知道……要……出……什……么……事……这……人们……就……可以……趋吉避凶，及早避开灾祸……"接着，又恢复了正常："要是事先知道墙要塌了，会砸着谁，就可以及早躲开，不会被砸成肉饼子。嗨，我醒了，困劲儿过去了……"

"本来应该这样嘛！不过，凭经验，我觉得最好还是事先不知道要发生什么事。我随便举个例子。那回，一根芒果枝砸在我妈妈身上，在别人告诉我之前，我已经看见她老人家死了。我眼睁睁看着她像片树叶似的倒在地上，我伸出手想去扶住她。可我在一百多里地以外的深山里，胳臂再长也够不着，怎么扶她啊？"

"你老婆……"伊拉里奥问道。他在被窝里翻了个身，露出了古铜色的后背。伊拉里奥身体很累，可是翻来覆去睡不着。和魔鬼订契约的人喋喋不休地讲话;卡希米罗鼾声震耳,身上散发出一股臭鸡蛋味;邮差在眼前晃动,一开始是人,后来变成野狼,叫人看着就心里难过;圣像的脸上装了动物标本的眼睛……野蛮的雕塑匠!……居然给神圣的圣母像安上鹿眼,我要是明丘·洛沃斯,非揍他一顿不可……

"我的老婆……"拉莫斯缩起双腿,满腹牢骚地说,"一晃,我们分开好几年了,她到阿瓜萨卡和她儿子一块过了。真是个土匪……"

"就剩下你一个人了?她没给你生过孩子?……"

"没有。她找她的亲骨肉去了,这是明摆着的事。什么爱情不爱情的,都是他妈的想要儿子。你爱上哪个女人,就想跟她搂搂抱抱的,这就是想要儿子了!你搂住她,浑身发热,头脑发蒙,儿子就来了。呼哧呼哧地喘粗气,流口水,满嘴的体己话,儿子就来了……和一个有儿子的女人同居,早晚得倒霉。等你老了,她带着儿子一走,让你一个人到山上喝西北风去……想抽烟吗?……"

"不,我不喜欢躺着抽烟……"

"和她过了一阵子,我也不后悔,伊拉里奥。但是说实话,人嘛,早晚总有后悔的一天。人老了,后悔也迟了。过得好也罢,过得不好也罢,时间过去了,人就会有这样的感觉:生命就这么稀里糊涂耗掉了……"

"还是抽口烟,去去味儿。卡希米罗大概是发霉了,我说,'卡希屁'……"

"伊拉里奥,有了儿子就不怕这些。等到上了岁数,用不着担忧，不会觉得虚度光阴，浪费生命。生活还不就是这么回事，大伙怎么过，咱也怎么过。有了子女，就算有了指望，他们还会继续活下去。别把子女吃掉、卖掉，他们留下来……"

"我说，'卡希屁'，你也听听里巴尔达这套高论！你说的太深奥了。我只听懂了一点，你还没有儿子。为什么你不能有儿子呢？"

"还不是那些倒霉的萤火法师念咒念的。想当初，我们袭击了加斯巴尔·伊龙手下的印第安人，把他们剁成肉酱，杀得鸡犬不留。可我们这些人也都遭殃了。那天，早晨的阳光摧毁了我们身上的生命之光。法师们念动咒语，把盐撒下来，挨上的，有儿女的死儿女，有孙子的死孙子。马丘洪的儿子让萤火虫卷走了，变成天灯。我们这些没儿没女的人，从此就断子绝孙了。我他妈的找了个臭女人，同居了一阵子，她还真怀了孕！法师们把我们的睾丸摘走了一个，你想想这孩子能是我的吗？"

"可是，穆苏斯少校有一个儿子……"

"管保是别人的。当时，穆苏斯是带兵的少尉。盐粒撒得满山遍野，连石头上都是，他有什么办法不让盐掉到身上？地上的东西都蔫了，石头也烧焦了。直到今天，人们还把那块地方叫'恶咒岭'呢！"

"玉米是用网袋驮来的……"

"就是这种网袋……他奶奶的，就连这个印第安人也干得漂亮！你可以比一比，从前他们是怎么种地的。要多合理有多合理！用不着懂得多少算术就能算过这个账来。用手指头就行。种玉米就要像印第安人过去那样种法，往后他们还会这样种。光供一家人吃，绝不出卖。玉米是供人吃的，吃了能活下去，一直活下去。伊拉里奥，你在哪儿见过种玉米发了财的？……咱们都是穷光蛋，只能认倒霉。有一阵子，我家里连打灯油的钱都没有。种花生的、养牲口的、种果树的、放蜂的，他们都赚了大钱……不错，他们是土财主，可到底还是财主啊。在这点上，宁做鼠头不当狮尾，宁肯当个土财主。印第安人每天吃的是玉米，除了玉米之外，那些东西他们也都种。你说他们种的不多，种的是不多，可多少也种点。他们不像我们这样贪心。伊拉里奥，只有我们这些人才贪心不足呢……我们光种玉米，又想捞大钱，种的是个'穷'字，收的还是个'穷'字，最后连地也耗干了！……我说，伊拉里奥，你光让我一个人穷嘞嘞，你倒睡大觉了。看上去睡着了的人跟死人一个模样，没什么区别……种玉米的人年复一年地种了一次又一次，最后把地扔在一边，这就叫杀鸡取蛋。后来，他们想出了个主意：让他们自由地毁林开荒，上帝保佑……其实这也不是他们想出来的，是地主的主意……本世纪初，我亲眼见过伊龙山上的大火。戈多伊上校眼瞅着珍贵的木材变成焦炭、浓烟和灰烬，开玩笑地说，这是一种进步嘛，是干柴凯旋进行曲。原来进步就是把树变成柴火，把桃花心木、硬木、人心果树、木棉树、松树、蓝桉、雪松统统变成柴禾。军方把森林变成柴场，法院干脆把柴场分给大家……"

贝尼托·拉莫斯断断续续地回忆起往事，疝气痛不时打断他的思路。清晨三点，寒气袭人。每天这时候疼得最厉害。越冷疼得越憋人，像被胡蜂蜇了一样。他把头一歪，疼得不省人事了。

果然，卖咖啡的女人没在木棉树下。桌子腿朝上翻放着，桌子下面有几块挡火石放在一块烧焦的麻袋片上。炉膛里堆着一堆灰。在清晨的寒风中，一切都是冷冰冰的。伊拉里奥出了京城以后，松开缰绳，舒舒服服地在骡背上伸了个懒腰。贝尼托·拉莫斯的絮絮叨叨，卡希米罗·索拉雷斯的呼噜声，把他折磨的身体又累脑袋又晕。身体像是被砍伤的芒果树。脑袋里空空的。哈欠一个接着一个。哈欠准是从脑袋里冒出来的，听上去也是空洞洞的。从几家门缝里射出的缕缕灯光，照得街上弥漫着一股蓝幽幽的雾气。面包房纷纷打开大门。时间晚了点。好在圣·米盖尔人能从报纸上知道邮差逃走的消息。报纸就放在驮篮里。贝尼托·拉莫斯挺大方，把报纸送给他了。出城以后，他在一家小饭铺里吃了早饭，有滚开的咖啡、烤饼、青豆、新鲜奶酪。可惜没有小辣椒！两个女孩子给他上饭上菜。其中一个姑娘长得很标致。她还没来得及梳头，衣服上有几道睡觉时压出来的褶子。年岁大一些的姑娘看出来伊拉里奥喜欢那个小的，就磨磨蹭蹭地不肯离开他们半步。漂亮姑娘给伊拉里奥留下了美好的印象。贝尼托·拉莫斯——那个和魔鬼订过契约的人——的小肠疝气和他那套哲学思想给他留下的痛苦印象被冲淡了。

索卡雍一路上顺顺当当地穿过树林，走过石围子、田野、山峦、小河。他老是看见村姑那可爱的小脸悬挂在空中。他看了看随身带的物件和从他身边掠过的东西,眼睛看到哪儿,姑娘就出现在哪儿。年轻人都是这样,身体要干什么,心灵就想什么。老年人不同啦,心灵想着什么,身体就去干什么。年岁越大,心灵就越要飞掉了。

村姑多好啊,模样漂亮,谈笑风生。他真想回去,向她提亲。只要调转坐骑,走上回头路就行了。只要扭回头,朝相反的方向走去,最后就能回到那家小饭铺。屋前放着几个花盆和废铁罐,里面种着花,爬山虎一直攀到房檐上,宛如几副红花绿叶的帘子。

要不要回去,伊拉里奥一时拿不定主意。骡子走近一条大河去喝水。他想勒住牲口,又没敢动,只是拉了一下缰绳,要骡子停下来。回去一趟多惬意啊,那儿又有姑娘,又有炒面。姑娘?……母骡……炒面?……尾巴……他气得骂了自己一顿。什么村姑不村姑的,对阿蕾哈·库埃瓦丝许下的诺言难道是说着玩的吗?你不是给她捎回来一条披肩吗?她跟你是一个镇上的。她不缺钱花,除了小酒馆,还有一块水浇地。这还不算,她有些东西比全世界的金子还金贵。她很像阿卡坦的米盖莉达。当然,这不是指外貌。从外貌上看,米盖莉达长得俊俏,阿蕾哈算不上漂亮。可她们都是阿卡坦人。看起来,她的为人和"特贡娜"那种女人正好相反,她能吃苦,愿意呆在家里。这很重要!当全镇人熟睡的时候,米盖莉达还在缝衣服,夜里干活为的是白天能吃上饭。她不出家门,出去了也会回来。正在伊拉里奥祈求枷神保护的时候，骡子喝足了水，用鼻子蹭着水皮，高高兴兴地打响鼻呢！

河水奔流不息。骡子喝了流动的河水，能走得轻快些。这条路上净是石头，十分难走。走出十几里地之后，牲口累得上气不接下气，差不多是一瘸一拐地朝前走。河里有好多鹅卵石，河水哗哗地流淌。每到拐弯的地方，河水就打起旋儿来。伊拉里奥傍着河走了一阵，然后转入山里。一座座高山显出一片灰蓝色。最后，他来到一个大湖边。沿岸散布着十二座村庄，如像耶稣的十二个门徒。有的山石像渔网，有的好似泡沫，仿佛都是耶稣门徒的胡须。茅屋草舍建造在山石上，长着鱼眼睛、棕色皮肤的居民生活在群山之间。

为了不走玛丽娅·特贡峰，他绕了个大圈子。高高的山峰像山羊撞头似的互相顶撞。刚才傍着汹涌的大河走路的时候，伊拉里奥觉得牲口似乎没有朝前迈步。现在，眼瞅着山峰越来越高，他觉得攀登了半天好像根本没往上爬。山石崚嶒，山峰直插云霄。骡子在陡峭的山坡上缓步攀登，好半天也走不出几步路。不知从什么地方传来哗哗的瀑布声，深沉的回音在他耳边回荡。听到这声音，伊拉里奥立时觉得大地和他一起升腾，比他升得还快，一直升到山顶上，接着又迅速地下降，直降到死气沉沉的深渊。

河水哗啦哗啦响成一片，好像成千上万只小鸟扑棱着潮湿的翅膀。崎岖的山路分出一条岔道儿。小道盘旋在一座像只野牛似的大肚子山包上。小路两旁尽是古树。山风吹来，树枝向人们招手致意。一只乌鸦在啼叫，周围越发显得寂静。小鸟啁啾,万籁俱寂。伊拉里奥扬起胳臂,低下戴着大檐帽的脑袋,躲避开黑莓丛。他觉得似乎走过来一只鹿。他用手指甲紧紧抠住树枝。再往前走,就是肥沃的田地、苍蝇和蜂房。他抬起头,看了看来路。爬得够高的了。他紧催坐骑,来到一片旷野。路上过来一群马帮、印第安脚夫、牛车和骑马的过客。有的和他同路,有的朝相反的方向去。路上碰见的人都和他打招呼,但是一个熟人也没遇见。湖光使他眼花缭乱。刚才在山路上,母骡一步三歇,半天迈不出一步。现在撒开四只蹄子,得得地跑个不停。伊拉里奥直了直腰,掸掉沾在身上的野草。他用手指摆弄着缰绳,两脚踩住马镫。走了几步,停下来,点燃一只卷烟,吊儿郎当地叼在黝黑的嘴唇上,也不管烟卷灭没灭。一群群黑羽毛小鸟在牧场上欢跳雀跃地啄食粪便,一会儿飞起来,一会儿落下去,根本不理会站在旁边摇晃着大脑袋的黄牛和长满一身虱子、不住打瞌睡的绵羊。几个运货的人一阵风似的从伊拉里奥·索卡雍身边走过。他真想跟他们一块回去。可运货的人跟他说了声"再见",就吹着口哨走了。很难想见会有人成天躺着、坐着,或者只在一个地方活动。

后面传来一个女人的声音,伊拉里奥不由得扭过头去。

"穷人的命真苦啊!"

"您家的这扇门真够小巧的,我光顾着琢磨这扇门了,没瞅见您!您好吧,坎黛姑娘?一天到晚总是忙着做生意。现在怎么样,完事了?那天,我还在想呐,您卖的猪肉真叫香。有油渣吗?唉,我什么都想买点!您过得怎么样?"

"托上帝的福,还不错。您呢?到哪儿去?……打门口过,也不说声'再见'。"

"去圣·米盖尔……"

"您不卖骡子了?"

"不了……"

"您是一个人来的?堂·波菲里奥和奥雷加里奥也在这儿呐。不知道是不是还在里边。"

"算了吧,您的兄弟呢?……"

"在这儿呐。大概在九天前,他们从山上下来的。进来,歇歇脚,天快黑了,再往前就没地方歇脚了。再说,今天我们这儿办喜事……"

"来得早不如来得巧。那我就不客气啦,我先进去了。"

"呆会儿见。您来的正是时候。我真高兴。"

坎黛拉莉娅·雷伊诺萨还在大路边上卖猪肉。人到中年,身体开始发胖了,可她还是爱穿黄色的衣服。粗粗的黑辫子搭在褪色的金黄色衬衣上,仿佛是悼念她永远铭记心中的死者的标志。她睁大两只温柔的眼睛,心神不定地瞅着大路。马丘洪约定前来求亲的那天,她就是这样望着大路。这条路是她的生命。她的几个兄弟一而再、再而三劝她丢掉肉摊子。现在兄弟们都长大成人了,但她压根儿没想过离开这个瞭望台,似乎等待真会带来希望。是啊,越等越觉得有希望。她这个卖腊肠、猪肉和油渣的小铺子里最珍贵的宝贝就是那盏放在"希望之神"脚下的蓖麻油灯。眼下,她的兄弟们在京城里卖黄油。那边黄油卖价好,主顾可靠。记得那天兄弟们说要把黄油拿到城里去卖,真奇怪,不知为什么这句话伤了坎黛拉莉娅的心,她觉得遍体生凉,若有所失。她觉得兄弟们拿走的仿佛不是黄油,而是举行婚礼那天她应该穿的那件白纱礼服。没镶花边的礼服紧紧裹住她苗条婀娜的身材。那一年,她还不满十八岁。马丘洪每次来看她,总是一语不发地拉着她的手。两个人默默无语地一起度过几个小时。有时候,也说上几句,不外是谈谈身边的琐事。"我听见母鸡叫了!"马丘洪说,无非是要她听听孵蛋的母鸡在咯咯地叫。说实在的,他是没话找话。比起他们俩手拉着手什么也不讲,母鸡叫也算得上是件新鲜事吧!"灯花爆了,"她看到耶稣受难像前的油灯爆了个火花。"这些狗真讨厌,过来个人就汪汪一阵。是狗就叫。要是不叫,该多好啊!""小叶子,"微风卷过一片树叶,她连忙说。是啊,什么事都显得很重要。当时,无论什么都变成大事。还有马丘洪的草帽。不管放在哪儿,总留下一股香味,十天八天也不会散去。唉,有时候满屋子都是他草帽的香味!他那副带马刺的靴子走在地上嘭嘭地响,两只脚仿佛踩进地里去。他不愧是个地地道道的男子汉。他的声音是那么沉静,颇有一股男子汉的孤高气度。

坎黛拉莉娅·雷伊诺萨掀开肉铺的麻布门帘,探头往院子里看了看。她的几个兄弟和妻子儿女、亲朋好友们欢聚在一起。酒杯传来传去,传到每个人手里都要斟上满满的一杯酒。木琴一响,大家跳起舞来。弹吉他的在角落里等着。人们没话找话，说说笑笑，互相拥抱。波菲里奥·曼希利亚搂着伊拉里奥·索卡雍往里走，后边跟着奥雷加里奥。奥雷加里奥拿着一条像猴子尾巴似的马鞭子，一边走一边抽打土地，扬起阵阵灰尘。

有一个肤色红润的老头非常引人注目。大家都叫他"奇楚伊斯"。看样子，他喝醉了。他要大家管他叫"大夫"。有几位宾客围着他。坎黛拉莉娅听出他们正在议论自己。跟她有什么相干！这个像白虱子一样讨厌的大夫一个劲说："我要跟她结婚。"她的兄弟说："年龄倒也没什么，就是她不乐意。"

波菲里奥、伊拉里奥和奥雷加里奥这几个脚夫你一言我一语，说说笑笑，打打闹闹地来到坎黛拉莉娅身旁。

"您干吗光在这儿看着，也不跳跳舞啊？"伊拉里奥站在波菲里奥背后问。波菲里奥伸出手来，向坎黛拉莉娅问好。

"我怕犹大用鞭子抽我！"

"挎住我的胳臂，"波菲里奥伸过手来说，"让他们也见识见识什么叫一阵风！"

"老实点儿！"她大喊一声，躲开了伊拉里奥伸过来的胳臂。

"说来说去，"伊拉里奥插嘴说，"今儿个是什么喜庆日子？"

"我哥哥安德烈斯的女儿订婚。"

"要结婚的姑娘叫丘妮塔……"波菲里奥接着说，"他们一直守口如瓶,坎都查,到您订婚的时候怕也是这样,好让我们大吃一惊。"

"堂·波菲里奥,只有您才想和我结婚呢,别人不会这么没眼力。"

三个人静下来,听乐师弹奏木琴。弹吉他的也在试着琴音。这当儿,一只狗在厨房里挨了一棍子,瘸着腿嗷嗷叫着朝街上跑去。

"哈薇拉的心真狠!"坎黛拉莉娅·雷伊诺萨用两只雪白的手胡噜了一下围裙说。她的肚皮鼓鼓的,贪嘴的单身女人肚子都是这么大。她从客人中间穿过去,打算说一说那个推磨的印第安女人。哈薇拉一身嫩玉米味,正怀着孕,也不知道是谁的孩子。她爱贪小便宜,爱喝酒,听说生活上也不大干净。不过人很勤快,什么活都会干,就是有点爱管闲事。因此才派给她推磨这份美差。

印第安女人听着坎黛拉莉娅的训斥,一声也不吭,连眼皮也没抬一抬。收拾完磨盘里的面粉,才停下手,直了直身子说:

"您的兄弟们吩咐我,说不让您到厨房来。另外……他们还讲了得很多……还有……不管您找什么借口……今儿个办喜事,您走吧,别在这儿瞪着眼睛看火啦……"

坎黛拉莉娅·雷伊诺萨没有动弹,两眼直愣愣地盯着炉膛里的木柴、火炭、火苗和青烟。青烟连着火苗,火苗连着火炭,火炭连着木柴,木柴连着大树,大树连着土地,土地连着梦境。她紧锁双眉,眉头皱成个疙瘩。她哆哆嗦嗦地攥住围裙,强忍住悲痛,没哭出来。青烟连着火苗,火苗连着火炭,火炭连着木柴……

磨面的女人用被水泡得冰凉邦硬的手指碰了碰坎黛拉莉娅的胳膊。坎黛拉莉娅没有觉出来。她车转身走出厨房。她得去招呼一下客人,特别是"伊拉里奥他们"——坎黛拉莉娅平时亲切地把脚夫们称作"伊拉里奥他们"——性情固执,没人愿意侍候他们。

"波菲里奥,我要是奥雷加里奥,绝不会同意你买下这对骡子。你还说你会看牲口!再说,价码也太高了。"

"不能怪我,伊拉里奥,我劝他别买。他自己可以说说嘛!凭我奥雷加里奥,能不劝劝他吗?我说,这么贵,不合算,骡子太贵了。波菲里奥……反倒怪起我来了……"

"喝几杯酒,消消火……"坎黛拉莉娅走到脚夫身旁,递给波菲里奥一个盘子,上边放着满满的几杯美酒。

波菲里奥绷不住劲了,只好低声下气地央求伊拉里奥帮他打听打听骡子的价钱。然后,换了个话题,讲了讲邮差尼丘·阿吉诺失踪以后在圣·米盖尔·阿卡坦发生了什么事。

"唉,人人遭殃啊!瓦伦廷神父预言说,等圣·弗朗西斯科的可尔多那左风①一过,天使长圣·米盖尔——也就是管所有天使的天使长——就要举起宝剑,在玛丽娅·特贡峰掀起狂风暴雨。他托邮差把一封加火漆封印的信送往宗教事务所。上级要邮政局长去一趟。半路上,局长中了风,手脚抽

---

① 墨西哥六月到十一月间的一种南来大风。

擂,说不出话来。堂·德菲里克打算组织一次示威游行,抗议地方当局玩忽职守,派出这么一个听信 sui-generis① 的瞎说八道的人去送信……"

"哎……哟!你从哪儿学来这么句洋文啊!"

"堂·德菲里克说的。我听他讲了不下九十遍:sui-generis 的瞎说八道。不过游行也没搞成。虽说塞昆迪诺·穆苏斯少校跟他是老乡,还是吓唬他说,要把他送进监狱。只有中国人对这件事漠不关心,人家都在打听,惟独他无动于衷。连犯人也在打听。他们能否获释,就看送信的送走什么,带回什么了。就连阿蕾哈·库埃瓦丝也很关心,不过她关心的不是送信的,而是那个骑着快马追赶邮差的小伙子。可惜,紧赶慢赶也没赶上。送信的在路上失踪了,准是变成野狼了。"

"波菲里奥,你的耳朵真够长的!"

"喂,阿德莱多,你让她一个人跑前跑后的,这可不对啊。至少你说一声你要走了,别人可以吃你那份啊。"

"这是猪食!……不管怎么说,坎黛拉莉娅姑娘跟我很般配,在她这个岁数,正该享用最好的东西。来,坎黛姑娘,为您的健康干杯!祝您吉星高照!"

坎黛拉莉娅·雷伊诺萨听到"吉星高照"这句话不由得浑身一震。她的手微微抖了一下,盘上的酒杯碰得叮当直响。她这一辈子一直是郁郁寡欢。好在三个脚夫——波菲里

---

① 拉丁文:"独特的"。

奥、伊拉里奥、奥雷加里奥——正在举杯饮酒，谁也没有注意她。他们把胳臂肘举起来，一仰脖把酒喝下去，然后低下头，吐出嘴里的酒沫子。

"大夫"奇楚伊斯挤到弹木琴的身边，大大咧咧地凑上来。他试探着从盘子里端起一杯酒，直眉瞪眼地盯着坎黛拉莉娅的眼睛。他像喝白水一样一下子把酒喝光，一点也没往外吐，还用两颊直咂摸白酒的滋味。喝完酒，他说：

"有骑马的陪着，小姐很开心嘛。这些人挺招人喜欢，挺爽快，挺……"

脚夫们听了这几句赞语，连忙说了声"谢谢"。礼尚往来嘛！只有波菲里奥听了不痛快。今天他多喝了几杯，再加上酒的度数高，这会儿酒劲上来了。也许是他身强力壮，想和没事找事的奇楚伊斯较较劲。他这种人自以为变成了正直、诚实的城里人，而实际上还是山里人，因此到哪里都不受待见。

"先生，我们这些骑马的不喜欢人家拍马屁！坎黛姑娘是位小姐，她自个儿愿意。小伙子再多再好，她也看不上！远的甭说，就说胡良·索卡瓦耶吧，就为她自杀了。他也是骑马的。除了骑马以外，他还一心一意地爱着这位小姐。"

"是……"坎黛拉莉娅听见别人称赞自己爱情专一，垂下两只俊俏的眸子，瞅着脚夫和"大夫"放在盘子上的空酒杯。

"她说'是'。说得对。她过去爱他，现在爱他，将来还是爱他！我说朋友，心里爱的人是不会抹掉的！死了也好,失踪了也好,不管怎么说,只要爱他的人活着,他就永远活着!对周围的事情,大家就是这样看的,对像马丘洪这样的男子汉,大家就是这样看的!"

"过去是?……现在还是!……"

"是啊,坎黛姑娘,"伊拉里奥插嘴说,"只要有姑娘爱他,他现在、将来总是一位骑士,天上的一盏明灯。"

"说得好,我爱听,"波菲里奥很高兴听到这几句话。这时,奥雷加里奥也说了声:"真带劲!"波菲里奥乘着酒兴说:"今朝有酒今朝醉!酒还不是给人喝的!坎黛姑娘,请您原谅;还有您,大夫先生,喝一杯……"

乐师弹起木琴和吉他。在音乐的伴奏下,人们急速地旋转着。坎黛拉莉娅·雷伊诺萨在一旁看热闹,她还是身着那件节日穿的黄衬衣,乳罩把胸部勒得微微翘起,漆黑的辫子上沾了一点炭灰。"伊拉里奥他们"心里痒痒得坐立不安,巴不得星夜赶快降临,让有情人得以幽会。

两位订婚的年轻人朝他们走过来。女的叫丘妮塔·雷伊诺萨,是坎黛拉莉娅的兄弟安德烈斯的女儿。男的叫萨卡里亚斯·门科斯。姑娘长了一副厚实的嘴唇,好似香水草的花朵。小伙子穿着靴子,颇像个有身份的人。可他身上有股野兔味,走起路来护腿东绊西绊,像是脚上钉了马掌,表明他还是个山野村夫。小俩口走到脚夫和"大夫"这伙人跟前,想听听坎黛拉莉娅姑姑讲些什么。

"夜里,有时候,他那匹马的得得声把我吵醒……我出去一看,只见路上有一大片光点……他从我身边走过去。萤火虫把他眼睛弄瞎了,他不知道我一夜一夜地睡不着觉,盼着他回来。就像月夜下铅灰色的圣栎树叶睁着眼睛一样。他离我很近,又很远。他的肉体离我很近,可他看不见我,又离我很远。也许……"她的目光恍恍惚惚的,好像没看任何人,也没看任何东西,"这种事永远不会发生,即使发生了也是百年不遇。真可怕,可又那么简单……命该如此,有什么办法呢。流年不利,灾星临门。过去也好,现在也好,我一直是真正遭灾的马丘洪的影子。爱情就是这样:男人可以是这样,可以是那样,女人爱谁就只能是谁的忠实的影子……"她嗫嗫嚅嚅地说出最后这句话,嘴唇翕动了一下,差点哭出来,但最后她还是像孩子似的破涕为笑,"……记得有一次我们俩在这儿,就在这个院子里跳舞。他说:'咱们跳个滇托-图蒂舞吧。'他故意绊了我一下,不是想把我绊倒,而是找个借口摸摸我的大腿。我顺手给了他一个耳光……"

"还吻了他一下,是吗,姑妈?"侄女说。这段故事坎黛拉莉娅的亲朋好友都能背下来。

"我说句傻话吧,"奥雷加里奥问道,他嘴里叼着一支大荨麻叶卷的雪茄烟的烟蒂,瞟了新娘一眼,看样子她也是跳滇托-图蒂舞的好手,"所有的天灯都是骑马的人变的吗?"

"大夫"正要回答,波菲里奥抢在他前面开了口。他从奥雷加里奥的提问中猜出了他想说什么。于是,用胳膊肘捣了他肚皮一下,笑着说:

"奥雷加里奥在打新娘的主意,萨卡里亚斯该恼火了。萨卡里亚斯,你赶快把新娘吃下去,省得这个公鸭嗓老是想入非非,从你手里把她夺走!"

"这么说,你成了水果了!是吗,丘?"萨卡里亚斯·门科斯说。他那件新外套袖子太长,费了好大劲也没把手伸出来。他刚才喝了不少酒,又是甘蔗酒,又是烈性酒,喝得胡子变成杏黄色。

"是馋人的禁果,依我说就是这样!"伊拉里奥接着说。

"禁止别人吃,光许我吃,"萨卡里亚斯终于把手从衣袖里伸了出来,摸了一把又粗又硬的胡子,"人一结婚,就各享其乐了!"

"你要明白,萨卡,咱们还没结婚呢……"丘妮塔生气地说。

这当儿,只听弹吉他的乐师唱道:

> 不幸的树啊,
> 痛苦把你折磨得枯萎、焦黄,
> 你没有了嫩绿的枝叶,
> 没有了诱人的花香……

莫拉塔亚、贝尼戈诺、埃杜维赫斯和其他几位客人围在乐师周围,一动不动地欣赏这首歌谣。他们当中,数埃杜维赫斯年岁最大。宦海浮沉,弄得他心情抑郁,瘦骨伶仃。他当过六次镇长,最后一次险些栽了大跟头。他任命的司库把镇政府公款席卷而逃,甚至连镇长权杖上的银把手也卸走了。

旁边站着两位老太太。年纪大了,两个人都有点耳背,小声说话,谁也听不见谁。两个人扯起嗓子说私房话。要是没有木琴声,在座的人都能听见她们在对埃杜维赫斯·莫拉塔亚先生评头品足。现在又轮到议论"大夫"了。

"他跟所有城里人一样,简直是坟地里的蛆……"

"大概是您那个坟头上的蛆!这种人没一句真话!……"

"谁知道呢?我看出来了,他总想吃坎黛拉莉娅的豆腐。哼,癞蛤蟆想吃天鹅肉……"

"尝尝茴香酒。曜,还有咖啡,鸡蛋面包片。雷伊诺萨这家子人真大方,从他们祖父那一辈起,就是这样……"

"他们姓雷伊诺萨还是雷伊诺索?……"

"还不是一样……?老一辈的人请起客来,花钱跟流水一样。上一回,赶上坎黛拉莉娅举行订婚礼,我就坐在这儿,就是咱们现在坐着的地方。老头叫加夫列尔,加夫列尔·雷伊诺索。坎黛拉莉娅是他最心爱的女儿。什么都准备齐了。宰了一头牛、好多口猪,还有十六只火鸡……"

"您别说过了头。茴香酒味真好。也许太大方了才败家的吧。"

"唉,谁还能总没灾没病的?马丘洪从家出来,可没赶上订婚礼……"

"本来该在这儿行订婚礼……"

"是这儿,就在这个地方。一年一年过去了。咱们又到这儿参加丘妮塔的订婚礼了。命啊……命啊……"

"他一定很亮,"坎黛拉莉娅说。她周围站着几个邋里邋遢的人,其中有几个麻脸胖子。"我亲耳听见他像孩子似的抽抽搭搭地哭!我敢说,咱们夜里看到的那些金煌煌的光斑,不是什么好兆头。我盯着这些亮光,看哪,看哪,觉得自己也加进去了。我总觉得它们放出光来,是在怀念什么东西。别看天空这么无边无沿的,缺的东西太多了……"

"姑姑!"新娘走过来,拉了坎黛拉莉娅一把,"客人们在堂屋里等着要跟全家人干一杯!"

"你爸爸呢?"

"他跟妈妈都在那儿,就等您了。'大夫'还要讲几句话。"

堂屋里站满了宾客。门口挤满了人,从走廊往里面探头探脑。"大夫"神情紧张地开始讲话:

"……花脖小鸽子不怕老鹰。年轻漂亮的小伙子选中了标致的姑娘,两人一起搭窝过日子。生命的酒杯里盛满生机勃勃的幸福。"

波菲里奥·曼希利亚粗门大嗓地在说话。宾客们讨厌他们这么缺乏教养,"嘘、嘘"地直嘘他,要他静一静。当脚夫的全是这样,天生就是当脚夫的料。伊拉里奥连推带搡地把他拉到外边。

"过来,过来,波菲里奥,别在那儿讨人嫌了!看在上帝的面上,跟我来!从胡安·罗森多庄园来的人带着吉他呢，咱们去看看，听他们唱一段！"

祝酒辞一完，堂屋里爆发了一阵掌声。

"奥雷加里奥在跳舞呐，"伊拉里奥说。他知道波菲里奥想和奇楚伊斯吵架，想方设法打消他打架的念头。"这家伙，跳舞就和强盗一样，把腿伸进女人大腿中间。满身烟味，真呛人！为了不跟他跳舞，我也不能托生成个女的。"

波菲里奥气得抓耳挠腮，一声不吭。大家都跟他不对劲，惹得他火冒三丈。他和奇楚伊斯一直合不来。听见他的绰号——"白虱子"——打心眼里讨厌他。凭这个就该找奇楚伊斯打一架，冷不防揍他几拳。要来狠的，就捅他一攮子。他要真是"大夫"，叫他自个儿治吧！我看他什么都像，就是不像个大夫。他一心只想把坎黛拉莉娅霸过去。

"你，怎么啦……"伊拉里奥责怪他说，"瞧你，跟那些聋老太婆一样小里小气的，什么爱情啊、交情啊、性命啊……全不顾啦！"

"唱一个，弗拉维亚诺。别拿糖啦！"一个穿花衣服的姑娘对一个牙齿雪白的棕皮肤青年说。他的脸长长的，像个面包，嘴里一口白牙，像块奶酪，所以大家都叫他"面包夹奶酪"。

一位弹吉他的乐师弯下腰，低着头把耳朵贴在音箱上。他拨动一下放在膝盖上的吉他的琴弦。紧了紧弦轴，然后又松了松，对好了音，开始拨动琴弦。他扬起头，向弗拉维亚诺表示准备好了。

"看大家爱听不爱听吧！"年轻人说着话，黑脸上露出了白色的牙齿,"是一首老百姓爱唱的小调……一支华尔兹……"

波菲里奥把胳臂搭在伊拉里奥的肩膀上,面带笑容。伊拉里奥耷拉着眼皮,想好好听一听这段小调。

枷神、枷神,求求你,
快派村警到这里,
抓我、铐我、带走我,
关进监狱心欢喜。
米盖莉达·阿卡坦,
又黑又俏没法比,
枷神、枷神,守监狱,
姑娘长得真像你。
脚夫、脚夫,运货忙,
挣来银元响叮当;
带上银元上大路,
"九天女王"丢一旁。
米盖莉达·阿卡坦,
模样俊俏赛女王;
银元丢在枷神狱,
脚夫四处找姑娘……
姑娘两眼似火炭,
小嘴好像花一样。
枷神请进教堂里,

姑娘一去无消息。
阿卡坦啊阿卡坦,
人人怀念俏姑娘;
灯火明,机器响,
镇上姑娘听我讲:
亲吻一个接一个,
真正爱情何须忙;
米盖莉达在天上,
村警关我入牢房。

十七

第二天,脚夫们离开办喜事的人家,心里有些惆怅。嘴里发苦,胃里烧得慌,心里难过,这就叫乐极生悲。本来说定清晨四点出发,到六点半了还没动身。这家人都在睡觉,只有猪、鸡、狗醒过来了。有碗可可辣玉米粥也好啊!可惜,昨天的盛宴上只剩下一些咖啡渣子。对伊拉里奥来说,只要能再听上一遍那首关于阿卡坦的米盖莉达的歌谣,要他干什么他就干什么。可惜,胡安·罗森多庄园的乐师们早就走了,只留下歌谣的曲调和片断歌词在空气中浮荡,宛如蒙蒙细雨转为瓢泼大雨时微弱的太阳照得大地上升起一团热气。"再见了!"脚夫们站在上着闩的大门前冲着坎黛拉莉娅姑娘喊道。但是,没有人应声。太阳悬在天边。在蓝灰色的天空下，远处的山峰染上一层金黄色。而这里，空气潮湿，什么都是滑腻腻的，散发出一股苔藓味儿。天上下起毛毛雨，他们蹲下来本想避一避雨。不一会儿，雨越下越大了。被浇湿的树木还在睡觉，牲口虽然在活动，也显出朦朦胧胧的样子。

迎面有一道不太长的陡峭山坡。山坡是高山甩出的一个角，名字挺好听，叫"恶贼坡"。上了山坡，雨越下越大，脚夫们站在一处白花花的灰岩地上，商量着找个地方避避雨。他们拉着牲口，一个接一个走到一户人家的屋檐下面。以往打这儿过，他们几乎从来没见过这家里有人。今天好像主人在家。主人叫堂·卡苏亚利东。他有时候住在这儿。堂·卡苏亚利东是西班牙人，地地道道的西班牙人，但他的祖籍是爱尔兰。你看他：蓝莹莹的眼睛，寒冷地区特有的紫铜色脸膛，垂在前额上的金黄色头发，公牛样的耳朵和脖子，都说明他是爱尔兰人的后裔。这种独特的外貌和身材与当地居民完全不同。这儿的人都身材矮小，未老先衰，脑袋特别大。因为水质不好，眼睛朝外努着，像饿了几天的士兵一样。另外，普遍患有甲状腺肿大、静脉曲张，又都胆小怕事。

原野、山峦一片白茫茫。从大西洋吹到太平洋的强劲海风刮得普通植物难以生长。极目远望，尽是些蒺藜一类的杂草和张牙舞爪的坚硬的仙人掌。

房檐下，五匹牲口萧萧嘶鸣，脚夫们高声谈笑，好像故意告诉人家他们来了。从西班牙人堂·卡苏亚利东家里懒洋洋地走出几个人。他们从暗处出来，一到明处立刻眯起眼睛，把目光投向脚夫们。原来都是波菲里奥的老熟人。

"哎哟，鬼鬼祟祟的，敢情是你们啊！"

"瞧啊，谁在这儿说话呐！真巧，又撞见你们啦。刚下马吗？别急着走啦！"从门里出来的人当中有一位叫梅尔加的独臂人回答说。

西班牙人堂·卡苏亚利东出来的时候，两手插在便服衣袋里，大拇指露在外面，好像手枪的扳机。

"我们还以为是骑警队来了呢，"他说，"骑警就像蝙蝠一样到处乱钻……"

独臂人梅尔加站到他面前说：

"还是到我家里去吧。屋子虽然破破烂烂，可是保险不会出事。警察早就盯上了堂·卡苏亚利东了。再说，我那儿还可以……"

"我们还有急事，"波菲里奥故意说道，这次邂逅惹得他很不痛快，"要叫阵，下回再说。有的是时间。"

"各位看着办吧，"骨瘦如柴的独臂人满脸不高兴，皱着眉头说。

"你这么强拉硬拽可有点儿欺侮人啊！"奥雷加里奥嘟嘟囔囔地说，"要讲嗜好，人人都有。大不了把我们的骡子赢过去。别不……"

"你们赢了，也把我的牲口牵走啊……"梅尔加回答说。

"这是将我们的军！"伊拉里奥大声喊道。这时候，奥

玉米人

雷加里奥问：

"喂，缺胳臂的小子，你的骡子在哪儿呢？"

"在哪儿？君子一言，快马一鞭。什么啥时候，啥地方，怎么样，用不着问这些。有就是有……对不对，'西坎布罗'，西班牙语是不是这么说？"他转过脸去对堂·卡苏亚利东说。卡苏亚利东听到叫他绰号，就像屁股上挨了一脚。"我的牲口就在那边，几头骡子，谁有本事谁牵走。"

"你这是挤……兑我，我这儿还有一头骡子，个头也不小！"

伊拉里奥憋足了劲，说出了这几句话。说完，大家都不出声了，只听到呼哧呼哧的喘息声。雨点滴滴答答地打在屋顶和墙上。屋里空气潮乎乎的，充满烟草气味。大家围在桌子四周，脑袋凑在一起，根本没听见淅淅沥沥的雨声。要命的小小的色子不住旋转，他们把眼睛睁得大大的，急切地盯着色子进行稀奇古怪的组合：三、五、六，"吃肉"，赢了！幺、二、四，"骨头"，输了！在这个奇异的世界里，一切都是瞬息万变。赌注归谁，落到谁的手里，全看所谓运气如何了。

伊拉里奥拿起色子。奥雷加里奥一伸手抓住他的胳臂，说道："我来掷！……"他们在海边买了两头骡子，带回圣·米盖尔·阿卡坦镇。现在，已经输掉一头，只好拿最后一头骡子作赌注。

"怎么就得你掷呢？……有劲儿，你就夺过去！"伊拉里奥护住自己的胳臂，手里紧紧攥住色子。两个人争抢起来。

"眼下有人爱你,你这样的人不能耍钱。我无牵无挂。要是你还爱那位等着你的姑娘,就把色子给我……"他们俩从来不叫出女方的名字,只是间接地暗示一下。他们觉得惟有这样谨慎小心才能表示出他们之间的真正的友情。在某种意义上说,直呼其名就等于占有了她。对那些专供在床上取乐的女人,才可以轻易地称呼她们的名字。"把色子给我!听我的,你会把骡子输掉的……"

"让我掷,奥雷加里奥!"

"不行!"

"我知道我能赢!"

"我知道你准得输!那就输掉两头骡子啦!让我掷吧!你不为她,也要为阿卡坦的米盖莉达呀!"

伊拉里奥听到这个名字,不由得松开了手。对他来说,这个假想的少女和任何人一样是活生生的,真实存在的。他那只汗涔涔的颤抖的手把色子都攥湿了。

"他掷,赌注也一样吗?……一头骡子?……"西班牙人堂·卡苏亚利东问道。他站在独臂人梅尔加断臂的这边。

"那还用说……"波菲里奥气哼哼地回答说。他长得五大三粗,天不怕,地不怕。打起架来拳头底下毫不留情,总要拼个你死我活。但是在赌场上,他却是个废物、胆小鬼。这里没有人跟他正面冲突,没人可抓,没人可打。运气……呸!……那些不爱干活、翻云覆雨的小人才靠这种营生混饭吃。赌棍没有不搞鬼的。

"好吧,如果跟他来也一样,"独臂人说,"那就来吧。唉,我的吊床啊,我爷爷常这么说,他睡觉的时候,只有三根绳子!"

"来吧!"奥雷加里奥拍着桌子喊道。刚要把色子掷出去,突然停了下来。他往上推了推帽檐,发现过来一只公鸡。这只鸡光秃秃的,个头挺大,看着让人讨厌。

"倒霉就倒在这只鸡上了!丑八怪!把它轰出去!把它赶走!本来手气就不好,再加上这么个脏玩意儿在眼前晃来晃去的!"

独臂人梅尔加当即回答说:

"用不着吧,伙计,别管它啦,又没碍着你什么……"

"输钱可得输在明处。你要是拿这只公鸡耍花招,趁早快说。我就不掷了,骡子归你。公牛再厉害,也顶不住两根刺棍。你有公鸡,又有色子……早知道,我也把鸡带来。"

"快下注吧!别说个没完没了啦!讨厌!早知道,你把那只黑鸡带来呀!饶了这只公鸡吧!"

"滚蛋,臭狗屎!……"

"少管闲事吧!"

"这只鸡太凶了,我瞅着就害怕。不把它赶到院子里去,我就不掷了。干吗非把它留在这儿不可?"

"是啊,非得……"

"有了它,你就交好运……"

"掷吧,别说啦!"

"公鸡在这儿,我就不掷!"

"说真格的,"伊拉里奥喊道,"把这只饿鸡从这儿轰走,我们的手气也会旺起来。"

"你跟他们说说,'西坎布罗'!"独臂人气得嗷嗷直叫,一张嘴露出犬牙,他的上颌就剩下这两颗牙了。

西班牙人堂·卡苏亚利东一听见"西坎布罗"这个词就像挨了一脚一样。为了平息一下大家的激动情绪,他解释说,这只公鸡是防备骑警闯进来。以防万一嘛!

"胡说八道……"奥雷加里奥说,"这才是风马牛不相及呢。伙计,我是脚夫,因为我会吆喝牲口,可我不会放鸭子,更不会泼水赶鸭子。"

独臂人梅尔加龇着两只被尼古丁熏得锈迹斑斑的蛇牙,不得不进一步解释说:

"这儿的地很松软,搭上今儿个下雨,土地返潮,牲口踩在地上没有声音,就像走在地毯上一样。骑警队突然光临,谁也跑不掉。"

"公鸡会报信吗?"奥雷加里奥用揶揄的口吻问道。

"你把色子放在桌子上……"

"那怎么行!我还想赌呐。你们赢走我们一头骡子,说不定我还能捞回来呢。"

独臂人一再坚持,奥雷加里奥只好勉勉强强地让了步,把色子放在桌子上。双方约好一定要见个输赢,要么是他们把牲口牵走,要么独臂人和西班牙人卡苏亚利东把牲口留下。

奥雷加里奥放下色子。在场的人还没有明白过来,独臂人就用残臂忽地一下子把色子胡噜到地上去了。没等色子落地,那只公鸡抢上去,"嗒嗒嗒"几下,色子就不见了,地上啥也没有。

"怎么回事?你怎么教会这只鸡的?"波菲里奥问道,他觉得这套把戏真是神乎其神。

"怎么回事……怎么教的……"独臂人满脸堆笑地说,"我饿着它。色子一掉,它以为是玉米粒呐!"

独臂人实地表演一番,公鸡作为忍饥挨饿的帮手,赢得了大家的尊重。在场的人都相信,当荷枪实弹、嗜杀成性的巡逻队悄悄闯进来的时候,饿得两眼冒火的精瘦精瘦的公鸡马上会大显身手。但他们到底还是把公鸡轰走了。公鸡出去以后,堂·卡苏亚利东又把一副色子放到桌上。奥雷加里奥和独臂人面对面站着,继续赌博。奥雷加里奥赢回了输掉的那头骡子。又不言不语地把独臂人的两头骡子也赢了过来。独臂人没东西下赌注了,只好就此认输。最后几次梅尔加掷的是慢色子,但也无济于事。谁走运谁就赢,谁不走运谁就输。只要上帝高兴,出太阳也能下雨,就像现在这样。

"小伙子们,那只干巴鸡真让我发了一阵愁,现在还没缓过劲来,有一阵,我觉得像有一只四脚蛇在身上爬似的,"波菲里奥艰难地走在盘山路上说。大雨滂沱。阳光下,雨丝宛如万根银针,洗涤着近处翠绿的小山。"真够呛!眼瞅着刚买的骡子要归缺胳臂的那小子了,有一头已经落在那个恶棍手里了。到底他还是加倍归还了。"

"都是伊拉里奥昏了头,瞎胡闹,他又成了赌棍、捣蛋鬼了！……"奥雷加里奥说。他早就憋着想找两句不咸不淡的话挖苦挖苦伊拉里奥。

"哈，哈，哈……"伊拉里奥边笑边说，"……哈，哈……撵跑了公鸡，他也倒了运。他不住地划十字，好像在抓痒痒！"

"现在你乐了。要不是圣徒保佑，咱们就得靠自己的两条腿赶路了！输了两头骡子，再把咱们骑的骡子押上。输了两头，再输三头算得了什么！……唉，总算把他的牲口全赢过来了，弄得他没咒念了！"

"好啊！"波菲里奥喊道，"谁让他净掉花枪呢！俗话说，恶有恶报，上帝知道嘛！"

"伊拉里奥喝酒的时候我喜欢他。眼下又耍起钱来了，我可不待见他了，"奥雷加里奥接着说，"一看见酒，他就大口大口地喝，伸着脖子往里灌，然后，背诵起大段大段的诗，情节曲折，听得人神魂颠倒……嗯，也不能都这么说。其中有一段，我一想起来，就掷不好色子。他这个人啊，对瞎编的东西特别有感情，对真人真事倒不大在意。幸亏我突然想起拿阿卡坦的米盖莉达来劝说他，不然的话，咱们连衬衣都得输光。"

"哈，哈……"伊拉里奥还是不停地笑，"他倒霉就倒在公鸡身上了。我们这边有米盖莉达，他那边有公鸡！缺胳臂那小子，真是笨蛋！畜牲！"

"就是嘛！骂他吧……赌棍！"

"你不是也这么说吗？你看，我一瞅见牲口，马上想到上路。一瞧见圣徒,马上变成正人君子,向上帝祈祷。虽说圣像上装的不是圣徒的眼睛,也不要紧。一瞧见色子,马上想到耍钱。我可不想瞧见拐杖,瞧见拐杖我就觉得自己瘸了条腿。也不想瞧见女人,我……用不着说了……"

西班牙人堂·卡苏亚利东骑着一匹白鼻马赶了上来。马笼头、马嚼子、萨拉逊式①马镫子都是上好的货色。他那双眼睛晶莹明亮,帽檐呼扇呼扇地上下直动。听说他从前是神父,后来还俗了。是啊,他戴着毡帽,身穿黑色美式封领衫,金黄色的长发披在耳后,年纪虽老,面皮却很滋润,的确有神父的风度。

他是教士,又是俗人,或者两者兼而有之。堂·卡苏亚利东在一处遍地细沙的地方度过了青春。那个地方气候干旱,对人的肺部十分有害。有人到那儿去,本想定居下来,可又担心会慢慢憋死。所以除了过路人以外,谁也不到那个地方去。

每逢独臂人叫他"西坎布罗",他总是不由得浑身一震,毛骨悚然。听到"西坎布罗"这四个字,他就像关在笼子里的野兽挨了驯兽人的鞭子一样胆战心惊,体似筛糠。平时,他把昔日的生活忘在脑后,可一听到"西坎布罗"这几个字,立刻回忆起他自作自受地在那个地方度过的苦日子,不禁觉得恶心,嘴里冒出一股苦水。那儿真不是好人呆的地方。牲口骨瘦如柴,行动迟缓;土地光秃秃,被热气烤得干

---

① 中世纪欧洲人称阿拉伯人为"萨拉逊人"。

巴巴的,花草树木被烤焦了,趴在地上,活不了多少日子;鸟兽少得可怜。最后,他一狠心还了俗。自己贪心不足,不配担当圣职,有什么可隐瞒的呢?可是,作为爱尔兰人,他在内心深处一直感到内疚。他母亲是爱尔兰人。假如他是西班牙人,是地地道道的西班牙人,他会不在乎这些。他会慢吞吞地、一字一句地说:西班牙人都是野心勃勃,把野心像香脂一样涂在身上,不必像爱尔兰人那样把贪心视为丑事、劣迹。这种矛盾的感情在他内心斗争得很激烈。他觉得自己不过是个庸俗小人。既是小人,也就注定该死在一个连死神也不愿扎根的角落里。在那里,死去的人、死去的鸟兽很快就变成骷髅,变成一堆烂骨头。大风一刮,就像秋风扫落叶一样把尸骨吹得无影无踪。

事情还得从头说起。有一天,堂·卡苏亚利东被委派到一个拉迪诺人聚居的村庄当教区神父。村里的人很穷,可是那里景色旖旎。在寒带地区,居住着许多拉迪诺人;不过,像这儿的人那么自负的却不多见。这儿的人有文化,不算高吧,也满可以自称是文人、大人物。他们生性忧郁,自视甚高。村上的人安贫若素,天天用肥皂清水洗浴,互相馈赠一些小礼品,倒也逍遥自在。新来的教区神父吃得不错,有书看,有地方消遣,可以打打牌,玩玩"摸三张",时常有人登门造访,大家聚在一起促膝谈心,还可以出去郊游。

睡觉之前,堂·卡苏亚利东坐在摇椅上,一小口一小口地品茶。有一次,一位客人告诉堂·卡苏亚利东说,有一位神父在印第安人淘金的地区任职,因为身体不好,打算辞职。这时候，他喝茶喝得迷住了爱尔兰人的本性，丝毫不能抵挡西班牙人的本性的袭击。于是野心勃发，恨不得一口吞进淘金场上的流水，让金粒留在牙齿间，留在硬腭下，留在舌头上。

鸡肉、可可、煎面包片，美哉，美哉！他觉得自己已经不是堂·卡苏亚利东了，而是一五六七年那位叫作堂·贝纳迪诺·维利亚尔潘多的红衣主教了，身边似乎还站着葡萄牙、热那亚的教士们、他的侄子们以及他那位不三不四的情妇。

信纸是死的，谁爱写什么就写什么。堂·卡苏亚利东给患病的神父写了封信，提出愿意和他调换工作。还说，他抱怨自己一直不知道神父生病的消息。否则，早就提出来了。他宁肯放弃富庶教区的种种优越条件，离开善良的基督教徒们。

在印第安人村庄里工作的神父病得很厉害，好像多年遭到虫蛀的硬木圣像。他回信表示感谢堂·卡苏亚利东的这番好意和侠义心肠，但他不能接受调换工作的建议，因为他的教区实在太穷。那里住着五万名冷漠的印第安人，从来没人对他们解囊相助。穷啊，穷啊，太穷了！

西班牙人一手拿着信，另一只手伸进法衣的口袋里，打算摸出一点落在衣袋里的鼻烟。他被贪婪迷住了眼睛，把生病的神父讲的真情实话当作故意夸张，以便他随意摆布那五万名印第安人。他们再冷漠无情，总还在淘金场上干活吧！在他想象中，金沙和金粒喷泉似的一涌而出，河水像是在纵声大笑。他仿佛看到肌肉丰满的棕色皮肤的印第安人每个星期天都给他送来一颗金粒。虽说他们是异教徒,可比这里的信奉天主教的拉迪诺人强百倍。当然,这当中也不无风险。

"蒙足下盛情相邀,敝人委实过意不去,"印第安人教区神父在第二封信里写道,"然而,恭敬不如从命,敬请尊驾到宗教事务所商办此事。"

西班牙人堂·卡苏亚利东来到京城,和大主教先生面谈了一次。大主教对他这种大公无私、舍己为人的行为大大称赞了一番。三月的一天,风和日丽,他来到盛产金粒的印第安人居住的村庄。生病的神父搬进堂·卡苏亚利东那座宽敞的教堂,过上苦中有乐的生活。教堂里摆着阔气的家具,有电灯、洗澡间,还有鹦鹉。窗户面朝中心广场,院子的缸里盛着清水,教堂司事像女人一样温顺。

西班牙人堂·卡苏亚利东一搬到新居,立刻把脑袋伸出圆窗看了看中心广场。窗子太小,差点碰着他的后脑勺。阳光从小窗子射进来,看上去,教堂像间牢房。地上铺的是鹅卵石,抹了点灰。墙壁污秽不堪,房柱熏得黢黑。屋里摆着一张皮条编的行军床,一张瘸腿桌子。呆了好半天,没见来一个人。堂·卡苏亚利东大声喊道:"天哪,这儿根本没人管啊!"跟他一起来送行李的脚夫早就回去了。在这阒无人迹的荒漠里,不知叫喊了多久,才来了一个印第安人。那时天已经黑了,印第安人道了晚安后,问他有什么吩咐。

"得来个人帮帮忙啊……"西班牙人回答说。

"没人,"印第安人说。

"我要吃点东西,得笼上火。"

"没火,"印第安人说。

"去告诉大家,我是新来的神父。从前神父在这儿的时候,谁管啊?"

"没人管,"印第安人回答说。

"教堂里的司事……"

"没有……"

印第安人帮助堂·卡苏亚利东安置好东西。简直不可想象!他猛地想起那位强硬的征服者,于是顺着吱吱嘎嘎的楼梯攀上钟楼。剧烈的钟声像救火车鸣笛一样向公众宣告他的莅临。当他从净是蛛网和蝙蝠的钟楼上走下来的时候,又碰上了他派去向邻里传话的印第安人。

"话传下去了?"他问。

"传了……"

"传了好,告诉所有的人了?"他又问。

"是的……"

"他们怎么说?"

"他们说知道您来了……"

"难道他们不来看看我,不来欢迎我,不来看看能帮我什么忙?"

"不来。"

夜幕徐徐降临,一点一点覆盖住教堂的高大围墙。这座教堂是十六世纪建筑艺术的骄傲。五万名村民散居在洼地和石崖上,他们与世隔绝。星空下,居民们入睡了。被征服的种族总是这样疲劳。西班牙人堂·卡苏亚利东走到大街上。大街好似豺狼的舌头。神父亲自挨门挨户地叩门。人们迷迷瞪瞪的，用一种结结巴巴的奇怪的语言回答了两句。他又拼命叫喊，苦苦哀求，这才有几家人探出青铜色的脸，不冷不热地对他表示问候。

这一夜，他一切都明白了。繁星像金粒一样在夜空闪烁。他什么也不需要了。在一张欧洲地图上他看到一大片一大片天主教徒居住的土地。土地仿佛压在他的肩头，压得他两腿发软。这头西班牙野兽跟受伤的公牛似的喘着粗气，睁大血红的眼睛东张西望，拼命支撑着。沉重的内疚压得他双膝跪倒在居室的石地上，整整跪了一夜。太阳穴上、前额上布满豆大的汗珠，冷汗顺着弯曲的后背直往下流。天色微明，他爬上钟楼，敲响铜钟，召唤人们来望弥撒。然后打开教堂的大门，点燃了祭坛上的两支蜡烛。穿好衣服，孤单单地走了出来。该念"导经"了，从来没有任何一位神父像他那样觉得难以启齿："Confeteor Deo"①，还没说出"mea culpa"②……眼泪就哗哗地流了下来。这当儿，那位只会说"没有"的印第安人走了进来。神父示意要他过来帮帮忙。印第安人倒还在行。他拿起祭瓶，翻开祈祷书，双膝跪倒，然后站起来，划了个十字。望完弥撒，该生火做早饭了。印第安人弄了点咖啡来。说是咖啡，可更像炒玉米粒。面包半

---

① 拉丁语："我是罪人"。
② 拉丁语："我的过失"。

生不熟，还有几个橘子。神父吃了这点东西，一直挨到中午。到了中午，还是咖啡、半生不熟的面包。橘子没有了，换成两个黑不溜秋的小香蕉，算是换了换花样。下午，什么吃的也没有。晚饭更简单，只有冰凉的咖啡。堂·卡苏亚利东做了很长时间的忏悔，忍饥挨饿、没人说话、遭人冷落，图的是什么啊？不过，他倒是利用这个机会陶冶了一番性情。他收起了西班牙天主教徒的那股傲气，换上了爱尔兰基督徒的谦恭精神。清苦的生活使他变得谦和了。他远离文明世界，习惯了原始生活。幸亏他生性温顺，头脑简单，什么文明不文明的，全是些没用的东西。当地人都是穷苦的印第安人，家里人口多，缺衣少食。他们在淘金场和田地里亲手创造出的财富并不属于自己。他们工资微薄，个个体弱多病，饮酒无度。一开头，西班牙人堂·卡苏亚利东本想给他们鼓鼓劲，宁可自己身体坏下去，也让他们强壮起来。堂·吉诃德说得好，要像摇木偶似的帮他们摆脱那种消极观望、沉思默想、脱俗超凡的状态。可现在，随着岁月的流逝，他不仅理解了这些印第安人，而且他自己也和他们一样过着半睡半醒的生活。对他来说，生存就是不断满足肉体的需要，此外，别无他求。

他这种看法是朦朦胧胧的，因为他不敢把头脑里的这种想法亮出来，仔细地加以分析。他宁愿让这种想法若明若暗，模模糊糊。这种看法又很不稳定，仿佛是由一片忽聚忽散的斑点组成的，仿佛是由奔驰在彩虹和乌云之间的群马组成的。有了这种看法，他就领悟到为什么这些善良的人们——这些整天默默地和土地、山羊、玉米、流水、石头打交道的人们——会如此心安理得。在他们眼里，金粒算不了什么，因为他们深知金粒的真正价值。

知道金粒的价值而又鄙视金粒，这确实是矛盾的。几条小河在河口处汇成水网。头发丝一般纤细的水流从赤身露体的印第安人身边流过。他们好似一股盲目的力量，把千百个燃烧着的火炭投到世界财富的火堆上，其真正的价值就是导致人类的彻底毁灭。印第安人为了对杀害他们的刽子手施加报复，把使人堕落的黄金交到他们手中。金子，大量的金子，被用来制造战战兢兢的心理、暴力行径、恶刑峻法和其他有害无益的东西。金子，大量的金子，被用来在城里开办工厂，招募又脏又臭的奴隶。堂·卡苏亚利东用手捂住耳朵，他不想再听文明人那些令人作呕的忏悔，实在太可怕了！还是这些印第安人好得多，他们欢庆夏至、冬至的活动，他们的醉态，他们的魔鬼般的舞蹈，都要好得多。

每天晚上，堂·卡苏亚利东都要反复背诵圣·雷米希奥在理姆斯大教堂给克洛维国王①做洗礼时说的话："低下头，凶恶的西坎布罗，去爱你昔日之所恨，恨你昔日之所爱吧！"他紧闭双目，直到流出泪水。黑暗中，墨汁般的泪水从他蓝莹莹的眼睛上冲刷掉贪财的邪念。这样，他在上帝创造的贫苦人当中，过起安贫乐道的生活。这些穷人被人称为

---

① 克洛维（481—511 年），法兰克的一个部落酋长。496 年率领三千亲兵接受罗马教会的洗礼。

"自然人",借以区别被称作"人造人"的文明人。

一个星期天的早晨,来了一个印第安人,对他说:"请您给小胡安做个洗礼,我们没钱交费,把这个留给您吧……"

印第安人送给他一个鸭梨形的小圆布包。西班牙人堂·卡苏亚利东刚要谢绝,印第安人解开包袱皮,拿出一个葫芦。糟糕!里面叮当作响,像是银元。

"维利亚尔潘多"啊,"维利亚尔潘多","有十个侄子的维利亚尔潘多"伸手接过馈赠。好重啊!准是钱,银元,或是金粒!……他使劲摇了摇,里面的金属叮当直响,仿佛劝他不要着急。他巴不得立刻就知道里面是什么东西。一个梳长辫、黑眼圈、麦麸色皮肤的印第安妇女把孩子抱过来,他给孩子施了洗礼。这对夫妇离开洗礼堂,后面跟着孩子的教父——一个鬼头鬼脑的印第安人。堂·卡苏亚利东顾不得脱下长袍,急急忙忙地又摇了摇那个葫芦。没错儿,是钱,是银元,是银元碰银元发出的声音。他用手指抠开盖得严严实实的圆盖儿,打算看看里面有什么东西。往里一看,满脸笑容顿时变成横眉立目。他把东西收拾好,到村子里找牲口,打算出趟门。牲口没找到。于是,他假装生病,让印第安人用担架把他抬到附近有大夫或有马匹的村庄去。西班牙人堂·卡苏亚利东躺在用树枝树叶扎成的担架上,四个身强力壮的小伙子抬着担架离开了印第安人的村庄。小伙子们边走边聊,边聊边走。一个留着浓密的小胡子的老头陪着他们。老头不时走上前来摸摸病人,生怕他身体僵冷下来。来到附近一个有大夫的村子,堂·卡苏亚利东下了担架。印第安人回去以前，吻了吻他的手。他对印第安人说，他不要医生了，最好还是弄一匹马来。对于这位地地道道的西班牙人来说，这次旅行不啻是国王的尸体被送往埃斯科里亚尔陵墓①。而在印第安人看来，他却像一位躺在棺材架上被送往大金字塔的老爷。堂·卡苏亚利东丢下担架，告别印第安人，租了一匹快马朝他过去任职的教区急驰而去。他脚上那双鞋的鞋底已经磨掉了，几乎只剩下鞋帮。走在他原来居住过的教堂的光闪闪的细砖地上，发出吧唧吧唧的声音。那位跟他调换工作的神父正好在里边。当初，堂·卡苏亚利东认为神父说瞎话，一定要把负债累累的拉迪诺人的教区换给这位神父，而他自己跑到绰有余裕的印第安人居住的教区。

神父高兴地拍了拍堂·卡苏亚利东的肩膀，忙不迭地说："您回到自己家了。"立刻吩咐女管家给他准备可可，收拾出一个房间，今天晚上就在这儿住下吧。

西班牙人堂·卡苏亚利东满脸胡子拉碴，面容憔悴，眼圈发黑。他首先表示，对神父的好意，他心领了。接着，一定要把来意讲清，否则什么也不接受。他说，这一次他又坐担架，又骑马，走了好长的路程，到这儿来无非是请求阁下帮个大忙。当地的神父说："只要合上帝的心意，您尽管吩咐！"

西班牙人堂·卡苏亚利东找到葫芦口，费了好大劲，从葫芦往外掏东西。神父不明白他要干什么，只好看着他往外

---

① 即圣·洛伦索·德尔·埃斯科里亚尔，西班牙著名的陵墓。

掏。堂·卡苏亚利东终于把东西掏出来了。神父一看,更加莫名其妙了。原来是一副马嚼子。堂·卡苏亚利东把马嚼子交给神父,对他说:"神父,请您给我戴上,给我戴上!……"他张着嘴凑过来,让神父给他戴上马嚼子。"我只配当匹马!当头畜牲!都是贪心不足啊!……"

堂·卡苏亚利东终于还俗了。他觉得,自己从未恨过昔日之所爱。他给自己起了个名字,叫"西坎布罗",从那里逃到现在这块灰色的土地上。这里什么东西都是不稳定的,不牢靠的,大风一刮,一切都被卷走了。

坦率地说,大家结伴同行总是很愉快的。堂·卡苏亚利东骑着白鼻子马,显得匪里匪气的。快到圣·米盖尔·阿卡坦镇的时候,他匆匆地告别了脚夫们,独自走了。伊拉里奥·索卡雍想,他是朝边境线那边去了。波菲里奥·曼希利亚想,那边,河里可以行船,船上坐着人和吼猴,宽桨拨动河水,推着独木舟前进;那里有世界上独一无二的黑羽毛、红羽冠的野鸡和乌龟;伐木者砍倒珍贵的大树,顺着河滩把木材抛到泛着泡沫的河里运走。奥雷加里奥也是这样想。他们三个人都是在心里想,谁也没说出来。快到家乡了,人们往往都是这样沉默不语。伊拉里奥骑在马上凝视着波菲里奥。朋友之间这样的尊敬是很少见的。波菲里奥·曼希利亚是个完美无缺的人。他早就猜中伊拉里奥没有追上邮差尼丘·阿吉诺,因为邮差变成了一只野狼。但是,伊拉里奥只是听着,没有搭腔。无论对谁,他什么也不说。就是对阿蕾哈·库埃瓦丝也不说。他担心,要是别人知道他在玛丽娅·

特贡峰上遇到了变成自己的"纳华尔"的尼丘先生，那事情就闹大了，他非得倒大霉不可。这次邂逅在他和尼丘之间建立起神圣的、亲密无间的关系。谁说出去，就会泄露天机，破坏这种深远关系的神秘色彩，那谁就要倒霉。在没人的时候，伊拉里奥自言自语地嘟囔几句。他不再贪杯，担心酒喝多了管不住自己的舌头。最多喝六杯茴香酒，两杯啤酒。到此为止！甚至他的脾气也变了，不再像从前那样动不动就哈哈大笑。即使在晚会上也不苟言笑。他把隐秘的真情藏在心里，守口如瓶，半句话也不泄露出去。在圣·米盖尔，没人知道邮差的下落。伊拉里奥睡觉的时候，眼睛一闭，眼前就出现失踪的邮差的形象。他在梦中见到的是一只灵巧的、轻捷的野狼。在野狼的黑色的身影下，邮差的两条腿变成四只狼爪。

十八

奇怪啊，尼丘·阿吉诺变成了一只野兽，一只地地道道的野兽！他的头发脱落了，浑身披上一层细毛。他用手指尖轻轻地梳理着游丝般的细毛。细毛流水似的从他指间滑过，发出竹笛的纤细的乐音。他不敢用力，稍微一使劲，乐音就变成噪音。狂风骤起，尼丘·阿吉诺恶狠狠地望着飞砂走石。突然他的皮肤上泛出一片青绿色，好似半生不熟的人心果，手上和脚上的汗毛变得冰凉，仿佛覆上了一层干草。一条条肌肉硬邦邦的，充满青春的活力。血液，红殷殷的血液使他皮肤变得晶莹润泽。烈日像熔化的金属，晒得他周身无力，东躲西藏。他的鼻翼翕动了一下，喷出一团乳白色的气体。他已经闻到了妻子的踪迹。可是，为了能到妻子那里去，他必须摆脱身上的千百种羁绊。他扯下粗呢外套、短裤，撕成一块块的碎布，扔到河里，让黑乎乎的河水把布片冲走。眼前出现一片松林，尼丘·阿吉诺觉得浑身发痒。他张开嘴，露出红嫩的牙床，伸出尖利的长牙，像剃头推子似的一下一下地啃咬着肚皮、后背、爪子和发烂的椴桴果色的尾巴周围。他咯吱咯吱地啃咬自己的声音，听上去仿佛人的笑声。大地跟尼丘·阿吉诺一样没有手，浑身发痒，只好抖动抖动身体。奇怪啊，尼丘·阿吉诺变成了一只野兽，一只地地道道的野兽！他的眼珠圆彪彪的，太圆了，圆得叫人看着难受。在他眼里，周围的东西也是圆滚滚的。真是莫明其妙！他走起路来，不是一直向前，而是东弯一下西弯一下，画出一条条弧线。跑起来也是左兜个圈子，右兜个圈子。说话间，他似乎吸进了什么东西，又像惊叫了一声，喉咙仿佛被囫囵个地吞进肚子里了。他变成了哑巴！一句话也说不出来，只能发出阵阵求恋的长嗥。他顶着风迅速地跑了一段路。突然，动物最起码的本能发作了。他探出长长的嘴巴，露出一副饥不可耐的凶相。隐藏在内心深处的饥饿感和求欢的欲望化作一串串亮晶晶的口水，顺着嘴角滴滴答答往下流。他伸出橡皮般柔软的爪子和白得跟象牙一样的爪尖，使劲在地上磨。把斧头般的脑袋摇来摇去，仿佛东砍一斧子，西砍一斧子。是什么东西赘赘搭搭地跟在后边？哟，原来是挂在他脖子上的两个沉重的邮袋——两个没有脑袋、没有爪子的怪物。他用牙齿把邮包拽过来,在邮包上嗅来嗅去。"嘻,嘻,嘻……!嘻,嘻,嘻!"他冲着邮包发笑。这两个怪物真碍事。没有脑袋,没有尾巴,没有爪子,只有光秃秃的身体。他甩动脑袋,打算把邮包甩掉。又用爪子朝空中刀了一下。突然像松开一根橡皮筋似的伸开四条腿,打算逃离这里。可是,绑在脖子上的邮袋拖住了他。这两个没有爪子、没有脑袋、只有光秃秃的身体的怪物,"嘻,嘻,嘻……"

尼丘·阿吉诺迈开细碎的步子,急如闪电地曲曲弯弯朝前跑。跑着跑着,发觉沾满沙土的爪子很不得劲。他趔趔趄趄地在一个悬崖上往前跑。一不留神,朝一个峡谷滚落下去。他连忙稳住身体,急促地迈着小步,东拐西拐朝下跑,总算没有磕碰着脑袋和身体。

从三水镇和他一块来的老头一直呆在他身边。两手乌黑的老头答应过他,告诉他在什么地方可以找到他妻子。老头就站在他身边。可是,在一片浓重的烟尘中老头的形象模糊起来。尼丘·阿吉诺本想拉住他,保护住他,告诉他:"我看不见你啦!"可他办不到,眼睁睁地看着老头带着狗,冲他打了个手势,要他继续朝对面的山洞走去。

尼丘·阿吉诺害怕了。他的脚被荆棘刺破了,疼得要命。刚走几步,脚下一滑,他和两手乌黑的老头一起跌落在洞口。唉,怎么不会走路了呢?他走过很多路,到过很多地方嘛!尼丘·阿吉诺在一块火红的巨石上坐了下来。石头仿佛是一团冷却的火。坐下以后,他在琢磨:怎么办呢?噢,大道。想起来了,他心里一阵高兴。他模模糊糊地记得曾经顺着那条大道走到玛丽娅·特贡峰。当时,他和老头在一起,老头不让他从那儿过去。他站起身来,急匆匆地朝洞口走过去,然后又走回来,又走过去,又走回来。最后,在洞口一片带刺的灌木丛前坐了下来。在阳光的照射下,尖尖的山峰把阴影投在砂岩上,像巨大的时针指示着时间的流逝。但是,尼丘先生已经不需要计算时间了。一只铁灰羽毛的乌鸦飞过来,在尼丘·阿吉诺的肩膀上啄了一下。看见他还活着,吓得赶快飞跑了。尼丘·阿吉诺睁着眼躺在邮袋旁边睡着了……他打定主意进到洞里看看。刚迈几步,又站下来。他担心这只没牙的巨兽会闭上血盆大口,把他吞下去。就着亮光,他抬头看了看乌鸦。肚子里咕噜咕噜直叫,仿佛闻到阵阵饭香,有烤肉、烤饼、菜豆(菜豆密密麻麻的,好像识字课本上的字母)、玉米饼,还有木薯甜糕、茴香蜜、橘皮汁。他嗅了嗅,这股香味似乎离他太远了。为了寻找妻子,自己竟落到这步可怜的田地。都怪自己太傻。不是傻,是太任性了。不是任性,是急于找到妻子,把她搂在温暖的怀抱里。干吗不另找个女人呢?因为那不一样。为什么不一样呢?啊哈!这就是秘密了,为什么不一样呢?……

"特贡娜"逃走了,在丈夫身上扎进一根毒刺。"人走茶凉"这句话,对她们是不适用的。丈夫寻找她们,就像口渴的人做梦也在寻找清水,酒鬼为一杯酒闹得人仰马翻,烟鬼为一支烟大犯疯病。他拖着邮袋往洞里挪了几步,打算再找块石头歇一会儿。他确实累了。不过，他记得那天并没有走多少路。从"三岔村"走到大道上，然后和两手乌黑的老头拐进一条峡谷。他还恍惚记得好像走到了玛丽娅·特贡峰。前面有一块矮平的石头，正好可以坐一会儿。这里是地底下，没有亮光。他正好独自一人认真地想一想一个人为什么不能没有妻子。

"特贡娜们"（思考这个问题宜用复数，这样可以显得间接一些）都是些神鬼莫测的人。她们当中，有的像活蹦乱跳的小鸟；有的像水草上的绒毛，如果把男人比作河水，那么河水一流过，她们就拂来拂去。性爱好比是多层包裹，随着性欲的冲动，包裹一层一层打开。血液在机体里冲击一次，男女间的距离就缩短一分。第二次冲击过后，距离又在继续缩短。爱情是不讲什么人道的。在最后关键的时刻，"特贡娜"也是如此。她不顾一切，毫不留情。在这种时候，她是不顾一切的。她用自己隐蔽的"孔穴"去寻找"生命之根"。她痛哭，她挣扎，用牙咬，用手抓；她一字一顿地情话绵绵，嘴里啧啧作响，浑身汗如雨下。她挺直身体，最后累得精疲力竭，像只狡猾的胡蜂躺在那里一声不响。然而，她却把那根毒刺深深地扎入抚爱她的男人身上。男人啊！你挣脱了"特贡娜"的怀抱，却又牢牢地和她拴在一起！……

现在，现在山上的青石终于明白了他为什么要找她。现在遍山的树木终于明白了他为什么要找她。现在满天的星斗终于明白了他为什么要找她。大河小溪都明白了他为什么要找她……

按照两手乌黑、面色青绿的老头——他带着狗走开了——的指点，尼丘先生捡起几块散在地上的像粉笔一样的黑红色石头，用石头在脸上、手上、脚面和脚心上画上几对眼睛。他带着这种花纹，背起邮包，又朝山洞的深处走去。一路上净是白色的螃蟹、蝙蝠，还有几只长着长长的触角的金龟子。

"尼丘·阿吉诺，你到哪儿去？"他在地底下自言自语地说。水珠从岩石上滴滴答答地落下来。他侧耳倾听着树根吸吮生命之水的协奏曲。树根把爱情的触角伸到"特贡娜们"的身上，吸吮人世间生活的百味：酸、甜、苦、辣、香、臭、毒、麻、腻，样样俱全。突然刮起一阵阴风，尼丘·阿吉诺拔腿就跑。印第安酋长手下的邮差就是这样在四通八达的地下飞快行走的。刺瓜善于走路，不停地走呀走的。邮差仿佛是刺瓜的子孙。他们走南闯北，到过无数的地方。白天行路，比太阳还要轻捷；晚上行路，比黑影还要迅速。眨眼之间，就能到达目的地。那个面色青绿的老人告诉他，前面就是"五彩堂"，又叫"弧光厅"。只见阳光流水似的从一个高高的孔洞一泻而下，照到洞里。他吓了一跳，嘴巴张得大大的，连忙后退了几步。阳光照到他的头上，真的变成了水，水，水，静止不动的水，光彩夺目的钻石般的水。从洞下面也冒出一块块翠绿色的奇形怪状的琉璃。尼丘·阿吉诺觉得自己仿佛置身在一颗巨大的珍珠里面。有时，洞外面枝叶葳蕤的大树遮住高高的洞口，挡住强烈的光柱，钻石般的洞内世界顿时暗淡下来，蒙上一层绿莹莹的颜色。起初是一片淡绿,好似酸橙的颜色,随后渐渐变浓,像翡翠、像蜥蜴,像阴凉的青藤。

尼丘先生把邮袋放在一边,跟平时走进教堂一样摘掉帽子,痴呆呆地朝四下里看了看。这个地方应该有人居住。太美了!实在太美了!为什么不赶回圣·米盖尔·阿卡坦,把大家都叫来,永远在这儿住下去?这儿不是童话里的仙洞,而是实实在在的人间美景。他以为自己在做梦,连忙伸手摸了摸亮灼灼的石笋,生怕这一切会烟消云散。乍一看,这些石笋似乎是热烘烘的,会发光。可是,摸上去,原来比土地还凉。大概是太阳高挂中天,照得岩石发亮。尼丘先生继续抚摸着深藏在地下的上百块、上千块晶莹的宝石……在月亮的冷辉下,宝石略带一点橘红色。尼丘先生觉得遍体生凉,把外衣的领子竖了起来。他必须设法走出去,找到大道,把邮包送到邮政总局。假如他的妻子隐居在这样一个富丽的地方,怎么会愿意跟他一块回到山村呢?那里只有一片简陋的房屋和一座破败的教堂。为什么不让大家都到这座地下岩洞来定居呢?"五彩堂"不就是一座教堂吗?这里的上帝神坛前将燃起明灯。瓦伦廷神父应该到这儿来。堂·德菲里克和他那位皮肤白皙的妻子(她天生就该住在四壁光亮如镜的地方)应该带着钢琴来。那位满身脂油味的肥胖的邮政局长也该到这儿来。那些脚夫都该来。要是把洞里的奇珍异宝镶在马具上,马匹该多么威风凛凛!

这当儿,突然来了一个人,打断了丘尼先生的思绪。只见他满头蓝发,蓝得发黑,油光水亮,两手黑不溜秋,跟那个老头（就是那个把尼丘先生引到这个隐蔽的地方来寻找妻子的老头）的手一样黑，指甲闪着萤光，泪汪汪的眼睛也闪着萤光。他说："您这么喜欢这块地方，干吗不留下来呢？"

"这样好吗？"邮差忙不迭地回答说。他巴不得找个人说说话，也好听听在这个地方人的说话声是什么样子。哟，和在普通的拱顶房屋里说话一个样。这又一次证明他不是在做梦，也不是生活在神话里。

这位神秘人物叫尼丘先生跟着他往前走。邮差尾随着他走到"五彩堂"的尽头，不知从什么地方传来小鸟的啁啾声，有乌鸫、百灵、护崖鸟。听上去，声音很近，似乎鸟儿就在洞里鸣啭；有时候，声音又很远，像在洞外面啼叫。此外，还能听到人的说话声，叽哩呱啦的像鹦鹉一样。还可以听到荡桨的声音。木桨像大鸟的翅膀，忽上忽下，推着小船前进。

"五彩堂"坐落在一个地下湖的岸旁。黑黝黝的湖面上漂浮着成千上万丛碧绿的水草。湖水轻轻荡漾，水草忽聚忽散。尼丘先生一个劲地触摸湖水，可他仍然觉得眼前的现实比梦境还要迷离恍惚。这里是一个绮丽的大溶洞。湖面上映现出许多半圆形的拱顶、钟乳石和石笋的倒影。湖水湛蓝，宛若光华四射的孔雀羽毛。湖泊像个百宝箱，里面装着大地这个堆金积玉的王国珍藏的明珠瑰宝。这些宝藏真像在炽热的玉米棒上闪闪发光的玉米粒。

"首先，"尼丘先生的旅伴说，"你要弄清楚我是谁，弄清楚你到了什么地方。"

一只小船从眼前驶过，船上满载着白衣素服幽灵似的男人和女人。

"我是萤火大法师。我们住在鹿皮帐篷里，我们的祖先是敲击燧石的能手。在昏暗的夜色中，我们东撒一把火星，西撒一把火星，待到冬天来临，行人就不难找到指路的明星。我们燃起一堆堆篝火，对着火堆东拉西扯地闲聊天。有人说，天气炎热，照这么热下去，田野里的植物都得枯死。有人说，虱子把牲口折磨得越来越瘦。有人说，蝗虫搅得天气越发干旱。还有人说，干涸的沟壑里泥土年复一年地长出皱纹，活像老汉的面孔。"

又过去一条船。船上满载着水果，有金灿灿的香蕉、黄澄澄的甘蔗、果肉发紫、汁甜如蜜的血红的槟榔果、斑马爱吃的带条纹的黄瓜、果肉白嫩的番荔枝、紫晶般的苹果、芒果和枇杷果。篮子里的芒果好似一座座锥形火山。枇杷果据说是"金神"的泪珠……

"这些东西……"尼丘先生一边看一边自言自语地说。山洞里到处都是水果般的红亮亮的火成岩，闪闪烁烁，光彩夺目。有的在上边，有的在下边。有的是实实在在的岩石，有的是岩石的倒影。

"你已经知道我是谁了，我再告诉你这是什么地方。你刚才朝正西走，穿过了智慧土、玉米田，从查马老爷的坟墓下走过来，现在正朝出口走……"

"我是来找我老婆的……"

"大家都在找她。不过，要往前走，你得毁掉邮袋里装的东西……"

邮差是个忠于职守的人。他下意识地用身体护住邮袋，不让这个怪人把信件烧掉。好吧，还是接着赶路吧。他们继续朝西走。黑乎乎的巨石夹缝犹如一扇敞开的大窗户。从那里望出去，可以看到湛蓝的天空和海上升起的乳白色云雾。微风吹过，朵朵云彩像蜘蛛似的向前爬行。阳光下，空气中的浮尘闪烁着亮光。浮尘和水珠搀在一起，亮晶晶的水珠像泪水似的从天空降到地面。雨是思乡的泪水。不管是男人还是女人，喝了雨水就会梦见从未见过的茵茵绿草，梦见从未到过的地方，甚至梦见失去的天堂。喝了雨水，男人失去了真正的男子气，女人失去了真正的女人气，只剩下个外壳，变成傀儡，变成承担某种固定义务的傀儡。拿邮差来说，作为傀儡，他的职责就是用生命保护信件。于是，他携带利刃，确保把信件安全送到目的地。到此，他尽到了傀儡的职责，失去了傀儡的身份，剩下的只是一个具有人的形体、动物本能的人。

这位面色阴沉的旅伴用沾满污泥的手、闪烁着萤光的手指指着那一片从陆地延伸到大海的巨大的绿阴，说：

"邮差兄弟，为了把鹦鹉和野花的信件交给星斗和白云，你将消逝在天边，变成大海尽头的地平线！邮差兄弟们，你们是为星斗传递信件的流星，而星斗是'特贡娜'的养母，或者就是'特贡娜'。她们腾云驾雾，遨游太空，最后像流星一样跑掉了，消失了，不见了！邮差兄弟们，你们是传递信件的和风，一年四季从不歇息！春天是蜂蜜的季节,夏天是海盐的季节,冬天是鱼儿的季节,秋天是土地的季节!秋天一到,土地开始计算当年埋入坟墓的死者,一个,两个,三个,十个,一百个,一千个,这儿一个,那儿一个,那边还有一个!真多呀!哪儿哪儿都是!人肉也喝了一种和蜘蛛爬过的粉一样的药物。它和弃家出逃的女人、和流星一样,迟早要逃之夭夭,抛掉骨头,丢弃在人活着的时候和它连在一起的骨头。它留不住,它要逃走,人肉也是'特贡娜'……"

巫师说完话,朝尼丘先生走过来。邮差一看,吓得呆住了。他用后背紧紧抵住邮袋,像保护自己身上的肉似的保护信件。可是,这也无济于事。有些事情是命中注定的,就像人早晚要死去一样。尼丘先生抑制不住男性的欲望,抑制不住和远在天边的妻子欢会的欲望,终于让步了。画着奇怪的条纹的帆布邮袋被扔到干柴烈火上。

怎么办?究竟是尽到邮差-傀儡的职责还是和妻子欢会?尼丘先生不知如何是好,急得浑身淌汗。大火伸出牙齿,但是没有马上咬破邮袋。邮袋又湿又黏,仿佛把尼丘先生的汗水全都吸了进去。火苗好似美洲豹尖利的牙齿。火焰的颜色好像獏一伸一缩的舌头。火苗上下翻腾,宛若狮子的金黄色的鬣毛。火焰终于咬破了黑白条纹的帆布袋,啃下第一块帆布,咬开一个闪着金光的黑洞。紧接着,火苗钻到邮袋里面,一团团纸片马上燃烧起来。有装在方形信封和长方形信封里的信件,有带香味的纸包裹,有血痂一样熔化的火漆,还有硬纸片、邮票……

尼丘·阿吉诺先生闭上眼睛，不想再看，也没有勇气再看下去。他没能护住这些东西，信件全部化为灰烬。堂·德菲里克寄往德国的乐谱从邮袋里伸出一角，活像小白兔的耳朵。守卫部队某位军官的相片被火烧得打了卷，像被活活烧死似的。银行的钞票先从边缘烧起，最后全部烧着了。这些钞票经过千百个人点数过、抚摸过、保存过，沾上了千百个人的唾沫，钞票的边缘被千百只手摸得又脏又破。法官的公文烧得跟骨头一样硬邦邦。瓦伦廷神父用花体字写的呼吁各方协助消灭"特贡娜"之害的信件也被烧毁了。

尼丘先生闭着眼睛，耳边听得有人把信件的灰烬撒到四面八方。神通广大的法师们聚拢过来。他们蓄着长发、胡须，男不男，女不女，老不老，小不小，三分像人，七分像鬼。只有从他们口里，尼丘先生才能打听到从茅屋里悄悄溜掉的妻子如今在什么地方。

"……噗、噗、噗、噗、噗、噗。"罐子里的水煮开了。夜幕低垂，晚祷的钟声响过了。院子里晾衣绳上挂着一块白布，一块破旧的白布。一个女人头顶着水罐出来打水，水罐下垫着白色的垫圈。小狗紧跟在后面，不时地嗅嗅她的脚后跟和衬裙。女主人突然消逝不见了。水罐也不见了，连碎片也没留下。总之，连人带水罐突然从地面上消失了。小狗焦急地寻找女主人，在她失踪的地方转来转去。它走过去，又走回来，停下脚步，用鼻子尖嗅嗅，嗷嗷地叫几声，像是在哭泣。又回过头来，竖起前爪往前看，用爪子挠了挠，转了几个圈。东跑跑，西跑跑，无论怎么找，就是找不到失踪的女主人。起先，小狗以为她站下来，猫下腰找什么东西，要么是捡起掉在地上的什么物件，要么只是脚痒痒，蹲下去抓一抓。不，不是的，她不见了，消逝得毫无踪影。小狗满腹狐疑，焦躁不安，急得像热锅上的蚂蚁，简直不知如何是好。随后就开始找女主人，找啊找啊，用爪子在地上一寸一寸地刨。又仰起头，嗅了嗅迎面吹来的风。没有跟它一起出来的女主人的气味。就那么一刹那，女主人丢下它走了，好像和它玩捉迷藏。小狗担心主人的生命安全，急红了眼，又是叫，又是跳，呜呜地好像还在哭。它在女主人走失的地方逡巡不前，直到天色大黑才回到家里。水罐里的水潽了出来，把火浇灭了。那块白布还悬挂在漆黑的院子里，像个白色的斑点。

大祸临头，尼丘先生用尽全身力气勉强地支撑着。"到底还是小狗！"他只说了这么一句话。他用感激的口吻称赞"小茉莉"的一片忠心。铁丝网围住的田野里寂无一人，只有小狗亲眼目睹这场悲剧。小狗只身跑回茅舍寻找女主人，还是没有找到。哪怕能听到她的声音呢！哪怕能看到她对着太阳梳理头发时投在地上的温柔的身影呢！那一天，它伤心地整整嗥叫了一夜。

邮差的眼睛里噙着晶莹的泪珠，泪水渐渐渗入他那无底枯井似的眼窝。大地无声无息地把她吞没了。他也要用眼睛把她吞下去。他也一样，要把她吞下去，把她妩媚的身影吞下去。人倒在地上，总会扬起一阵烟尘。可是那块潮湿泥泞的土地竟然没有扬起一丝尘埃！什么也没留下！她一定是掉进一口深井里了。谁也说不上井有多么深。过去，为了找水曾经在田野里打过几眼井。水没找到，井也就敞着口没人管了。既没有安放危险的标记，也没有用砖头围起来。水很深，有十五丈，二十丈，三十丈，在灌木丛中有一口深井，像一条空壳的毒蛇，张着没有牙齿的大嘴。尼丘先生说不出话，只能无声地饮泣。唉，想想她，多么活泼，多么漂亮，多么调皮！他张开泪汪汪的双眼，仿佛看到妻子倒在自己痛苦的怀抱中。可是，他再也见不到她了。他不相信这是真的，又不能不相信这是真的。他再也见不到她了，听不到她的声音，摸不着她的双手，闻不到她用甜水洗过在朝暾下晾干的头发散发出的阵阵芳香。从前，他们有时候一起闹着玩。他把她从地上（可恨的土地把她吞没了）举起来，从这边跑到那边。她很紧张，气得乱踢脚。过了一会儿，她又笑了，嘴边露出两个笑靥。她是个温柔的伴侣，粗布衣衫时常散发着饼香。她是个驯服的、随和的伴侣，多少个不平静的夜晚，他躺在热乎乎的被窝里，紧紧地搂抱着她。唉！痛苦的原因是多种多样的。失去这样一位伴侣，尤其令人感到痛苦。尼丘先生的眼里噙着一汪泪水，晶莹的泪珠在睫毛间轻轻抖动，仿佛一颗石子在一泓清水里激起的涟漪。他，他不过是个珠泪涟涟、念念不忘妻子的傀儡。妻子出来打水，跌进黑咕隆咚的深井里，如今早已变成一堆白骨、腐肉、毛发，身旁放着破衣烂衫、破碎的瓦罐、冰冷的绳索、耳环和垫圈。尼丘先生浑身上下渐渐泛上一层青绿色。最后，他蜕掉了人皮。蜕去人皮之后，他一纵身跳到一片暖烘烘的细沙地上。四只爪子站在陡峭的山坡上，发出阵阵长嗥。在"五彩堂"和他邂逅相遇的萤火法师一直陪伴着他，跟随着他。此人自称是库兰德罗-七戒梅花鹿。仔细一看，果然长着鹿身、鹿头、鹿蹄、鹿尾、鹿屁股，一切举动全然像只梅花鹿。在树枝形的犄角之间的脑门上有七颗戒疤，仿佛是七座火山爆发后留下的白色岩浆。深黄色的眼睛里闪烁着金色的光芒。

尼丘先生呢，那就用不着说了，地地道道是只野狼。牙齿好像白玉米棒。细长的身子朝前探着，活像把手锯。四只爪子跑起来快似流星。两眼发红，闪着火辣辣的凶光。舌头耷拉着，一喘气就呼噜呼噜地山响……再加上那份秉性、脾气，地地道道是只野狼。

在连绵起伏的山峦底下，生活和其他地方没什么两样。但是，能够穿过地下昏雾来到金碧辉煌的岩洞的人到底为数不多。他们要走过神秘莫测、磷光闪闪的黄色岩石地带，要走过像一道固定不动的彩虹似的岩石地带。碧绿的玉石、宝蓝和靛蓝的玉石、橘红色的玉石组成迷离恍惚的雄奇的图案。这些穿过地下昏雾的人，回家以后都是守口如瓶。对别人说他们什么也没看见，只是让人觉出他们知道隐藏在群山之下的奥秘。

地下昏雾不是不可征服的。不过，人在雾中伸手不见五指。凡是硬着头皮，闯进洞里的人都觉得四肢麻木，舌头发僵，血液仿佛从耳朵、鼻子流了出来，脑袋渐渐变得空空的。山洞蜿蜒曲折，好似黏乎乎的蛇皮。刚一进去的地方，山洞开阔，上面有几个拱顶，宛如一座教堂。再往里走，墙壁潮湿，不住往下滴水。尽里面，空气热烘烘的，仿佛在静悄悄的岩洞里架起几个烤肉架。热气又干又咸，像辣椒面一样刺得人浑身发疼。

那些硬着头皮闯进山洞里的人，举着松明，往里走出一段路。一路上尽是一个个深坑，坑里爬满黑黢黢的毛毛虫。啊！在这些深坑里，不知埋着多少人！陪伴死者的只有癞蛤蟆的哭丧声。再往前走，只见成群结队的蚂蚁、大黑蚁、蛇和虫豸。在明亮的地方，这些虫子也许伤不着人。可是，在漆黑的山洞里，它们轻轻一动都显得异常恐怖。从神秘的山洞里活着出来的人，眼窝深深地凹陷进去，嘴唇干裂，脚腕酸疼，浑身冰凉，哆哩哆嗦。是生了一场大病吗？是做了一场恶梦吗？可惜，他们不像库兰德罗-七戒梅花鹿，或者邮差-野狼那样生就一双能在暗中视物的山猫的眼睛。不然的话，他们就可以无所畏惧地走到金碧辉煌的山洞了。库兰德罗和邮差——梅花鹿和野狼——有一双山猫的眼睛。萤火法师——他们是敲击燧石的能手的子孙——在他们晶莹明亮的小眼球上涂抹了一层萤火油膏。所以他们能够看清大地深处的这条秘密通道。在这条通道上，他们会遇见几百种野兽，会看到几百种野兽的祖先留下的身影。婴儿在部落里一降生，他们的父亲、祖父就把儿子、孙子的脐带送到洞中，连同蜗牛的心脏、乌龟的心脏、碧绿的水草、黑蝎子的红窝埋葬在一起。连同咚咚的木鼓的回音一起埋在洞中。在一生当中，这些孩子、他们的父亲、祖父一有机会还要到洞里来，寻找他们的"纳华尔"——他们的保护神。

有些人穿过绵延起伏的山峦,穿过昏雾,下到地下山洞,在那里和自己的"纳华尔"(我-野兽-保护神)相会。活生生的"保护神"来到他们面前,和暗地里附在他们身上的野兽一模一样。根据先辈们的意愿,从每个人呱呱坠地起,野兽和人就共生共存在他身上。他们之间的关系比父母兄弟更要亲近。在这个嗡嗡作响的阴暗的拱形岩洞里,经过某种祭礼,人和野兽一分为二,互相认明,就像真人和影子一分两开一样。邮差和库兰德罗下来的时候,山洞里正在举行这种祭礼。

下到山洞里的人——再说一句,只有眼上涂着萤火油膏、半人半兽的人才能下到山洞里——影子似的坐在厚厚的树叶上,或者干脆坐在地上,不吃不喝不说话,也不和亲朋好友打招呼。他们要斩断一切俗缘。

这些人只身孤影,两眼闪烁着千年不灭的亮光,像黑漆漆的僵尸似的神情冷漠地注视着洞中阴暗孤寂的世界。

他们必须心甘情愿地挨过九天九夜与尘世隔绝、使人发疯的生活。有些人受不了这种磨难,失魂落魄地从山洞里逃出来,哭着喊着要寻找阳光。他们呜咽着说,在山洞里迷了路。只有那些勇敢镇定的人才能熬过黑暗,迎来光明。

洞中九天黑咕隆咚,洞中九夜漆黑一团。那些经受住了漫长的九天九夜的磨练的人来到一个微微发亮的宽敞的山洞。山洞里光线暗淡,冷气森森。他们头戴茅屋顶般的大檐草帽,裹在羊毛斗篷里,冻得瑟瑟发抖。自己仿佛也像流萤、像木偶一样溶化在黑暗之中。他们抱怨说自己是泥做的，是泥胎，干得快要碎成几块了。一边大喊大叫，一边顺着岩石往上爬。爬上去，跌下来，又跳上去，又滑下来。先用后背贴在石头上来回蹭。又转过身来往上爬。用手指甲、胳臂肘、膝盖抠住危石的棱角，生怕跌落到可怕的深渊，跌落到万丈深潭里去。他们累得手脚发木，胸口发闷，上气不接下气，张开大嘴呼呼地喘气。有些人昏迷过去，有些人丧失理智。一不留神，掉进深不见底的山涧，像落叶一样慢慢地掉下去，掉下去，直到摔得粉身碎骨。一连四天乱跑乱跳，累得他们行动愈来愈笨拙，像醉汉似的东倒西歪。饿了，抓把带草根味的泥土吃。渴了，把嘴贴在岩石的潮湿的砂砾上。身体最棒的男子汉也累得摇摇晃晃，叫苦连天，不住声地埋怨。身体差一些的便砰然倒下，昏睡不醒。在这个节骨眼上，萤火法师出来帮忙了。他们说："你们不是泥人。可怜的脆弱的泥胎全都毁灭了。"这些幸存下来的人在香气四溢的夜里等待着日出。珍贵的阳光沐浴着他们的身体，从眼睛、耳朵、手指以及千百万个兴奋得像海绵似的张开的毛孔钻入他们的体内，滋润着他们红宝石般的心脏。然后，阳光从心脏里射出来，变成另外一种光。这不是环绕着植物、矿物、动物的光，而是人类之光，蛰伏在人体内部的光。借助人类之光，每个人可以看到从他身体分离出去的"纳华尔"，可以看到自己的本相，可以看到隐藏在自己体内的最初的形象。这个形象从人的本体跳到野兽身上，于是，人变成了野兽，而又不失为人。

阳光和人相撞，迸发出珍珠的闪光。一旦某个人和脱离开他身体的"纳华尔"相认了，他就会成为"无敌勇士"。战争中，他可以用武器使对手血染沙场。恋爱中，他可以用旺盛的精力使恋人五体投地。他要多少财富就有多少财富。毒蛇对他敬而远之，天花见他退避三舍。据说，他死之后，骷髅会变成发光的顽石。

接下去是第三次磨练。他们来到寒气逼人的原始森林，登上参天古树的顶端。那里白茫茫的云雾笼罩着一切，和漆黑的山洞里一样，什么也看不见。木棉树和其他树木枝桠交错，织成方圆几百公里的碧绿的平原。树林下面是一片绿茵茵的平地。树枝织成的平原悬在空中。他们要在青枝绿叶上来往活动。在大雾迷漫的混沌世界里，云朵呈现出千姿百态，像松鼠，像蜜熊，像簌簌爬行的蜈蚣，像凌空狂舞的蜘蛛，像闪闪发光的金龟子，像活蹦乱跳的囊鼠，像贪食的浣熊。有的像静止不动的白玉兰；有的像食肉的玉兰花（这种花与动物合为一体的植物十分活跃，浑身绿皮，张着深得像坟坑一样的血盆大口）。有的像蜂房，有的像嗡嗡乱叫的蜂群，像竹枝上的露珠，像根茎卷曲的石松，像绿火般的灌木叶子，像挺着火红的花冠的鸡冠花，像偷蜜的小熊，像咝咝作响的细长的蟒蛇，像吸食花蜜的蝴蝶。还有的像伏在窝里的雏鸽，似乎还散发着鸽窝的生石灰和羽毛的气味……

人们从黑咕隆咚的山洞里走出来，进入白雾茫茫的世界，进入架设在木棉树上的悬空平原，要在这里度过四天四夜。"无敌勇士"们四天四夜不得安眠，和织布鸟、兀鹫栖息在一起。饿了,从树枝上摘叶子吃;想说话,就打打手势。走起路来,东摇西晃,两手两脚(有的打赤脚,有的穿着破鞋)攀住树枝,一个个耷拉着脑袋,仿佛断了脖颈似的。他们裸露着下体,不住地笑啊,笑啊。阳光晒得他们昏头昏脑,一个个像醉汉似的昏沉沉睡去。第四天,太阳西斜,萤火法师对他们说:"你们不是木头人,不是森林中的木偶。"随后,让他们下到平地上去。在那里,玉米幻化成各种模样的东西迎接他们。普通的玉米幻化成他们的儿子的肉体。干硬的玉米芯、玉米粉幻化成他们死去的亲人的骨殖。令人赏心悦目的湿润的玉米幻化成他们的妻子。埋在潮湿的土地里的玉米粒即将萌发新芽。只有这种玉米才能幻化成年轻的妇女的肉体。"无敌勇士"们沐浴之后,饱餐一顿玉米做成的食物,恢复恢复体力。夹着黑豆的黄玉米饼共有十一层,表明他们在黑黢黢的山洞里呆了十一天。夹着金黄色的葫芦花的白玉米饼共有四层,表明他们在白茫茫的云雾里呆了四天。此外,还有老玉米和嫩玉米做的粽子、玉米肉汤、玉米牛奶甜粥,还有烤玉米、煮玉米。

库兰德罗和尼丘先生——梅花鹿和野狼——一路走来,把这一切都看在眼里。他们抖了抖四蹄、四爪,仿佛从地上拔起几棵小树。"无敌勇士"们在砭人肌骨的冰河里沐浴一番,穿上节日盛装,驾起轻舟,朝金碧辉煌的山洞驶去。

这当儿,萤火法师高声唱道:

"小小石鱼,金光灿灿!满头黑发,光亮闪闪!我在你身边,你在我身边!天上神树,铁面无私。人间万事,上天早知。有人失败,有人成功。地上万事,水中万事,上天早知。一念萌动,上天早知。跪下!张开你朴实的双手,仰起你发青的额头。跪下,直跪得两膝发肿!

"阴风惨惨,冷月弯弯。金字塔上,阶梯蜿蜒。这一天,你将命赴黄泉。你啊,满头黄发,闪闪发光;骨节僵硬,咔咔作响。看吧,那座村庄是你藏身之处。杂草丛生,根深叶茂。蝙蝠袭来,无以逞强!"

萤火法师的粗重的声音冲出喉咙,传入布满钻石般的钟乳石、石笋的地下岩洞,引起阵阵回响。声音像爆竹一样在岩石的隐蔽的耳朵里爆裂开来。岩石收集起回音,经过一番细心的调节,把回音化作一只隆隆作响的高脚杯。用这只杯喝下醇酒,那些在地下经过种种磨练的人就能像鸟儿一样飞上九霄,在天上也可以经受住种种磨练。

库兰德罗举起鹿蹄,指了指站在"无敌勇士"当中的加斯巴尔·伊龙。加斯巴尔·伊龙爱吃辣椒,有一双神秘的眼睛,头上长满密密匝匝的白发。库兰德罗一眼就认出了他。

"野狼-邮差"尼丘·阿吉诺也看见了加斯巴尔·伊龙站在"无敌勇士"当中。这时候,库兰德罗-七戒梅花鹿对他说:

"那天晚上,那两个带着毒药上山过节的人打算暗算伊龙酋长。酋长用嘴唇从碗里吸了一口酒,连同白草根毒汁一起喝了下去。他的妻子彼欧霍莎·格朗德看见他嘴唇上沾着毒汁,转身跑掉了。加斯巴尔·伊龙本想杀死她,可她背上背着自己的亲生骨肉。加斯巴尔·伊龙不愧是'无敌勇士',他喝了一气河水,洗净毒液,战胜了死神。在寒气袭人的清晨,他返回驻地,寻找自己的部下。啊!骑警队挥动砍刀,胡乱放枪,把他手下的人杀得只剩下血肉模糊的尸体。骑警队还不放过他,死活也要抓住他。为了逃避追捕,加斯巴尔·伊龙又跳进水里,跳进河里,跳进激流里。他不愧是'无敌勇士',如今他仍然和'无敌勇士'们站在一起。"这时候,一群蚊虫在库兰德罗的鹿耳边飞来飞去。库兰德罗又接着说:"我总算大难不死,赶快现了鹿形,撒开四蹄跑掉。不然的话,我也得让他们撂倒在地上,砍成肉酱。当时,其他萤火法师正在睡觉,来不及变成黄毛兔子跑掉。他们本来是黄毛兔子,是长着薄薄的耳朵的黄毛兔子。他们被杀得血肉横飞,被剁成碎块。每个法师的碎肉块又汇合起来,凡是活的肉块都纷纷往一起凑,一下子拼成一个法师——一个由许多法师鲜血淋淋的肉块拼成的法师。这个多臂多舌的怪物大声诅咒着:'山火啊,烧死那些下毒药的家伙!'于是,托马斯·马丘洪和瓦卡·玛努埃拉·马丘洪被活活烧死了。'第七次烧荒的大火啊,烧死冈萨洛·戈多伊上校!'从表面上看,骑警队长被烧死在腾夫拉德罗谷里。"

"从表面上看……""野狼"——更确切地说是隐藏在野狼身上的尼丘先生——似乎想说些什么。

"是啊,萤火法师,敲击燧石的能手的子孙,判处戈多伊上校死于火刑。从表面上看,他是服刑了。其实是猫头鹰的眼睛,也就是洒上盐和辣椒的火焰,把他一个毛孔一个毛孔地钉死在一块木板上。在木板上,上校现出原形,连人带马缩成二寸糖人那么大小。他掏出手枪打算自尽,可是子弹在他的太阳穴上撞得粉碎,一点儿没有伤着他。他变成一个小小的傀儡式的军人,这也算履行了他的天职吧。军人的天职就是充当傀儡。"

邮差-野狼摇了摇尾巴。在他听来,从前发生的这些事仿佛正在发生,就发生在金碧辉煌的山洞的洞口外面。这时,一些人悄然无声地从轻舟上走下来,为"无敌勇士"们送上圣餐。"无敌勇士"们站在缀满宝石的岩石上,宛如梦幻中的人物。轻舟上散发出一缕绵延不断的香气,像朵朵纤细的鲜花随风飘上石岸,徐徐降落在镶嵌着钻石和珍珠的岩石上。"无敌勇士"们闻到空气中的芬芳的花香,会变得更加健壮。花香馥郁,云烟氤氲。珠光宝气的岩石仿佛也随着花香忽上忽下地浮动。

"萤火法师发出诅咒之后,"库兰德罗板着那张鹿脸站立起来,甩动了一下乌黑的鹿唇,露出洁白的细米牙,"山火熄灭了。这些阴鸷歹毒的恶棍遭到了报应。他们部族的灵光熄灭了。他们子孙的灵光熄灭了。在他们身上,在他们的儿子身上,在他们的子子孙孙的身上,部族的灵光,子孙的灵光永远熄灭了。托马斯·马丘洪给加斯巴尔下毒药,他的儿子马丘洪出门向坎黛拉莉娅·雷伊诺萨求亲,在路上变成了天灯。老萨卡通明知毒药厉害,还是出售毒药,害死了一只癞皮狗。特贡兄弟杀死了萨卡通一家人,像割草一样把一家老老小小的脑袋都砍了下来,因为他们是开药铺的萨卡通

玉米人 | 369

的子孙。"

阳光透过浓密的枝叶,一闪一闪地照进山洞。山洞里原是青玉般的颜色,此时变成一片翠绿。暗淡无光的岩石仿佛涂上了一层深绿的水草色。

尼丘先生有一肚子话要问。他脱口而出问道:

"玛丽娅·特贡石是怎么回事?"

这件事最让他牵肠挂肚。话说出以后,狡猾的野狼直觉得脊背上一阵发凉。

"哟,这可是个大问题,是个尖锐的问题。你既然问了,我只好给你个答复。"

"正因为问题大,问题尖锐,我才问你呐。关于玛丽娅·特贡,大家议论很多。关于'特贡娜',就是那些弃家出逃的女人,大家议论得也很多。还说许多男人在玛丽娅·特贡峰上失踪了……"说到这儿,野狼觉得喉咙壅塞,眼泪直淌,咽了一大口唾沫,又接着说:"……这件事搅得我心烦意乱。我受的那份罪,除了像你这样的兽人,跟谁也说不清。我觉得忌妒心在我的脑袋里凝成了紫黑色的大血块。脑袋里装不下,热乎乎的血流到脸上,贴在脸上,好长时间下不去,好像毒瘤留下的斑痕。直到我的羞耻感冷下来。其实,在我的忌妒心后面还是隐藏着对妻子的怜悯。我完全可以原谅她。我的小可怜呀,你喝了别人给的蜘蛛粉。除了怜悯之外,我的喉咙痒得厉害,我使劲地咳呀,咳呀,咳得直恶心。另外,我觉得有两股热流在我身上来回蹿动。一股不停地撞击我的乳头,另一股像流水一样围着我的腰转来转去。说实话，我不但可以原谅她，而且又偷偷地迷上了她。听说她逃走以后又认识了一个男人。这个男人喜欢她的肉体，喜欢她的'风流穴'。不过，在她的湿润的洞穴里，尖尖的"岩石"并不老实，而是像虫子似的来回蠕动。想到这儿，我反而很开心。这种心情，除了兽人之外，谁也不能理解。后来，我才知道出了什么事；原来她死了。有一天，她出来打水，经过一片草地的时候，掉进井里。这件事只有我那只小狗看见了，也算是一种痛心的慰藉吧！可当时，急得我逮着什么咬什么，吵得村里四邻不安。我跑到坟地里尖声嗥叫。在浓雾和黑影里，趴在地上围着玛丽娅·特贡石团团转，愈转疯劲愈大……"

"咱们到地面上去吧。没有多少路了，可话还长着呐。等回到玛丽娅·特贡峰，三两句话就能把事情说明白……"

十九

尼丘先生不能回圣·米盖尔·阿卡坦镇了。两手乌黑、指甲闪着萤光的法师把他送往邮政总局的信件付之一炬，也烧得他东逃西窜。他一会儿变成人，一会儿变成野狼，紧跑慢跑最后来到一个村庄。从远处瞧，村庄似乎是建在垃圾堆上。走近一看，果然不错。全村的房屋底下尽是些废铁、水泥板、水泥柱、圆木头。破房子常遭水淹。这些东西也让海水泡过，上面生了好多白碱，黏黏糊糊，乱七八糟地堆在一起。破旧木板架起的梯子通到烂木片墁地的走廊。有几户人家安着玻璃窗,每扇窗子上都有铁纱。窗户关得严严实实,密不透风。屋子里十分憋闷。另外几户人家把房子直接盖在散发着鱼腥味的潮热的土地上。屋顶上苫着干草,门洞空空的,没装门板,看上去房子好像独眼龙。厨房是用洋铁皮搭起来的。厨娘多是黑人。当地人用煤油烧饭。不过,也有几户人家保持了基督徒的生活习惯。他们用石头搭起炉灶,用柴火、木炭煮饭。

当地人说,这里天气很凉快。可是尼丘先生觉得实在烤得难受。这次丢失信件,犯了渎职罪。他从山上跑到海边,打算逃脱法律的制裁。再说,关于他老婆的死,至今没有得到更多的消息。然而,他很难适应沿海这一带的生活。这里有一家破破烂烂的小客店,雅号是"国王饭店"。名为饭店,实则更像病人收容所。老板娘留下他在客店里当帮工。饭店客房的墙壁上裱糊着花纸,经过长年日晒,图案已经模糊不清了。小店里养了许多猫、狗、鸡、鸭。笼子里还养着鸟,有鹦鹉,还有一对金刚鹦鹉。在一大堆脏脏乎乎的破烂玩意儿当中,那对金刚鹦鹉仿佛彩虹一样大放异彩,同时也是防火的法宝。

这家客店只有一位客人,谁也不知道他姓甚名谁。这位客人皮肤很白,脸被太阳晒得红扑扑的,黄头发,腿有点瘸。每隔六七天,他来一趟。从船上走下来,嘴里叼着烟斗,西装上衣搭在雪白的胳臂上。每道菜都要给他换条餐巾,让他擦胡子。尼丘先生负责给他上菜,什么肉汤、米饭、肉、嫩香蕉、菜豆,还有什么糖水桃。尼丘先生只知道他是比利时人。究竟他到海边来干什么,谁也说不清楚。他只身一人,再加上那件外衣和烟斗。既不打鱼,也不像走私贩那样从海上带回大量私货。有一次,尼丘先生和老板娘堂娜闲谈,她说她估摸着这位客人是要测量一下海水的深浅。一旦和英国闹翻了,看看英国轮船能不能开进来。生活单调乏味,和码头上运货的小火车进进出出差不多。每天只有日落西山,黄昏到来,嫩竹飘溢香气的时候,才得喘口气。

尼丘先生什么活都干。他对老板娘说:"我就差没当老娘儿们了。"最常干的活就是乘一只小破船到普埃托堡。按照老板娘的安排,每星期去两次或者三次,专门有个船夫送他。

港口这边的海岸上,棕榈林立,树影倒映在水中,宛如行将钻出海面的水蛇。海港对岸,普埃托堡映在辽阔的海水中的倒影像煞一只硕大的黄鹂。

老板娘堂娜给了尼丘先生一只小乌龟般大小的怀表,让他掌握时间。大海和野兽一样,什么时候有什么活动。一到夜间大海就掀起风浪。尼丘先生用一条粗大的表链,像拴犯人似的把怀表拴在卡叽布衬衫的第二个扣眼上。钟表的滴答声在他胸骨上不住地响,最后连胸骨也适应了两种脉搏的跳动,一种是血液的脉搏,一种是时间的脉搏。从此岸驶向彼岸的载满货物的小船开进大海,渐渐变得细长,像根木棍,像条细线。这时候,地平线越发显得辽阔。鲨鱼仰首露尾,时而在这里,时而在那里,激起朵朵浪花。上面是寂静的天空,下面是寂静的大海。在一片死寂中,只听得鲨鱼尾巴的击水声、嘶咬声、粗恶的嘈杂声,还有鲨鱼转弯和掉头的声音。

有时候,也有个把男客或女客到"国王饭店"下榻。他(她)和老板娘说妥,租用小船到普埃托堡去探监。每逢这种时候,尼丘先生总要把货物挤上船,让客店的人白搭船,顺便送东西。

尼丘·阿吉诺是地地道道的山里人。他对囚禁在普埃托堡里的犯人印象很深刻。他觉得这些被囚禁在茫茫大海当中的犯人慢慢地变成了三分像人七分像鱼的水生动物。他们的肤色、指甲、头发、总是盯着一处地方的呆滞的目光,以及行动坐卧、摇头转身的样子,都很像鱼,就连龇牙一笑也像条鱼。只有外形和言谈还保持着人的模样。有些人说起话来慢吞吞,简直可以说是把嘴一张一合,往外吐白沫。

戈约·伊克和多明哥·雷沃罗里奥也和这些人鱼一起在权作监狱的普埃托堡里服刑。罪名是造私酒、无照售酒、伪造证明、盗窃和不服管教。两个人被判处三年零七个月徒刑,在圣·克鲁斯被关押的时间不计在内。这两位难兄难弟是"国王饭店"堂娜的老主顾。他们从店里买回棕榈叶,编织草帽。两个人脸对脸坐在两块大石头上(早在他们到来之前这两块大石头就被磨得溜光溜光的了),先把棕榈叶编成长长的草帽辫,卷成捆。存够了数,就开始编草帽。编好的草帽论打出售。雷沃罗里奥每编完一个草帽顶,就把胳臂肘放在膝盖上,一边望着大海,一边叨念着,说他有好多草帽辫,足够给大海编一顶铺天盖地的大草帽。戈约·伊克把编好的草帽在手里转来转去，脑海里思绪翻腾。大海里有小鱼，也有吞食小鱼的大鲨鱼。戈约·伊克的脑海仿佛是一个倒扣着的鱼缸，也游动着"大鱼"和"小鱼"。强烈的想法好比是鲨鱼，不断吞食掉杂七杂八的念头。在脑海里，永不消逝的、最强烈的想法还是思念他的妻子。那天早晨，她带着孩子在皮希古伊利托村的郊外弃家出走。光阴似箭，日月如梭，他挑着货郎担子漂泊四方，到处找她，托人打听她的下落。可直到身陷囹圄，也没有打听到任何消息，一丁点消息也没有。时间久了，他的心也瞎了，就像他从家里出来瞎着一双眼一样。那一天，他大声呼唤着她的名字："玛丽娅·特贡贡贡贡贡贡！……玛丽娅·特贡贡贡贡贡贡！……"

囚犯。一百二十个吃饭睡觉、无所事事、变得愚蠢笨拙的人。太阳晒得古堡里十分干燥，人们呼吸着含盐的空气，老是觉得口干舌燥。他们是一大群光滑无鳞的鱼。有的人发了疯，从塔楼上跳进大海。海水很快吞没了他们，紧接着鲨鱼就聚拢过来。于是，监狱的花名册上又注销掉一名囚犯，可是偏偏不登记死亡日期。直到海港的"头目"要来视察，头天晚上才登记上死者去世的日期。从那天起，死者才开始不吃饭了。这以前，死者的伙食费都落入典狱长先生的腰包。

他们不是什么特级罪犯，而是被人遗忘了的囚徒。在这座监狱里，犯人干什么活计，全由自己安排。这也算是福气吧！有时候，他们擦擦古堡上的大炮。有人爱干这个活，有人讨厌这个活。"破烂玩意儿有什么可擦的！瞎忙活还不如闲呆着呢！"他们用破布、油脂把铜炮擦得锃光瓦亮，露出帝国国徽上的狮子和雄鹰。

古堡里有一块木板，上面用烧红的铁棍烙了一句莫名其妙的话："严禁谈论女人"。太阳晒、海水泡，木板已经干裂了，再加上虫子蛀，简直成了块糟木头片子。这些字是什么时候烫上去的呢？据说这块木牌子曾经在一条海盗船上游过无数的汪洋大海。在古堡全盛时期，谁违背这条禁令，就被处以极刑。后来，守卫古堡的部队撤走了，囚犯来了。他们可不管这一套。虽然不谈论女人，可整天想女人。眼下古堡里这块臊气烘烘的角落已经无人问津了。

"老哥，算你走运。当初这件事明令禁止的时候，亏得你不在这儿。"

"那时候会把我怎么样呢？"戈约·伊克对雷沃罗里奥说。

"对你，倒也没什么。往你脖子上拴一块七十公斤重的小石头，然后把你往大海里一扔。"

"我说，老弟……"

"什么都可以说，戈约老哥，千万别谈女人……"

"谈谈自己的妈妈，该不会受罚吧。这总是允许的，母亲高于一切嘛。"

"你算说着了，老哥，神圣的母亲也不准谈。不……这条规定圣明得很……谈话当中只要内当家一出场，气氛马上变得无比凄惨。当兵的一想起过去的甜蜜日子，就会变得软绵绵。他就不再是军人,而是娃娃了。"

这当儿,一个面目狰狞的狱卒迎面走过来,指了指万里无云的晴朗天空,又指了指大西洋令人窒息的蓝色的海水。

"趁这个好天气,咱们出去看看,兴许能瞅见那边的岛屿。岛很大,叫埃戈罗巴岛。"

两位难兄难弟和狱卒爬上一座塔楼。在平展展的海面上,有一个小小的黑点。那是尼丘先生的小船从古堡驶回陆地。尼丘先生不时和船夫搭讪两句。船夫名叫胡利安希托·戈伊。他说话不清楚,老说自己是"胡利安蒂科"。船夫光着身子,只穿着一条三角裤衩。他懂的事有多有少。识字不多,对船上的事却十分在行。尼丘·阿吉诺有一搭没一搭地跟他闲聊着。"胡利安蒂科"一边划船一边说话,龇着一口鱼牙,断断续续地说:"这边,那边,有好多鲨鱼。陆地上有好多四脚蛇。这些家伙逮着什么吃什么,什么都能当饭吃。"他们顺着台阶走到海关码头。尼丘先生收拾起工具、提篮和空盒子,船夫扛着桨,各回各的家,好像谁也不认识谁。

"老哥,埃戈罗巴岛……"雷沃罗里奥用胳臂肘轻轻地碰了碰戈约·伊克说。

"噢,说真格的,老弟,你怎么看见的?……"

狱卒是个近视眼,蓄着一口浓密的小胡子。他皱着眉,眯着眼,在地平线上寻找埃戈罗巴岛。望了半天,啥也没瞅见。可是,从塔楼上下来的时候,他说远处隐隐约约是有个岛。不是古巴,就是埃戈罗巴。

再过五个月,戈约·伊克的刑期就要满了。当然,他的老弟也是一样。有一天,他正给一家客户编草帽,忽然听见古堡门口有人叫他的名字。一字不差,就是他的名字。当时,典狱长正在按名单接收一批从汽艇上下来的新犯人。汽艇上挂着国旗,有士兵,还有号手。

"戈约·伊克!"典狱长在点名。

"负鼠"放下手里的活计,走了出来。他想,说不定是自己的亲戚呢。起码也是跟他同名同姓的人。

那个名叫"戈约·伊克"的小伙子二十来岁,身材瘦削,满头黑发,眼神灵活,容光焕发,一举一动透着一股英气。

"负鼠"问道:

"你叫戈约·伊克?"

小伙子回答说:

"是啊,您有什么事?……"

"没什么,只是想认识认识你。我听见有人喊这个名字,出来看看是谁。一路上怎么样?很累吧?让你们走着来的吧?我们就是走来的。到这儿可以好好休息了,就像死人躺在坟墓里一样。"

"负鼠"一眼就认出了小伙子是谁。站在小伙子身边,他摇了摇头发斑白的脑袋,两眼含着泪,强忍住没让泪水流出来。千言万语哽在喉咙里说不出来。一股苦水从心田涌上来,直流到嘴里。他总算看到了一线希望,一线甜蜜的希望。从儿子那儿一定能打听到玛丽娅·特贡的下落。

戈约·伊克找到明哥老弟,把这件事告诉他,求他念一念那套古里古怪的"十二个马努埃尔经"。这套经给人以力量,给人以忠告。开头第一句是"马努埃尔第一"圣·卡拉兰庇奥……

小戈约·伊克从明哥老弟那里得知"负鼠"戈约·伊克是他的生身之父。从在古堡门口看到"负鼠"戈约·伊克那天起,他就觉得在这个充满敌意的陌生的地方,似乎看到了某种亲切的东西。当时,他说不出为什么会有这么个印象,现在才恍然大悟。从此以后,他就和老戈约·伊克睡在一起。这才算得上是高枕无忧呢。他平生第一次在父亲的保护下像人一样地安睡。躺在父亲身边,心里十分踏实,不知不觉闭上了眼睛。

"负鼠"戈约·伊克一直不敢向儿子打听那件事,生怕得到的回答像是飞上蓝天的气球。憋到最后,他还是问了问玛丽娅·特贡在什么地方。儿子告诉他,妈妈离开家以后带着孩子们上了山,因为她知道爸爸一定会到海边找她。

"上了山?哪座山?……""负鼠"问道。

"就是那边那座高山。我们在那儿住了六年。妈妈在一家大庄园里干活。人家给了她一间茅屋,我们就是在那儿长大的。"

"又给你们找了个爸爸吗?"

"没有,没找。我们弟兄多,妈妈又长得很难看。"

"负鼠"戈约·伊克心中反复念叨着:"难看,难看,难看。"他差一点脱口说出:"她本来长得很美嘛,是个漂亮姑娘。"可是,他突然想起,自己压根儿没见过她,只是听大家说她长得蛮漂亮。

"后来我们回到皮希古伊利托村去住,去找爸爸,去找您,可您已经不在了。我们说,也不知道您是不是走了;要么是去世了,我们都挺伤心的。妈妈这才又嫁了人。大伙都说,您为了找妈妈,掉到山涧里了。您过去不是瞎子吗?"

"嫁给谁啦?"

"嫁给一个跟魔鬼订了契约的人。可能真是那么回事。从那以后,家里时常出一些怪事。常有各式各样的男人来看妈妈。后爹看见这些人,不打他们,也不骂他们,什么话也不说。他要暗中考查妈妈,看她是不是贞洁,守不守规矩。"

"她很贞洁,这我相信!""负鼠"喊道。

"再往后,我们一个个离开家。只有最小的达米恩托留在妈妈身边。听他说,后来魔鬼也迷上了妈妈。人家都说,魔鬼把妈妈变得非常漂亮、洁净、美丽,和广告画上的大美人一样。后爹成天缠住妈妈,一会儿也不离开她。魔鬼一来,他就用棍子把魔鬼打出去,狠狠地揍魔鬼。魔鬼对他也没有办法。他们在契约里规定,只要妈妈不喜欢勾引她的人,后爹就可以揍他们,他们还伤不着后爹一根毫毛。妈妈不待见魔鬼,连画上的魔鬼她也不爱看。所以后爹可以大打出手,撒旦又碰不着他。"

"他们干吗把你弄到这儿来呢?"

"我们造反了……叫我们干活,又不发工钱……简直糟糕透了……没有一星半点公道可说……"

"负鼠"戈约·伊克告诉儿子,他怎么样走大街,过小巷,挨庄挨户地寻找他们。先请人做了手术。奇古伊琼·库莱夫洛恢复了他的视力。然后,又当上了货郎。最后,饮酒过度,被关进监狱。他急着找他们,担心玛丽娅·特贡把孩子带到海边来。海边上有一种虫子,能把人的眼睛弄瞎。他跑到这儿来,是想搭救他们。上帝保佑,她真会动脑筋,虽然自己做出牺牲,总算保全了孩子。

小戈约·伊克告诉他:"妈妈比男人还剽悍,论打仗是把好手。她说要到古堡来劫牢反狱,把我救出去。可现在我看这个地方水势凶猛,还有鲨鱼什么的。我得托人告诉她,别来了。夜里,大海太危险了。"

"她会来看你的……"

"她要是想得周到,顶好先给我送几件换洗的衣服。"

"孩子,让她来吧。她可以亲眼看看大海,有多么危险,看看这儿有多少暗礁,看看这个倒霉的古堡有多不舒服。"

"您想见她吗?……"

"嗯……"他迟疑了一下,"回头再说吧。最好她不要明天来。我得找点时间好好想一想。也许她就要来了。"

乌云像一道天幕把海岸和古堡隔开。海面上,乌云滚滚,雷鸣电闪,画出一丛丛多刺的金色的黑莓。

"孩子,这几天连鲨鱼也不好受啊。"

狂风怒吼,大雨倾盆。万丈高楼般的海浪忽起忽落。海岛连同岛上的古堡显得离开大陆越发遥远了。

"爸爸,要是这个岛散了架,把咱们抛到大海里,就更糟了……"

"大海会把咱们送到埃戈罗巴岛。可惜,你再也见不到妈妈了。"

"这么说,还有一个岛?"

"有个狱卒这么说的,大家都叫他'葡萄牙人'。不过,照我看,除了那股蓝色的水流之外,啥也没有。我们这些山里人,无论怎么绞尽脑汁,也想象不出大海是什么样子,就像这儿的人不知道什么是野兽。"

天气恶劣,编草帽很不顺手。没有太阳,手指头发僵,不灵活,似乎也被编进棕榈叶里。棕榈叶十分潮湿,编起草帽辫来十分吃力。

"孩子,这儿的老犯人都得了风湿病,""负鼠"换了个话题说,"两手僵硬,手脚不听使唤。人一上岁数,不是这儿疼,就是那儿疼。"

暴风雨猛烈地拍击着海岸。古堡建造在一块巨石上,四周围着六七公尺高的石墙。经过几百年的风风雨雨,围墙越发显得坚实了。暴风雨中,围墙里每一个角落都能听到石基上有坚硬易碎的东西破裂的声音。风雨如晦,隐隐约约听到有人在尖叫。尖利的叫声不时被哨兵、士兵和站岗的犯人的嘈杂声盖住。士兵和犯人看见一条小船在急风暴雨中被撞得粉碎,翻倒在大海里。

船没有找到。一点消息也没有。大海在咆哮,犯人吓得缩成一团，显得那样渺小，那样微不足道。海浪巨斧似的猛劈下来，旋即沉入海底，真是惊天动地。泛着泡沫的浪峰一涌而起，好似公鸡斗架，有时一直拍溅到黑魆魆的无声的塔楼上。

漆黑的雨夜中，戈约·伊克父子睁大眼睛，惦念着同一件事情，想着那只被撞碎的小船。他们一直不愿意说出自己的想法、自己的忧虑和担心。到了半夜，他们反而更加清醒了，话也憋不住了。心里想的话脱口而出，好像一只不想叫的狗，叫了几声，把自己也吓了一跳。不，不是她，不会是她。她总该先给儿子戈约·伊克送衣服，然后才谈得上营救他出狱。

"只怕是同魔鬼订了契约的人……""负鼠"戈约·伊克唔唔哝哝地说。

"不会的，爸爸，"小戈约·伊克沉默了一会儿才搭讪着说，"听说我后爹不受什么约束……"

"你刚才说他叫什么名字？有的名字很不好记。"

"他叫贝尼托·拉莫斯……"

"这么说，魔鬼把他放了？"

"是啊，把他放了……"

父子俩盖上被，说着说着睡觉了。"负鼠"戈约·伊克伸手抓住儿子的身体。这样，可以睡得踏实些。他们是同一家族的两代人。一个是老树，一个是幼苗。在狂风暴雨中，一个是粗大的树干，一个是柔嫩的枝条。

海港那边，"国王饭店"被海水弄得乱七八糟。蚊帐湿得往下滴水,活像一张张渔网。老板娘把目光盯在尼丘·阿吉诺身上。尼丘·阿吉诺感到她有话要说。但又不敢问,生怕说准了,话收不回来,变成真事。

堂娜还是不错眼地盯住尼丘先生。尼丘先生一句话也没说,匆匆地跑到楼上去。螺旋式的楼梯在他脚下咯吱咯吱响。他用手抓住被海水浸得黏糊糊的栏杆,三步并作两步上了楼,推开比利时人的房门。屋里没有人,空空的,一个人也没有。只有他那双拖鞋、一顶宽檐草帽。烛台上有半截蜡烛,还有几根火柴。尼丘先生两眼盯着这几件东西,迅速地估算了一下在他们主仆之间如何分掉这笔遗产。

没等堂娜问,尼丘先生就抢先说:

"他没在……"

"你看……"尼丘先生走进酒吧间,堂娜正站在柜台旁边背对着他,"我早知道了……暴风雨把他卷走了……"她一仰脖把酒杯里的酒喝干,"你看,你看……"

"有危险吗?"

"眼下没有了……"

堂娜急急忙忙地又斟满一杯白兰地,一口喝了下去。

"那就别难过了……"

"他上了船,就没有危险了。没上船,也没有危险了。听说那边山上有金矿,是上帝安排他去的。"

过了几天,小船在古堡脚下遇难的消息传到了"国王饭店"。这时候,暴风雨已经沿着加勒比海走远了。这一天,堂娜喝了整整一瓶白兰地。尼丘先生打开瓶盖,把酒给她送到卧室里。堂娜裸露着上半身躺在床上，活像一条上年岁的美人鱼。尼丘·阿吉诺进来的时候，向她问了声"好"，出去的时候说了声"再见"。可老板娘没有答理他。她似乎疯了，丝毫没有觉察出自己在陌生的男人面前袒胸露乳的样子。她十分坦然地用手抓住那对像海水泡过的可怜的乳房。尼丘先生把酒瓶和一只干净酒杯放在床头柜上。地上到处是美国香烟的烟屁股，散发着一股烟臭味。老板娘笼罩在一片烟雾中，没有看见尼丘先生，或者假装没有看见他。她只是伸出被尼古丁熏得焦黄的手指，让尼丘先生再递给她一支香烟。尼丘先生走出房门，侧耳听了听，只听见老板娘灌下白兰地，喉咙里发出咕嘟咕嘟的声音。过了一会儿，听见她站起身来，走到门口，差点儿撞见在门口偷听的尼丘先生。尼丘先生赶紧离开屋门。走到栏杆旁边的时候，堂娜赶上了他。她没有看见尼丘先生，只是撕心裂肺地大喊大叫，用最下流的字眼诅咒、辱骂上帝。尼丘先生吓得汗毛都竖起来了。大海掀起凹形海浪，好似人的耳朵。海浪把听到的谩骂带到上帝居住的地方。

第二天，"国王饭店"恢复了正常。暴风雨过去了。海岸上散落着成千上万条死鱼。大海里漂浮着被狂风连根拔起的大树。树干上挂满水草。有的根断枝残；有的带着树根，随着浪涛上下浮动，好似穿靴子的遇难者。

"太危险了……"尼丘先生对堂娜说。今天早晨，老板娘用胸衣遮住了昨天袒露的部分。

"把椰子切开，甭害怕……"

玉米人 | 385

"切开了,怎么封口啊?……"

"用黑蜡呀,做爆竹用的黑蜡。椰子里灌上酒,拿出去一卖,我的钱就是这么赚来的。这几天,天气凉,把灌上酒的椰子卖给犯人,要多少钱他们给多少钱。你这么胆小怕事,一点也不像个男子汉。在生活里干什么事都得担风险……"堂娜说到这儿,想起了那只在古堡脚下的巨石上撞碎的小船,想起了船上的人,"……你不是想多攒点钱,把你老婆从井里捞出来吗?……凭你这份胆子,啥也干不成……财主的钱从哪儿来的?还不是他们胆子大,做生意,开工厂,想干什么就干什么,从别人腰包里往外掏钱。一个人手里集了好多钱,不坑害别人,办得到吗?……"

"天然的椰子汁清凉败火,大家都愿意喝,谁要买我这种椰子汁呢……暴风雨过后,去卖这种椰子……真是老娘儿们的主意!"

"你给监狱长带上点好处。带去一百比索,一进门就偷偷塞给他。然后,你就吆喝:'买椰子!买椰子!……'犯人听了,全都明白……他们的眼睛里会流露出感激不尽的神情。你会明白的,这不光是一笔好生意,还是行善积德……"

果然,这笔椰子生意和椰子一样圆满。大家争先恐后购买加佐料的椰子。里面装的不是椰子汁,而是烧酒、甘蔗酒。甘蔗酒椰子价钱最贵。经过狂风暴雨,犯人感到身心不快,喝几口烧酒或甘蔗酒可以轻松一些。

多明哥·雷沃罗里奥买回一个甘蔗酒椰子,请伊克老哥一块喝两口。伊克来了。他说,还像上次喝那坛子酒一样,大家买着喝。上一回,两个人闹着玩似的你一口我一口互相买酒喝。闹到最后,一起锒铛入狱。"负鼠"把卖酒的故事讲给儿子听。"往少处说,一坛子酒也能倒出二百碗。多少总得洒点儿吧。一碗酒卖六比索,谁喝谁付现钱。甭管怎么说,一碗六比索,二百碗共计一千二百比索。等我们醒过来,被抓走的时候,一分钱也没落下。从我们身上只搜走了六比索。"小伙子听愣了,呆呆地瞅着他们。真见鬼!现在,他们又用甘蔗酒椰子做试验,喝一口付一个比索。老伊克先付给雷沃罗里奥一口酒的钱,给了他一比索。然后,雷沃罗里奥要伊克卖给他一口酒。他喝了一口,交出一比索——还是那个比索。就这样,一人喝了三口,把甘蔗酒喝完了。按说,酒喝完了,总共应该剩下六比索。可是两个人手里只有开始卖酒的时候付的那个比索。这可真成了变魔术了。现金交易,东西卖完了,没有一点收入,更甭说赚头了。

烈日炎炎。普埃托堡里,太阳好似熔化了的铅块。大大小小的老鼠、四脚蛇热得受不了,纷纷跑到沙土埂上和蜘蛛网似的草地上透透气。犯人们抓住老鼠、四脚蛇,把它们扔到海里喂鱼。眼看着老鼠、四脚蛇落到海水里,他们快活得放声大笑。蔚蓝的海水清澈见底,海底黑亮黑亮的,显得十分阴冷。

根据规定,守卫古堡的士兵不许随便消耗子弹,不能开枪打鲨鱼。咳!士兵们扣住扳机,手指一个劲发痒,巴不得放上一枪。只要枪法好,一枪准能打中一条鲨鱼。在热带的大海里，鲨鱼成群结队地来回游动。一条条好似小牛犊，摆动着彩虹般的大鱼鳍，龇着两排尖牙利齿。有两三个黑人囚犯闲得难受，脱光衣服，跳进海里，赤手空拳逗弄鲨鱼。他们像斗牛士似的纵身跳进大海这个竞技场。下海之前，从他们身上闻到一股干芥菜味。狱卒们说，这是死人的气味，闻着就叫人揪心。岛上最棒的射手守在一个塔楼里，端着顶上火的毛瑟枪。一有危险，立刻向鲨鱼射击。据说，几年前发生过这样一件事。海浪泡沫飞溅，岸上的人看不清海面。鲨鱼猛蹿上来，咬住一个黑人斗牛士，把他拖走了。这种场面真可谓气势磅礴，惊心动魄，充满神秘色彩，强烈地吸引着观众。有的人心惊肉跳，不知不觉地朝海里走去，最后竟然跌进水里。在别的场合，这种事一定会引得大家哄然大笑。可在这儿，人们实在笑不起来。他们聚精会神，死死盯住黑人与鲨鱼的生死搏斗。鲨鱼潜伏在黑沉沉的海水的暗影里。黑人猛地蹿到鲨鱼跟前，旋即躲开鲨鱼的攻击。真是身手不凡，活像一支火箭。只见他摆动手臂和两脚，激起阵阵浪花。鲨鱼紧追不舍，就是赶不上他。大鲨鱼笨拙地摆动着乌黑的身躯，在水里摇来摇去。黑人漆黑发亮的身体灵巧地前后游动。观众们紧张得一语不发。汗水从犯人的额头上滴下来，落到海滩上镜面似的水洼里，嗒嗒的声音清晰可闻。人和鲨鱼交错而过，几乎身体贴着身体发出噗噜噜、噗噜噜的声音。人们来不及思索下一步会发生什么事。没容得他们笑一笑或咬咬牙，黑人晃动黑檀木般的身体，又避开了鲨鱼的攻击。鲨鱼没咬着黑人，显得很不甘心，迅疾地沉入海底，掀起一层泡沫。紧接着，把身体一侧，又翻了上来，在玻璃项圈似的旋涡中摇摇摆摆，人们似乎听到叮叮当当的声音。

看完"斗鲨游戏"，军官、士兵和犯人又变得寡言少语。一个个哭丧着脸，露出失魂落魄的样子。有的人好像昏厥过去，耷拉着一只胳臂，瞪着木呆呆的眼睛。

叽叽喳喳的海鸟费力地扑棱着翅膀，懒洋洋地飞散开来。海鸟从半空中一头扎下来，将要擦着水面，一折身又飞向天边。飞鱼在海面上欢腾跳跃，好似石弹子在弹子台上跳动。

"爸爸……"有一天，天气晴朗，小戈约·伊克走到父亲身边说，"妈妈在那边……"

"上帝保佑，你告诉她我在这儿了？"

"告诉了……"

"上帝啊，瞧你干的好事……我不想让她知道。她跟你说什么了？"

"什么也没说。她哭了……"

"你告诉她我看得见东西了吗？"

"没有。没告诉她。"

"我闭上眼，你拉着我的手带我走。"

"她以为你还是瞎子……"

玛丽娅·特贡还是满脸雀斑，直溜溜的黄头发里夹杂着不少白发。她闪到大门一旁，擦干眼泪，擤了擤鼻涕。她上年纪了，鼻子变得尖尖的。眼看着儿子和双目失明的老头慢慢走过来，两腿不由得在裙子底下一个劲打颤。

玉米人

"负鼠"戈约·伊克假装看不见东西,径直走过来,好像要扑到她身上。快要撞到玛丽娅·特贡身上的时候,她略微向后退了退,抓住戈约·伊克的手,用审视的目光瞅着他。大滴眼泪在她眼眶里微微颤动着。

"你好吗?"过了一会儿,她结结巴巴地说。

"你呢?……"

"干吗把你抓来?"

"因为走私。我和一个老乡买了一坛子酒,打算拿到圣·克鲁斯集市上去卖。我们迷了路,遇上了麻烦。"

"你瞧,唉……我们呢,人家说你已经死了,说你不在人世了,是吧,孩子?你在这儿呆了好久了吗?……"

"那是在……"

"好久以前?……"

"两年以前。判了我三年……"

"天哪!"

"你呢,玛丽娅·特贡,你好吗?……你改嫁了……"

"是啊,小戈约已经告诉你了。听说你去世了,人家劝我朝前走一步。孩子们不能没有爸爸。没有男人,女人就是没脚的螃蟹。人要人帮,亏得上帝保佑,结果还算不错。至少他待孩子们还不错。我撇下你……"

戈约·伊克不耐烦地挥了挥手,不由自主地睁开双眼。眼睛睁得大大的,玛丽娅·特贡虽然在想心事,还是看出来他那副眼珠洁净多了,和从前大不一样了。

"你听我说完。正好孩子在跟前,咱们好好扯一扯。我撇下你，不是我不爱你。你想啊，要是我跟你一直呆到现在，怕又要有十个孩子了吧。不行啊！为了你，为了孩子们，也为了我自己，我只好带着孩子走。没有我，这些吃奶的孩子怎么办呢？你又瞧不见东西……"

"跟你现在的丈夫没生孩子吗？……"

"没有。听一位算命先生说，法师在这个废物身上做了法，弄得他不能生儿育女。听说，有一回屠杀印第安人，他参加了。我也说不清。法师念动咒语，把他身子掏空了。"

"要是我能看见东西，你会爱我吗？"

"也许……可你就不会爱我了。我长得难看，丑极了。还是让孩子讲给你听吧，虽然俗话说：'儿不嫌娘丑。'"

"妈妈，"小戈约笑着插进来说，"你仔细看看爸爸……"

"从打他走过来，我就瞧出来了。可我一直假装没看出来。刚才你装着看不见，冲我扑过来，老头子，我知道你是想要抱住我。"

"负鼠"睁开双眼。两个人迟疑了一会儿，才把目光转过来，碰在一起。你看看我，我看看你，互相交换着目光。

"你真的不瞎了，太好了……"玛丽娅·特贡激动地紧紧抓住一块手帕。

"唉，直到今儿个，我这双眼睛才算用上。我要这双眼睛，还不就是想看看你。我到处找你……为了找你，什么地方我没跑过？……我本来想，凭眼睛我认不出你来，只能靠听。我当上了货郎，每到一个地方，碰上女人，我就跟她搭搭话……"

"听声音你能认出我来吗？"

"我想，不行……"

"这么些年了，人的声音都变了。至少我听你说话，戈约·伊克，觉得你跟从前不一样了……"

"我觉得你的声音也变了。从前你说话不是这样，玛丽娅·特贡……"

"负鼠"戈约·伊克把多明哥·雷沃罗里奥叫过来，让他认识认识玛丽娅·特贡。

"你过来，老弟……"

"我们俩喝了一坛子酒，他成了我的老哥！"雷沃罗里奥兴高采烈地说，"大姐，他跟我一样没出息，您别以为……"

"我该是你的老嫂子……"

"没错，是我的老嫂子……"

"咳！大不了是一坛子酒的交情，""负鼠"戈约·伊克听见这句话心里不大舒服，就插进来说，"她算不上是你的老嫂子，老弟，只能算是干嫂子。"

"好吧，好吧，那你就是我的干哥哥了……"

太阳快要落山了。黄昏时分，海是蓝的，天是蓝的。晚霞中，棕榈树显得庄严肃穆。远处，一只又一只小船滑过绛紫色的地平线。夜幕降临之前，景色迷离，莽莽苍苍。晶莹的深邃的海水静悄悄的，周围的气氛越发显得神奇诡谲。

三个人说了又说，讲了又讲，把心里话全都倒了出来。

从古堡逃跑实在太危险。小伊克打消了越狱的念头。

在和儿子告别的时候,老太婆两颊一个劲发颤,眼皮不住抖动,差一点哭出声来。她强忍住眼泪,不愿惹他们伤心。玛丽娅·特贡慌乱不安地用手擦了擦鼻子和脸上的雀斑。心里难过,嘴巴也扭歪了,脖子上青筋暴突,干瘪的胸脯起伏不停。她转过身来,把头扑在儿子的肩上。她说,还要再来。幸好这次带来点东西。一共有六口猪。明天宰了猪,卖出去,再来看他们。她是心里这样想呢,还是嘴里说出来了呢?

尼丘·阿吉诺拿着堂娜给他的怀表,走到玛丽娅·特贡跟前,告诉她该回陆地去了。尼丘先生拿着东西,玛丽娅·特贡满腹忧愁,两个人一起上了船。船夫划动木桨。晚风冷飕飕的,吹散了从陆地上飘来的热气。黑色的棕榈环绕着宁静的海湾。浓黄的海水腾起层层细浪,好似一池金黄色的松节油。

玛丽娅·特贡沉默不语,脸上挂着泪痕。她温柔和善,但是表情并不招人喜欢。尼丘·阿吉诺问道:

"您估摸着,小猪能卖上什么价钱?"

"那得看了。要是玉米不涨价,兴许能赚几个。今年猪的价码看涨。起码我们那个地方还可以。"

船夫"胡利安蒂科"不住地划啊划的。他的头发朝上梳着,脑袋上仿佛长出一座小山头。海湾里一片漆黑,只有星星点点的火光照亮他那双饥饿的圣婴般的眼睛。

尼丘·阿吉诺无意中在古堡里听到伊克和雷沃罗里奥谈

话，知道这个女人是……打一上船，他就想着这件事，突然他愣头愣脑地问道：

"您就是大名鼎鼎的玛丽娅·特贡吗？"

"请您……"听了这句话，她很不安，但还是很客气地说，"干吗说'大名鼎鼎'呢？"

"就是因为那块石头，那座山峰，还有那些叫'特贡娜'的女人……"圣·米盖尔·阿卡坦的邮差连忙说。自从不当邮差以后，他便成了一个无足轻重的人，变得一钱不值。眼下，只是"国王饭店"老板娘的帮手，她的情夫。

"您也知道那块石头的故事？那……有人说那块石头是我。可您看，石头在那边，我在这儿……"

尼丘先生和玛丽娅·特贡一起在海上航行。在这儿，人们看到的是他的本来面目——一个可怜的穷人。与此同时，他又陪着库兰德罗-七戒梅花鹿走到玛丽娅·特贡峰。在那儿，他的面目是一只野狼。梅花鹿和野狼挺着硬毛，冲破层层浓雾，在那块巨石周围松软的土地上转来转去。在死寂的燧石洞里，它们见到了"无敌勇士"们。然后，走出金碧辉煌的山洞，来到玛丽娅·特贡峰。一路上，不停地交谈着。只有不住地说话，库兰德罗-七戒梅花鹿才不会消散在山峰上的白雾当中，才不会被死神抓走。只有不住地说话，野狼-邮差才不会消失在炎热的湛蓝的大海中。此时此刻，他的人形正在海上航行。如果他们不说话，库兰德罗-梅花鹿就会化作一团白雾，而野狼-邮差就会失去兽形，完全恢复人形，和玛丽娅·特贡一起在大海上航行。

小船一颠一颠的，船上的人好像不停地在磕头行礼。码头越来越近了。码头上瘴气弥漫，臭气烘烘。海水里尽是油污和垃圾。

玛丽娅·特贡解释说，她本来不姓特贡。她原姓萨卡通。尼丘先生——再说一遍，他一面现出人形，和玛丽娅·特贡在海上航行；一面又现出狼形，和库兰德罗一起在玛丽娅·特贡峰上走动——突然嗥叫一声，说："我知道，你不是玛丽娅·特贡！你是玛丽娅·萨卡通，萨卡通，萨卡通……！"

此时，库兰德罗-七戒梅花鹿和尼丘先生靠得很近，两个人在大雾迷漫的山顶上走来走去。库兰德罗-梅花鹿把鹿嘴凑到野狼的粗硬的耳朵上说：

"野狼啊，野狼山上的野狼！未卜先知，并非易事。你要多走多看，多听多想。多吃鹌鹑肉，多嚼古巴糖。你看，绿草绿树，鸟儿飞翔。你听，鸟儿歌唱，多么甜蜜。待到太阳当头照，你自能未卜先知。"库兰德罗-梅花鹿停了一下，又接着说："你说你看见了玛丽娅·特贡，说她似乎就坐在你的对面。其实，她也不姓萨卡通，所以她才活到今天。萨卡通全家人被害的时候，她只有几个月。她要是萨卡通家里的人，也难逃一刀之苦。那时候，山里来了一帮种玉米的人。他们种玉米不是为了自己吃，也不是为了养活家里人，而是把玉米卖给别人，一心想发横财。这好比是男人让女人怀孕，然后出卖儿子的肉体，出卖家族的血液。加斯巴尔·伊龙跟这些种玉米的人开战了。开药铺的萨卡通配制了一种毒药，他明知毒药厉害，还是把毒药卖出去，打败了'无敌勇士'加斯巴尔·伊龙。到后来,特贡家的大妈中了蛐蛐咒,不住地打嗝。七戒梅花鹿,也就是我,假借卡利斯特罗·特贡之口下令把萨卡通全家人斩尽杀绝。干吗要杀死他们?因为他们是开药铺的老萨卡通的子孙。唉,到头来,那些种玉米的人还是穷得要命,穿的还是破衣烂衫,风一吹滴哩嗒啷,好像树叶子。他们的两手乌黑乌黑的。一个个好像满身癣斑的螃蟹,好像在洞里呆长了身上发白的黑螃蟹。"

"她不是玛丽娅·特贡,又不是玛丽娅·萨卡通。那么,这块石头又是谁呢,梅花鹿?……"

猛然间,尼丘先生觉得自己的声音仿佛淹没在海浪的呼啸声中。紧接着他又觉得自己回到山顶,听见库兰德罗说:"这块石头里藏着雨神玛丽娅的灵魂。"

"快了,快了,雨神玛丽娅就要站起来了!"

库兰德罗张开两臂,摸了摸石头。石头马上现出玛丽娅的人形,库兰德罗也现出人形。随后化作一股青烟,悄悄地消散了。

"那雨神玛丽娅就是彼欧霍莎·格朗德。在加斯巴尔·伊龙的宿营地举行的最后那次晚宴上,她逃跑了,一溜烟似的逃跑了,逃脱了死神的魔掌!她背着'无敌勇士'加斯巴尔的儿子逃到这里,在天地之间僵住不动了!玛丽娅就是雨神!彼欧霍莎·格朗德就是雨神!她身体轻飘飘的好似行云,甩动着浓黑的长发。她背上背的是伊龙大地的主人加斯巴尔·伊龙的儿子。她背上背的是伊龙大地的玉米。快了,快了,她就要在天地之间站立起来了!"

尾声

"国王饭店"里灯火辉煌,照得蚊虫发狂似的四处乱撞。公蚊子、母蚊子、大蚊子、小蚊子……撞得灯笼发狂似的来回摇晃。堂娜发高烧死了。死的时候,像蝎子似的浑身发青。一给她梳头,头发全都脱落了。尼丘·阿吉诺继承了"国王饭店"和饭店里的一万六千只老鼠。岁月流逝,孤独的生活铅块似的沉重地压在他的心头。他的脑袋歪到右肩上,面孔像煞一只变了形的破鞋底。脸上堆满马蹄铁形的皱纹。皱纹费力地拉住挂在嘴巴上的摇摇欲坠的颌骨。苍蝇公然飞进他的嘴里,弄得他不得不把一只只活苍蝇吐出来。"负鼠"戈约·伊克和玛丽娅·特贡回到皮希古伊利托村。玛丽娅·特贡的第二个丈夫——冒牌的丈夫——故去了。一个女人只能有一个真正的丈夫,其他都是冒牌货。贝尼托·拉莫斯,就是那个和魔鬼订了契约的人,死于疝气。回到皮希古伊利托村以后,戈约·伊克和玛丽娅·特贡又搭起屋架,盖了一座更宽敞豁亮的茅屋。儿子们成了家,生了许多孩子。全家人住在一起,有男有女,有老有小,真是人丁兴旺。到了收获季节,全家男女老少像蚁群似的往家里搬玉米。全家人你来我往,川流不息,像煞一只只蚂蚁、蚂蚁、蚂蚁……

      1949年5月17日于布宜诺斯艾利斯
        1954年10月于危地马拉

译后记

得失寸心知

7月中旬，收到上海译文出版社文学编辑室编辑寄来的一封信。信中说："我们出版社最近买到了危地马拉作家、诺贝尔文学奖得主米盖尔·安赫尔·阿斯图里亚斯的三部代表作的版权。"其中之一就是《玉米人》。出版社希望使用我和笋季英的译本。

初读来信，心情亦喜亦忧。作为译者，自然高兴看到自己的译著和尽可能多的读者见面，更何况上海译文出版社是外国文学的专业出版社，而且购买了《玉米人》的中文专有翻译和出版权。忧的是如今社会浮躁风气甚盛，究竟还有多少人肯坐下来，静心阅读纯文艺作品？刘编辑告诉我中文版《玉米人》已经绝版，不少读者还是希望买到这本书。阅读市场调查是出版社的专长，我宁可相信他们的结论。于是，经过反复沟通、商讨，终于在7月下旬双方签订了《委托翻译合同》。

事情一旦确定下来，翻译《玉米人》的往事，再一次浮现眼前。

那是 1980 年 4 月下旬。当时在中国社会科学院外国文学研究所工作的同窗老友陈光孚建议我和笋季英翻译《玉米人》。那时候，我对米盖尔·安赫尔·阿斯图里亚斯的创作了解甚少。只知道他的《总统先生》被称作"政治小说"，《玉米人》被称作"社会小说"。6 月上旬，拿到原著，读了开头几页（描写加斯巴尔·伊龙似梦非梦、亦梦亦觉那一场），竟然不知所云。硬着头皮读下去，书中出现了一些故事情节，能够读懂了。试译了两三页，实感力不胜任。犹豫了四个月之久，到 10 月上旬方才勉强答应下来。不料，这颗"苦果"我们竟啃了四五个春秋。

1979 年，我被任命为中国国际广播电台拉美部副主任；1982 年，又被任命为中国国际广播电台副台长。笋季英在中共中央联络部工作，经常陪同来华访问的拉美外宾到国内四处访问。对我们来说，翻译外国文学作品纯属业余爱好。因此，可以利用的时间只有清晨、夜晚以及节假日。屈指算来，至少花费了两三年左右的时间才算完成。

翻译《玉米人》之前，我们已经合作翻译过加西亚·马尔克斯的《枯枝败叶》、《恶时辰》以及几篇短篇小说，从来没有感到如此费劲。我们一起研究过：这是为什么？结论是：翻译《玉米人》我们有四方面的不足。

首先是不熟悉作品中描写的危地马拉印第安人的生活细节，特别是他们的思维方式。书中大量出现的饮食服饰、宗教典仪、民风民俗等都具有浓厚的民族色彩，花草树木、飞禽走兽带有强烈的地方特色，表达这类事物的名词都成为大大小小的"拦路虎"。其次是不大了解超现实主义和魔幻现实主义的写作风格和写作技巧。那些神奇怪异、亦真亦幻的场面和半醒半睡的状态,既难理解,更难表达。第三是对阿斯图里亚斯的创作道路,尤其是《玉米人》的创作意图,缺乏基本知识,难以自觉地把握和传递作品的气韵和特色。最后是我们的汉语修养远远不足以传递这位具有世界声誉的大作家的丰富多彩的语言。作者对山林大火的威势、夜行山路的恐怖、野宴的热闹、市廛的繁华等场景做了细腻入微的描绘,使用了大量方言土语,创造了许多新奇的比喻,加上巫师的咒语、疯子的胡话、江湖医生信口开河、豁嘴儿人口齿不清,都要求译者掌握广泛的语言知识。

"病因"找到了,剩下的就是"对症下药"了。

一般地了解拉美印第安人的历史和现状,并非难事。只要查阅书架上存放的有关研究印第安人的中外文书籍、杂志,就可以了。另外,我曾经做过七八年的口译工作,和外宾闲聊时,听到不少关于印第安人的故事。但是,直接调查以便掌握第一手材料,实际上是做不到的。所幸的是1985年笔者有机会随同中国广播电视代表团访问墨西哥。在参观人类学博物馆时,看到一幅巨大的壁画。占据画面中央的是一颗茁壮的玉米秆,根部牢牢地扎在地下,下面横卧着一个印第安人。这幅画形象地告诉人们印第安人对"玉米"和"人"的关系的认知。他们认为"玉米"和"人"之间存在着血肉相连的关系:人靠食用玉米维持生存,死后化作养育玉米的肥料。如此循环往复,维持着印第安人的繁衍。代表团还游览了著名的印第安人遗址——奇琴伊察。导游领着我们参观了建筑完美的金字塔、精美的石雕和各种器物。还详细地介绍了印第安人对天神羽蛇的虔诚崇拜以及由此产生的独特的生死观。这些间接的调查总算帮助我们迈过了一道门槛,对印第安人的生活和思维方式有了一定的感性认识。

我们不是外国文学的研究者,既没有能力,也没有兴趣钻研国外流行的各种文学流派。只是为了翻译《玉米人》,才阅读了少量介绍超现实主义的文章,获得一些粗浅的认识。从中得到的好处不过是不再为阿斯图里亚斯创作手法(不同于我们比较熟悉的现实主义创作手法)感到惊奇而已。魔幻现实主义是拉美文学主要流派,也是我国拉美文学研究人员的热门话题,报刊上发表了相当数量的论文。阅读这些论文,加上青少年时期阅读过《西游记》、《封神演义》、《聊斋》等古典小说,觉得魔幻现实主义还是不难理解的。结合翻译《玉米人》的体会,笔者也大胆提出了对魔幻现实主义内涵的表述(见"译者序")。

1983年6月,我们翻译了两篇国外文学评论家撰写的论述阿斯图里亚斯作品的论文。一篇是危地马拉学者劳尔·列瓦的《阿斯图里亚斯的几部主要小说》;另一篇是墨西哥学者阿赖德·弗帕的《阿斯图里亚斯作品中的现实和非现实》。翻译这两篇论文,受益匪浅。主要收获是对阿斯图里亚斯的生平、创作道路、创作意图、语言风格以及美学追求有了进一步的认识。

在做好"外围"努力的同时,我们一刻没有放松翻译

《玉米人》这一"核心业务"。我们两个人都没有专门研究过翻译理论,特别是文学翻译理论。翻译西语文学作品,只能靠"笨功夫"。第一步是"粗译",就是以比较快的速度尽量准确地完成初稿。第二步是"细加工",就是对初稿动"大手术",花费的时间最多。在"把文学翻译视为翻译文学"的理念指导下,尽量用纯正自然的汉语修改初稿中屡屡出现的西化句子。第三步是"再加工",对抄清后的二稿加工润色,重点在于求得译文通篇风格的统一。第四步是通读,自己读,有时也请"第一读者"读。在通读的基础上对三稿做适当修改。最后一步是阅读清样,只改动那些非改不可的地方。对这套做法,我们曾戏称为"死中求活",或者说得好听一点,是"以勤补拙"吧。就这样,1985年8月终于五易其稿,交出了全书译文和前言、附录。

翻译需不需要查字典?这似乎是个不言自明的事情。但是,的确有人说我:"你搞翻译,全靠字典。"虽然在北京外国语学院本科学习了四年,又在高级翻译班进修了两年半,我还得承认,能够比较熟练运用的语汇仍然有限,不靠字典还真不行。但是,"全靠字典"也不能解决所有难题。阿斯图里亚斯在《玉米人》中使用了大量的危地马拉特有的方言、俚语。按照字典的释义,有些词在原著的上下文中根本不通,或者干脆没有收入。运气再次眷顾我们。1984年,笋季英接待了一位危地马拉来访者,借着访问的空闲时间向他提出了一二百个语言问题。对方热情地一一作答。有些问题甚至引得他哈哈大笑。据来宾说,除了像他那样土生土长的危地马拉人之外,其他拉美国家的人恐怕也弄不懂那些方言俚语。

自从1953年秋季进入外语学院,如今已经过去了将近60年。其中,绝大部分时间没有离开翻译工作。大约有三分之二的时间,从事中译西。中年以后,才开始西译中工作。我对翻译任务的理解,简单地说,是把用一种语言形式表达的思想内容准确无误地——理想的目标是"完美无缺地"——用另一种语言表达出来。在内容上,译文对原文具有绝对的依附性,这就决定了翻译本质上是一项被动性工作。在形式上,译者则应充分发挥译入语的优势,恰如其分地运用创造力,尽量完好地传递原文的风貌。因此,翻译的过程也就是译者凭借主观条件(主要是知识修养和语言功底)不断摆脱被动、发挥主动性的过程。

以切身感受而言,笔者一直觉得翻译是个"苦差事"。"苦"就苦在译者非常被动。郭沫若先生是翻译大家。他在《谈文学翻译工作》中指出:"翻译是一种创造性的工作,好的翻译等于创作,甚至还可能超过创作。"因为"创作要有生活体验,翻译却要体验别人所体验的生活。"翻译又是一件"乐事"。严复先生对翻译的"苦""乐"有过绝妙的表述。遇到难解之词,"一名之立,旬月踟蹰";经过反复推敲,多方查询,前后对照,突然"心悟神解,振笔而书",喜悦之情油然而生,可谓其乐无穷!这些都是翻译先辈们的至理名言,我们一直铭记在心。

如今,从事行政工作15年后,重返本业,喜悦之情绝非言语所能表达的!

我们的志愿就是力争永远做一名合格的翻译。

刘习良
2012年8月3日
于知还室

授奖词

瑞典学院　常务秘书　安德斯·奥斯特林

本年度的诺贝尔文学奖决定授予拉丁美洲现代文学的卓越代表、危地马拉作家米盖尔·安赫尔·阿斯图里亚斯。目前，拉美现代文学正经历着有趣的嬗变。阿斯图里亚斯于1899年生于危地马拉的首都。和所有危地马拉人一样，他自幼喜爱大自然和神话世界。这种强烈的民族传统和自由精神在他全部文学作品中占据了主导地位。阿斯图里亚斯攻读过法律和民间文学。二十年代，侨居巴黎，并一度在危地马拉外交使团任职。1954年危地马拉发生反民主政变以后，他长期流亡国外，直到合法政府上台才返回祖国。现在，他是危地马拉驻巴黎大使。

近年来，阿斯图里亚斯的主要作品被译为多种外语，作者也随之得到国际上的承认。今天读者甚至可以读到他的作品的瑞典文译本。阿斯图里亚斯最早的作品是一部危地马拉传说集。这本书以奇特的手法回顾了玛雅人的往昔，书中的各种形象和象征性的东西不断激起作者的灵感，成为他取之不尽的创作源泉。但是，直到1946年长篇小说《总统先生》

问世以后，阿斯图里亚斯才真正开始了作家的生涯。这部宏伟的悲剧性的讽刺作品抨击了二十世纪初在拉丁美洲比比皆是、后来又一再出现的独裁者的典型。这些独裁者赖以生存的暴政使老百姓生活在人间地狱。阿斯图里亚斯无比愤慨地揭露了毒害当时的社会气氛的恐怖和猜忌，他的作品从而成为一种挑战、一种无与伦比的美的体现。三年后，题为《玉米人》的小说出版。可以说这部作品基本上是个虚构的民间故事，但又忠实于生活。它取材于危地马拉这个热带国家的神话。当地的居民一方面同神奇绮丽而又严酷的大自然做斗争，另一方面又同无法忍受的社会畸形现象、压迫和暴政做斗争。书中描写的大量的恶梦和图腾式的幻影可能会过分刺激我们的感官，但是我们却不能不为这种离奇可怕的诗作所倾倒。

自 1950 年起，随着《疾风》（1950 年）、《绿色教皇》（1954 年）和《被埋葬的眼睛》（1960 年）这三部曲的出版，在阿斯图里亚斯的史诗般的小说里出现了一个新的主题，这就是反对美国托拉斯统治——集中表现为联合果品公司及其在"香蕉共和国"的当代历史上所起的政治和经济这两方面的作用——的斗争。在这里，我们又一次看到作家由于积极投身于本国的斗争而迸发出来的激情和鲜明的爱憎感情。

阿斯图里亚斯完全摆脱了陈旧的小说技巧。他早年就受到欧洲文学中处于萌芽状态的新思潮的影响。他的爆炸式的风格与法国的超现实主义极为相似。然而，必须指出，阿斯图里亚斯总是从现实生活中汲取灵感。在他的优秀的组诗《春晓难眠》（1965年出版，瑞典已有评论文章）中，作者探讨了艺术和诗歌创作的起源，他使用的语言好似神奇的格查尔鸟的羽毛一样光彩夺目，好似萤火虫一样闪闪发光。

今天拉丁美洲可以为自己拥有一批活跃的杰出作家而自豪。这些作家所组成的多声部合唱中，个人的贡献是不易分辨的。然而，阿斯图里亚斯的作品如此出类拔萃，不同凡响，以至超越了它所属的文学环境和地理疆界，引起人们极大的兴趣。阿斯图里亚斯提到过一个印第安传说。据说，死去的祖先不得不睁大眼睛，看着他们的后代受苦受难，奋力挣扎。直到恢复了正义、恢复了被夺走的土地，他们才会在墓穴中瞑目安息。这是一个美丽动人的民间信念。我们不难想见战斗的诗人一定常常感到祖先凝视的目光，听到震撼人心的无声的、象征性的呼唤。

大使先生，您来自遥远的国度，但请不要为此感到生分。在瑞典，人们熟悉您的作品，称赞您的作品。我们以欢悦的心情欢迎您，把您看作拉丁美洲的使者，看作拉美人民、拉美精神与未来的信使。我谨代表瑞典学院向您表示祝贺，称颂"您的文学作品充满活力，深深植根于拉丁美洲民族气质和印第安人的传统之中"。现在，请您接受国王陛下授予您的奖金。

张庆年　译

受奖演说

阿斯图里亚斯

我的声音来自遥远的地方。我的声音来到门前,来到学院门前。成为一个家族的成员是件难事,但又是件易事。对此天上的星辰最清楚,它们组成了灿烂的火炬家族。为了成为诺贝尔家族的成员、为了成为阿尔弗雷德·诺贝尔家族的后裔,除了血缘关系和世俗关系外,还要加上一层新的亲属关系——由精神和创造力产生的更加微妙的关系。随着时光的流逝,人们在一代又一代地扩大这一家族。也许这就是诺贝尔文学奖获得者这个大家族的创建人没有明白道出的意愿。至于我,在许许多多准备加入诺贝尔家族的候选人当中,我是最不够格的一员。

我得以加入诺贝尔家族,首先是由于学院的意志。学院每年都敞开一次大门,接纳一名作家。我得以加入诺贝尔家族,还因为我在诗歌和小说中使用语言时不但注意到词句优美,更想到要认真负责。对这样的事,那位曾以其发明震撼世界的幻想家并不陌生。他发明了当时最具破坏力的炸药,目的无非是帮助人们减轻采矿、掘洞、修筑运河中的繁重劳动。

我想打个比方，不知是不是太冒失了，但我认为是必要的。由于使用了破坏性的力量，即阿尔弗雷德·诺贝尔从大自然中发现的奥秘，拉丁美洲才出现了巨型企业。其中之一就是巴拿马运河。我们的小说的冲击力可以比作灾难性的魔力，它要毁掉各种不合理的结构，为新生活开辟通路。蕴藏在被深重的误解、偏见和禁忌束缚着的人民之中的炸药突然在我们的文学作品（寓言、神话等）中爆炸开来，发出隆隆的抗议声和谴责声，提出响亮的见证，筑起文字的堤坝，像沙粒似的或则遏制现实使幻想展翅高飞，或则遏制幻想让现实挣脱樊笼。

巨大的灾变，例如西班牙征服美洲，只会带来疯狂和可怕的创伤，而不会产生廉价的妥协文学。正因为如此，在欧洲人看来，我们的小说显得不合逻辑或者脱离常规。并非是这些作品追求骇人听闻的效果，只是我们经历的事实在骇人听闻。整块整块的大陆被大海淹没，争取独立的种族遭到阉割，"新大陆"裂成碎片。作为拉美文学产生的背景，这一切太悲惨了。而我们却要以此为依据塑造出充满希望（不是代表失败）的人物。这种不健全的人物屡屡出现在我们的诗歌当中。欧洲的冲突是有条不紊的、充满人情味的；我们生活的世界与此不同，我们的冲突在过去的几个世纪里一直是灾难性的。

新词儿（"绞刑架"、"梯子"）的出现——最初的诵读经文——游唱歌手的活动。接着，又一次脱离正轨，出现一种新的语言和一长串一长串的词汇，思想从而得到解放。经过语言领域里的激烈斗争，人们再次能够表达自己的思想。没有什么现成的规则，一切都是发明出来的。有了许多发明以后，语法家手持修整语言的剪刀出场了。我觉得美洲西班牙语是精练的，并不粗糙。过分讲究语法，结果走向反面。这就是目前我们的处境。现在需要寻求活生生的语言、具有魔力的语言。诗人和作家要用活的语言反映生活及其变化。没有任何东西是事先做好的；一切东西都处在沸腾变化之中。现在需要的不是做文章，用语言代替事实，而是"语言＋事实"、"语言＋实体"。此外，还有人类面临的问题。人类及其面临的问题是不能回避的。拉美大陆在讲话，学院听到了她的声音。请不要向我们索要什么家谱、学派、论文。我能告诉各位的是一个大陆能够做到什么。请大家检验吧。无论节奏、对话，还是小说技巧都是少见的。而最为少见的是，在漫长的岁月里这种经常的创作活动从未中断过。

张庆年　译

拉丁美洲的小说——时代的见证

——1967年12月12日在一次讲演会上的讲话

阿斯图里亚斯

我本来希望不要把这次聚会叫做讲演会,而称之为座谈,就是说大家就共同关心的问题进行有问有答的对话。我打算先分析一下拉丁美洲文学产生的历史背景,着重介绍一些与小说关系最密切的情况。追本溯源,我们要追溯到几千年前土著印第安文学的三个伟大时期,即玛雅时期、阿兹特克时期和印加时期。

大家首先会提出一个问题:在印第安人当中到底有没有一种类似小说的文学式样?我认为是有的。土著文化的历史记载与其说是历史,不如说是西方人常说的小说。要知道,阿兹特克人和玛雅人的历史书籍——我们姑且称之为小说吧——是画出来的,是以图画的形式保存下来的(只有印加王朝时期的图画至今还没有见到)。他们使用的是"连环画"的形式。"读者"讲述(印第安人不分什么是"阅读"、什么是"讲述";对他们来说,两者是一回事)连环画的内容,并以吟唱的形式讲给听众听。

只有"读者"、说唱人或者叫"语言大师"才懂得这些连环画的含意,他们经过再创造,对图画加以解释,讲给听众听。后来,用图画记载下来的历史故事印入听众的脑海,并以口头形式代代相传。直到西班牙人到来以后,才用拉丁字母把土著语言记录下来,或者直接用卡斯蒂利亚语①记载这些历史故事。这样,我们才能够看到受西方影响不多的土著印第安文学作品。读一读这些文献,我们可以肯定地说,在美洲人当中,历史与其说是历史,不如说是小说。在这些叙事文里,现实被取消了,变成了幻想、传说,披上了一件华丽的外衣;而幻想又给其中的现实成分添枝加叶,从而再创造出一种现实,我们不妨称之为"超现实"。除了以幻想代替现实,再创造出一种"超现实"以外,这些叙事文的另一个特点就是从不讲明时间和空间。还有一个更为重要的特点就是"平行地"使用以至滥用词汇,换句话说,就是用不同的词表示同一个事物,表示同一个概念,表达同样的情感。我一直认为,印第安文学作品中的"平行主义"就是拿具有不同色彩的词做文字游戏。对西方人来说,这确乎没有什么价值;但是,毫无疑问,它能一层一层地无限地加强文章的诗意,使读者产生一种进入"魔幻"境界的感觉。

我们回过头来再看一看这种类似小说的文学式样的起源。可以这样说,在美洲的原始居民中小说形式是和叙事诗同时诞生的。英雄传说以超过虚构故事的力量在"游唱歌手"(即部落的"语言大师",或者叫"奎卡尼梅")的口中

---

① 指西班牙卡斯蒂利亚地区通行的语言,即通常说的西班牙语。

传诵着。他们走村过店，四处游唱，使优美的歌谣像神灵的金色血液一样在世人中广为流传。

在美洲印第安文学中，叙事歌谣极为丰富，然而鲜为人知。这种歌谣已经具备了我们所说的"小说技巧"，而西班牙修士和传教士却斥之为"鬼话连篇"。

从起源来看，具备小说形式的叙事故事是重大事件的见证，说明这些事件历史久远、遐迩闻名，一直留在人们的记忆当中。听众听了以后愿意仿效。这种现实和幻想——现实的文学随着印第安人沦为奴隶也就烟消云散了，正如伟大的印第安文化的大量器皿遭到破坏一样。不过，这种文学还是以同样的文献形式继续发展下来，只是它不再是伟大事业的见证，而是贫困生活的见证；不再是自由的见证，而是受奴役的见证；不再是印第安人酋长的见证，而是臣仆的见证。一种新型的、新生的美洲文学将要填补时代的沉默的真空。在伊比利亚半岛上开花结果的文学式样，比如现实主义小说和戏剧，未能在美洲扎下根来。相反，第一个来到美洲的西班牙人在思想上却接受了印第安人的沸腾生活、美洲大陆果树的浆汁、河流、海洋和旖旎景色以及人们流血牺牲的影响，从而写出美洲第一部伟大的小说，这就是贝尔纳尔·迪亚斯·德尔·卡斯蒂略的《新西班牙征服信史》①。这位士

---

① 贝尔纳尔·迪亚斯·德尔·卡斯蒂略（1496—1584）是墨西哥征服者埃尔南·科尔特斯（1485—1547）手下的士兵，参加过征服阿兹特克人的活动。《新西班牙征服信史》将杜撰和事实糅合在一起，描绘了科尔特斯率兵征服墨西哥的全过程。

兵把他写的东西不称作"历史",而称作"信史";可我们说它是"小说",这是不是太冒失了呢?然而,有多少小说恰恰就是"信史"啊!请问:把贝尔纳尔这位杰出的编年史家的著作称作小说,难道能说是太冒失吗?如果有人持这种看法,如果有人断言我太冒失,就请他深入研究一下这位文武全才的步兵充满渴望的轻灵的散文吧!他一定会发现,一旦深入进去,就会不知不觉地忘记那些事是现实,就会觉得它更像纯粹幻想的产物。就连贝尔纳尔本人在走近铁诺支奇特兰①城墙的时候,也说过:"这儿可真像《阿马迪斯之书》②里讲到的迷人的东西啊!"有人会说,《信史》是一本西班牙的书。说它是西班牙书籍,只是因为这本书是一个伊比利亚半岛居民写的,可是他居住在危地马拉的圣地亚哥·德·洛斯·卡瓦耶罗斯,那里保存着这本书的珍贵的手稿。说它是西班牙书籍,还因为这本书是用古卡斯蒂利亚语写成的,可是其中更多的是印第安文学特有的虚构成分。对西班牙古典文学有深湛造诣的堂·马塞里诺·梅嫩德斯·伊·佩拉约③认为这部散文作品风格奇特,这部著作出自一个士兵之手使他颇为惊讶。这位熟悉各种题材的伟大作家没有想到,八十高龄的贝尔纳尔不但听到过许多印第安文学作品,受到印第安文学的熏陶,而且他还自然而然地吸收了美洲的

---

① 即今墨西哥首都墨西哥城。
② 即《阿马迪斯·德·高拉》,16 世纪欧洲广泛流传的一部骑士小说。
③ 马塞里诺·梅嫩德斯·伊·佩拉约(1856—1912),西班牙作家、文艺评论家、历史学家、哲学家。

玉米人

东西,自己也成了美洲人。

除此以外,还存在着另一层更加感人的关系。印第安人身遭奴役,在最后几支痛楚的哀歌中发出要求正义的呼喊。贝尔纳·迪亚斯·德尔·卡斯蒂略在"多年征战"之后被人遗忘在一个角落里,他这才敞开胸怀,发出抗议的吼声,写出那部简明的编年史。

从此时起,整个拉美文学——诗歌和小说——不仅成为各个时代的见证,而且正如委内瑞拉作家阿图罗·乌斯拉尔·彼特里①所说,成为"斗争的工具"。一切伟大的文学都是一种见证,都提出要求。但它绝不是冷冰冰的文献,而是那些知道自己手中掌握着使人愉快、令人信服的工具的人写出的充满激情的篇章。

南美洲有没有产生一位美斯蒂索②作家呢?有的。他就是印加·加尔西拉索③。他是十足的、地地道道的美斯蒂索人,也是美洲第一个离开本土的流亡者。这位克里奥约④流亡者使用已经消失的印第安语揭露了秘鲁的压迫者。在其优秀的散文中,印加·加尔西拉索向我们提供的不仅仅是美洲的东西,也不仅仅是西班牙的东西,而是一种混合物——两种血缘融合的产物、求生存求正义的共同要求。

---

① 阿图罗·乌斯拉尔·彼特里(1906—2001),委内瑞拉小说家,以写历史小说著称,并出版过一些文学论著,如《西班牙美洲小说简史》(1955年)。
② 混血种人,特指白人与美洲土著生的混血种人。
③ 印加·加尔西拉索·德·拉·维加(1539—1616),秘鲁文学家,历史学家。父亲是西班牙征服者,母亲是印加王国的公主。主要著作为《王家述评》。
④ 指出生在拉丁美洲的西班牙人。

当时，谁也没有注意到印加的散文所提供的现在人们常说的"信息"。这一点直到独立斗争时期①才明朗化，印加才以善于对"手执两把钢刀"——即世俗的统治和教会的统治——的帝国冷嘲热讽的杰出的印第安人的面貌出现于世。西班牙当局直到很晚才发现印加·加尔西拉索这部历史著作高雅风趣、想象丰富、充满哀怨之情，于是下令通过巧妙的办法查禁这本书，据说当地人从中学到"许多有害的东西"。

提供见证的不仅限于诗歌和虚构的作品。为大家所公认的作家，如弗朗西斯科·哈维尔·克拉维赫罗②、弗朗西斯科·哈维尔·阿莱格雷③、安德烈斯·卡尔沃、马努埃尔·法布利、安德烈斯·德·格瓦拉，创造了一种流亡者文学。这种文学现在是、将来还是他们那个时代的见证。

甚至危地马拉诗人拉斐尔·兰迪瓦尔④也有他自己的反抗方式。沉默就是他的抗议。他管西班牙人叫"伊斯巴尼人"⑤，而不加任何形容词。我们之所以提到兰迪瓦尔，是因为他虽不大为人所知，但却真实地表现了拉丁美洲的土

---

① 指自1791年海地革命起到1826年的拉丁美洲独立战争时期。
② 弗朗西斯科·哈维尔·克拉维赫罗（1731—1787），墨西哥耶稣会教士、历史学家。著有《西班牙征服前后墨西哥的历史》。
③ 弗朗西斯科·哈维尔·阿莱格雷（1729—1788），墨西哥耶稣会教士、历史学家。
④ 拉斐尔·兰迪瓦尔（1731—1793），危地马拉诗人，曾写过充满爱国热情的长诗《墨西哥乡村》。
⑤ 西班牙语中Hispano和español含义相同，即西班牙人，hispani（伊斯巴尼人）当为蔑称。

玉米人 | 417

地、人和风光,应该把他视为美洲文学的旗手。佩德罗·恩里克斯·乌雷尼亚①说:"在西班牙殖民地的诗人当中,兰迪瓦尔是首屈一指的写景大师,他第一个果敢地突破文艺复兴时期的陈规,发现了'新大陆'大自然及其植物和动物、田野和山峦、湖泊和瀑布的特征。他对民间习俗、各行各业和游乐活动的描写栩栩如生,他的诗作从头至尾饱含着对残存的印第安文化的深切同情和深刻理解。"

1781年,拉斐尔·兰迪瓦尔的诗作在意大利的摩德纳出版。诗作的题目是《墨西哥乡村》,全书共分十章,凡3425行,用拉丁文六音步诗句写成。一年后,在波伦亚出了第二版。这位被梅嫩德斯·伊·佩拉约称为"现代维吉尔"②的诗人,在其作品中向欧洲人宣传美洲富饶的土地、美好的生活和品德高尚的居民。他热切希望"旧大陆"的居民能够知道墨西哥的霍鲁约火山可以和维苏威火山、埃特纳火山③相媲美;危地马拉的圣·佩德罗·马丁瀑布和岩洞一点儿也不亚于著名的卡斯塔利亚泉和阿瑞托萨泉④。谈到喉咙能发出四百种声音的森松特鸟的时候,他说这种鸟的身价超过了夜莺。

诗人歌唱田野的瑰宝,歌唱供全世界制作贵重钱币的金

---

① 佩德罗·恩里克斯·乌雷尼亚(1884—1946),多米尼加作家,文学评论家。
② 维吉尔(前70—前19),古罗马诗人。
③ 霍鲁约火山在墨西哥米却肯州,高1300米。维苏威火山、埃特纳火山均在意大利。
④ 卡斯塔利亚泉和阿瑞托萨泉均为希腊神话中的泉。

银，歌唱国王餐桌上的糖塔。

诗中列举出统计数字，说明美洲的富庶，让欧洲人看得眼花缭乱。他讲到成群成群的马、牛、猪、绵羊和山羊，讲到药材和民间游戏（其中有些游戏，例如"飞棍"，欧洲人闻所未闻），对味道醇厚的危地马拉可可和巧克力糖当然也不吝笔墨。兰迪瓦尔的诗歌中有一点值得指出，这就是他热爱土著居民。他歌颂印第安人是无所不能的种族，是体态优美、手艺娴熟的典范，他描绘了印第安人首创的丰美的悬浮果园，但同时也没有忘记印第安人的深重苦难。美洲印第安人本来就是优秀的农夫、手艺匠和工人，这一事实人们总不愿意承认。兰迪瓦尔用诗——不同于使用象征手法的自然主义的诗——的形式肯定了这一事实。

在欧洲，人们极力宣扬印第安人是沾满恶习的坏蛋、懒汉，在美洲，印第安人的剥削者对此也笃信不疑。兰迪瓦尔反其道而行之，在他笔下，在美洲，过去、现在都是印第安人肩负着沉重的劳动担子。

兰迪瓦尔并不是简单地做个判断，因为那样的话，人们可以相信，也可以不相信。在他的诗篇中，我们看到印第安人驾驶着轻快的独木舟四处游动或者运送货物；我们看到印第安人提炼紫色和红色的染料，广泛饲养能吐丝的雪白的家蚕，坚忍不拔地攀登危石，从石头上抠下玫瑰色的珍贵的海贝，耐心地不停地犁田，种植假蓝靛，开采银矿，开采金矿……兰迪瓦尔的《墨西哥乡村》证实了我们就伟大的美洲文学所下的论断：只要在我们这块肥美的土地上人们还在忍饥挨饿，伟大的美洲文学就不甘心充当无所作为的角色。就内容而言，《墨西哥乡村》是一部有韵的小说。五十年后，安德烈斯·贝略在其著名的《颂歌》①中再次描绘了美洲的奇妙的事物。在这部白璧无瑕的不朽的著作中，又一次出现了"新大陆"的大自然。打头的是作为"有穗部落高傲首领"的玉米，还有长在"珊瑚盒里"的可可、咖啡林、香蕉树、热带地区各式各样的植物和动物，以及和"富饶土地"的壮观构成鲜明对比的穷苦的居民。

贝略也是远离故土，这使我们想起了印加·加尔西拉索。贝略还和兰迪瓦尔一样具有美洲血统。拉斐尔·兰迪瓦尔和安德烈斯·贝略在世界文坛上揭开了拉丁美洲文学的伟大篇章。

从那时起，"新大陆"大自然的形象在欧洲特别引人注目。但是，欧洲人对"新大陆"自然风貌的认识是歪曲的，正像夏多布里昂在《阿达拉》和《纳切兹人》②里描绘的那样，"新大陆"的自然景色被涂上一层神奇的、田园诗般的色彩，仿佛天堂一样。其真实性远远没有达到兰迪瓦尔和贝略在其作品中保持的那种程度。

在欧洲人那里，大自然只是个背景，不像在拉丁美洲土生土长的浪漫主义作品中具有左右一切的力量。当时的浪漫

---

① 安德烈斯·贝略（1781—1865），委内瑞拉作家、学者。《颂歌》指的是贝略的著名诗篇《致热带地区农艺的颂歌》（1826）。
② 夏布多里昂（1768—1848），法国作家。曾到过美洲。《阿达拉》出版于1801年，《纳切兹人》出版于1826年。

主义诗人和小说家在其创作中总是给大自然留出一个固定的位置。何塞·马里亚·德·埃雷迪亚在歌颂尼亚加拉瀑布①时是这样；埃斯特万·埃切维里亚在《女俘》②中对沙漠的描写也是这样。其他作家就不一一列举了。

在美洲，浪漫主义不只是一个文学流派，而且还是一面爱国主义的旗帜。诗人、历史学家、小说家白天从事政治活动，夜晚进行创作构思。在美洲做一个诗人从来不是惬意的事！在把祖国视为缪斯的诸诗人中，我们可以举出何塞·马莫尔，他的《阿玛莉亚》③是美洲流传最广的小说之一。当我们亲身遭受把中美洲化为废墟的独裁统治时，我们用颤抖的、满是汗水的手指翻动这部作品。谈到马莫尔这部著作，文学评论家指出这部作品成就高下不一，且有疏漏之处。但是，他们没有想到创作这类作品的过程中，作者为整个祖国遭受的巨大不幸而心潮澎湃，难免在纸页上、在字里行间留下心跳过速的痕迹。

《阿玛莉亚》是美洲小说为我们提供的一个最为激动人心的见证。随着时间的前进，《阿玛莉亚》连同何塞·马莫尔的诅咒还在震撼着读者的心灵，许多人从中看到信念的力量。

---

① 何塞·马里亚·德·埃雷迪亚（1803—1839），古巴诗人。《尼亚加拉瀑布颂歌》是其著名诗作。
② 埃斯特万·埃切维里亚（1805—1851），阿根廷诗人、作家、社会活动家。《女俘》是其著名长诗，发表于1837年。
③ 何塞·马莫尔（1817—1871），阿根廷诗人、小说家。代表作为《阿玛莉亚》（1871）。

就在这个时候,响起了萨米恩托①的声音。他在二十世纪的门口提出了著名的"文明还是野蛮"的命题。后来,萨米恩托吃惊地发现《法昆多》掉转枪口反对他本人以及一切自称是克里奥约美洲的真正代表的人。当时的美洲拒绝死亡,她挺起已经变得坚强的胸膛,试图打破"文明或者野蛮"这种非此即彼的模式,而在两个极端中找出一个点,使人民把真正的自我和自身的基本价值结合起来。

十九世纪中叶,在危地马拉也出现了一位满怀激情的浪漫主义诗人,他就是何塞·巴特雷斯·蒙图法尔②。他的诗作中洋溢着一派欢悦的气氛,然而读者却感到必须抛开这种欢悦的气氛才能听懂诗人的真意。不朽的何塞·巴特雷斯·蒙图法尔以多么诙谐而又饱含痛苦的笔调探讨了当时——即十九世纪中叶——急待解决的问题啊!

另一个声音,何塞·马蒂③的声音,也从北方响到南方。无论是流亡国外,还是身在祖国,何塞·马蒂总是以诗人或记者的燃烧着的语言和读者见面,以他的模范行动直至流血牺牲立足于世。

二十世纪,出现了一大批诗人。但是,除了屈指可数的几位诗人以外,大都言不及义。其中出类拔萃的人物有不朽

---

① 多明哥·福斯蒂诺·萨米恩托(1811—1888),阿根廷政治家、作家、教育家、社会学家。著名的作品有《法昆多:文明与野蛮》(1845)。
② 何塞·巴特雷斯·蒙图法尔(1809—1844),危地马拉诗人。
③ 何塞·马蒂(1853—1895),古巴杰出的政治活动家、诗人、作家。是古巴独立革命的先驱,有大量著述。

的鲁文·达里奥[①]和洪都拉斯诗人胡安·拉蒙·莫利纳[②]。诗人逃避现实,或许这是他们之所以成为诗人的一种办法。然而,他们当中许多人的作品缺乏生气,空话连篇。他们根本不懂印第安游唱歌手的唱词中包含的清楚明白的寓意。他们满足于死板板地模仿其他地区的诗作,把殖民时期伟大文学的缔造者忘得一干二净。他们讥笑那些讴歌解放事业的诗人,说这些人被狭隘爱国主义弄得昏头昏脑。

直到第一次世界大战结束,才又有一些人、一些艺术家提出要恢复自己的特点,吸收印第安的东西,把它和作为母体的西班牙的东西融合起来,然后拿出传之后世的作品。

美洲文学在韵文以外的其他表现形式中获得新生。现在,堪为新"十字军远征"的目的服务的是一种不拘泥于形式的、带有某些神秘色彩的、多样化的、具体可触的散文。作为新"十字军远征"的第一步,就是要深入到现实生活中去,不是采取和现实生活若即若离的客观主义态度,而是深入到实际中去,和人类面临的问题呼吸相通。任何与人类有关的东西,任何现实的东西,都和这种帮助读者了解美洲的文学息息相关。这就是拉丁美洲小说的情况。任何人也不怀疑,在全世界小说领域中,拉丁美洲小说逐渐取得领先的地位。在所有拉丁美洲国家里,具有各种不同倾向的作者正在创作出这种小说。它使用的都是美洲的材料,因此成为我们

[①] 鲁文·达里奥(1867—1916),尼加拉瓜著名诗人。
[②] 胡安·拉蒙·莫利纳(1875—1908),洪都拉斯诗人。

所处的历史时代的人类见证。

今天美洲的小说家们继承了为人民服务的悠久传统——我们的伟大的文学、丰富的诗歌正是在这种传统的氛围中发展起来的，也在为穷苦百姓大声疾呼，为受剥削者仗义执言，为民众争取权利。劳苦大众在马黛茶园中受尽折磨，在香蕉园里被晒得皮焦肉烂，在甘蔗园里被榨干血汗。因此，我以为真正的美洲小说就是为他们争取权利而发出的呐喊，就是散布在成千上万张纸页上的发自世纪深处的呼声。地地道道的美洲小说屹立在纸页上，忠实地表达这种精神，忠实地描写工人的拳头、农民的汗水，忠实地反映人们为营养不良的儿童表露出来的沉痛心情，大声呼吁让我们辽阔土地的血液和浆汁再次流向大海，滋养出新兴的通都大邑。

美洲小说自觉或不自觉地带有印第安文学的雄浑、清新而郁悒的特点；具有在殖民时期的沉沉黑夜（顺带说一句，殖民时期的黑夜比起如今威胁着我们的黑夜多少还透亮一些）中克里奥约人眼中流露出的盼望黎明的焦灼感情；特别是具有那些不畏宗教裁判所的高压，一意在人们的心灵上打开缺口，为解放者鸣锣开道的文人表现出的坚定信念和纯净的乐观主义。

拉丁美洲的小说是我们的小说，想要名副其实，就不能背离我们全部伟大文学过去和现在一直保持的伟大精神。假如你写小说仅仅是为了消遣，那就请你把它付之一炬吧！退一步说，即使你自己不烧掉，随着时间的流逝，这种小说也会和你一起从人民的记忆中抹掉，而诗人或小说家梦寐以求的恰恰是留在人民的记忆之中。过去，有过多少人写小说只是为了消遣！每个时代都有。如今还有谁记得他们呢？而我们当中那些为了提供见证而写小说的人，人们一下子就能说出他们的名字！提供见证！小说家提供见证就如同在非基督徒中传教的使徒保罗①一样。当小说家保罗企图逃走时，碰到的是周围咆哮的现实——使我们窒息、使我们迷茫的我们国家的现实。这种现实把我们推倒在地，逼得我们高喊：为什么这样迫害我？是的，我们的确受到无法拒绝的现实的迫害。这种现实表现在许多作家的作品当中。从那些目光如炬的作家，如马里亚诺·阿苏埃拉②、阿古斯丁·亚涅斯③和胡安·鲁尔弗④塑造的人物身上，我们看到墨西哥革命有血有肉的形象。豪尔赫·伊卡萨⑤、西罗·阿莱格里亚⑥、赫苏斯·拉腊发出了抗议剥削、遗弃印第安人的呼声。罗慕洛·

---

① 原名扫罗。早期反对并迫害耶稣的门徒。有一次他快走到大马色时，突然天上发光，四面照着他。他扑倒在地，听到耶稣问他："为什么这样迫害我？"后来，扫罗改信耶稣，更名保罗，四处传道。
② 马里亚诺·阿苏埃拉（1873—1952），墨西哥作家。代表作长篇小说《在底层的人们》（1916），再现了墨西哥的民主革命。
③ 阿古斯丁·亚涅斯（1904—1980），墨西哥作家。代表作是反映1910年墨西哥革命前夕农村景象的《山雨欲来》（1947）。
④ 胡安·鲁尔弗（1918—1986），墨西哥小说家。代表作是《佩德罗·巴拉莫》（1955）。
⑤ 豪尔赫·伊卡萨（1906—1978），厄瓜多尔小说家。成名作是1934年出版的中篇小说《瓦西蓬戈》。
⑥ 西罗·阿莱格里亚（1909—1967），秘鲁小说家。著有《金蛇》《饿狗》和《广漠的世界》。

加列戈斯在《堂娜芭芭拉》①里创造了一位女性普罗米修斯的形象。奥拉西奥·基罗加②向我们展示了热带地区的噩梦——既是他个人的噩梦，又是美洲的噩梦，看来噩梦似乎就是他的风格。何塞·马里亚·阿格达斯的《深沉的河流》③、阿根廷作家阿尔弗雷多·瓦莱拉的《阴暗的河流》④、巴拉圭作家罗亚·巴斯托斯的《人子》⑤以及秘鲁作家巴尔加斯·略萨的《城市与狗》⑥使读者看到在我们的土地上劳动者如何流血牺牲。曼西西多尔⑦把我们带进油田。米格尔·奥特罗·西尔瓦的《死屋》⑧里的居民背井离乡，奔向油田……戴维·维尼亚斯⑨在我们眼前展现了巴塔哥尼亚⑩的热带风光。恩里克·维尼科把我们拖进淹没村庄的洪

---

① 罗慕洛·加列戈斯（1884—1969），委内瑞拉小说家。其代表作长篇小说《堂娜芭芭拉》出版于1929年。
② 奥拉西奥·基罗加（1878—1937），乌拉圭作家。擅长写短篇小说，以《爱情、疯狂和死亡的故事》和《丛林中的故事》最为著名。
③ 何塞·马里亚·阿格达斯（1911—1969），秘鲁作家，印第安原住民主义文学的杰出代表，著有《山上的狐狸，山下的狐狸》（1971）。《深沉的河流》发表于1958年。
④ 阿尔弗雷多·瓦莱拉（1914—1984），阿根廷小说家。代表作《阴暗的河流》发表于1943年。
⑤ 罗亚·巴斯托斯（1917—2005），巴拉圭小说家。代表作是《至上者》。《人子》也是他的主要作品。
⑥ 巴尔加斯·略萨（1936—2025），秘鲁作家。其长篇小说《城市与狗》发表于1963年。其他著作有《绿房子》（1966）、《酒吧长谈》（1969）等。
⑦ 何塞·曼西西多尔（1894—1956），墨西哥小说家、政论家。长篇小说《深渊上的黎明》反映的是为保护石油资源对美英帝国主义的斗争。
⑧ 米盖尔·奥特罗·西尔瓦（1908—1985），委内瑞拉作家。长篇小说《死屋》发表于1955年。
⑨ 戴维·维尼亚斯（1927—2011），阿根廷作家。
⑩ 即阿根廷南部的巴塔哥尼亚高原。

水中去。维比茨基①和马里亚·德·赫苏斯把读者带到穷乡僻壤和大都市中像但丁描写的那种非人居住的街区……铁特尔包伊姆②的《硝石的儿子》讲述了硝石矿里的艰苦的活计。尼科梅德斯·古斯曼③让我们体验到居住在智利工人区里的儿童的生活。拿破仑·罗德里格斯·鲁伊斯④在《哈拉瓜》里介绍了萨尔瓦多的农村。福拉科尔·伊·克拉利维尔·罗德里格斯在《伊萨尔科的灰烬》中描绘了小村庄的风貌。离开吉拉尔德斯的《堂塞贡多·松布拉》⑤,很难想见什么是潘帕斯草原⑥;没有欧斯塔西奥·里维拉的《旋涡》⑦,很难说清什么是原始森林。没有若热·亚马多⑧,就没法了解黑人;没有吉马朗埃斯·罗萨的《广阔的腹地》⑨,就很难知道巴西的平川;没有拉蒙·迪亚斯·桑切斯⑩,也就很难了解委内瑞拉的平原。

我们的作品绝不故作危言耸听或者渲染恐怖,并以此在

---

① 贝纳多·维比茨基(1907—1979),阿根廷作家。
② 沃洛迪亚·铁特尔包伊姆(1916—2008),智利作家。
③ 尼科梅德斯·古斯曼(1914—1964),智利小说家。
④ 拿破仑·罗德里格斯·鲁伊斯(1910—1987),萨尔瓦多小说家。
⑤ 里卡多·吉拉尔德斯(1886—1927),阿根廷诗人、小说家。《堂塞贡多·松布拉》出版于1926年,是阿根廷文学名著。
⑥ 位于阿根廷中部。
⑦ 欧斯塔西奥·里维拉(1888—1928),哥伦比亚小说家、诗人。长篇小说《旋涡》是他的主要作品,出版于1924年。
⑧ 若热·亚马多(1912—2001),巴西小说家。曾出版过许多著作。叙述黑人遭遇的小说有《儒比亚巴》(1935)。
⑨ 吉马朗埃斯·罗萨(1908—1967),巴西作家。《广阔的腹地:条条小路》发表于1956年。该书用优美的语言描绘了巴西内地蛮荒的世界。
⑩ 拉蒙·迪亚斯·桑切斯(1903—1968),委内瑞拉小说家,著有《昆博托》。

文学王国里争一席之地。我们通过血缘、地理以及生活的纽带和几百、几千、几百万在富饶肥沃的美洲受苦受难的美洲人联系在一起。我们的小说力求动员起世界上一切可以借助的道义力量来保护受苦受难的美洲人。我们文学的融合过程已经发展到了高级阶段。在这个阶段里，为了重新找到美洲，必须赋予美洲雄伟的大自然以人的价值。这就是说，我们文学中的大自然既不是印第安文学中为神祇服务的大自然，也不是浪漫主义作家的作品中为英雄服务的大自然，而是为人类服务的大自然，并以此为背景再次强烈地、大胆地提出人类面临的问题。

作为有教养的美洲人，我们当然都热切地希望以优美的形式表现事物，正因为这样，每一部小说才成为一桩语言的壮举。为此就要提炼语言。这一点我们大家都知道。然而，要了解作者在一部作品中为了找到他使用的材料——词语——所花费的功夫和精力，又谈何容易呢！是啊，不外乎是一些词的问题。可是，使用这些词要遵循什么规律？按照什么规则？每个词都要切准正在形成的事物的脉搏。词要声如金石。这就是所谓"声喻法"。在使用我们的语言的技巧中，首先应该提到的就是声喻法。在我们的语言的词汇里、句子里，存在着多少和天然风光的声音、大自然的声音相和谐或不相和谐的回声啊！小说家有他们的语言技巧，即凭直觉使用语言。他们以声音为指导；听自己的声音，也听人物的声音。我们最优秀的小说仿佛不是写出来的，而是说出来的。词本身即包含着诗的语言活力。这种语言活力首先表现为声音，其次才表现为概念。

因此，西班牙美洲的伟大小说都是一个个宏亮的音乐群体。这些音乐群体来源于万事万物在诞生时由于痉挛而发出的各种声响。

语言技巧还包括综合使用各种不同的语言。在人类使用的全部语言当中，美洲印第安语已经进入了我们的文学作品；此外，大量移民带入美洲的欧洲语言和东方语言也混合在我们的文学作品里。

另外一种语言也以其音响与词汇使拉丁美洲小说更加光彩夺目。这就是形象语言。我们的小说似乎不仅是用文字写成的，而且还是用形象写成的。不少人在阅读这些小说的时候，觉得仿佛是在看电影。这倒不是因为小说家们故意标新立异，而是他们极力通过一种富有音响、富于跌宕、富于形象的语言使人民的声音普遍化。这种语言不是为了小说创作而人为制造出来的，或者所谓"诗化的散文"；而是一种在民间口语中完整地保存了拉丁美洲小说语言所特有的抒情性、想象力、风趣、调皮的生动活泼的语言。诗——语言作为小说的支柱好比是人的呼吸器官。小说具有诗的肺叶、鲜绿的植物的肺叶。我以为，拉美小说最能吸引非美洲读者的地方正在于它通过五彩斑斓（又不失之矫揉造作）、拟声性强的语言所达到的效果。这种语言符合自然的乐音，有时也符合印第安语言中的声音，或者说是印第安语言的古老残迹不知不觉地在小说家运用的散文中涌现出来。为达到引人入胜的效果，拉丁美洲小说家还很重视用词，把每一个词都视为一个绝对独立的单位、一个符号。我们的散文脱离了卡斯蒂利亚语的语法规则，因为在我们的语法里，词本身即有一定的价值，正如在印第安语中每个词有其自身价值一样。每个词都有声音、概念；此外，还有令人着迷的丰富的词序易位。去掉单个词的魅力，任何人都读不懂我们的文学作品、我们的诗。

词和语言使读者得以参与我们的创作生活。词和语言使读者心绪不宁、焦虑不安，赢得他们的同情，使他们忘掉日常生活，而置身于小说的情节里去，和小说的人物甘苦与共。我们的小说完整地保留了人的价值；使人更加完美，而绝不包含任何使人道德沦丧的东西。也许这正是我们的小说能够征服人、使人激动不安的原因。正因为如此，我们的小说以语言为工具，赋予语言以文学的深度、无法估量的魔幻价值和深刻的人情味，从而成为交流思想的渠道、人民的代言人。

           笋季英 刘习良译

作者小传

米盖尔·安赫尔·阿斯图里亚斯是危地马拉著名的小说家、诗人。他一生写了十部小说、四部诗集和多个剧本,在危地马拉以至拉丁美洲现代文学史上占有重要的地位。1965年阿斯图里亚斯荣获列宁和平奖金;两年以后,即1967年,又荣膺诺贝尔文学奖,从而成为世界文坛上遐迩闻名的作家。

1899年,阿斯图里亚斯出生在危地马拉首都危地马拉城。父亲是一位知名的法官,母亲是小学教员。当时,危地马拉正处在保守党人埃斯特拉达·卡夫雷拉的反动独裁统治之下。阿斯图里亚斯全家迁居到内地的一个小镇。阿斯图里亚斯在土生土长的印第安居民中度过了童年和少年时代。后来,他回到首都,进入大学攻读法律,毕业后担任律师。与此同时,开始了文学创作活动。和当时大多数青年作家一样,阿斯图里亚斯早期的作品也是诗歌。《云雀的鬓角》(1949年出版)这部诗集里就有作者在1918年写的诗作。

1923年,阿斯图里亚斯因参加反政府活动受到迫害,流亡欧洲,在法国侨居多年。在法国期间,他认真研究了古代印第安人玛雅-基切文化,并开始写小说。1930年,他的第一部长篇小说《危地马拉传说》出版,在欧洲文坛上引起强烈反响。评论界认为,这部作品的成就在于它向欧洲人"展示出一个沸沸腾腾的蛮荒世界,一个波谲云诡、五光十色、富有魅力的大陆"。更为重要的是阿斯图里亚斯在这个时期写出了他的最主要的作品《总统先生》。早在1922年,阿斯图里亚斯即着手以独裁者卡布雷拉为原型创作一个短篇小说,题目是《政治乞丐》。在法国流亡期间,他进一步了解到拉丁美洲各国独裁者的残暴行为。于是,他把原来的设想提高了一步,用长篇小说的形式描绘出一个代表拉丁美洲许多国家的典型环境,塑造了独裁者的典型形象和在独裁统治下过着战战兢兢的生活的芸芸众生。这就是作者在1925年至1932年完成的长篇巨著《总统先生》。不过,由于种种原因,这部小说当时没有发表。

1933年,在国外流亡十年以后,阿斯图里亚斯回到祖国,继续参加政治活动。1944年,危地马拉爆发了一场资产阶级民主革命。统治了危地马拉达十三年之久的独裁者乌维科被迫辞职,代表资产阶级民主力量的胡安·何塞·阿雷瓦洛上台执政。阿雷瓦洛博士,特别是1950年11月当选为总统的哈科沃·阿本斯中校,在全国进行了一系列反帝反封建的民主改革。在危地马拉历史上出现了十年"民主时期"(1944—1954)。在此期间,阿斯图里亚斯在民主政府中担任过一些公职,他的文学创作活动也达到了高峰。他先后发表了《总统先生》(1946)、《玉米人》(1949)、《疾风》(1950)、《绿色教皇》(1954)四部长篇小说和《云雀的鬓角》(1949)、《贺拉斯主题习作》(1951)两部诗集。

1954年6月,美帝国主义在危地马拉策动反革命政变,推翻了阿本斯民主政府,反动军人阿马斯登上总统宝座。此后不久,阿斯图里亚斯被剥夺国籍,再次流亡国外,在阿根廷侨居了八年。这期间,除了从事文学创作外,他还参加了世界和平运动。1956年,曾应邀来我国参加鲁迅逝世20周年纪念大会。同年,阿斯图里亚斯发表了揭露美帝国主义在危地马拉策动政变的中篇小说《危地马拉的周末》。此外,还出版了诗集《玻利瓦尔》(1955)、长篇小说《被埋葬者的眼睛》(1960)、《混血姑娘》(1963)和《戏剧全集》(1964)等。

1966年,阿斯图里亚斯接受了危地马拉独裁政府的任命,出任危地马拉驻法国大使。对此事危地马拉文化界颇有微词,但是大家仍然一致公认阿斯图里亚斯是一位大作家。"由于出色的文学成就","作品深深植根于拉丁美洲民族气质和印第安人的传统之中",阿斯图里亚斯获得1967年的诺贝尔文学奖。在此前后,他又发表了一些文学作品,如《丽达·萨尔的镜子》(1967)、《马拉德龙》(1969)和《多洛雷斯的星期五》(1972)。

1974年6月9日,米盖尔·安赫尔·阿斯图里亚斯在西班牙首都马德里的一家诊所里与世长辞,终年七十五岁。

刘习良

Miguel Ángel Asturias
Hombres de maíz
© Heirs of MIGUEL ÁNGEL ASTURIAS, 1949
Simplified Chinese translation copyright © 2020
by Shanghai Translation Publishing House
All rights reserved

图字: 09 - 2012 - 608 号

图书在版编目（CIP）数据

玉米人/（危）米盖尔·安赫尔·阿斯图里亚斯著；
刘习良，笋季英译. —上海：上海译文出版社，2020.6（2025.5重印）
（译文经典）
ISBN 978 - 7 - 5327 - 8520 - 9

Ⅰ.①玉… Ⅱ.①米… ②刘…③笋… Ⅲ.①长篇小说-危地马拉-现代 Ⅳ.①I741.45

中国版本图书馆CIP数据核字（2020）第103065号

玉米人

[危] 米盖尔·安赫尔·阿斯图里亚斯 著　刘习良　笋季英 译
责任编辑/刘岁月　装帧设计/张志全工作室

上海译文出版社有限公司出版、发行
网址：www.yiwen.com.cn
201101　上海市闵行区号景路159弄B座
浙江中恒世纪印务有限公司印刷

开本 787×1092　1/32　印张 14.25　插页 5　字数 233,000
2020年7月第1版　2025年5月第6次印刷
印数：16,001—19,000 册

ISBN 978 - 7 - 5327 - 8520 - 9
定价：69.00 元

本书中文简体字专有出版权归本社独家所有，非经本社同意不得转载、摘编或复制
如有质量问题，请与承印厂联系调换。T:0571-88219183